斗诡记

大力金刚掌 著 ②

当聪明人遇到聪明人，

你永远无法想象下一秒会发生什么。

SPM 南方出版传媒 广东人民出版社

·广州·

图书在版编目（CIP）数据

勤王记. 2 / 大力金刚掌著. — 广州 ：广东人民出版社，2017.10
ISBN 978-7-218-11934-2

Ⅰ. ①勤… Ⅱ. ①大… Ⅲ. ①长篇小说－中国－当代
Ⅳ. ①I247.5

中国版本图书馆CIP数据核字(2017)第168499号

Qin Wang Ji . 2
勤王记. 2
大力金刚掌 著

出 版 人：肖风华

策　　划：盛世肯特
责任编辑：李　敏
装帧设计：李　勇
责任技编：周　杰　易志华

出版发行：广东人民出版社（广州市大沙头四马路10号　邮政编码：510102）
电　　话：（020）83798714（总编室）
传　　真：（020）83780199
网　　址：http://www.gdpph.com
印　　刷：环球东方（北京）印务有限公司
开　　本：710 mm× 1000 mm　1/16
印　　张：18　　　字　　数：300千
版　　次：2017年10月第1版　2017年10月第1次印刷
定　　价：42.00元

如发现印装质量问题，影响阅读，请与出版社（020-83795749）联系调换。
售书热线：（020）83795240

一

半个月前。

回到太子府，朱孝隆遣退了所有的下人，一个人反锁房门喝起了闷酒。

既然是太子，为何不住皇宫？

因为前几个住在皇宫的皇子都完蛋了。

皇长子早夭。

说实话，没几个人相信那真的是早夭。那孩子是皇上登基之前生的，以往一直是活蹦乱跳的，结果皇上登基之后没多久就一命呜呼了，死前没有任何征兆，但最蹊跷的事还在死后，银针入体不发黑，说明不是中毒，那便只能是病死，什么病呢？一不拉二不吐，面不黄肌不瘦，太医也头大，若是上了年纪，诸如痰症、心疼病[1]之类的急症倒是有可能暴毙，但殿下年纪轻轻，怎么可能患那种病呢？皇上也曾授命大内派人在宫中调查此事，但查来查去也没查到什么线索，也便不了了之了。

皇二子与嫔妃通奸，最后被贬为庶人关进了孝亲王府。

老二是皇上登基之后生的第一个孩子。至于通奸这件事，真的不好说，因为那时老二才十四岁。十四岁啊！怎么就通奸了呢？就算情窦初开，身为皇子，解决办法多得是，为什么非要找嫔妃呢？而且还是当时特别受宠的嫔妃？皇上再次授命大内暗中查探，但最后仍然没查出个所以然。通奸就是通奸，孤男寡女捉奸在床，这有什么好查的？不查就不查吧，皇上倒巴不得不查。想当初力排众议废长立幼，隔着老二立老五为太子，文武百官始终颇有微词，这次正好，老二出事儿了，老五这个太子，也终于能名正言顺了。

皇三子生产时母子双亡。

一个好消息一个坏消息：好消息是靖妃娘娘又给陛下生了个龙子；坏消息是靖

[1] 痰症、心疼病：即脑出血、心肌梗死。

妃娘娘生产的时候大出血死了；不但娘娘死了，龙子也死了；不但龙子死了，向皇上报信的那个太监也死了。

皇四子生而痴呆。

其实是不是天生痴呆，很不好说。因为这孩子刚刚断奶时便莫名其妙地生了一场怪病，上吐下泻，高热不退，像是病，但更像中毒。但因为是孩子，太医问什么问题他也不会表达，汤药也不喝，就算施针都得好几个人按着，把个太医也急出了一头汗。虽然最后命是保住了，却落了个痴呆的病根。作为太医，当然不能说是自己把皇子给治成痴呆的，整个太医院一口咬定这孩子天生就是个痴呆。皇上又派大内去查，查了几天没动静，干脆又下令不用查了，反正你们这群废物也查不出个所以然。

之后就轮到朱孝隆了。

据说因为皇长子、皇三子和皇四子都出了事，朱孝隆刚生下来还没满月，就被送出了宫，由徐国公派人看护。说实在的，皇子在宫外居住，由外公负责看护，自开国以来可谓独此一家再无他号。不得不说，朱孝隆之后，还有一个皇六子朱孝辰，此人在宫中住了十三年才被皇上另赐了府邸，究其原因，便是此人没有像徐国公那么厉害的外戚，出了宫反而会更危险，也正是因为这个原因，倒霉的皇二子也是一直在宫里长大，否则也不至于闹出通奸这等丑事。

人就是这样，酒喝得多了，难免胡思乱想，更难免冲动。朱孝隆也不例外。满满三壶酒下肚，他便开始不由自主地胡思乱想起来：姚俊儿被唐沐安排在了胭脂楼，而皇上却偏偏在这个时候下令陈公公彻查抛尸案的事。

胭脂楼本就是陈公公开的，这还用查吗？

关键是：唐沐，靠得住吗？

万一露馅怎么办？再细想，露馅这种事，不是万一，而是一万。自己与那老太监素来没什么交情，他怎么可能冒着连坐九族的风险跟自己合起伙来瞒皇上？

楚离去夜探齐王府了，他能探出什么东西？或者说，他也靠不住怎么办？

对了，那个楚离！

他是什么来头？自己只知道他是个飞贼，是个草寇，除此之外对其一无所知。平日里，自己也没少向王辇、李允这些心腹打听江湖中人的性子，在此二人看来，大部分混江湖的虽说表面上正气凛然，但骨子里却没几个好东西，大部分都是只认钱不认人的货色，谁给的钱多就听谁的。楚离也是江湖中人，跟自己也只不过是萍水相逢，怎么可能死心塌地地为自己卖命？

唐沐为什么会把自己安排到他家？他又为什么要劝自己回来？是谁想行刺自己？而谁又知道自己的行踪？那些刺客既然已经知道了自己的行踪，便肯定知道姚俊儿还活着！他们的幕后主使肯定不是简单人物，这个人会不会去父皇那里告密？

莫非……这一切，是楚离安排的苦肉计？

迷离中，朱孝隆越想越怕，把过往一切都连起来想，可不是吗？就是苦肉计无疑呀！楚离的背后，肯定还有别人！他先指使楚离劝自己回到京城，然后再去向皇上告密：是太子自己策划了京郊抛尸案；之后皇上派人一查，受害人果然还活着，果然是人赃俱获，欺君罔上！肯定就是这样，一切顺理成章！

想到这，朱孝隆再也坐不住了，站起身跌跌撞撞地打开房门，屋外已然是满天星斗。“殿下！”见朱孝隆两手扶着房门目光迷离，两名侍卫赶忙上前单膝跪倒。

“备轿！我要进宫！”

“殿下？”侍卫一愣，似乎不大相信自己的耳朵。

“我有要事必须面见父皇！快给我……备轿！”

“殿下切勿鲁莽！”侍卫也不知道该怎么说才好，眼下已是二更，这个时候醉醺醺地去见皇上，指不定会捅出多大的娄子，“此刻陛下应已就寝，殿下若是有事，不妨明日一早觐见！”

“放肆！”朱孝隆一瞪眼，“让你备轿就备轿，哪来那么多废话！”

看来确实是喝多了。太子殿下平日温文尔雅知书达理，对下人从来没像今日这般蛮横。

算了，备轿就备轿吧，反正是他见皇上又不是自己。俩侍卫无奈，只得去吩咐备轿，但等轿子备好，却发现这宝贝殿下竟然靠在门板上睡着了。

这一夜，朱孝隆可谓是乱梦不断，猛然间从梦中惊醒，发现自己正睡在床上。

“坏了！”虽说酒已经醒了，但昨天晚上胡思乱想的细节却还依稀记得。推开房门，朱孝隆发现外面天已蒙蒙亮，差不多已有五更，“来人！快来人！”

“殿下！”

“快备轿！我要进宫！”

“是！”

一盏茶的工夫，轿子备好，刚要出发，迎面忽然来了两个太监：“殿下可在府上？”

“本殿在此！”朱孝隆撩开轿帘道。

“陛下宣殿下即刻进宫！”

“哦……我……我……我正要进宫……”听太监说父皇急宣自己，朱孝隆心里咯噔一下，话都说不利索了。

二

在乾清宫门口，朱孝隆跪了足足一个多时辰，却始终没人宣自己觐见，到底是怎么回事？朱孝隆的心早就提到了嗓子眼，难道父皇已经知道姚俊儿的事了，正在宫里生闷气？为什么会这么快？

对，是楚离，就是他！又是谁在指使他呢？

陈方！不会有别人！

就是他出主意把姚俊儿送到胭脂楼的，那陈方想必已经投靠了齐王，刺杀自己的人也是他派出来的！天底下只有青衫营有本事查到自己的行踪！他派出刺客，然后楚离骗自己回京城，再把姚俊儿安排在胭脂楼，最后不费吹灰之力拿到自己欺君的证据！没错了！天衣无缝，顺理成章！

想到这，朱孝隆真是一头撞死的心都有，恨自己为何会轻信一个萍水相逢的蟊贼，更恨自己昨天晚上优柔寡断，竟然酒后误事，没能及时觐见。按当今皇上的脾气，这件事倘若主动向他坦白或许还好点，大不了废了太子之位，那母子的性命或许还能保住，现如今呢？倘若真是有人告密的话，那姚俊儿的命便是无论如何也保不住的。作为儿子，朱孝隆很清楚父皇的脾气，这个人一辈子最忌讳的事，就是被人骗，即便是至亲也决不轻饶。

“不行，得想办法通知王犨，让他无论如何立即将姚俊儿转移！”跪在殿外，朱孝隆喃喃自语，终于打定了主意，但转念一想却又傻了眼：通知王犨，想得轻松，如何通知？自己跪在殿外可谓万众瞩目，难道要在众目睽睽之下不辞而别打道回府？找别人带口信则更不现实，这深宫大内，能信得过谁？找母妃的贴身太监？她比外公更恨姚俊儿，这消息让她知道了，姚俊儿岂不是自投罗网？

这便是太子居于宫外的坏处，在宫里竟然连个靠得住的亲信都没有。

“太子朱孝隆接旨！”就在朱孝隆抓狂的时候，殿内忽然走出了几个太监，为首的太监握着一卷圣旨，一看就是刚写好的，都没来得及封好：

奉天承运、皇帝制曰：

兹太子朱孝隆，不顾礼制，欺君罔上，自今日起幽居孝亲王府思过，未经召见，不得入宫。

钦此。

“殿下。”太监把圣旨递到太子跟前，但见朱孝隆两眼发直，已然呆在当场。

孝亲王府！为什么？从古至今，进了孝亲王府的人就没出来过，欺君固然是重罪，但废了太子之位难道还不够吗？为什么要这样？“不！这不是父皇的意思！让我进去！我要见父皇！”但见朱孝隆猛地站起身子径直就要闯宫。

“殿下冷静啊！陛下现在不想见你，你这样进去岂非自讨没趣？”传旨的太监一个眼色，身后三四个太监一拥而上，将朱孝隆拉在原地动弹不得。

“你们这群浑蛋！让我见父皇！你们凭什么不让我进去！”朱孝隆发疯般地挣扎，却被围拢过来的一众太监连拉带拽硬生生地拖出了乾清门。“给殿下备轿，送殿下去孝亲王府！”见朱孝隆被强拉出宫门，传旨的太监冷冷一笑，转身走进乾清宫。

除了皇上皇后的龙辇銮驾，其他任何人的坐乘都是不能进宫的，太子也不例外，轿子只能等在午门之外，失魂落魄的朱孝隆，就如同赶考落榜的穷秀才一样，几乎是被人从身后推着跌跌撞撞地走出了午门。

“完了……完了……”坐在轿中，朱孝隆万念俱灰，“俊儿，是我害了你，我还没来得及给咱们的孩子起名字啊……”想到这，朱孝隆潸然泪下。

“殿下，到了……”小轿落地，朱孝隆掀开轿帘，但见乱草之中，一幢摇摇欲坠的破房子立在跟前，窗户纸很明显是新糊上去的。

糊窗户纸需要时间，这幢破房子很明显是提前预备好的，这是给谁准备的房子？难道就是自己？难道父皇早已决定把自己关在这儿？

推开房门，朱孝隆不禁泪流满面，他想不通，亲生父亲为什么要这么对待自己，自己处处为社稷着想，甚至在只有四个随从的情况下，还派了两个最能打的去监视随时可能叛国的严龙灿，难道这就是回报？欺君，也只不过是想保全妻儿的性命，情非得已的事，难道就真的不可原谅？

然而，让他更想不通的事，还在后面。

在屋里雕塑一般愣了一个时辰，房门忽然被人推开了一条小缝，继而一个内卫打扮的人背着一个硕大的包裹做贼般蹑手蹑脚地闪入屋中，反手又关上了房门。

“你是谁？”朱孝隆心中一惊。

“请殿下速速换装！”来者并未回答朱孝隆的问题，而是就地摊开了身上的包裹，里面竟然装了一整套的内卫甲胄。

“你……你是何人？是谁派你来的？”朱孝隆惊魂未定。

“卑职青衫营理刑百户郑敏！请殿下速速换装！待离开此地，公公会向殿下解释一切！”

“你是陈方的人？”朱孝隆惊了，自己跟那个老太监素无交往，这又是闹哪出？对了，那老太监肯定是整件事的幕后主谋，肯定是想把自己骗出去斩草除根！肯定是这样！“他想做甚？”

“当然是救殿下出去啊！”郑敏急得满头大汗，“事不宜迟，还请殿下快把衣服换上，等换防的人回来，就来不及了！”

“他……救我？”朱孝隆心中打鼓，并没有换装的意思，“你走吧！本殿不用他救。”

“哎呀，殿下！公公他……哎呀……请殿下务必当机立断！”

“本殿一定要面见父皇问个明白，但若跟你走了，可就说不清楚了。”朱孝隆昂首挺胸俨然一副慷慨就义的表情，“烦劳你转告公公，就说他的好意，本殿心领了，让他今后多花些心思在公务上吧。”

“实不相瞒，京畿卫的齐将军已经带兵去搜查胭脂楼了……”郑敏道，“公公正在想办法转移他们要搜的人。殿下若是执意不用公公帮忙，卑职这就回去向公公禀报！”

“等等！你说什么？”一听“胭脂楼”三个字，朱孝隆的眼珠子瞬间就瞪圆了，上前一把揪住了郑敏的衣襟，“再说一遍！”

“殿下若想问个明白，就请速速换装，随我去见公公！”

“也罢，横竖都是个死……”朱孝隆点了点头，脱下身上袍服，换上了内卫的铠甲。

三

圈禁朱孝隆的这间屋子，由两名内卫把守。和郑敏出门的时候，这两个内卫出乎预料地向着朱孝隆施了一个简礼，之后仍旧目不斜视地站在门口，就好像什么都没发生一样。

“他们……他们也是你们的人？”跟在郑敏的身后，朱孝隆忍不住问道，“陈方这么明目张胆地把我放走，难道不怕父皇追查？”

“公公自有安排，殿下不必担忧！”说话间，二人来到了一处围墙下，但见郑敏蹲下身子，片刻不到便从草丛中找出一卷绳子，继而将带着挠钩的一头扔到了墙外。

“你……这是要做甚？”朱孝隆傻呆呆地看着郑敏的一举一动，“莫非……你想让我翻出去？”

“请殿下踩着卑职的肩膀爬上去！”郑敏拽了拽绳子，似乎是卡上了劲，继而转过身蹲在了墙根下面，指了指自己的肩膀。

“这……”朱孝隆也抓瞎了，这不是赶鸭子上架吗？自己长这么大可都没干过这种事，“我……”

“殿下……”郑敏将手中的绳头硬塞给了朱孝隆，“事不宜迟，殿下请！”

无奈，朱孝隆只得踩着郑敏的肩膀拽着绳子龇牙咧嘴地爬上了墙头，结果往墙外一看又傻眼了，但见四五个内卫正聚拢在墙根下面目不转睛地盯着墙头，自己一露脸正好跟这几个人看了个对眼。

“外面有人……”朱孝隆的心已然提到了嗓子眼，把声音压得极低。

“殿下快跳！我们接着你！”没等郑敏说话，外面这几位倒先开了口，“快跳啊，殿下！”

“也罢……”想了想姚俊儿和未来的儿子，朱孝隆咬牙闭眼干脆横着身子直接栽了下去，他这一栽，瞬间便把下面几个准备接人的内卫惊出了一身冷汗，天底下哪有这么翻墙的？横着身子往下栽，若不是下面有人接着，不死恐怕也得是个残废吧？

但闻“扑哧”一声，待朱孝隆睁开眼，郑敏已经站在了自己跟前。翻这种高度的墙，人家根本就不用绳子，绳子就是给你朱孝隆预备的。

“有劳！”郑敏冲着这几个内卫一抱拳，内卫也对着朱孝隆施了个简礼，之后迅速一字散开，恢复了之前站岗的状态。

离开孝亲王府，郑敏直接把朱孝隆带进了一条小胡同，之后又从一户人家的院子里取了一个包裹，里面装的竟然是一身短衣襟小打扮的武师装束。“殿下快换上！”

无奈，朱孝隆脱下铠甲又换上了武师的衣服，之后跟着郑敏七拐八拐足足走了四五里的路，“咱们这是去哪？这不是去青衫营的方向！”朱孝隆心中打鼓，边走边问。

“公公不在青衫营！”郑敏道。

“那他在哪？咱们又要去哪？”说话间，二人拐到了大街上，但见一众镖队迎面走了过来，德震镖局的旗号随风飘舞，格外显眼，总镖头“独眼兽”韩康骑着一匹高头大马走在队伍最前面，身后跟了两架装货的马车，马车两旁跟了足有二十个镖师，看阵仗是要走一趟大镖。

“韩总镖头？”看见韩康，朱孝隆的心算是放下了一半，因为德震镖局开业之初，有一多半的本钱都是徐国公出的，徐府上下若是有什么见不得人的事要办，也都是找韩康出头。话说回来，在京城开镖局，难度不亚于开青楼，必须有黑白通吃的门路，若没有徐国公这座靠山，他德震镖局的买卖也不可能做得起来。

“殿下只需跟着镖队，便可见到公公，卑职告退！”郑敏冲着朱孝隆抱了抱拳，转身挤入人群。

“喂……”待朱孝隆转过身想问个仔细，郑敏已经不见了人影。

“喂！说你呢！还在这儿磨蹭什么？”韩康斜眼瞟了朱孝隆一眼并未说话，甚至连停都没停，反而是身后一个五大三粗的镖师冲着朱孝隆嚷嚷起来，“还不快跟上！”说话间，镖师竟然将一把单刀塞到了朱孝隆怀里。

“哦！”朱孝隆立即会意，学着武师的样子单手拎刀低着头跟在了镖队后面，“敢问这位镖头，咱们这是去哪？”

“嘘……”镖师做了个嘘的姿势，之后指了指前方，示意朱孝隆跟着走便是。队伍的行进方向是向西，莫非要走西直门出城？朱孝隆心中又开始犯嘀咕，结果嘀咕来嘀咕去，队伍果真出了西直门，上了通向山区的土路。

“陈方在哪？快带我去见他！”出了城没多远，朱孝隆实在是忍不住了，快步跑到了队首，伸开双臂挡在了路中间。

“这……”韩康脸上顿时就见了汗，下意识地看了看四周往来的百姓，翻身下马，把嘴凑到了朱孝隆的耳边，“陈公公就在前边不远等着咱们，殿下切不可再行暴露！若殿下你落入反贼之手，前功尽弃啊！”

“反贼……”朱孝隆一愣，也压低了声音，“什么反贼？”

“这里不是说话的地方！”说话间，韩康仍在警惕地看着两边，“殿下若是信得过我，就莫要再问！”

“好吧……”朱孝隆点了点头，对他而言，这次出京跟上一次可完全不一样；一旦逃出孝亲王府便是钦犯之身，再想回去是不可能了，一切也只能听天由命。

四

进山之前，是一片小树林，树林边上是一家炭窑，路过炭窑的时候，三个人自炭窑之中偷偷摸摸地加入了队伍，其中一人骑着马，另外两个人一个牵马一个挑行李，像极了西天取经的玄奘师徒。唯一不同的是骑马的人可不是和尚，而是一位须发皆白的老者，脸上的假胡子似乎粘得很是仓促，稍加留神便不难看出破绽。

“陈公公！”见陈方身边只带了两个人而且都是男的，朱孝隆心里顿时凉了一半，“姚俊儿呢？你不是去救她了吗？”

“敢问殿下，楚离这个人，你信得过吗？”见朱孝隆果真在队伍之中，陈方长出一口气，翻身下马，与朱孝隆并排走在了队尾。此时镖队已行入树林，路上行人也渐渐稀疏。

“你……你是怎么知道他的？！”朱孝隆咬牙切齿，看来自己猜得没错，楚离果真是这老太监的人。

“殿下莫要误会……”陈方一笑，似乎看出了朱孝隆的心思，“此人夜探王府，被老奴人赃并获。”

“姚俊儿呢？你把她弄到哪儿去了？”

“所以才我问殿下，楚离这个人，信不信得过……”陈方也皱起了眉头，“因为他先老奴一步，从胭脂楼救走了姚姑娘。”

“他……先你一步？”朱孝隆似乎不大相信自己的耳朵，胭脂楼可是你陈方的地盘，怎么可能被一个蟊贼抢了先？“这到底是怎么回事？”

“这件事说来话长！”陈方叹了口气，“老奴早就知道姚姑娘躲在胭脂楼，却并未说破，那些男欢女爱之事，不过是缘分使然，又何必大动干戈？但昨夜抓住楚离，老奴便觉得不能再瞒下去了，否则一旦那齐王一早发现家中遭了飞贼，尤其那贼人若是看到了什么不该看见的东西，势必要全城搜捕。万一姚姑娘也被他们搜了去，这欺君之罪，老奴岂非成了同党？索性警告他立即将姚姑娘转移到别处！没想到今日一早，老奴突然接到密报，说齐玉忠果真带着人马去胭脂楼搜查，便想立即安排人手将姚姑娘转至他处，没想到啊没想到，那个楚离竟然用了一招金蝉脱壳，先老奴一步救走了她！”

“楚离……把俊儿救去哪里了？”

“还能去哪里？”陈方一笑，“自然是你外公府上！”

“啊！”朱孝隆心口一堵，险些昏厥。

“殿下放心，依老奴之见，那小子伶牙俐齿、足智多谋，他若是真心效命于殿下，姚姑娘自可安然无恙！”

“究竟是谁告的密？可是我那叔父？”说到这，朱孝隆眼中瞬间闪过一丝杀气。

“这……”陈方似乎有些尴尬，“真是让殿下见笑了，告密之人，恐怕是我青衫营的家贼！”

“家贼？”

“嗯……”陈方摇了摇头，“老奴年事已高，怕是撑不了几年了，我这青衫营里，早就有人蠢蠢欲动另谋他主，正所谓外贼好挡，家贼难防啊！”

“那……那……你又为什么要救我？”

“起初听说陛下降旨圈禁于你，老奴也是大为震惊，就在我盘算是否要面见陛下问个明白的时候，楚离却二次找上门来，说他在齐王府上看见了一封密信！”陈方的表情忽然变得诡异，“有人让王爷扳倒殿下你，空留储位，之后推王爷世子上位！”

“啊！”朱孝隆脸色煞白，周身上下早已湿透，“那……那你……”

“之后不久，老奴便从太医院得到一份密报，说陛下龙体报恙，卧床不起！只可惜，具体是何病症，只有出诊的太医知道，一时不便深查。若是将这两条消息连起来想，恐怕就不是圈禁殿下那么简单，而是有人想篡位！”陈方将声音压得极低，“不瞒殿下，此时此刻，陛下恐怕已经……”

“不……不……父皇！”朱孝隆不顾一切地转身就跑，跑出没几步便被陈方的随从拉了回来，“放开我！快放开！父皇有难……我岂能弃他于不顾！放开我！”朱孝隆涕泪俱下，拼命地挣扎，却被身后的随从死死地夹住双臂，动弹不得。

“殿下少安毋躁！”陈方脸一沉，“这件事，恐是蓄谋已久，如今大内和京畿卫的兵权都已落入敌手，此时回京岂非以卵击石？”

“那要如何？难道要就此逃之夭夭？”朱孝隆面目狰狞，俨然换了个人。

“当年，陛下曾经赐给你舅舅一块牌匾！”陈方将嘴贴近朱孝隆的耳朵，“匾中藏有陛下亲书的密诏一道。老奴此行，一来是要救殿下于水火，护佑我大宁之国本；二来便是要尽老奴的本分，去你舅舅府上宣旨！”

“你说什么？”朱孝隆一愣，似乎没反应过来。

“世上有很多事，陛下虽不知道，却能料到……”陈方站起身子举头望天，“或许他逃不过小人的毒手，但那些小人，一样也逃不过轮回的报应！”

五

骑在马上如僵尸一般，朱孝隆随镖队由林间小路进山，走着走着，走在队首的韩康忽然举手示意镖队停步，继而满脸警惕地看着两旁的山坡，若有所思。

“怎么了？”陈方下意识地拔出了佩剑，环望四周，只见两旁山坡之上荆棘丛生，怪石嶙峋，衬着呼啸的山风，显得极其诡异。

“护驾！”但见韩康翻身下马，四周的镖师则立即拥向韩康身后的镖车，要说这镖车上的货箱，可不是普通的箱子，盖板和四壁都是活的，取下来就是盾牌，而货箱之中则装满了刀枪剑戟弩箭火铳，片刻不到，朱孝隆和陈方便被一众手持盾牌弩铳的镖师围护在了中间。

“殿下快下马！”陈方也是经验十足，第一反应便是把朱孝隆拉下马并蹲下了身子。

“交出钦犯，余者免死！”山谷中，隐隐约约有人在喊，声音四面回荡，一时间也不好判断究竟来自何方。

“遮遮掩掩算什么好汉！”韩康端着一杆只有朝廷精锐才能配备的新式火器“三眼神铳”，大吼道：“有种就滚出来跟你家韩爷爷一决高下！”韩康话音未落，但见铺天盖地的弩箭雨点般砸向镖队，见势不好，韩康也赶忙低头哈腰躲入盾墙之下，待箭雨过后，即便是躲在盾牌之后，在场的镖师竟也被射死了两个。

待站起身子，韩康也是一惊，只见两旁山坡人影林立，那些嶙峋的巨石与满布的荆棘之后，星星点点竟然藏了几十个蒙面刺客，而韩康的镖队加上陈公公带来的两个随从，一共才二十几个人。

“公公经营青衫营多年，怎么只带了两个人？”韩康愤愤地斜了一眼陈公公。

“想听实话吗？两个我都嫌多。”

说话间，山坡上的刺客已然杀向镖队。

“打！”韩康端起“三眼神铳”首先开火，霎时间，这二十几人的镖队好比一只长满尖刺的刺猬，火铳剑弩齐射，冲在前面的刺客顿时倒地一片，只可惜，不管是弩箭还是火铳，短时间内都只能发射一次，即便是韩康手中的“三眼神铳”，也只能射出三弹，还未必弹弹命中，待刺客冲杀至近前，人数仍旧比镖队的两倍还多。

再之后，便是肉搏，即便是陈方，也已拔出佩剑加入了战团。“保护殿下！”韩康护着朱孝隆在人群中左躲右闪，只可惜越躲人越多，无奈之下，这韩康也只得将朱孝隆推入一处山脚，自己带着三四个镖师挡在前面苦苦支撑，随着镖师一个个倒下，韩康的后背也被砍了两刀，腿上也被豁出了一条口子，整条腿血淋淋一片，每退一步脚底下便会留下一个血脚印。

此时朱孝隆已退入死角，但闻“扑哧”一声，韩康被刺客一剑穿膛，直挺挺地倒在了朱孝隆眼前。“韩镖头！”朱孝隆周身颤抖，想后退却已退无可退：身后是陡峭的山坡，面前则是缓缓逼近的刺客，“你们都住手！本殿跟你们走！放过他们！”被围在死角，朱孝隆反而挺起了胸膛。

“杀了他！”为首的刺客一声令下，周边众人一拥而上，将朱孝隆团团围住，似乎根本就没想留下活口。

“住手！”就在这时候，不远处又传来一阵大吼，话音未落，一柄飞来的宝剑已然把方才下命令的刺客穿了个透心凉，周围的刺客也是一愣，一个个顿时呆在了原地，见过飞镖弩箭，却从来没见过有人用三尺长的宝剑当暗器的。

“天子脚下，竟敢拦路抢劫，还有没有王法了！”但见不远处来了一队人马，目测至少二十人往上，此时早已是刀剑出鞘跃跃欲试，为首一人书生打扮，骑着一匹米黄色的高头大马，腰间的佩剑此时只剩了剑鞘，刚才飞来的宝剑似乎就是出自他手。

“各位壮士！”但见来者翻身下马，走上前来躬身施礼，“有道是：凡事留一线，日后好相见！诸位谋财即可，又何必害命？”

“你是何人？”一蒙面刺客上前问道。

“在下万岁山黑水寨掌山大寨主陈啸天！不知诸位兄弟是哪条道上的？”

“大胆蟊贼，认识这个吗？”说话间，这刺客竟然将一枚牙牌亮到了陈啸天跟前，但见这枚牙牌跟普通朝廷命官所用的牙牌可是大不相同，象牙鎏金甚是精致，牙牌正中并未标有职位与姓名，仅仅是刻了一个“东”字。

“这是什么鬼东西？”陈啸天冷冷一笑，随手从腰间也摘下了一枚牙牌，“看准了，今后多学着点，造假也要造得像才行！”话说陈啸天的牙牌，可是朝廷正式下发的官职凭证，职位姓名一应俱全——“岭南都指挥使司都指挥佥事，陈啸天”。

“听好了，我等乃是大内的差官，此行只为捉拿钦犯，尔等休要多管闲事，免得招来灭门之祸！”亮牙牌的刺客似乎有些无奈。

“大内？”陈啸天眉头紧皱，将信将疑，“既是大内差官，为何要蒙面办差？”

“壮士！我乃当今太子！”朱孝隆一脸的决绝，“这些都是乱党，想要挟持本殿！”

“太子？”陈啸天又是一愣，不经意间一眼瞄到了倒在地上的德震镖局的大旗，德震镖局？这不是“独眼兽”韩康韩大侠的买卖吗？“韩大侠！韩康韩大侠何在？”

说话间，但见刺客冷不丁一剑直刺陈啸天喉咙，这陈啸天也不是吃素的，跨步闪身躲过致命一剑，待刺客转过身形，却发现陈啸天手中不知何时已多了一把匕首，“对抗朝廷，死路一……”没等刺客最后的“条”字说出口，喉管已然被陈啸天一刀割断。“给我上！蒙着脸的，一个不留！”比起刚一开始那个文质彬彬的书生，此时的陈啸天好似换了个人，横眉立目，满眼的杀气，随着他一声令下，身后随从挥刀举剑杀入战团，形势瞬间逆转。

六

要说这陈啸天带来的人，一个个都不是一般的彪悍，把个朱孝隆也看呆了，见过杀人，没见过这样杀人：韩康手下的镖师，一般是把对方砍倒就行了，但陈啸天带来的这群手下，可是招招都奔着分尸去的，被杀的要么开膛破肚，要么身首分离，偶有想跑的也都被追上一剑穿膛……这群人什么来头？刚才听这陈啸天说自己是什么大寨主，莫非这是一伙悍匪？莫非自己刚出龙潭，又要落入虎穴？

约莫半炷香的工夫，蒙面的刺客仅剩了四五个人负隅顽抗，而陈啸天的手下也只不过死了十来个人。见势不好，其中一个刺客虚晃一招拔腿就跑，但见这陈啸天从怀里掏出了一把怪模怪样的“暗器”，但闻“砰”的一声硝烟四起，逃跑的刺客应声倒地，其余几个死扛的也被这一声闷响惊呆在了原地，瞬间便被十几把刀架上了脖子。

“说，你们到底是谁？”陈啸天周身已然被鲜血染红，缓步上前一把扯下了一个刺客的面罩。

“对抗朝廷，死路一条！”被扯下面纱的刺客“扑哧”一口唾沫吐在了陈啸天的脸上。

“给脸不要脸……”陈啸天也没废话，反手一招将此人喉管割断，喷涌的血雾瞬间将地上杂草染红一片。

“还有想死的吗？”陈啸天抬起头看了看剩下的几个人，结果还没等他伸手再去扯面罩，但见几人几乎同时倒地，口吐白沫，周身上下抽作一团，片刻不到便没了动静。

瞥了一眼地上的尸体，陈啸天冷冷一哼，转回头冲着朱孝隆抱了抱拳：“这位仁兄受惊了，在下乃是朝廷命官，方才听仁兄所言，你乃当今太子，此话当真？”

说实话，朱孝隆早就吓傻了，被陈啸天这么一问才缓过神来，喘着粗气微微点了点头。

“陈……陈……公子……”就在这时候，韩康醒了过来，“陈……公子！”

“韩大侠！果然是你！”见韩康竟然躺在地上，陈啸天也是大吃一惊，刚才光顾着打架了，竟没注意到韩康就躺在脚底下，“韩大侠，你不要动！我带了郎中！”陈啸天俯下身子，但见韩康满脸是血，周身上下也早已被鲜血浸透，小腹有一处剑伤，此时仍在向外淌血，“李郎中！李先生！”一边喊，陈啸天一边从身上撕下了一块布按住了韩康的伤口。

“大哥，李先生他……”但见一黑脸大汉愁眉苦脸地蹲在了陈啸天对面，“李先生刚刚被砍死了……”

“唉！”陈啸天一脸的焦急，“快……快把那马车上的东西卸下去！把他抬上车！用我的马，快用我的马把车套上！”镖局的马此时已经全被射死，在场唯一一匹活着的马便是陈啸天骑的那匹马，说实在的，那可不是拉车的马，此马名曰“黄骠”，三年前还是小马驹的时候就值五千两银子。

“不……不用管……我……”韩康握着陈啸天的手，轻轻摇了摇头，嘴角淌血，声音微弱，“送……太子……到……岭南……”

“韩大侠，你说什么？”陈啸天俯下身子，将耳朵贴到了韩康的嘴边。

“送……太子……去岭南，找……徐大人……”

“他真的是太子？”陈啸天抬起头看了看朱孝隆，赶忙撩衣跪倒在地，“卑职救驾来迟，望殿下恕罪！”

“望殿下恕罪！”他这一跪，周围呼啦一下跪倒一片。

“快快请起！”朱孝隆赶忙伸手搀扶。

“卑职是岭南都司都指挥佥事陈啸天！”陈啸天站起身，“殿下，此去岭南路途遥远，还请殿下随卑职进京，请兵护驾！”

“不！”朱孝隆摇头道，“本殿此行乃是执行密诏，不宜张扬。”

“这……呃……”陈啸天顿时就是一脸的为难，“若殿下不弃，让我那两位结拜兄弟，护送殿下如何？”

“呃……这……”朱孝隆一愣，显得有些犹豫，刚才蹲在他对面那个黑脸大汉貌似就是他的兄弟之一，他曾亲眼看见此人用剑把刺客的脑浆戳出来。

“卑职还要进京赶考，不能亲自护驾，还望殿下恕罪！”陈啸天一本正经一躬到地，继而将刚才打死刺客用的暗器连带装火药的竹筒与装弹丸的小布袋双手奉上。此时朱孝隆才得以仔细观察这把暗器，看着像把火铳，尺寸却小了许多，精雕细琢，甚是讲究，“此物名曰火绳炮，乃是西人所制之火器，三十步内可一弹毙命，今日赠与殿下，可做防身之用！”

“这……呃……赶考？”朱孝隆琢磨了半天也没回过神，“陈大人，你已是朝廷三品大员，还要赶什么考？”

“殿下有所不知……”陈啸天叹了口气，眼圈顿时红了，“卑职与家父本是山匪，蒙皇上隆恩被招安为官，家父目不识丁，为官之后更是屡遭同僚之冷嘲热讽，便盼着有朝一日，卑职能金榜题名光宗耀祖，为他争回这口气。不久前他老人家身染恶疾，郎中说他命不久矣，卑职便想上京应考，替他老人家了却这桩心愿！”

“原来如此……”朱孝隆点了点头，“那就祝陈大人金榜题名马到成功！”

“谢殿下吉言！”陈啸天抱拳施礼。

“对了，殿下遇刺之事，用不用卑职到京城通禀一下，让朝廷派人查一查这伙人的底细？”陈啸天问道。

“不可……”就在这时候，陈方被人从死人堆里挖了出来，让人搀扶着一瘸一拐地来到了近前，脸上的假胡子早已不见了踪影，“今日之事断不可向任何人提起！”

“敢问这位是……”陈啸天一愣。

“你当真要去赶考？”

“正是！”陈啸天一脸的严肃，丝毫不像是说笑，“恕在下不能护驾！”

“你救驾有功，我也没什么可赏你的，这样吧，你把这个交给主考官，”陈方从怀中掏出一封书信，小心翼翼地将落款处的“陈”字撕了下来递给了陈啸天，“就算是交一张白卷，也保证让你金榜题名！”

“哦！多谢老人家！”陈啸天小心翼翼地接过纸条揣入怀中。

“听着，今日之事若是走漏半点风声……”陈方忽然换了一副表情，眯缝着双眼，甚是阴狠。

“请殿下放心，有道是：君子一言驷马难追！今日之事，卑职定当守口如瓶！”陈啸天一拱手，继而转身对着身后的黑脸大汉使了个眼色，“快把韩大侠抬上车，我带他进京找郎中！”

“不……不……”韩康咬着牙不住地摇头，“我不能回去……不能回去……”

“他……这……公公？”朱孝隆看看韩康又看了看陈方，一时间也没了主意。

“这样吧……”陈啸天叹了口气，“从这里往前再走三里路，有一处樵夫人家，将韩大侠安置在那里，之后让那樵夫跑腿，进城请郎中如何？”

“如此甚好！”没等陈公公说话，朱孝隆便点了点头。

“留几个人，把这些刺客的尸体烧了，如果有人问起，就说他们都害了瘟疫！把咱们的人……也埋了吧……”陈啸天看了看满地的尸体，面露惋惜，“家眷就按黑水寨的规矩安置吧……”

七

陈啸天的两个结拜兄弟一个叫王笙，在三人中排行老二，江湖绰号“黑皮太岁”；另一个叫鲁正，江湖绰号“玉面天师”，是当初黑水寨的军师，听似道人，此人也确实穿着一身道袍，但从未出过一天的家。道袍是之前走江湖行骗用的，后来上了万岁山跟陈啸天拜了把兄弟，虽说不用再出去行骗了，但穿道袍这个习惯却是一直没改。此人虽然识字不多，平日里却尤其喜欢给人诊脉抓药，只不过从来没治好过一个病人，话说回来，但凡是知道他老底儿的人，也没谁敢找他看病。

按王笙和鲁正的安排，众人出了山区之后便要由官道行至泊州，之后换快马经小路走豫州然后过黄河，但因为陈方的伤情，一行人等不得不就近改道河源府为他治伤，之后再从河源请足了镖师一路走官道至豫州。因为很多小路只能骑马却不能走车，而陈方的伤却只能坐车而不能骑马。

难道泊州就没有镖局吗？

有。

就是因为泊州的镖局真的是镖局，所以不能从泊州雇人。而在河源，有一家在江湖上赫赫有名的“永顺镖局”。为何是在“江湖上”赫赫有名？因为这家镖局自开张以来就没怎么正经走过镖，因为总镖头张永顺觉得，比起老老实实地走镖，拦路抢劫来钱更快也更轻松。

所以说，接朱孝隆的买卖，非永顺镖局莫属；镖师功夫好口风严，以及最重要的一条：不要命。

山中一战，这老太监的大腿被砍了一剑，伤口深到能看见骨头。虽说及时上了金创药，但因伤口太深加之连夜赶路，待众人到了河源，已然溃烂腐臭，按郎中的交代，此伤必须卧床调养，至少也要两个月才能下地，但是朱孝隆哪里等得起两个月？

“老了，不中用了……”躺在马车上，陈方不住地感慨。从古至今，不管是谁，就算有天大的本事地大的权力，也是敌不过“岁月”二字。“事出仓促，害殿下涉险，还望殿下莫要记恨老奴才是！”

“公公这是说的哪里话？若非公公相救，本殿恐已遭逢不测！我又怎会记恨公公？”马车上，朱孝隆握着陈方的手不住地安慰，见这老太监面色惨白，气若游丝，心中难免生起一阵酸楚，“恕本殿直言，还请公公莫要误会：听郎中所言，公公的腿伤最好是卧床静养，此去岭南路途遥远，公公为何不留在河源养伤？”

“殿下觉得，凭我这把老骨头，就算伤好了，又能多活几天？”陈方颤声道，“不瞒殿下，老奴这次出京，就没打算活着回去。陛下对老奴万般信重，老奴虽万死而不能报其一，又怎能为这区区小伤而辜负陛下的重托？”

“公公你别再说了……”朱孝隆眼圈发红，干脆将身子背了过去。真是想不到啊，堂堂太子，在最危难的时刻，守在自己身边的却是一群临时雇来的土匪和一个平日里都不曾用正眼瞧一眼的老太监。

“殿下莫要忧伤……咳……咳……”陈方勉强撑起了身子，“从古至今，觊觎帝位者何止千万，但真正成功的，又有几个呢？正所谓邪不胜正也。殿下乃是正统，凡事自有天助，楚离、陈啸天，还有那个姓唐的小子，岂不就是上苍给殿下派来的救兵？”

“我不是担心这个……”朱孝隆转过身抹了抹双眼，“我只是在担心父皇……还有母妃、外公、俊儿。当皇帝，虽富有四海，但若连身边的人都救不了，就算当上皇帝，又有什么意义？”

“殿下此言差矣……”陈方道，“你重情重义宅心仁厚，这正是你父皇看中你的地方，却也是他最担心的地方。你以为，他是真心想要取亲孙子的性命吗？”

“公公此话怎讲？”听陈方这么一说，朱孝隆顿时一惊。

“当皇帝，可不是富有四海那么简单的事；他只不过是想让你明白‘社稷为重，君为轻’的道理。因为你一旦坐上那个位子，就要做好为江山社稷牺牲一切的准备！”陈方的脸上终于挤出了一丝笑容，“其实啊，就算你真舍得那个孩子，他还未必舍得呢！”

“这么说……父皇他……并非是真的想……”此时此刻，朱孝隆的眼泪早已噙不住。

“陛下他，这辈子吃亏就吃在太过看重‘情义’二字……”说到这，陈方不禁叹了口气，“按祖制，齐王本应出京就藩，就是因为他与陛下乃是一母同胞，陛下才破例恩准他留在京城，以至于滋出了一干朋党祸乱朝纲，最终又被小人利用，才酿成今日之祸，他又怎能让这种事，在你身上重演呢？”

“对于党争之事，公公知道多少？”

“说来惭愧，老奴之责，乃是彻查天下逆谋之贼子，党争一事，并非是青衫营的职责所在。老奴知道的，并不比殿下多多少。不过……”

“不过什么？”

“左党之人，多是迂腐文人，大门不出二门不迈；但那些戍边武将的一举一动，他们却了如指掌，有的事甚至连老奴都不知道，殿下难道就不觉得奇怪吗？”

“这……”朱孝隆顿时语塞，当初自己调查党争，都是从人与人的关系查起，却从没想过左党人的消息来源问题。

“对于这件事，老奴也曾在暗中查访，但查到最后也只得作罢……”陈方摇了摇头，“我青衫营的眼线虽遍布全国，却也有一个地方查之不得……”

“宫里！”朱孝隆淡淡道。

“殿下机敏，陛下果然慧眼……”陈方叹了口气，“那些武将们的消息，正是来自宫里！自从老奴掌管青衫营以来，皇后一党拉拢卢正与裴良把持宫中大权，亲信甚多，老奴昔日的耳目或是改投新主，或是遭到排挤，至于左党那些消息究竟由谁传出，也便成谜，无从查探啊……”

“公公……为何不将这件事……早些告知父皇啊？！”朱孝隆一脸的焦急，不知所以。

“我早就告诉他啦……”陈方也是一脸的无奈，“但他又有什么办法呢？普天之下，跟他说实话的，又能有几个人呢？”

“公公可有怀疑的对象？”

“没有。”陈方摇头，“怀疑一个人，要看他做事的动机。谁最受益，谁的嫌疑就最大。但党争之事，与宫中毫无利害关系，没有动机，怀疑也便无从谈起啊……”

“或许他们要的根本就不是什么利益……”朱孝隆皱眉道，“公公想想看，党争若是闹到最后，会是个什么结局？”

“若有外敌，便是亡国；若无外敌的话……”陈方眉头紧皱，若有所思，“他再怎么闹，无非也就是把持朝政而已啊！”

“公公觉得，你我现在的处境，是他们把持朝政所致？”

“非也！”陈方斩钉截铁道，“依老奴之见，假传圣旨、圈禁太子，此乃谋反，与党争并无关系！”

“不……”朱孝隆摇头道，“这两件事之间，或许没什么关系，但是……”

“但是什么？”

“我总觉得，这两件事，都在为同一个目的服务……”

“殿下所指的目的，莫非是篡位？”

“不。仅仅只是篡位的话，针对我一个人就够了，完全没必要针对竹党的武将……”朱孝隆道，“篡位或许只是第一步，我觉得，他们有更大的野心。”

“更大的野心？”陈公公也陷入了沉思。

普天之下，难道还有比篡位更需要野心的事吗？

八

过了黄河，再走个七八天，就是长岭。

翻过长岭，再走三天便是沿州，从沿州过长江，再走个四五天便是岭南重镇武州，那里便是朱孝隆的舅舅——岭南总督徐忠汇的驻地。

越往南，天气越是湿热。天气越是湿热，伤口便越是不易愈合。自从过长江之后，陈方的伤情便开始不断恶化，短短两三天的工夫，伤口已然是溃烂至骨骼。因为年事已高，随着伤口的溃烂，这老太监的身体状况也是每况愈下，待众人进入武州府，已然是病入膏肓言语吃力了。

徐忠汇，此时正在变卖家产。

变卖家产？

对，就是变卖家产。

说来也悬，就在十几天前，“千里追风”柴亮连夜翻入徐府，差点被巡夜的家丁砍死。从柴亮送来的信件中得知外甥被圈禁老爹被抄家的消息后，徐忠汇带着一干亲信连夜出城，等了不到半个时辰便截住了京城发来的八百里加急，也就是说，江湖上的“千里追风”的确打败了朝廷的八百里加急，但算上出发时的延迟，也仅仅是快了不到两个时辰。

果不其然，驿卒随身带着的，还真是一道发给徐忠汇的圣旨，内容是立即进京述职。

鬼才信。

进了京，脑袋八成就没了。

从第二天开始，徐忠汇便开始着手变卖家产，为发兵勤王凑粮饷。因为当铺开价太低，徐忠汇只得厚着脸皮往返于武州的豪绅府上，逐门逐户地登门推销，即便如此，连带都督府的地皮都算在内，也只不过凑了六万两银子，连带凭着一张老脸从银号赊来的银两，一共三十万两不到。

按徐忠汇的粗略估算，六万大军挥师北上，至少需要五十万两到六十万两的粮饷。真是后悔当了个清官，此时想替老爹和外甥出头，竟然连路费都凑不出来。

就在徐忠汇一筹莫展的时候，朱孝隆到了。

此时，都督府连房契带府内的家具摆设，已经被徐忠汇用六万两银子打包卖给了一家大户，听说匾额中藏着密诏，无奈之下，他只能厚着脸皮去买家府上赎匾。买徐忠汇宅子的人叫董亮，爷爷董洪珍曾是先皇的阁臣，家里的买卖除了银号当铺便是布庄青楼，绝对是什么赚钱就开什么，家底那是厚得没边。徐忠汇的宅子并不算大，加上家具摆设，也就值个三四万两，就是冲着这块御赐的匾额，董亮才把价码开到六万两，这已经是整个武州府开出的最高价了。徐忠汇一开始也没打算把匾一块儿卖了，毕竟是皇上赐的东西，后来一看一块匾的作价都赶上宅子了，一咬牙也就卖了。此时再想往回赎，可就不是那么容易的事了。

拿着陈公公给的三万两银票，徐忠汇笑脸赔尽，可算是把匾给赎了回来，砸开匾额，发现里面不但真的藏了一道圣旨，更有三十万两的银票。可把个朱孝隆感动得涕泪横流，匾是十年前赐的，自那时起，父皇便已料到了今日之祸，不但留了密诏，还送了路费。按十年前的行情，三十万两银子已经足够把六万大军送到京城了。

“请公公宣旨……”朱孝隆含着眼泪，把圣旨递到了陈方手中，但见这老太监双目呆滞，颤抖着双手打开圣旨，却又摸索着将圣旨交回给了朱孝隆：“还是请殿下宣旨吧，老奴……已经看不见了……”

“公公……”

“念吧……”陈方眼神空洞，摸索着握住了朱孝隆的手，“陛下用心良苦，还望殿下，切勿辜负他的一片苦心……”

“嗯……”朱孝隆屏息咬唇正冠束衣，转过身缓缓地打开了圣旨，与其说是圣旨，倒更像是家书：

近来听闻密奏，朝中文臣兴朝下之会，已成朋比之势。自古朝纲者，皆以臣属结党为大忌，虽经朕屡次降旨整饬，却不能止之。然此事牵连甚广，上至阁臣，下至小吏，无不涉及其中，但必欲朕一旦痛切降旨，黜其要员，又恐与祖制相抵，人心失尽耳，遂遗其志于后世，望善加开导，晓以社稷之重，以资劝禁。

朝之党争，即为文武之斗，乃朕始终之担忧也。若遭一日，朕归于五行，孝隆岂能安稳乎？若见此谕，则朕之担忧恐已成真，着即传位于皇五子孝隆，另赐左都督徐忠汇袭定国公爵，加封太子太保，见谕后即刻发兵入京勤王，平定乱臣贼戚，以成孝隆大统之全。

特谕。

圣旨念罢，朱孝隆已是泪流满面。

“吾皇万岁、万岁、万万岁！”徐忠汇带头，周遭人等撩衣跪倒山呼万岁。

“舅舅……快快请起！”朱孝隆赶忙伸手搀扶。

“陛……陛下……”但见陈方忽地红光满面，竟挣扎着坐了起来，“老奴有话，要单独启奏陛下！”

“公公不必起身！”朱孝隆赶忙上前搀扶。

“都下去吧！”徐忠汇转过身使了个眼神，在场人等悉数退下，“陛下，臣告退！”深施一礼，徐忠汇转身出屋带上了房门。

九

“恕老奴斗胆直言，陛下若想坐稳这天下，必须先除掉一个人……”陈方道。

“谁？”

“你弟弟！”陈方挣扎着从袖筒中拿出一封叠好的书信递给朱孝隆，“事关重大，老奴不敢擅自做主，只求陛下当机立断！老奴在京中埋有一条暗线，多年以来从未动用！陛下只需遣快马将此信交于青衫营河东衙门的掌刑千户伍飞，他便会替陛下完成后面的事……迟则生变啊！”

“孝辰？”朱孝隆接过书信看了看，却并未打开，“为什么？”

“陛下可还记得，当初那些刺客所持之大内牙牌？”

“难道不是皇后？”朱孝隆不知所以。

“当然不是！”陈方道，“就是因为有那块牙牌，才说明此事与皇后并无干系！那些乱党有四五十人，却只有一块牙牌，难道陛下，就不觉得奇怪吗？若真是皇后派人害你，事后灭口都还唯恐不及，又岂能让他们带上牙牌，自暴身份呢？依老奴看来，牙牌只是障眼法，若是刺杀成功自然更好，如若失败，便可将嫌疑栽赃给皇后！”

“我那皇叔养了很多江湖中人当门客，会不会是他狗急跳墙？”

“起先，老奴也怀疑过他，但这几日细细想来……”陈方不住地摇头，“他府上的武师门客一共只有五十几个，除非他全数派出，但那样一来必会招惹嫌疑，他应该不会那么傻。再者说……这也不像是他的手段啊！”

“可是六弟他俸禄不多，平时也甚少与人交往，怎么可能一下子找来那么多的刺客？”

“或许那根本就不是什么刺客！”陈方道，“江湖上的规矩，老奴略知一二；现如今愿意含毒行刺的死士，已经很难找了，天底下还留着那种规矩的地方只有一个……”

“公公你是说……你的青衫营？”朱孝隆似乎有些不大相信，朱孝隆猛地想起了前不久在山阴遇刺时的一幕，最后一个刺客也是吞毒自尽的。

“老奴早就说过，青衫营之中有人欲投新主；那齐王在朝中位高权重、自视甚高，区区青衫营的差官他未必会放在眼里；而皇后有裴良和卢正为心腹，权倾后宫，他们若要谋逆篡位，完全可以直接打皇上的主意，青衫营于他们而言非但无甚大用，频繁接触反而容易走漏风声；唯独你弟弟，平素少与人交往，又是除你之外唯一有资格即位的皇子，若押宝于他，倒是桩便宜买卖……那日自从老奴决定救你，直到咱们随镖队出城，不过是几个时辰的时间，那些人竟然能提前埋伏在中途，这难道不奇怪吗？”

“话虽如此……但是……”朱孝隆始终不愿相信，“老六不像是有野心的人，而且……朕与他乃是亲兄弟，他又怎会下此狠手？”

“依老奴看来，就是因为你们是亲兄弟，他才会视你为眼中钉啊！”陈方握着朱孝隆的手颤声道，“这些年来，你父皇独宠于你，不惜违背祖制废长立幼将你立为储君；而他呢？若不是皇后娘娘和祥贵妃三番五次催逼，你父皇甚至连王爵都不愿赐封于他，这种事若换作是陛下你，你甘心吗？”

“公公所言，朕又何尝不知？但……”朱孝隆牙关紧咬不住地摇头，“但这只是推测，朕又怎能仅凭臆测，就……就取他性命？”

“陛下可知，你父皇为何独宠于你，不惜与满朝文武为敌，也不愿将大位传给你弟弟吗？”见朱孝隆犹豫，陈方忽然转了话锋。

“这……”朱孝隆一愣，对于这个问题，朱孝隆一直也颇为疑惑，“还请公公告知。”

“陛下，有些事，老奴本不该多嘴，但既然陛下念及亲情不愿为难于他，老奴便不得不把这些事告知陛下……有道是，爱屋及乌，陛下的母妃得宠，陛下，自然会得到你父皇的信重；而你弟弟，乃是宫女所生，你父皇与他的生母并无情分可言，又怎么可能喜欢他？”

“这……这怎么可能？”听闻此言，朱孝隆顿时就是一脸的不可思议，“六弟明明是祥妃娘娘所生啊！”

“他确为宫女所生，而且，先帝不愿传位于他，还有一个原因……”

“什么原因？”

“当年，祥妃娘娘身边有一个叫翡翠的宫女，曾被先帝临幸过……”

按陈方的话说，在朱孝隆的母妃徐贵妃进宫之前，最受宠的妃子本是祥妃，若不是半路杀出个徐翠儿，这皇贵妃的封号本应是她的。

自从徐翠儿进宫之后，祥妃逐渐失宠，自然是心有不甘，曾千方百计地贿赂陈方，希望陈方能想办法劝皇上到自己的宫里多睡几觉，只要能睡出个龙子来，便由不得你宠与不宠了。对于这种白送上门的银子，陈方自然也是恭敬不如从命，在皇上面前可谓是甜言蜜语说尽，还真的把皇上连哄带骗地拉到了祥妃的宫里，祥妃也是早有准备，几乎往所有的茶水酒菜里都下了春药，已经做好了与皇上秉烛夜战的一切准备，结果没料想却弄巧成拙，当时皇上正值年富力强，睡女人根本就用不着春药，你非给他吃春药，这不是找死吗？

只可怜那祥妃，不知是她高估自己还是低估皇上，仅仅不到一个时辰，便被折腾成了一摊烂泥，但皇上却是方兴未艾，好不容易心血来潮，岂能败兴而归？

“来人呐，再给朕找一个过来！快点！”

皇上可是真着急，兴致这东西，可是万万耽搁不得。于是乎，当值的太监就地取材，换宫女翡翠上阵。要说这伺候人的，跟被伺候的，体力就是不一样，这翡翠跟皇上在床上足足又折腾了将近三个时辰，直到天边见亮方才作罢。

“公公的意思是，六弟，其实是那宫女的孩子？”朱孝隆甚至不敢相信。

“正是。”陈方微微点了点头，忽然诡异一笑，“其实那一夜，怀上龙胎的只有祥妃一人。但皇上对那个翡翠的床上功夫却始终念念不忘。一个月之后，祥妃未见月红，被太医诊出了喜脉，皇上便借探望祥妃的机会，单独临幸了那个翡翠。”

“祥妃足月产子，而那翡翠却早产了一个月，两人竟然在同一天生产，可谓巧合之至；未曾想，祥妃那足月的孩子，却是个死胎。一番威逼利诱之后，翡翠生的儿子，便成了祥妃产下的龙子，也就是如今的皇六子朱孝辰。因为背了死胎的黑锅，翡翠即便生了龙子，也没收到任何赐封，仍旧在祥妃身边伺候。”

“此事乃是宫中绝密，历经此事的稳婆太医和宫娥太监，很快便被灭了口，唯独翡翠得以幸免……”陈方的声音越来越小，气息也越来越弱，“那祥妃做贼心虚，担心如果将翡翠也灭口的话，有朝一日这孩子若有机会即位，得知真相必定报复自己，所以便留了翡翠的活口。”

“这件事，父皇知道吗？”

“恕老奴欺君之罪，老奴虽然早就知情，却并没告诉他。老奴以为，徐贵妃颇得圣宠又产子在先，即便皇六子真的是祥妃所生，皇上也不可能将大位传给他；更何况，陛下你，乃是徐国公之外孙，朝中左党一家独大，皇上势必会考虑朝局之平衡，于公于私都会把大位传给陛下。既然无碍大局，又何必将此事捅破，把那后宫搅得天翻地覆呢？不过，老奴猜测，这件事他恐怕也是知情的，不过是跟老奴一样，碍于后宫安宁而装聋作哑吧，否则你们兄弟同为他的骨肉，亲疏之别，又怎么可能如此悬殊？唉……谁又能想到呢……”

“想到什么？”

“你那弟弟心狠手辣城府极深，老奴始料未及啊！而陛下你却是宅心仁厚之人，若他一心谋逆，只怕陛下你不是他的对手……”

“心狠手辣城府极深？”对于陈方的话，朱孝隆似乎不大相信。在自己印象中，六弟那人确有些阴郁，却从来没做过什么心狠手辣的事，更谈不上什么城府极深，“公公此话怎讲？”

“他十三岁那年，他的生母翡翠，忽然自缢于宫中……”

朱孝辰十三岁的时候，佛郎机国曾经向朝廷进贡了一对水晶杯，杯子由整块天然水晶雕琢而成，晶莹剔透巧夺天工，可谓价值连城，就连皇上也是爱不释手。为了这对杯子，朝廷竟然回赐使臣黄金三十斤、白银一万余两。这个数目，对于那个一天到晚恨不得抱着算盘睡觉的抠门皇上而言，已然是天价了。

听说有外疆使臣进贡了一对宝贝杯子，后宫嫔妃无一例外地跃跃欲试，都想亲眼见识一下这对值一万两银子外加三十斤黄金的杯子到底有多神奇，皇后娘娘看够了之后，杯子便被祥妃借到了宫中，结果还没等开眼，就被人摔碎了一只。

结果就在当天晚上，宫女翡翠便自缢而死了。

“杯子是翡翠摔的？”朱孝隆问道。

“究竟是谁摔的，不得而知，但死的却是翡翠。”

“这……莫非是祥妃自己摔的，然后让翡翠给她顶罪？”

“产下龙子之后，祥妃已被封为贵妃，就算杯子真是她自己摔的，身为贵妃娘娘，不过是摔坏一只杯子，皇上又怎会怪罪？摔杯只是托词，逼死翡翠，恐怕才是真正目的。”

“公公不是说，她怕老六报复，不敢为难翡翠吗？”

“问题就出在这儿。”陈方叹了口气，“最后一个见翡翠的，正是你弟弟！”

“你……你是说……他……逼死了自己的亲生母亲？”朱孝隆两眼圆睁，呆若木鸡。

“老奴也希望不是他……”陈方摇头道，“这也只是老奴一厢情愿的揣测，没人知道他们母子究竟说了些什么。”

“他难道……不知道翡翠是他的亲生母亲？”

“在当时，知道这件事的人，本就不多。老奴算一个，祥妃算一个，翡翠算一个，齐王好像也知道一点。至于六殿下自己是否知晓……”陈方摇了摇头，“我青衫营断案，最重动机。依老奴之见，很可能是他知道了自己的身世，之后为了保守秘密，进而逼死了他的母亲。陛下的外公是徐国公，在朝中位高权重；而他没有这样的外戚做靠山，祥妃是皇后娘娘的人，他若想与陛下争夺皇位，就必须依靠祥妃；也就是说，这件事一旦真相大白，皇后一党必定受到牵连，祥妃更是有恐失宠，他也就失去了争夺皇位的本钱。陛下请想，为了达到目的，他连自己的母亲都不肯放过，又怎会念及那兄弟情义？”

“不！不可能！老六绝不是这样的人！”朱孝隆呼吸急促，一时间竟难以接受，“难道公公你没想过，他或许也是受人蛊惑？公公不是说……断案要看动机吗？一旦朕即位，皇后必定大权旁落，她有动机，有权势！朕的外公给舅舅送来密信，说有人假传圣旨，府邸已遭抄没，这种风浪，绝不是老六能掀得起来的！”

“老奴说了这么多，陛下还是不肯相信吗……”陈方攥着朱孝隆的手，眼中流露出一丝无奈，“他……绝非陛下眼中那般无辜，老奴虽没有证据，却绝不会看错……如今陛下已经先失一局，绝不能继续坐以待毙啊！”

“朕明白公公的意思，但……他毕竟是朕的弟弟……”此时此刻，朱孝隆早已是百感交集、心如乱麻，“朕无凭无据，怎么能仅凭猜测就……就……”

“恕老奴直言……在他决定置陛下于死地的那一刻，便不再是你弟弟了……”陈方微微摇了摇头，紧紧地握着朱孝隆拿着书信的手，似乎是用尽了最后一丝力气，“河东……青衫营衙门……掌刑千户伍飞……求陛下……莫要让老奴……死不瞑目！”

“公公莫要乱说，外伤而已，一定会好的！”此时此刻，朱孝隆已是泪眼蒙眬。或许他此前做梦都想不到，自己竟会为一个太监落泪。

“陛下，宅心仁厚虽为美德，却不能治国。还望陛下痛下狠心……”此时此刻，陈方的手开始缓缓放松，“老奴，恐怕……恐怕不能再侍奉陛下了，只求陛下答应老奴……莫要留情……以警天下……”

“公公放心……朕……”

“但愿老奴是错的，但陛下你……绝不能错……”陈方半闭的双眼忽然开始缓缓睁大，一行老泪黯然滑下脸颊，“陛下，保重……”

果然是死不瞑目，这老太监双眼圆睁直到最后一刻，却始终没有得到朱孝隆的保证。

真的除掉弟弟？

握着陈方渐渐冰冷的手，朱孝隆多么希望眼前的一切只是梦境，一觉醒来会发现自己仍旧躺在床上，没有楚离，没有唐沐，没有幽闭的圣旨，没有刺杀与阴谋，更没有陈方临死前的嘱托。

在朱孝隆的心里，对弟弟的印象似乎仍旧停留在年少时一起读书的情景，那时的朱孝辰开朗、善良、悲天悯人；是什么让他变成如今这般沉默阴郁？莫非真的像陈方所说，他知道了自己的身世？或是因为父皇的偏爱才对哥哥由嫉生恨？

不论是当初的开朗善良，还是如今的沉默阴郁，近年来兄弟二人虽已疏远，但朱孝隆却始终不愿相信亲弟弟会对自己下此毒手：他从来没有野心，年少时甚至羡慕街上玩耍奔跑的草民百姓的孩子；他没有实力更没有门路调动青衫营的人，他有母妃，他若即位，当今的皇后一样会大权旁落，那个阴险的妇人，没必要冒着如此之大的风险去达到一个本应如此的目的。所有一切，一定是皇后的阴谋，她一定是想扶植别人！对了，齐王！他有两个儿子，她一定是想利用祖制，推齐王的儿子上位！这样一来，皇太后的位子，就没人跟她抢了，此外还能垂帘听政大权独揽，而齐王也能顺理成章地当上摄政王，两边各取所需皆大欢喜！

一定是这样，一切顺理成章；就像当初在府上喝醉时怀疑楚离那样。

这陈公公说他不会看错，或许这次他真的错了吧！他能成为父皇的心腹，会不会是因为他和父皇一样疑神疑鬼呢？

“来人！”想罢多时，朱孝隆竟然用蜡烛点着了陈方留给自己的书信，之后站直身板强打起了精神。

“臣在！唉，这是什么味儿？什么东西烧着了？”徐忠汇推门进屋，第一件事便是提鼻子闻了起来。

“没什么……”朱孝隆伸脚将地上的纸灰踢得一干二净，“陈公公为国捐躯，烦劳舅舅……将他厚葬吧……”

“臣，遵旨！”徐忠汇走到床前，看了看陈方的尸体，摇着头叹了口气。

十

夜色渐深，漆黑的京城之中，巡街兵马的火把有如鬼火一般在街巷中缓缓游弋。

一匹高头大马走街串巷疾驰至梁亲王府后门，来者四十岁上下，头戴乌纱折上巾，身着妆花麒麟服，乍一看是个当官的，要说这京城之中，最常见的就是当官的，但穿成这样的官还真就不多见。

话说回来，梁亲王是谁？

皇六子朱孝辰是也。

想那朱孝隆九岁时便被皇帝册立为太子，而这朱孝辰，也不知是哪里碍了皇上的眼，其母妃祥妃娘娘拉上皇后围着皇上死缠烂打了十几年，直到几个月前才被封为亲王，且封地远在距离京城三千里外的梁州，几乎就是开国以来离京最远的亲王。不出意外的话，待到朱孝隆即位，这位亲王千岁便要老老实实地去梁州就藩了。

“陆大人！”听闻门外马褂銮铃之声，早已守在门后的王府总管王源赶忙偷偷摸摸地打开了大门，“殿下已恭候多时！请！”

陆大人？

青衫营金陵衙门掌刑千户陆泰是也。

千户，本不是什么大官，仅五品还是武职。当今朝野上下，重文抑武的风气由来已久，在百官云集的京城，五品文官尚且狗屁不是，就更别提五品的武官了。当初护送朱孝隆回京的那个廖祖梁，官职就是千户；父亲因谋反的罪名被弹劾，儿子还能当上千户，可见此官职是多么不值钱。

但是，青衫营的千户，却是个例外。

自从太祖皇帝设立青衫营这个特殊的衙门以来，其大权多数情况下都是掌握在太监手里的。按朝廷律历，太监最高仅能做到四品，这便是青衫营中千户官职的渊源：掌柜的才四品，下面的伙计怎么能比掌柜的官大呢？也就是说，别看只是个千户，但在青衫营中，却是地位仅次于掌令太监的高官。

再说青衫营。

太祖皇帝本是江湖豪杰出身，起事之前也曾当过山大王，且手下的能人强将，或多或少都有些江湖背景，打下天下之后，太祖爷担心有朝一日，那些江湖草莽会像自己推翻前朝一样推翻自己的统治，便成立了一个直属皇帝的密探衙门“麒麟卫”，专门负责捕风捉影，打探江湖上的谋反讯息，以便能及时将那些野心勃勃的反贼消灭于萌芽。这个“麒麟卫”，便是如今青衫营的前身。

最初的麒麟卫衙门，编制达八千人之多，抓人可以不经地方衙门，判罪可以不经刑部大理寺，甚至杀没有功名的草民百姓也可以先斩后奏，连喊冤翻案的机会都不给，权力之大可谓是举国上下一手遮天。

碍于当时江山初定、朝政动荡的时局，这麒麟卫衙门的确抓剿过一些真正的反贼，但随着朝政的日趋稳固与民生的日益发展，天底下便也没什么人真心想造反了，到了一百多年前靖宗皇帝临朝的时候，这麒麟卫甚至被一些奸佞权臣当成了打击报复栽赃陷害的工具。当时的掌令太监刘赤，为了整倒刚上任的左都御史周颂，借以掩盖之前制造的冤案，曾伙同户部尚书庞琛伪造针对周颂的黑账，希望借以整倒周颂，没想到密谋败露。为了自保，这刘赤先是害死了同伙庞琛，后又下密令企图把麒麟卫内部参与其中的官差灭口，结果聪明反被聪明误，一些官差为了保命，不惜跳出来反咬刘赤，不但将周颂案的真相全盘托出，更是一口气吐出了之前刘赤一手经办的数十件冤案，其中光是七品以上的朝廷命官屈死者就多达十几人，而屈死的百姓更是数以百计。

一时间，朝野震撼，民怨沸腾，不管在朝廷还是民间，多年来所积攒的对麒麟卫的不满，几乎同时爆发，太祖设立此衙门的初衷，本是从江湖中打探反贼的消息，结果杀来杀去，杀的都是无辜百姓甚至是无辜的朝廷命官，这还了得？此时此刻，新登基的靖宗皇帝也有意裁撤麒麟卫以求省下一笔庞大开支，索性顺水推舟将刘赤凌迟处死，而麒麟卫衙门也就此被裁撤。

无独有偶，就在麒麟卫衙门被裁撤后还不到五年，不甘寂寞的平南王李征便在广南起兵，打着“清君侧”的旗号从广南一路打到了河东。为平叛乱，朝廷先后派出五路大军围剿，仅三个多月时间便把国库打了个精光，一下子伤了元气，最后竟然是靠着各地藩亲王出面向民间钱庄银号借钱，才勉强蒙混过关。麒麟卫衙门的饷银是省下了，却花了一笔更大的。

平南王，是开国时为数不多的异姓世袭王位，李征的祖上李援，曾是太祖爷的结拜兄弟，不用问肯定是江洋大盗出身；李征本人也素有结交江湖豪杰的爱好，藩王手中并无兵权，其兵马来源，除了被许以高官厚禄的本地将领之外，更有重金雇来的贼团匪帮，这让靖宗皇帝不禁想起了五年前被裁撤的麒麟卫衙门，倘若朝廷能提前得到消息，及时撤换当地领兵将领、派兵围剿山贼水匪的话，便不会有此兵祸了。

于是乎，靖宗皇帝召集之前麒麟卫的骨干重新设立了一个密探衙门，因为“麒麟”二字已然是臭名昭著，所以这个衙门便被命名为青衫营，名字虽换了，但这青衫营干的却还是之前麒麟卫的那摊子事儿。

为避免重蹈之前麒麟卫的覆辙，皇上对青衫营职责范围做出了一系列必要的改革和限制，首先，编制比之前小了很多，全国仅有一千多人；其次，收回了先斩后奏之权，且犯人在青衫营定罪后须交大理寺复审，也就是说青衫营的犯人如今有了翻供喊冤的机会；再者，如若案件涉及有品阶的朝廷命官，则须由刑部和大理寺参与会审，也就是说，再想借此栽赃陷害打击异己，很难了；最后一点也是最大的一项变革，便是五品以下的差官不再着官服示众，从表面看与寻常百姓无异，如此一来，官差在民间的隐蔽性必然大为加强。经过这么一改，比起之前的麒麟卫，这青衫营的首脑虽说还是皇上最信得过的太监，却不再像以前那样一手遮天了，一些小地方的老百姓，甚至都不知道朝廷还有这么个衙门。

当然，这只是一百年前的青衫营。

历经百年沿革，如今的青衫营，虽说表面上没有太大的变化，但暗地里的变化可谓是翻天覆地，随着朝政的逐渐崩坏和党争的兴起，皇上似乎将青山营当成了拯救乱局的救命稻草。而青衫营的权力也随着皇上的日益器重而水涨船高，尤其是在那些天灾连绵民变频发的年景，某些省份的青衫营衙门甚至一度被赋予兵权，如遇叛乱可直接调兵围剿，要知道，这可是连当年一手遮天的麒麟卫都未曾有过的权力。

十一

“见过殿下，卑职已按殿下吩咐，将淮南王世子在途中截获。”见到朱孝辰，陆泰抱拳一躬到地。

“辛苦你了。”朱孝辰转过身，面无表情，“太子的事如何了？”

“这……恕卑职无能……”陆泰道，“京西一战不利，卑职所能调动的人马已经不多了，只能在黄河几个渡口设下埋伏，等他上钩。”

“算了……”朱孝辰沉思片刻微微摇了摇头，“把你的人召回来吧，放他走。”

“殿下？”陆泰似乎不相信自己的耳朵。

“放他去岭南。”朱孝辰抬头盯着陆泰。

“殿下，他舅舅拥重兵于岭南，就这么放他跑了，岂不是放虎归山？”

“无妨。”朱孝辰转过身背向陆泰，“把你的人召回金陵吧，我现在需要他带兵回来。”

“为什么？”

“你不用知道为什么，照做就是了。”

“卑职明白！”

“那个朝鲜的使臣，明日一早便放他走吧，千万别让他知道是谁绑了他，给他一匹马，确保他尽快赶到京城。”说罢，朱孝辰又从怀中取出一封书信递给了陆泰，“你亲自跑一趟宣亭，把这封信交给参将宋大人，一定要亲手交给他！”

“嗯！”陆泰接信拱手。

“来人！备轿！”朱孝辰吩咐道。

“这深更半夜，殿下要去何处？”

“这轿子是给你备的。明日一早你坐轿出城，以后尽量不要再穿这身衣服来这里了。”

“殿下见笑了，这些日子京城防卫格外谨慎，这个时候进城，若非穿成这样，即使有牙牌也会被盘查，卑职实属无奈！不过殿下放心，只是几个守城的杂兵而已，借他们几个胆子，也不敢嚼青衫营的舌头……”说到半截，这陆泰忽然发现朱孝辰正死死地盯着自己，赶忙低头拱手，“殿下吩咐……卑职谨记！”

“禀王爷，轿已备好！”总管王源在门外禀告。

“卑职告辞，殿下保重！”陆泰拱手。

“有劳大人。”目送陆泰出屋，朱孝辰又背过了身子，闭起双眼两手合十，对着一尊供奉在厅堂正中的玉观音诵起经来。

十二

次日五更，京东三十里铺。

一间早已荒废的农舍之中，朝鲜使臣崔九实，正被布袋罩着脑袋捆在椅子上，但闻“哐当”一声，屋门被人一脚踢开，三个蒙面男子拎着单刀走进屋子，嘭的一声将一个酒坛子蹾在了桌子正中央。

“大……大侠饶命！饶命啊大侠！在下身负重任，诸位若能放在下一条生路，来日我家王上必有重赏，你大宁与我朝鲜世代交好，还望诸位大侠以国家大局为重啊！”

“大局小局，关老子屁事！你小子少在这儿装蒜！你既然是使臣，身上怎么可能就带这么几两银子？嗯？天底下哪有像你这么穷酸的使臣？最后问你一遍，把进贡的宝贝藏哪儿去了？”说话间，为首的蒙面人一把摘下了套在崔九实脑袋上的布袋。

“在下早就说过，此番不是来朝贡的！”崔九实早已是泪流满面，“前不久你们从我身上搜去的书信，乃是我家王上亲笔所写，大侠一看便知啊！”

“看来你是铁了心地要钱不要命啊……”蒙面人冷冷一哼，抬手用刀背敲了敲桌上的酒坛子，“算老子倒霉，摊上你这等赔本儿的买卖，银子没收多少，还得搭上一壶酒钱！把酒喝了吧，本大爷今天就送你上路！”

“大侠，在下所言句句属实！”但见这崔九实声泪俱下，一言一词甚是恳切，“如今朝鲜遭倭寇进犯危在旦夕，若在下不能将此消息传至京城，只恐生灵涂炭啊！我崔九实愿以祖宗之名起誓，诸位大侠若能放我一条生路，此番被劫之事绝不声张，十日之后，崔某定将白银千两送至此处，若有半句虚言，定让我崔家世代不得善终！大侠！”

“一千两？”蒙面人点了点头，似乎有些心动，“那可不是小数，老子凭什么相信你？”

“在下……”崔九实犹豫片刻，牙关紧咬，似是下定决心，“在下愿将须发抵押给大侠！”

“须发？那值个屁钱！你小子……是不是想耍我？”蒙面人扬手将单刀架在了崔九实的脖子上。

“大侠有所不知，有道是：身体发肤受之父母，在我朝鲜而言，男儿须发不全，便是死无全尸啊！”

“哦？还有这么一说？呵呵……好吧！”蒙面人沉思片刻收回了刀，似是信了，“把他的头发和胡子，都给老子割下来！”

“谢大侠不杀之恩！父亲大人……母亲大人……请恕孩儿不孝啊……”崔九实眼巴巴地看着自己的头发和胡子被另外两个蒙面人用刀割下，不禁号啕大哭。

“书信，还给你……”须发割妥，蒙面人竟然从怀中掏出了之前劫走的书信，单手推到了崔九实近前，继而一把抓起了桌子上的毛发，“另外，老子再送你一匹马，你给我快去快回，本大爷等不了十天，三天之内看不见银子，老子就用你的须发生火！听见没有？”

“好！好！三天就三天！”

“给他松绑！”

“多谢大侠不杀之恩！多谢大侠！”崔九实抹了把眼泪，不住地作揖。

“快滚！别等老子改主意！”

“哎……哎……”见崔九实催马远去，蒙面男子终于摘下面罩：陆泰，毫无悬念。

与此同时，城西周府。

“来啦来啦！别敲啦！”一个老家人满脸的官司，挺不情愿地拉开门闩，开门一看当即换了一副表情，“呃……敢问这位公子……找谁？”看来这朱孝辰在平日里确实是低调得可以，此番前来更是穿着便装，以至于首辅大臣府上的家人，一时间竟没认出他。

“不知周大人可在府上？”

“你是谁啊？”

“小王朱孝辰。”

“哟！原来是六殿下！小人有眼无珠，殿下恕罪！小人该死！殿下恕罪！……”老家人两眼圆睁，顿时就是一脸的惊愕，一边赔不是一边假意打自己的耳光。

“老人家莫要自责！”朱孝辰一笑，“小王贸然来访，不知周大人可在府上？”

“哎呀，殿下来得可不是时候啊……我家老爷病了，不能见客，殿下还是请回吧！”看来朱孝辰不是唯一的访客，更不是唯一被拒之门外的人。

“老人家……”

“殿下就不要再为难小人了，我家老爷的脾气，想必殿下也有所耳闻……殿下还是请回吧！”

他家老爷的脾气？

说实话，周玉绳的脾气确实很出名，因为他根本就没有脾气。

首辅大臣周玉绳，是当朝出了名的老好人，此人虽身在左党，却从未参与弹劾过竹党的人，甚至还曾公开上疏给竹党的人求过情，在职数年没说过任何人的坏话，没敲过任何人的闷棍，除了前不久百官逼宫时他走在队伍头一排之外，恐怕只有在皇上需要有人和稀泥的时候，他才会冲在前面。

这就是他家老爷的脾气。

在大多数人看来，此人就是个毫无主见的随风倒，朝中多他不多少他不少，除了充当和事佬的角色之外，可谓百无一用。但也有人不这么看，例如朱孝辰。

“烦劳老人家通禀……”朱孝辰将一锭银子悄悄地塞到了老家人的手里，“你就说小王不日即将离京就藩，此番来访，是来向他辞行的。”

“呃……既然如此……”老家人贼眉鼠眼地捻着手中的银子，微微点了点头，“那我就去试试，不过可不保证能行哦！”

“有劳老人家！”

“王爷，她来了！”就在老家人关门离去不久，管家王源忽然满头大汗地跑到了近前。

“知道了。”朱孝辰正冠束衣，啪的一声打开了手中的折扇，好一番玉树临风！

“咦？这位公子，有什么事吗？”片刻不到，一年轻女子带着两个丫鬟走到了门口。

“哦！小王朱孝辰，这厢有礼！”听闻身后有人说话，朱孝辰赶忙回身合扇拱手。

“原来是六殿下！小女子周莹，给殿下请安！”看见朱孝辰的正脸，周莹脸颊一红，赶忙低下了头。

周玉绳无子，膝下只有一女，便是这个周莹，可谓掌上明珠。此女虽说姿色平平，在京城却是个小有名气的才女。琴棋书画皆为名师所授，比一般大户人家那些只会品茶赏月的千金小姐强了不知多少倍。

“原来是周大小姐，大小姐不必多礼！”朱孝辰腼腆一笑再次拱手。

“嗯……殿下……是来找父亲大人吗？”

“算是吧……”朱孝辰一笑，“其实是小王的母妃……有一件私事想找周大人商议，小王也仅是代为转达而已。”

“既然如此……那殿下为何在门外等候？”周莹抬头正好同朱孝辰对上眼神，赶忙又低下了头。

“哦，刚才一位老家人说你父亲病了，不能见客，我再三央求，他才答应进去通禀。”

“真是岂有此理……”周莹听罢顿时皱起了眉头，扬手刚要砸门，门忽然开了，还是刚才那位老家人，一见周莹也站在门口，顿时就是一脸的焦急：“哎哟，我的大小姐，你这是又跑到哪儿去啦！你要是再不回来，老爷就要派人去报官了！”

“不过是出去买几盒脂粉，有什么大惊小怪的？”周莹满脸的不耐烦，“你这老家伙，殿下乃是当朝亲王，你怎么能让他等在门外？”

“哎呀，这可怪不得我啊！这都是老爷他交代的啊……”

“无妨无妨，大小姐切勿动怒。”朱孝辰一笑，“敢问老人家，不知你家老爷，能否破例一见？”

“哦！老爷有请！殿下且随我来！”

“殿下……”周莹抬起头欲言又止。

“大小姐还有什么事？”朱孝辰回身问道。

“没……没什么……”见朱孝辰停步，周莹似乎有些不知所措。

“恕小王失陪。”朱孝辰一拱手，随老家人向院中走去。

十三

“周大人，听说你病了？”朱孝辰微笑落座，但见周玉绳精神矍铄满面红光，绝不像是有病的样子。

“殿下莫要再取笑老臣了，老臣……这也是迫不得已啊！”周玉绳满脸的无奈，“听说殿下要出京就藩了，可是陛下降旨？”

“不是。”

“难道是陛下的……口谕？”周玉绳一脸的试探，“陛下的病……好了？”

“没有。”朱孝辰摇了摇头，恢复了以往的阴郁，“父皇这次的病，一时半刻恐难痊愈。”

“啊？哎哟……”周玉绳一拍大腿自知上当，“既然如此，殿下所求之事，恕老臣无能为力！殿下就不要再为难老臣了！”

“周大人，我还什么都没说啊！”

“殿下不用说了！若是别的事，老臣或许还能帮上一二，但如今这件事，老臣确是爱莫能助！还望殿下体恤！”周玉绳可不傻；如今皇上称病不出，徐国公被降罪抄家，太子被幽禁又抗旨出逃；这个节骨眼上，另外一位皇子上门拜访，除了争嫡，还能是为了什么？

如今这形势可谓是神鬼莫测，是个人都知道里边肯定有天大的内幕，谁也说不准事态最终会发展成什么样，万一皇后另有安排呢？万一皇上忽然又好了呢？万一齐王还留着什么后手呢？万一太子带着大军又杀回来了呢？这个节骨眼上，一旦抱错腿那便是万劫不复，像周玉绳这种老油条又怎么可能轻易去蹚这潭浑水？

“哈哈哈……”朱孝辰哈哈大笑，“周大人多虑了，小王此行，正是为了‘别的事’而来！”

“殿下此话怎讲？”周玉绳一愣。

“周大人，我知道你担心的是什么，大人自可放心，小王绝无那等野心！就藩之事绝非戏言，小王已经主动向父皇请旨，如今就只等父皇病愈批复了！”

“殿下主动请旨？”周玉绳一愣，“为什么？”

“实不相瞒，小王自幼便十分羡慕那些闲云野鹤的日子，只可惜生在帝王家，身不由己。”朱孝辰叹了口气，“那梁州虽不富庶，却也算得上山清水秀；找个世外桃源当个安乐王爷，岂非要比在这京城之中担惊受怕来得快活？”

“担惊受怕？”周玉绳一摊手，“殿下素来与世无争，又何来惊怕啊？”

“与世无争，不一定就可以泰然处世。”朱孝辰微微一笑，“大人你也与世无争，方才又为何闭门谢客？”

“哎……这……唉！老臣，自有难言之隐！”周玉绳被问了个哑口无言，赶忙转移话题，“殿下呀，你与我们这些做臣子的不一样，你是皇子，如今朝局纷乱外敌压境，殿下你若在此时离京，岂不是……”

“小王何时说过现在就走了？”朱孝辰一笑，“小王只是请旨而已，何时批复，要看父皇的意思，就算不看父皇的意思，至少……也要看母后的意思，我这么说，大人应该明白吧？”

“哦……明白！明白！老臣当然明白！”话说到这份上要是还不明白，就不是周玉绳了：如今这番风浪，天底下除了皇后娘娘恐怕没人能掀得起来，不用问肯定是为了皇位问题，至于最终谁能即位，肯定是皇后娘娘做主，但铁定轮不到他朱孝辰，总而言之皇后娘娘巴不得他赶紧请旨就藩滚出京城，这就是朱孝辰想表达的意思，当然周玉绳也没理解错，“哦，对了，还不知殿下方才所说的‘别的事’，究竟所谓何事？”

“这件事与其说是小王的事，倒不如说是小王母妃的心愿。”朱孝辰道，“小王一旦奉旨就藩，再想回来只恐遥遥无期，母妃想趁我还留在京城之时，替我选一位中意的王妃。”

“哦？”周玉绳表情一变，若有所思，“娘娘可有中意人选？”

“大人莫要再装糊涂了……”朱孝辰一笑，“母妃最中意的人选，便是令爱！小王今日一早进宫给母妃请安，她便向我问起此事，想听听我的意思……我这才贸然来访，想私下里问问周大人意下如何！”

“这……”得知这朱孝辰竟然是来提亲的，周玉绳心中确实是一动，不得不说，闺女的终身大事，始终都是周玉绳的一块心病。

周玉绳无子，年近五旬才得了个闺女，可谓奉若掌上明珠；只可惜，那宝贝丫头仗着会点琴棋书画的本事，素来眼高过顶，一直以来，达官显贵家的少爷公子上门求亲者不在少数，却无一例外被她断然拒绝，不是嫌长得太丑就是嫌不学无术，总而言之是没一个看得上眼的。而问题的关键在于，此女虽有些才艺，却没有倾国倾城的容貌，她看不上人家，人家更看不上她，一来二去，眼看着都过二十岁了，这终身大事却始终是遥遥无期。

现如今呢？人家六殿下知书达理一表人才不说，贵为皇子，竟然屈尊降贵主动上门提亲，可谓是天上掉下来的金龟婿；但问题又来了，这次就算你家闺女看得上人家，人家看得上你吗？万一到时候人家一掀盖头结果大失所望，自己那宝贝闺女又岂不是要受一辈子的冷落？

“大人若有顾虑，但说无妨，小王绝不强求！”见周玉绳似是犹豫，朱孝辰顿时满脸歉意，“这件事，小王也自知对不住周大人，那梁州地处偏远，若令爱果真嫁与小王，势必要随小王去那荒蛮之地就藩，这岂非是误她终身？只是……母妃为小王这终身大事彻夜难眠，千挑万选之后才同小王商议此事，小王又岂能盲目推辞，辜负她的一番心意呢？若令爱已有婚约在身不便另嫁，大人自管直说，小王跟母妃那边也好有个说辞。”

“哎呀，殿下真是误会老臣了……小女若能嫁与殿下，那可是我周家几世修来的福分，老臣又怎会推辞呢！只是……”

“只是什么？”

“只是……老臣担心那丫头才德平平，配不上殿下啊！”

“大人过谦了，令爱出身名门德才兼备，京城之中谁人不知谁人不晓？况且……”说到这，这朱孝辰竟然羞赧一笑，“更何况方才在大门外，小王已经见过令爱，哪里如大人说的那般不堪啊。”

“殿下的意思是……”听朱孝辰这么一说，周玉绳心里陡然涌出一股莫名的欣喜，替闺女高兴之余，竟还有些情不自禁地想入非非：虽说这六殿下自己都没有即位的野心，但以眼下的形势而言，除非皇上能忽然康复临朝，然后顶着左党的压力给太子复位，否则的话，此人无论如何也还是有一丝希望能即位的，毕竟没有别的合适人选了。难道说，自己那宝贝闺女，竟还有母仪天下的贵命？

“小王的意思是……”朱孝辰似乎也有些不好意思，“母妃，确实慧眼！”

“既然殿下已经见过小女，老臣又有什么好推辞的呢？”周玉绳盯着朱孝辰，简直是越看越顺眼，手捻须髯，不住地点头。

“大人若是真心应允，小王这就去回禀母妃，待父皇病情好转便请旨赐婚！”

“是真心！是真心！殿下自管回禀！”

“既然如此，那就多谢周大人！小王告辞！”

“哦，那老臣……”

“大人不必送了！”朱孝辰一抱拳，啪的一声打开折扇，大步流星转身出屋。

十四

“来人！快来人！”目送朱孝辰走远，周玉绳呼吸急促，已然不能自已。

“老爷！”

“快……快把小姐给我叫过来！快呀！”

“哎……是！是！”

约莫过了半炷香的工夫，周莹蹦蹦跳跳地来到了正堂，见老爹好似捡了元宝似的满面春风，不禁一愣：“父亲，你怎么了？”

“儿啊，为父，替你说了一桩亲事！”

“亲事？”周莹一愣。

“嗯！”周玉绳手捻须髯，不住地摇头晃脑，“方才，你可见过六殿下了？”

“六殿下……”周莹的脸一下就红了，心口扑通扑通狂跳不止，难道方才殿下到访，为的就是这件事？

“祥妃娘娘相中了你，想请旨赐婚，将你嫁与六殿下！”周玉绳一撇嘴，“儿啊，这次可是奉旨成婚，由不得你愿意不愿意喽！”

“父亲你不必说了……”周莹早已羞得满脸通红，“孩儿答应便是……”

“怎么，这次……不嫌人家长得丑啦？”周玉绳一笑。

“父亲……莫要再说了！”周莹紧咬下唇满脸通红，“哎呀，父亲你真坏……”

“老爷……老爷，不好了……”就在这时候，老家人又风风火火地跑了进来，“哎呀，老爷，不好了，不好了……”

“又怎么啦？”周玉绳皱眉道。

“哎呀，刑部的顾大人和兵部的许大人又来砸门了，吵着要见老爷你啊！”

“哎呀，不是早就告诉过你，说我病了不能见客吗？”

“哎呀！他们上次来砸门，老奴早就跟他们说过了，但他们……他们一直没走啊，就在门外不远处等着呐，说老爷既然能见六殿下，为什么不能见他们？”

“哎……哎呀！算了，算了，让他们进来吧，儿啊，你先下去！”

“父亲，他们那么急着要见你，不会有什么不好的事吧？”

“哎呀，要是有好事，我能躲着他们吗？你先下去吧，记着，六殿下上门提亲的事，千万不能向任何人提起，听见没有？”

“嗯……”

“你先等会儿再放他们进来，然后带他们到厢房见我！”周玉绳对老家人道。

“厢房？”老家人一愣。

“对！厢房！”周玉绳三步并作两步地边跑边脱衣服，虽说谁都知道他是装病，但装得像点，至少能避免尴尬不是？

十五

“两位大人，何事……如此着急呀？”躺在被窝里，周玉绳言辞颤抖气若游丝。

“大人！周大人！你……你……你可要救救我们啊！大人……”顾应檀上前一扑便伏在了床前，握着周玉绳的手甚是动情，“我二人……死到临头了！”

“啊？”周玉绳假意吃惊，“顾大人，此话，从何说起呀？”

“周大人莫要再装糊涂了呀！”顾应檀急得满头大汗就差下跪了，“我将那裴良五花大绑押上刑部大堂，还对他爹动了大刑；许大人发公文放京畿卫两千兵马进城，自开国以来从未有过啊！本以为王爷能替我等出头，谁能想到……他……他……他一句话没说就去辽远劳军了！你说这……这……这让我二人如何收场啊！”

“那裴良……不是烧死了吗？”周玉绳皱眉道。

“哎呀，周大人，天知道他是真死假死啊！就算他真死了，你想想，他区区一个指挥使，竟敢当众斩杀曲大人、软禁王爷，谁给他那么大胆子？那裴良本就是皇后一党的人，这分明就是受了皇后娘娘的差遣啊！我二人处处跟他作对，这拆的可都是皇后娘娘的台啊！”

“娘娘又不涉朝政，你怕她做甚？”周玉绳一皱眉。

“周大人……难道你就不觉得，皇上这次的病，有大蹊跷？”顾应檀将嘴贴到了周玉绳的耳朵边上，“依下官看来，陛下这回，恐怕是醒不过来了……”

“你……你……你大胆！”周玉绳脸一沉，“尔等身为大宁臣子，怎可如此诅咒皇上？”

“大人少安毋躁，少安毋躁……且听下官把话说完，”顾应檀呵呵一笑，不以为然，“大人请想，以如今的形势，徐杰倒了，太子倒了，大人觉得最终得利的，是谁？”

“顾大人指的是……六殿下？”周玉绳皱眉道。

“周大人你是真糊涂，还是装糊涂啊？”顾应檀一脸的诡异，“六殿下若是即位，那祥贵妃便也是太后。之前，她虽是皇后一党的人，但也免不了日日向皇后娘娘请安下跪，言听计从俯首帖耳；有朝一日二人若是平起平坐，皇后娘娘又岂能心甘啊？”

“大人别忘了，皇后娘娘的妹妹嫁给了淮南王，膝下也有一子……”此时，许怀也满脸猥琐地凑了上来，“按我大宁祖制，她只要把那个孩子过继给自己，就可以大权独揽垂帘听政，到了那时，别说是后宫，整个天下都是她一个人说了算，我大宁，恐怕要重蹈那武周的覆辙啊！”

“简直是……岂有此理！”听顾应檀这么一说，周玉绳也顾不得装病了，腾地一下从床上坐了起来，说句实话，周玉绳虽然油滑，却从未往这方面想过，朝中尚有直系皇子，却找一个藩王的世子即位，这压根也不合情理啊！“你们……你们这都是听谁说的！她当六殿下是假的吗？即便太子失德，这位子也轮不到淮南王世子啊！”

“周大人且慢动怒！”许怀呵呵一笑，倒是坦然，“大人请想，太子，是怎么倒的？”

“这……”周玉绳一时语塞。

“太子都能倒，难道六殿下就不能倒吗？”许怀斜眼看着周玉绳，“难道周大人还看不出来吗？整个大内已经被她握在手里了，上直卫、司礼监，通通都是她的人，太子有徐国公当靠山，尚且一败涂地，六殿下什么靠山都没有，他敢争吗？之所以他到现在还能平安无事，只能证明皇后娘娘或许是看在祥妃的分上放了他一马，或者……他们之前早就商量好了，六殿下乖乖地出京就藩，去梁州当他的安乐王爷，这大位嘛……皇后娘娘说了算！”

“周大人……还有一句话，下官不知当问不当问……”许怀说完，又换顾应檀上阵，“下官听说，大人已经将令爱，许配给六殿下了，可有此事？”

“这……这……你们这是从哪儿听来的？！”周玉绳大惊失色道。

“方才我二人在门口正好撞见六殿下，这是他亲口所说啊！”顾应檀一脸的理所当然，“男大当婚女大当嫁，这本也不是什么秘密嘛！”

“你们……”

“哎呀！不好！”周玉绳刚要发作，却又被许怀打断，“顾大人，你我二人晚来了一步啊！”

“许大人此话怎讲？”顾应檀赶忙接上了话茬。

“顾大人请想，六殿下本是皇子，如今却要出京就藩，由淮南王世子来继承大统，这分明不合祖制嘛！皇后娘娘，又岂能安心留他在世上？”许怀满脸的惋惜，“只怕无须时日，他便要重蹈太子的覆辙啊……唉！真到那时，周大人岂不是也要受到牵连？”

“哎呀！许大人所言甚是！”顾应檀顿时便是一脸的恍然大悟，赶忙转身对周玉绳一躬到地，“我等晚来一步，害周大人蒙受牵连，大人恕罪啊！”

“简直……简直……简直是一派胡言！”周玉绳气得眼冒血丝呼吸急促，“事到如今，皇后娘娘什么都没做，这都是尔等的臆想！说！尔等同本官说这些，到底是何居心？！”

“周大人……”听周玉绳这么一说，顾应檀的脸反倒沉了下来，“你身居朝堂多年，难道真的连这点事都看不透？就是因为她什么都没做，这才是最可怕的呀！”

“此话怎讲？”周玉绳一愣。

“大人请想：六殿下本为正统，若要摒弃正统扶植旁支，势必与祖制相抵；那妖妇，如今定是在酝酿一个万全之策啊！”顾应檀一本正经道，“一旦等到她什么都做了，还有你我说话的份儿吗？”

“周大人，就算你不替你自己想，也要替令爱想想吧！”顾应檀话音未落，许怀又凑上来唱白脸了，“或者是母仪天下，或者是阶下之囚，可都在大人你的一念之间啊！”

“你们的意思是……”听到“母仪天下”这四个字，周玉绳不禁一愣。说谁人没有野心，那都是假的，只不过是没碰上合适的机会而已。野心这东西，一旦有了机会，那便是一发而不可收；即便是周玉绳，也绝不例外。

“周大人，王爷他老人家，可是已经把咱们甩啦！以如今的情形，唯有合众臣之力，推六殿下上位，方能保住咱们的小命啊！之前咱们弹劾太子之时，不是也曾以六殿下为由头吗？”顾应檀面带诡异道，“大人啊，六殿下之所以一直不得宠，不就是因为朝中无人，没人在皇上跟前替他说好话吗？如今……大人你也是半个国丈了，只要你肯出面给六殿下撑腰，我等保证唯命是从！只要有周大人你的支持，六殿下便是众望所归，上合祖制，下顺朝臣，那妖妇，还能有什么戏唱吗？”

“话虽如此，但眼下没有陛下明诏立他为储，中间又隔了个皇后娘娘，想推他上位，又谈何容易啊？”

“唉！大人糊涂啊！”顾应檀道，“咱们根本就没必要替他去争那储君之位！如今情势危急，朝中又无人担当大局，咱们只需依照祖制，拥立他当上监国，之后的事儿……不就水到渠成了吗？”

“周大人，我等身为大宁臣子，维护皇脉正统，乃是分内之责，切不可让那妖妇得逞，乱了祖宗的纲纪啊！大人！”许怀最后不忘见缝插针地补上一刀，一言一词甚是动情。

“这……”一时间，周玉绳的确有些心动，但转念一想却又有些犹豫，上次逼宫刚刚被灰溜溜地打发回来还折进去一个曲由贞，这刚过了没几天，再去闹是不是有点不妥？“我等上次面圣非但无功而返，还搭上了曲大人的性命，如今不知二位大人有何良策？”

“大人请看这个……”见周玉绳终于松口，顾应檀不紧不慢地从怀中取出了一封书信，“这是今晨刚刚送到礼部的，大人请过目！”

“这……”周玉绳接过书信，不禁大惊失色。这乃是一封朝鲜王李松亲笔所写的求援信：倭兵二十万奇袭朝鲜，汉阳告急！

十六

于是乎，皇宫大内，又炸锅了。

首辅大臣携文武群臣，又上门来闹了。

人虽然不如上次多，规格上却不比上次差，内阁、六部、五寺、都察院、顺天府，小官虽然没来，但主事的基本上都到齐了，不过是少了一个七品芝麻官曲由贞和一个没什么具体事权的齐王而已。

自太祖建国伊始，四海平定天下太平，历代先帝便开始潜移默化地奉行重文抑武的国策，究其原因，不过是担心武将拥兵自重伺机谋反而已。

但说句实话，先帝们，真错了。

相对于文官，武将真没什么可怕的。一来普遍没什么心机，二来面皮薄，有时皇上说两句重话可能就受不了了。要不怎么叫“竹党”呢？

文官可就不一样了，这群人没什么拿得出手的本事，唯一的看家本事就是耍嘴皮子和不要脸，若是将这二者合而为一发挥到极致，那就是闹。有道是：一捆筷子折不断，众人拾柴火焰高，大家伙齐聚一堂一块儿闹，串并连横，法不责众，任你是皇帝老儿，又能奈我何？只要能把皇上闹烦了，多荒唐的请愿都能答应。

“真是……岂有此理！他们又来做甚！”乾清宫中，皇后陈氏气得脸色发青浑身哆嗦，“来人！传本宫懿旨，将这群狗奴才通通拿下！交大内严加审问！本宫倒是要看看，究竟是谁在背后煽风点火！”

通通拿下！老天爷！

“娘娘息怒！万万使不得啊，娘娘！”幸亏卢正还算是个明白人，大内的手段他是最清楚的，就凭这群狗尿文人的身子骨，进了大内能活着出来一半就得烧高香。这宝贝娘娘真要这么干了，灭国这件事就真用不着鞑虏们出面了，“望娘娘以大局为重，此时此刻切勿意气用事啊！”

“哼！他们这次又想干吗？”听卢正这么一劝，陈皇后也恢复了些许理智。

“禀娘娘，听说是倭寇突袭朝鲜，朝鲜王李松派了个使官来向朝廷求援。”

“笑话！如今外敌连横，哪有援兵分给他们？让礼部把那个使官打发了不就完了！”

“老臣也是这么想，只是……”卢正眉头紧皱，也是一脸的无奈。

“只是什么？”

“老奴以为，朝鲜一事，想必也只是个由头，这件事打发了，他们势必还会找到别的理由，若是达不到目的，这些人恐怕不会善罢甘休啊！”

“达到目的？”陈皇后一愣，“他们想达到什么目的？”

“这……”卢正满脸的犹豫。

“说！”

“禀娘娘，他们这次来……是想要拥立六殿下……为监国。”

“哼……”陈皇后不屑一笑，“我看这群书呆子，也就这点出息了……他们不是要见皇上吗？那就让他见见！去把周玉绳给我叫进来！”

“娘娘？”

“快去！”

“哎……”卢正无奈，只得转身来到宫门口，“宣，中极殿大学士周玉绳，觐见！”

觐见？殿下文武百官不禁面面相觑。

按宫里的规矩，单单是见皇后，一般会说“入殿”；只有见皇上，才说“觐见”。难道说，大伙这么一闹，把皇上给闹好了？

十七

“老臣，参见皇后娘娘！”

“周大人，你可真是深藏不露啊……”陈皇后冷冷一笑，“上一次逼宫，也是你挑唆的吧？”

“娘娘，殿外的人，绝不是逼宫！”周玉绳带着哭腔跪倒叩头，“如若再这样下去，大宁江山唯恐不保啊，娘娘！”

“哦？唯恐不保？”陈皇后冷冷一笑，“那本宫倒是想听听，你准备如何保住江山？”

“难道娘娘还不知道？莫非没人告诉娘娘？”周玉绳抬起头，一脸的诧异。

“本宫听说，朝鲜遭了倭寇。你们堵在殿外，莫非就是因为此事？”

“正是！”周玉绳点头道。

“广南广北，年年闹倭灾，好像也没见你们这么急过吧？”

“娘娘明鉴！攻打朝鲜的倭寇，有二十万之众呀！那朝鲜武备废弛，哪里是他们的对手？朝鲜李氏派来使官求援，偏偏又在路上遭遇了响马，被关了几天耽搁了时日，如今……恐怕那朝鲜全境已然失陷了呀！”周玉绳满脸的惊悚，表情甚是夸张，“娘娘请想，我大宁太平盛世已有一百余年，如今却突遭外敌四面夹击，这分明就是他们的合纵连横之计啊！在宣亭边境，那罗刹人既然能与鞑靼人能合兵一处，难道倭寇和东虏，就不能联合吗？一旦他们合兵来犯，朝廷又何以拒之啊！”

“二十万……”陈皇后的表情顿时就是一变，看来打朝鲜的倭寇和她想象中的倭寇完全就不是一回事。

“还有，就在近日，兵部便又收到急报，东虏十五万大军兵临城下，辽远总督严龙灿却遭歹人暗害，现如今，是林城知府李继文在领兵固守啊！兵部的许大人倒是有心调拨兵马驰援辽远，但各地主将皆已接到了陛下的调任旨意，除了宣亭的鲁贵山因军情紧急尚未奉旨调任之外，其余的人都还在路上，稍近一些的驻兵乃是有兵无将，又如何救援？更何况出兵朝鲜事关重大，如今之计只能是拥立监国，代天子行权，临阵派将驰援辽远，方能挽救江山于危难，除此之外已是别无选择呀！娘娘，微臣乃是两朝的元老、当今的阁臣，为官多年自问未有一丝非分之野心，臣等绝非逼宫，而是想救国啊……”说到这，这周玉绳竟然哼哼唧唧地哭上了。

“周大人莫要如此，是本宫误会了……”见周玉绳如此动情，陈皇后沉思了片刻，眯起眼睛微微点了点头，“那就依爱卿所请，本宫这就发懿旨，立孝辰为监国。”

“娘娘……”周玉绳猛地抬起头，完全没想到竟然这么顺利，“娘娘圣明！只是……”

“只是什么？”陈皇后一皱眉。

“按律历，此事应由陛下明诏啊……不知微臣，能否见陛下一面？”

“你若早几天来，或许还能问问他的意思，只要他点头，便可让司礼监拟旨加玺，但如今嘛……”陈皇后叹了口气，顿时满脸愁容，“周爱卿既然来了，便随本宫前来吧……”

“谢娘娘！”说实话，见皇上这个请求，周玉绳也只是试探，并没指望能真的见到，毕竟上一次把曲由贞的命都搭上了，结果也不过是文武百官作鸟兽散而已。没想到这陈皇后竟然同意了，难道皇上真是病了？难道并不是这妖妇裹挟皇上？或是皇上已然驾崩，不过是这妖妇为了不可告人的目的而秘不发丧？

随陈皇后走到内宫，周玉绳愣了，但见皇上直挺挺地躺在龙榻之上，双目呆滞，面如死灰，一缕缕的口水正顺着两边嘴角不住地往下淌，两个太监一左一右正不停地替他擦口水。

“这……陛下……这……哎呀！”周玉绳懂些医术，在周玉绳看来，皇上的症状应该是害了极其严重的头风[2]，怪不得会病得如此突然。话说回来，一般的头风，仅仅是让人腿脚不便，至多是瘫痪在床而已，除非是经历大喜或大怒，外加之前有此类病根，才有可能病得如此严重。据说先帝因御书房被盗而一病不起，便是因此病所致。莫非皇上他，也碰上了什么大喜大悲的事？难不成是被太子气的？

“皇上的病，并非本宫蓄意遮掩……”说到这，但见这陈皇后单手掩面竟然拭起了眼泪，“本宫只是不想让你们看见他现在这副样子，他毕竟是皇上，要顾及龙体威严啊……周爱卿，陛下如今的样子，你切莫告诉外面的人！”

“娘娘的苦心，微臣全明白！”周玉绳不住地叹气。

“你让外面的人也先回去候着吧，稍晚些时候，本宫自会让卢公公去宣懿旨，立孝辰为监国，行天子之权，统揽朝政大局！”

“请娘娘莫要太过悲伤！陛下吉人自有天相，定当逢凶化吉转危为安！”周玉绳跪地叩头，“微臣，先行告退！”

“娘娘，你真准备让六殿下监国？”见周玉绳出宫，卢正赶忙凑了上来。

“哼……”此时此刻，陈皇后脸上的悲伤早已是不见了踪影，“前不久，我曾试探那小子，说皇上病重，让他监国，结果他马上就递了一张请旨就藩的奏疏上来。我问你，这件事，你怎么看？”

“依老奴所见，他是怕了！”卢正媚笑道，“娘娘请想，那徐杰昔日也曾权倾朝野，倒台无非也就是一朝一夕的事儿，六殿下在朝中一无靠山二无亲信，他母妃又是娘娘的人，他又岂敢与娘娘争权？”

“本宫倒是觉得未必……”陈皇后叹了口气，“那小子一向寡言少语深藏不露，他越是谁都不拉拢，本宫就越是觉得不对劲。祥贵妃最近也颇为反常，说话总是前言不搭后语，想必那母子俩，是觉得有机可乘了……”

“既然如此，娘娘为何还……”听陈皇后这么一说，卢正顿时一脸的疑惑。

“就是因为如此，本宫才要让他来当这个监国！”陈皇后一笑，“一来可以堵住那群书呆子的嘴，二来嘛……如果周玉绳说的是真的，辽远恐怕是保不住了。一旦林城失守，他身为监国守土不利，自然是难辞其咎。”

[2] 头风，又称中风，现代医学称为脑梗塞。

“然后娘娘就可以名正言顺地准了他的奏疏，打发他出京就藩了！”卢正点了点头，“妙！实在是妙！娘娘思虑周全，老奴自叹不如！”

“世子现在到哪儿了？”

“这……”卢正一愣，“按理说，前两天就应该到了，可是……”

“你可有派人去查？”

“派了！”卢正眉头紧皱，“从京城到河东的所有大路小路，老奴都派出了人手，却一直没有世子的消息，老奴以为，是不是他们临时改换了路线，要兜一个大圈子进京？”

“废物！”陈皇后似乎是在强压火气，“多派点人，从河东继续往南查！”

“是！”

“另外，有裴大人的消息了吗？”

“呃……”一听“裴大人”这三个字，卢正的眉头皱得更厉害了，“娘娘容禀，自大内接管城防以来，已将这京城翻了个遍，并未找到裴大人的去向！老奴这就让他们加派人手，挨家挨户地搜！”

“青衫营呢？找人这种事，他们不是挺在行吗？”

“这……”卢正摇了摇头，“娘娘有所不知，如今陈方不在京中，眼下除了皇上，恐怕没人能使唤得动他们……”

“算了……你先去拟旨吧，自明日起，由梁王监国。”陈皇后叹了口气坐在了龙床边沿，伸手接过了太监手中给皇上擦口水的丝巾，“你们也都下去吧，我想和陛下单独待会儿……”

“是……”

十八

“陛下，你……还记得咱们的铭儿吗？”陈皇后用丝巾小心翼翼地替皇上擦着口水，柔声细语道。

皇长子朱孝铭，当今圣上的嫡长子。若不是患奇疾早夭，这太子之位，是无论如何也轮不到朱孝隆的。

但见皇上微微睁开眼睛，斜着眼珠死死地盯着眼前这个熟悉而又陌生的结发妻子，嘴唇微微颤动，似乎是想说些什么，却始终没能发出声音。

“你登基之前，咱们一家人是何等的相亲相爱？记得有一次，铭儿的风筝挂在了树上，你为了哄他开心，竟命人搬来梯子，亲自爬上树去给他摘风筝。那时臣妾就想，我儿有福气啊，他或许真的是哪位神仙下凡来的吧？”说到这，陈皇后不禁潸然泪下，“然后呢，你登基当了皇上，那个给儿子摘风筝的父亲，就再也没有出现过了。陛下已经忘了吧？五天前，是铭儿的忌日。那日臣妾梦到他，他还不停地问臣妾，害他的人，抓到了吗？臣妾又能怎么说呢？只能骗他说，铭儿乖，你父皇一定会替你讨一个公道！我的铭儿呀，最乖了……”

皇上的呼吸越发急促，身体微微抖动，脸也涨得通红，嘴里的口水不断地涌出嘴角，而陈皇后却放下了手中的丝巾：“自从你当了皇上，一切都变了。你有了新的女人，也有了新的皇子。其实这些，臣妾都不在乎，我只希望你能像一个真正的父亲那样对待铭儿，能像从前那样疼爱他、保护他。可是结果呢？他走得如此不明不白，你却像什么都没发生过一样，你下令大内严查，却根本就没几个人去查，他们说铭儿是抱病而亡，却连他究竟害的什么病都含糊其辞。臣妾跪在你的面前苦苦哀求，只求你为他讨一个公道，而你呢？还记得你是怎么对我说的吗？你以为，这件事，真的就这么算了吗？”

“唔……唔……”但闻皇上的喉咙里发出呜呜的声音，似是激动到了极限。

“前不久，臣妾听说了一件事……”陈皇后站起身子，给了皇上一个背影，“在南洋，有一个叫芽圣的小国，那里的一处村落，流传着一种用海中的‘鸡心螺’制作毒药的秘方，以供狩猎之用。毒药的名字叫‘鸡心膏’，无色无味，人服下之后不疼不痒无知无觉，直到死于无声无息之中也是无药可解——郎中诊不出，银针也测不出！于是，臣妾便派人暗中从那芽圣国，弄了一些‘鸡心膏’回来，找了几个人试了药效，这才发现，此毒果真是让人称奇！陛下莫要误会，臣妾所说的称奇，并不是说药效奇特，而是臣妾从太医院中秘密调取了你父皇驾崩之前的病案，发现你父皇的症状与铭儿的症状，还有那几个试药人的症状，竟然出奇的相像！这，才是真正让人称奇的地方！”说到这，陈皇后竟然缓缓地回过了头，两只满是杀气的眼睛正好与皇上对上了眼神，但见皇上周身颤抖脸色发青，虽不能说话，但眼神之中的恐惧已然无法掩饰。

“陛下……”皇后拿出丝巾，开始继续替皇上擦拭口水，“自从翻开病案的那一刻起，臣妾什么都明白了！臣妾早就有所耳闻，你怀疑臣妾对你不忠，还曾派人在暗中查探，所以你怀疑铭儿不是你的亲生骨肉，对不对？既然如此，你大可以拿臣妾来问罪，又为何要折磨铭儿呢？因为你找不到证据，却又总是放心不下，所以你仅仅因为一些无耻小人的讹传，仅仅凭借你对臣妾的怀疑，便让铭儿当了替死鬼！你不是总说，宁肯错杀一千，也不可放过一个吗？臣妾真是万万也没有想到，这错杀的一千之中，竟然也包括你的亲生骨肉！事后你后悔了，你赏给臣妾各种奇珍异宝，对臣妾言听计从，但这跟铭儿又有什么关系呢？你以为我是你吗？你以为我会为了让几个妇人来给我请安，就六亲不认害死自己的孩子吗？陛下呀，这世上，不是只有你才知道‘鸡心膏’的秘密，你可以用那东西对付别人，难道别人，就不能用它来对付你吗？”说到这，陈皇后冷冷一哼，眼中满是鄙夷，“自从你当上这个皇帝，便整日疑神疑鬼，不是这个对你不忠，就是那个对你不孝。忠臣良将几乎被你杀光了，而那些留在你身边的，又有几个是真心替你着想的？睁开眼睛看看吧！如今外敌连横烽烟四起，而你这堂堂大宁朝廷，却已无将可用！你老朱家的江山，就要葬送在你手里了！”

“娘娘！”就在这时候，卢正突然屁滚尿流地跑进了大殿，“娘娘，不好了！”

“又怎么了？”陈皇后擦净泪水站起了身子。

“老奴听说，六殿下刚刚拜会过周玉绳！”

“那又如何？”陈皇后不以为然。

“现在朝臣们都在议论，好像是……祥贵妃有意请旨，将周玉绳的女儿嫁给六殿下！”

“哼哼……”陈皇后听完卢正的奏报，竟然冷笑起来，“好啊好啊，好一个祥贵妃，我还以为他们母子一天到晚鬼鬼祟祟，究竟想出了多么惊天动地的筹谋，原来是成亲，可真是吓死本宫了……”

“娘娘你……”见陈皇后竟然如此不以为然，卢正不禁一愣。

“你以为那周玉绳，凭什么在首辅的位子上稳如泰山？”陈皇后不屑道，“满朝文武他都不选，偏偏挑一个最没骨气的去拉拢，而且还是用这种手段……罢了，罢了，随他去吧！本宫倒是要看看，他能不能把满朝文武家的闺女，都娶了！”

“娘娘，此人狼子野心，不得不防啊！”

“快去拟旨吧，本宫自有打算！”

“是！”

“等等……”陈皇后似乎又想起了什么，继而又一摆手，“算了，没事了，你下去吧。”

“是！”

十九

次日一早，皇宫的景阳钟时隔二十一年再度撞响，皇六子梁亲王朱孝辰监国大宁、坐镇金銮。

“臣等，恭请梁王殿下千岁、千岁、千千岁，监国大宁，扶助社稷！”金銮殿上，文武百官向朱孝辰行监国礼。

“列位大人请平身！”朱孝辰深深吸了一口气，伸手轻抚龙书案，举头注目殿下文武，但见文武百官无不恭敬肃立，整个大殿的焦点都在自己一个人身上。

这就是当皇帝的滋味吗？

指点江山文武来朝，普天之下唯我独尊。怪不得历代君王无不为这把椅子争得你死我活。

“诸位大人，有本请上奏！”朱孝辰手扶龙书案，淡淡说道。

“臣周玉绳，有本！”

“臣许怀，有本！”

“臣黄文举，有本！”

“臣刘乾，有本！”

“臣顾应檀，有本！”

“臣苏夏，有本！”

“臣江赢，有本！”

“臣卢嘉真，有本！”

“臣谭正，有本！”

……

一时间，几乎满朝文武都站了出来，无一例外地从袖筒中掏出了奏疏，少则一张多则一叠，搞得朱孝辰也是一愣，距离上次朝会这才过去几天？这群书呆子到底攒了多少奏疏？

“殿下……这是娘娘托老奴呈给殿下的。”不光是文武百官，就连太监都跳出来凑热闹了，大臣们掏出奏疏的同时，卢正也从袖筒里掏出了一样东西呈到了朱孝辰近前。按祖制，后宫不得干政，皇后娘娘是不可能写奏疏的，而卢正呈上的东西，也并不是奏疏，而是一封书信。

“娘娘？”朱孝辰满脸的疑问，小心翼翼地接过了书信，打开一看顿时就是一脸的官司：信是从淮南王府发来的，大概内容是淮北一带因饥荒而闹出了民变，一个叫王化成的铁匠自封淮王，纠集数千乱民扯旗造反，劫持了淮南王的世子，并以此为要挟，向淮南王府索要赎金。最初是白银十万两，且要求必须折算成金锭交付，淮南王分文未敢少给。收到钱之后，这个王化成非但没放人，反而将赎金又涨了十万两，那个没囊没气的淮南王，只得硬着头皮东拼西凑又送了十万两过去。这样一来，那王化成似乎发现如此赚钱比打铁来得容易太多，干脆来了个一口价：限期一个月，再给三十万，仍然要折成金锭，谁不放人谁不得好死。

藩王这东西，听起来很威武，实际上却不见得能比隔壁家的知府大人阔绰多少。对于大多数藩王而言，一年到头最主要的收入，无外乎朝廷的俸禄和封地的佃租，能凑出二十万两银子已然是砸锅卖铁了，这个淮南王想必也是被王化成讹得实在是没办法了，这才写信向皇后求援。

“这是什么时候送来的？”朱孝辰皱眉道。

“回殿下，是昨夜晚间。”卢正道。

“真是……岂有此理！”但见朱孝辰啪的一声将书信拍在了龙书案上，单手捂着脑门，满脸的无奈。

“殿下，怎么了？”周玉绳站得最近，见朱孝辰一脸的愁苦，赶忙施礼询问。

“卢公公，你把这个，拿给周大人看看……”朱孝辰将书信递给卢正，但见卢正犹豫了片刻，之后接过书信毕恭毕敬地递到了周玉绳手里。

“诸位大人，淮北闹出了民变，反贼挟持了淮南王世子索要赎金。皇叔已经给了他们二十万两，但那些贼寇贪得无厌，还想再要三十万两。”

“哎呀……这……真是胆大包天啊……”朱孝辰这么一说，文武百官顿时就是一阵骚动。

“启禀殿下！微臣觉得，王爷的做法实在是欠妥！”说话的是吏部尚书苏夏，“二十万两银子，已经足够朝廷发兵平贼了，却要白白送给那群反贼去招兵买马，让他们反过头来再对抗朝廷，这岂不是养虎自毙吗？况且此例一开，若天下群起效仿，朝廷纵有金山银山，也是不够给呀！”

“是啊是啊……这钱不能给呀！”苏夏这么一说，立即就有一群人点头称是。

“听苏大人的意思，莫非反贼绑了本王的堂弟，本王就坐视不管了？”朱孝辰微微皱眉问道。

“当然不能不管！此贼挟持皇亲讹诈朝廷，罪当凌迟！微臣恳请殿下即刻下令，派重兵予以围剿，凡是参与谋反者一律连坐诛九族，以警示天下！”

“殿下！臣，有话要说！”苏夏刚说完，兵部尚书许怀又站了出来。

“许大人请讲！”

“呃……苏大人的话，微臣不敢苟同！”许怀满脸阴沉对着朱孝辰一躬到地，“如今外敌连横，朝廷哪有那么多的粮饷去围剿那等乌合之众？更何况世子还在他们手上，若贸然用兵，惹得那些反贼狗急跳墙伤及世子，又当如何是好？”

“哎呀……是啊……哪有那么多粮饷去打他们啊……对呀，况且世子还在他们手上啊……”许怀这一开口，立即有一群人迎合。

“许大人！这话亏你说得出口！”听许怀这么一说，苏夏冷冷一笑，“大人主持兵部，岂不闻‘尊王攘夷’的道理！反贼作乱，若不趁其羽翼未丰将其剿灭，莫非要等他们兵强马壮时再打不成？”

“好一个‘尊王攘夷’！”许怀也不示弱，“有道是：大军一战、粮饷百万！你以为用兵打仗是儿戏吗？这几年全国各处多有天灾，民变不下五起，幸得皇上圣明，或是招安或是赈济，有哪次是靠用兵才平息的？”

“敢问许大人，你说的那些靠招安赈济抚平的民变，又有哪次是绑了皇亲呢？”苏夏不再同许怀争论，而是转过身向朱孝辰躬身施礼，“殿下，反贼挟持皇亲讹诈朝廷，此例万不能开！还望殿下以皇家庄严为重，当机立断！”

“你……”许怀也赶忙转身施礼，“殿下切莫听他信口开河！此人意图陷世子于险境，分明是居心叵测呀！或许……他就是反贼的同党，如今阴谋败露，便想借朝廷大军将同党灭口自保！”

“许怀！莫要在此血口喷人！反贼挟持皇亲，你竟有包庇纵容之心，说起同党，也是你的嫌疑更大些吧？还望殿下明鉴！”

朱孝辰并没说话，斜眼看了看许怀，又看了看苏夏，心中不免好笑。不是说左党挺团结的吗？怎么徐国公刚一倒台，自己人就掐起来了？

“哎……二位大人息怒，大家在朝为官，都是为朝廷分忧，为皇上分忧；殿下才思过人，定能想出万全之策，二位大人又何必非要争一个孰是孰非呢？”遇到这种场合，就要轮到周玉绳出面和稀泥了，“殿下，老臣有一事不明，不知当问不当问？”

“周大人但问无妨。”

“我朝早有祖制，藩王及其世子若非奉旨，不得擅离封邑。恕老臣斗胆，敢问殿下，淮南淮北相隔数百里之遥，世子跑到那里去干什么了？”

不愧是万年的老鳖精，正所谓“流水的皇上、铁打的首辅”，绝不是浪得虚名。

放在以往，周玉绳无论如何都不可能当众问出这样的问题，这明明就是替朱孝辰问的。

是啊，世子跑到封地之外去做什么了？况且还是来京城的方向，稍微有点脑子的人都能猜出来，但猜出来跟说出来，可完全不是一码事。

朱孝辰微微一笑，转过脸看着卢正，把个卢正也盯出了一脑门子冷汗，赶忙躬身施礼：“呃……回殿下，这乃是皇后娘娘的安排！世子年幼，还未曾见过陛下。如今皇上病重，娘娘便想安排他们叔侄见上一面。”

“原来如此……”周玉绳诡异地一笑，“是老臣多虑了。”

“不知周大人，可有妙计？”朱孝辰问道。

“老臣以为，苏大人和许大人说的，都不无道理；朝廷不能向反贼低头，但世子之安危，又不能不顾；老臣觉得，应该先想办法稳住那群反贼，再伺机搭救世子，最后发兵平贼，便是两全其美之策啊！”

这话，说了和没说，是一样的。

“列位大人，谁能告诉我，为什么会有民变？”朱孝辰将两手扶在桌面上，面沉似水。

“呃……回殿下，淮北去年遭遇百年不遇的旱情，整整十个月滴雨未下，八百万亩良田颗粒无收，所以……”文武百官沉默了一阵，户部尚书吕源终于站了出来，此人原为户部左侍郎，段广礼倒台之后，便接替了户部尚书的位子。

“朝廷没给赈济吗？”

“回殿下，给了。户部拨发了白银八十万两，又陆续从各地调拨了一百万石粮食用于赈灾……”

“哦？这么多？”说实话，关于民变的原因，朱孝辰的心里是一清二楚：朝廷赈灾的钱粮，能有两成落到灾民手里，就得烧高香，“淮北到底有多少灾民？这么多的钱粮，不够分吗？”

“呃……回殿下，微臣以为……那些造反的……尽是些刁民，一来本就贪得无厌；这二来嘛……必是受奸人蛊惑……所以……”

“若本王没记错的话，查反贼，应该是青衫营的差事吧？”朱孝辰把脸转向了卢正。

“正是。”

“淮北归哪个衙门管？主事儿的叫什么？”

“回殿下，淮北乃是金陵衙门的辖区，管事儿的叫陆泰。”

“发六百里加急，让那个陆泰给我日夜兼程进京请罪！”

“是！”

“今儿先到这里！”朱孝辰一拍大腿站起身子，“烦劳公公把奏疏都收上来，本王回去慢慢看。散朝！”

“哎……哎……殿下！宣亭的军情……”

“殿下……辽远告急啊！”

“殿下……今年的庭试……”

“殿下……朝鲜……”

“殿下……殿下，你不能走啊！”

“殿下……留步啊，殿下！”

一听朱孝辰这就要走，文武群臣顿时又乱了套，一个个愁眉苦脸的表情，和前不久齐王被裴良抓走时是一样的。

“诸位大人先回去吧！事情一件一件地来！”朱孝辰显得很是不耐烦，“本王先回去想想世子的事儿，其他的明天再说！”

“可是殿下……”

但见朱孝辰大袖一甩扬长而去，干脆将文武群臣晾在了大殿之上。

二十

当日午后，皇后宫中。

“你们怎么这么快就散朝了？”陈皇后问卢正道。

“启禀娘娘，对于世子的事，殿下显得很是不耐烦，于是……就吩咐散朝了。”

“不耐烦？”陈皇后一愣，“此话怎讲？”

“事情正如娘娘预料的那样，对于到底是给钱赎人，还是发兵围剿，文武百官分成两派争论不休，结果吵来吵去，就把殿下给吵烦了；其他的事，干脆就不听了，传旨青衫营金陵衙门的陆泰上京请罪，最后让老奴把奏疏收了，说是拿回去慢慢看。”

“哼，也就这点出息了……”陈皇后冷冷一哼，“到底哪些人支持赎人，哪些人主张发兵，你可都记下了？”

“大致是记下了！”卢正贼眉鼠眼地从袖筒里掏出了一张信纸，上面密密麻麻写满了人名，“吏部尚书苏夏主张发兵严剿，下面便立即有一些人应声附和，这些附和之人，老奴都已经写在名单上了。”

“这么说……除了这些人之外，其他人都主张赎人？”陈皇后接过名单瞥了一眼，顺手将名单放在了桌子上。

“大致如此。”

"他怎么说？是给钱还是发兵？"

"呃……未置可否。"卢正道，"不过……"

"不过什么？"

"老奴听说，他府上的管家王源去了福禄银号，说是想抵押王府的宅院。"

"抵押宅院？"

"正是。但好像因为掌柜开价太低，最终也没能谈妥。"卢正眉头紧皱，若有所思道，"莫非……他想自己掏那三十万两银子？"

"那小子倒是挺会逢场作戏的……他那几间破房子能抵出几两银子？"陈皇后不以为然道。

"呃……老奴还听说，殿下去了苏夏和其他几位大人的府上。"

"苏夏？"陈皇后一把扯过卢正写的名单，但见"苏夏"二字赫然写在头一位。

"苏夏反对朝廷妥协，力主出兵平贼。"卢正道，"该不会是殿下去他府上做说客了吧？毕竟那苏夏所言不无道理，下面支持者更是不在少数，若在朝堂之上当面否决，也确实是多有不妥啊。"

"宣他来见我！"陈皇后淡淡道，"我倒要看看他这葫芦里卖的是什么药！"

过了足足两个时辰，朱孝辰才风风火火地赶到了坤宁宫。

"皇儿啊，你这一当上监国，还真是难请了呢……"陈皇后皮笑肉不笑道。

"母后误会儿臣了，儿臣只是想尽快把世子救回来而已，奔波在外，实是不知母后宣儿臣进宫的消息。"

"哦？你打算怎么救？"

"儿臣觉得，为此事动用国库多有不妥，便想从大臣那里筹些银两，私下里先将世子赎出来，然后再做打算。"

"本宫听说，你派人去银号抵押宅院了？"

"是。"

"那反贼开价三十万两，不知你那宅院，能抵出多少啊？"

"母后有所不知，这一下午的时间，儿臣奔波于列位大人府上，已经筹得了十几万两，加上儿臣自己的积蓄，仅差几万两还没有着落，儿臣也是万般无奈才出此下策。"

“荒唐！堂堂当朝亲王，竟然去银号抵押宅院，成何体统？你让你父皇的脸往哪儿放？”

“儿臣知错！只是……”朱孝辰面露难色，“世子乃是我堂弟，他被反贼挟持，我这做哥哥的，无论如何也不能坐视不理啊！”

“你去了苏夏的府上？”

“是。”朱孝辰道，“毕竟儿臣已经打定主意掏钱赎人，苏夏虽主张出兵平贼，但他所言也不无道理，势必要安抚一下。”

“那些借来的银子，你准备怎么还？”陈皇后淡淡道。

“儿臣是这么想的……”朱孝辰咽了一口唾沫，甚是尴尬，“赎人这件事，且算是儿臣一人所为；与大内无关、与朝廷无关，更是与父皇无关；这窝囊的名声，就由儿臣一人来背好了。一旦那些反贼把人放了，儿臣便立即下令发兵围剿，把钱抢回来！五十万两银子，也不是一时半刻就能花出去的……”

“难道你就没想过，那些反贼拿了钱若是还不放人，又当如何？”陈皇后斜眼盯着朱孝辰，警惕性似乎小了许多。

“这……儿臣还未曾想过……”朱孝隆一愣，“但那些反贼既然已经诅咒发愿，儿臣便想再赌上一把，那些江湖草寇虽然反复无常，但十句话里总该有一句是真的吧？”

“来人！”陈皇后一摆手，有宫女送上了一个檀木的盒子，掀开盒子，里面竟是厚厚一叠银票，“你这傻孩子，这种事，怎么能让你来出钱呢？这些都是本宫的私房钱，在这深宫大内，也没什么用钱的地方，这些银两，你拿去用吧！”

“母后……”接过木匣，朱孝辰眼圈竟然一红。

“一开始就是本宫让他来的，如今惹出这般风波，本宫也是难辞其咎。这里是三十万两银子，你去把大臣们的钱……都还了吧。”

“儿臣替堂弟、皇叔，谢过母后！”朱孝辰扑通跪倒俯身叩头。

“起来吧……”陈皇后伸手搀扶，“如今你身为监国，代行天子之权，本宫倒是有一件事要拜托你。”

“母后这是折煞儿臣了。母后的事，就是儿臣的事！”

“我要你差遣青衫营，把裴大人找回来。”

“裴大人？裴良裴大人？”

“正是！”

“他不是烧死了吗？”朱孝辰故作惊愕道。

“不！经他手下的将官辨认，那具烧焦的尸体，并不是裴大人！本宫觉得他还活着，而且就在京城之中，只不过是被那些乱党关在某处而已。”陈皇后淡淡道，“这宫中前不久刚刚遭了刺客，如今大内群龙无首，本宫这心里，可真是七上八下得很呢……”

“儿臣明白！”朱孝辰拱手行大礼，俯身再叩一头。

二十一

接下来的几天，几乎都在重复着头一天的事：吵。

宣亭、辽远、朝鲜、殿试、恩科，翻来覆去就是这几件破事，满朝文武吵得唾沫横飞、不可开交。而朱孝辰也跟第一天一样，坐在龙椅上一言不发，就静静地看着下面吵，下面吵累了，上面拍屁股走人。几天下来，竟然没一件事能有个定论，大臣们递上去的奏疏，也都如石沉大海一般，一份都没有批复。

第六天头上，陆泰终于到了。

借由驿站的快马日夜兼程赶赴京城的陆泰，被一众内卫五花大绑押上了金銮殿。同时被押上殿的，还有青衫营京城衙门的掌刑千户魏亮。

“你叫陆泰？”朱孝辰冷眼道。

“是。”陆泰面无表情道。

“淮北，是你的地盘吧？”

“是。”

“知道为什么绑你吗？”

“王化成谋反一事，卑职自知失察之责！”

“既然知道，那就不冤了。”朱孝辰冷冷一哼，“来人，将此人推出午门，斩！”

“且慢！”一旁的魏亮赶忙跪倒叩头，“陆大人冤枉！冤枉啊！殿下！那王化成谋反，并无预谋，实乃偶然，事先实难预料，万望殿下明鉴！”

“呃……殿下……请殿下三思！”不光是魏亮，就连顾应檀都看不过去了，从开国至今，再怎么严重的罪责，就算是皇上钦定的罪名，至少也要押到刑部过过堂走个过场，朝廷又不是军营，哪有直接推出去砍头的道理？“恕微臣斗胆，殿下若直接将陆大人问斩，这……这……这恐怕不合律历啊……”

“偶然？”朱孝辰并没理会顾应檀，而是死死地盯着魏亮，“朝廷每年都要花几十万两银子养着你们。几十万两银子，就换回来一个‘偶然’？”

“殿下有所不知，关于偶然民变与预谋叛乱的界限，早在先帝临朝时便已有定论！”魏亮争辩道，“那王化成并非江湖中人，便也不在我青衫营的监视名册之中，此人事先不曾拉拢贼团称王称霸，仅是借灾荒之机偶然造反，对于此类民变，我青衫营纵有天大的本事，也是难以预料啊！还望殿下明鉴！”

“还有这种说法？”朱孝辰微微皱眉，斜眼看着陆泰，“陆大人，魏大人的话，当真？”

陆泰微微点了点头。

“既然如此，来人，给陆大人松绑。”

松绑？文武百官面面相觑。

“是本王糊涂了，让陆大人你……受委屈了，你回去吧。”

回去？回哪儿？金陵？这就没事儿了？

朱孝辰此言一出，何止是满朝文武，就连被绑着的陆泰也是一脸茫然。

“呃……殿下，不知殿下所说的回去，是回哪里？”顾应檀又站了出来。

“当然是回金陵，不然还能回哪儿？”

“呃……殿下！”顾应檀俯身跪倒，“既然陆大人自己都承认有失察之责，岂能就这么让他回去啊！”

“不让他回去，难道还要留他在京城住上几天？”

“殿下，陆泰明知失察，却又对世子遭挟持一事不闻不问，竟逼得堂堂藩王写信向宫中求援，此中必是大有文章！”顾应檀慷慨陈词，一脸的正气，“微臣以为，应将陆泰交由三司会审，查清真相！”

“顾大人……”朱孝辰一皱眉，“刚才替他开脱的是你，现在要抓他的也是你。王化成谋反远在淮北，你们坐在京城，能查出什么真相？嗯？”

“殿下！微臣只是依律办事，并未替他开脱！”顾应檀抬起头，一脸的大义凌然，“朝廷，有律制在，祖宗有成法在！还望殿下将此案秉公处置，以警天下！”

“秉公处置……好啊，来人！先将陆泰押入天牢！”

“殿下！冤枉啊！”陆泰一边喊着冤，一边被一众内卫扭下金銮殿。

“顾大人！”魏亮斜眼盯着顾应檀，不禁咬牙切齿，“我青衫营与你刑部向来井水不犯河水，今日又为何如此刁难！”

“哼！魏大人，今日之事，你觉得你们就一点责任都没有吗？殿下刚才已经说了，朝廷每年花几十万两银子养着你们，而如今，竟闹出了反贼劫持皇亲这等荒唐事，还以此来讹诈朝廷，你竟还说是我刁难你们！”顾应檀毫不示弱，“列位大人请给我评评理，究竟是我顾某刁难他们，还是他们玩忽职守有负圣恩！”

“是啊！顾大人说得有道理啊……”顾应檀话音未落，竟已有半个朝廷的大臣点头称是，一时间魏亮也被问了个哑口无言。

“都别吵了！”朱孝辰竟然破天荒地出面圆场，“顾大人，那个陆泰，你们也别审了。挟持世子的是反贼，你们光是审他，也没什么用。但事情既然已经出了，自然不能就这么算了，魏亮，本王给你一个将功补过的机会，如何？”

“卑职愿亲往淮北，彻查世子被劫一案！”魏亮俯身叩头道。

“世子的事儿，不用你管。”朱孝辰道，“本王要你去找一个人。”

“谁？”

“裴良。”

“裴……”朱孝辰此话出口，大殿之上顿时一片骚乱。

“殿下，他不是……被烧死了吗？”魏亮一脸的惊愕。

“前日母后宣本王入宫，告诉本王说，烧死的不是裴大人。所以本王想请你青衫营出马，把裴大人给我找回来，活要见人，死要见尸。”

二十二

“殿下，卑职以为，此案应交由顺天府侦办！”魏亮抱拳道。

“本王偏要找你。”朱孝辰站起身缓缓走下大殿。

“殿下容禀！若要侦办此案，则需停罢京城衙门一切公务，调集所有人马！事关重大，卑职不敢擅自做主！”

“那本王就替你做主。”朱孝辰在魏亮跟前站定，两只眼睛死死地盯着魏亮，吓得魏亮赶忙低头，“从现在起，青衫营京城衙门停罢一切公务，所有人马全力寻找裴大人的下落！”

“殿下！卑职……”

“本王给你十天时间，到时候若见不到裴大人，那就新账旧账一块儿算，明白吗？”

“卑职……明白……”

“散朝！”朱孝辰头都没回，拍了拍魏亮的肩膀，迈开大步径直走出了大殿。目送朱孝辰走出大殿，满朝文武已然是出奇的镇定，早已没有了第一天那般的手足无措。朱孝辰的话不多，这些日子大臣们听得最多的两个字，就是：散朝。

“呵……呵呵……哈哈哈……”魏亮站起身子，先是冲着顾应檀冷冷一笑，继而哈哈大笑，边笑边回头，吓得顾应檀周身上下不由得打了个冷战。

“哎呀，顾大人……”见魏亮走远，许怀赶紧凑了上来，“你疯了吗！这……这……这平白无故的，你何苦与他青衫营过不去啊！”

“许大人，你怎么这么糊涂啊！”顾应檀四下看了看，发现没人注意，把许怀拉到了殿外。

“我……糊涂？”许怀一愣，“此话，从何说起呀？”

“大人岂不闻‘不入虎穴焉得虎子’的道理？”顾应檀神秘兮兮道，“你看这六殿下，像是当皇上的料吗？”

“呃……这……”许怀眉头一皱沉思片刻，微微摇了摇头。

“足足四天，四天呐！”顾应檀伸出四个手指头，煞有介事道，“火烧眉毛的事儿，他问都没问过，翻来覆去折腾的，竟都是皇后娘娘那点事儿，许大人，难道你，就没看出端倪？”

“呃……顾大人的意思是……皇后娘娘，一直在背后指挥他？”

“哎呀，许大人，我看不仅是指挥那么简单啊！”顾应檀张目结舌，表情极其夸张，“你想想看，陛下并没有传位给六殿下的诏书，而太子也被废了，这个节骨眼儿，娘娘让世子进京，这分明就是来即位的啊！”

“哎……嘘……”许怀的脑门顿时冒出了一层虚汗，赶忙环顾四周，“顾大人的意思是，咱们游说周大人时说的那些危言耸听的话，竟然成真了？”

“可不是嘛！大人请想，世子来京，本应是秘密，娘娘却让殿下把这件事拿到朝会上来宣扬……”顾应檀压低了声音，表情越发诡异，“区区三十万两银子，就算淮南王掏不起，难道娘娘也掏不起？难道大内也掏不起？有必要大白于天下吗？这分明就是娘娘想试探咱们的立场啊！”

“哎呀，顾大人，你这话，可真是把我吓到了！”说到这，许怀也是好一阵后怕，幸亏当时自己力主招安而没有主张出兵剿匪。

“娘娘让世子来即位，却被反贼劫了，这是坏了她多大的事儿？你想想，世子在反贼手上，剿也剿不得；给钱的话，恐怕又是个无底洞，这口恶气，她咽得下去吗？必须得找一个替罪羊给她出气啊！”顾应檀也压低了声音，“依我看，齐王是靠不住了，如今看来，这六殿下，更靠不住！之前咱们已经把娘娘得罪了，事到如今我要是不去刁难青衫营，没准哪天被刁难的，可就是咱们了呀！”

“顾大人思虑周全，许某五体投地！五体投地！”许怀不停点头，抬起胳膊一个劲地用袖子擦拭额头的冷汗。

此时此刻，刑部天牢。

“把牢门打开，你们都下去吧！”朱孝辰遣退侍从，独自走进陆泰的牢房。

“卑职见过殿下！”陆泰戴着脚镣单膝跪倒。

“大人快请起，让你受委屈了。”朱孝伸手扶起陆泰。

“殿下这是哪里话！”陆泰起身拱手道，“卑职既已听命于殿下，便是抱定了万死不辞之决心，这点委屈又算得了什么？”

“我让你交给宋大人的书信，如何了？”

“殿下放心，卑职已亲赴宣亭边境，将书信交到了宋大人手上！”

“淮南王的赎金，你们收到了吗？”

“收到了！”

“这些日子，我会派人再送三十万两过去！”朱孝辰道，“除去给你那些死去的弟兄当抚恤之外，余下的你们就分了吧。”

“谢殿下！”陆泰拱手，“世子要怎么处理？”

“好生伺候，不要为难他。我说放的时候再放。”

“是！”

“你与那个魏亮，交情如何？”

“尚可。”

“我料定他会来此探视，你告诉他，找到裴良之后，暂勿声张，先带我去见裴良。”

“是！”

“你先在这儿委屈几天，等他找到裴良，就放你出去。”

“是！”

淮北，确实起了民变。

领头的，确实叫王化成，此人也确实是个铁匠。

只不过，他这辈子从来没见过什么淮南王世子，更没收到过一文钱的赎金，却莫名其妙地就成了朝廷头号通缉犯。

二十三

青衫营果然是青衫营，根本就没用十天，仅仅五天时间，便找到了裴良的下落。就在这五天之中，一好一坏两个消息相继传入京城；好消息是辽远大捷，大宁守军夜袭敌营活捉敌首乌卢尔泰，后者答应议和退兵；坏消息是朱孝隆在岭南奉密诏即位，挥师北上，不日将抵京。

裴良被囚于城北十里的一处荒宅之中。此宅本为前朝兵部尚书张向的胞弟之宅邸，后来张向被抄家将其株连，此宅也便成了一处荒宅。因宅院之中常在深夜传出啜泣或惨叫之声，更有了闹鬼的传言，周遭数里无人敢近。之所以能找到此处，是因为青衫营的探子发现总有一个疯疯癫癫的乞丐在半夜三更往此处送饭。

被人发现时，裴良周身上下已被捆成了麻团，瘦得皮包骨头，而那个乞丐的口供则是少得可怜，只是说有一位大人给了他几两银子，让他每日夜间将一些讨到的剩饭剩菜送至此处，更威胁胆敢走漏风声便会取其性命，除此之外再无其他。而关于那位给钱的大人姓甚名谁长相如何，乞丐却是一问三不知。

“裴大人，你受委屈了。”朱孝辰亲自为裴良解开了绑绳。

“六殿下？”裴良用手揉了揉眼睛，呼吸急促，言语颤抖，似乎不大相信眼前的一切，“我爹……我爹怎么样了？”

“大人放心，令尊一切安好。”

“殿下……是如何找到我的？”裴良颤声问道。

“找到你的不是我，是青衫营。”

“青衫营？”裴良面带疑惑，似乎不大相信。

“是小王下令，让他们停罢无关公务，全力寻找你的下落。”

“殿下下令？”裴良的眉头皱得更厉害了。

“小王如今是监国，陈公公不在京中，小王便越俎代庖了。”

“殿下救命之恩，卑职没齿难忘！”裴良跪地谢恩，“敢问殿下，宫中……情势如何了？”

“那夜之后的事，大人想必还不知道吧？”朱孝辰将裴良搀起，“宫中倒是并无变故，只不过我那皇兄号称奉了父皇的密诏，已然在岭南即位称帝，正带着六万大军北上勤王呢。”

“密诏？”裴良一愣，“真是荒唐！哪来的密诏？”

“大人，这是在问我吗？”朱孝辰一笑。

“卑职不敢！请殿下恕卑职匆忙，卑职擅离职守遭乱党囚禁，这就回去向陛下请罪！”

“慢！”朱孝辰道，“父皇病重，裴大人就不必去请罪了。小王这里，倒是有一件大事要找大人商议。”

“殿下请讲！”

“明日朝会，小王想请大人替代黄文举之职，领兵京畿卫，还望大人莫要推辞！”

“京畿卫？”裴良一愣，“那大内怎么办？”

“小王想将大内交给黄文举。”

“这……”裴良顿时一愣，“殿下，这件事，皇上知道吗？”

“我说过，父皇病重，经不得打搅。”

“那皇后娘娘呢？”

“现在知道这件事的，只有你我二人！”

“事关重大，还请殿下三思！”裴良抱拳单膝跪地。

“裴大人，小王此前虽然未涉朝政，但也知道你对父皇和母后乃是忠心耿耿，思前想后才做出这等安排，如今我那皇兄率六万大军北上，大人若是重回大内，就凭那区区几千内卫，又如何保证父皇和母后的安危？”

“殿下所虑极是……”裴良眉头紧皱，若有所思，“但……至少也要事先向皇后娘娘请一道懿旨才是啊……”

“请旨的事，交给小王。明日朝会，大人莫要推辞便是。”

“卑职……明白！”说实话，京畿卫的官职，裴良倒是并不抵触，毕竟握着四万卫戍精锐的兵权。虽说从礼制上讲不如大内体面，但如今内忧外患，从大内调任京畿卫，显然也是明降暗升，“可是殿下，卑职不明白，既然太子公然叛乱，为何不干脆将那黄文举治罪？”

“为何治罪？治什么罪？”

“黄文举乃是徐杰的旧部，徐杰倒台，他必然是心有不甘，恐有逆谋之嫌啊！”

“裴大人既然如此怀疑黄大人，恐怕他自己也会这么怀疑自己吧？他手握京畿兵马已有数日，要反早就反了，又何苦坐以待毙，等着朝廷找他麻烦呢？”朱孝辰微微一笑摇了摇头，“莫非裴大人……还嫌父皇杀得不够多吗？”

“这……”裴良一时语塞，“殿下教诲得是，是卑职多虑了！”

次日，朝会。

“殿下！”对于调任，裴良虽不抵触，黄文举却也不是傻子，一听要把自己与裴良对调，当即便站了出来，“本侯领兵京畿卫，乃是奉陛下的旨意！不知殿下缘何要做出此等安排！”

“侯爷，我听说你曾是徐杰的旧部？”

“那又如何？”

“我那皇兄在岭南称帝，挥师北上的事儿，你知不知道？”

“知道！”

“那你还问什么？”

“这……”仅仅两句话，黄文举顿时被问了个哑口无言。

“今日，本王还未曾进宫向母妃请安……”说着话，朱孝辰站起身子，缓缓地走下了大殿，见朱孝辰这个举动，在场文武百官几乎已经能猜到他下一句想说什么了。

“散朝！”拍了拍黄文举的肩膀，朱孝辰扬长而去。

与此同时，皇后宫中。

“这个小畜生！”听说朱孝辰要把黄文举调到大内，陈皇后娘娘顿时气急败坏，一把便打翻了桌上的香炉，“来人！把那小畜生给我叫过来！”

“娘娘息怒……”卢正媚声道，“你倒是听老奴把话说完啊……”

“说！”

“殿下让裴大人去领兵京畿卫了。”

“什么？京畿卫？”陈皇后顿时就是一愣，找到裴良，领兵京畿卫，自己一直就是这么计划的，否则朱孝隆真带着六万人打到京城怎么应付？但这个计划自己谁都没告诉过，更没告诉过朱孝辰，这小子如此安排，究竟是为了讨好自己，还是另有什么阴谋？

“是啊！”卢正道，“如今京畿卫的兵权，可是落到裴大人手里了！”

“宣他入宫！”陈皇后的语气虽然缓和了不少，眉宇间却又多了一份怀疑。

“儿臣参见母后！”约莫一盏茶的工夫，正在祥贵妃宫中请安的朱孝辰一路小跑赶到了坤宁宫。

“皇儿啊，把裴大人和黄大人对调，你是怎么想的？”

“黄大人曾是徐国公的旧部，儿臣担心他临阵倒戈。”

“那你为何还将他安排到大内？”

“儿臣的安排，也只是儿臣的安排；大内的事儿，最终还是要母后说了算。母后若是不喜欢他，随时可以打发他回家。”

“你知道就好……”陈皇后冷冷地点了点头，“那本宫现在就要打发他回家！”

“母后，历经了这么多的事儿，难道你还不明白吗？”

“明白什么？”

“百无一用是书生。”朱孝辰跪倒叩头。

“此话怎讲？”陈皇后一愣。

“朝廷养了这么多文官，朝政却是每况愈下，他们一天到晚吵来吵去，唯一的目的，就是结党营私排除异己，千方百计地怂恿父皇迫害忠臣良将。这样的臣子，即使人数再多，对朝廷、对社稷，又何用之有？母后请想，自父皇即位以来，那些治军有方、战功赫赫的武将，还剩下多少？”

“大胆！你这是在指责你父皇用人不善、滥杀无辜吗？”

“母后误会！”朱孝辰跪在地上，看不到表情，“儿臣想说的是，现在朝中有真本事的武将，已经不多了。”

“那就派他去前线打仗啊！为何非要将他调入大内？”

“母后可知，黄文举缘何会成为徐国公的心腹？”

“自然是徐杰提拔过他，这还用问吗？”

“错！”朱孝辰抬起头一脸的郑重，“徐国公只是臣子，并无封侯拜相之权，对他也只是有一些知遇之恩而已，真正提拔他的人，是父皇！”

“然后呢？”陈皇后看着朱孝辰，语气已然缓和不少。

“黄文举领兵京畿卫多日，并无任何忤逆之举，每日朝会更是从未缺席，儿臣以为：唯有问心无愧，方可如此从容！所以儿臣断定，他是忠于朝廷更忠于父皇的，是懂得感恩的。”朱孝辰抬头拱手，信誓旦旦，“他之所以会对徐国公死心塌地，不过是因为徐国公对他有些知遇之恩罢了。既然如此，母后为何不能赐些恩惠于他，也换他一份死心塌地呢？母后，儿臣自知没有治国之能，一心只想远离朝局纷争，去过那闲云野鹤的日子，但朝中若是只有一个裴良，儿臣放心不下！”

“快别这么说，这几天，你这监国当的，不是也挺好吗？”陈皇后伸手搀起朱孝辰，微微点了点头，“你能有这等孝心，也算是本宫没白疼你，快起来吧……”

陈皇后，当然不傻。朱孝辰废了这么多的话，想表达的意思不过只有一句：如今的当口，武将比文官有用。黄文举是个人才，我把他送到你眼皮子底下，为的就是方便你随时拉拢，你难道要赶他走吗？

“皇儿啊，你能把裴大人找回来，本宫代大内的将士们谢谢你……”陈皇后语重心长道，“既然青衫营已经听命于你，本宫，便还要提醒你一件事。”

“母后请讲。”

“那废太子与庶人朱氏，竟被人从孝亲王府救走了，这件事，你知道吗？”

“此案早已交由顺天府侦办。”

“顺天府？”陈皇后笑着摇了摇头，“光天化日之下从孝亲王府救人、乔装卢公公从宫中救走齐王且在大内放火行刺，每一件事都做得干净利落无迹可寻，本宫怀疑，这些都出自同一伙人之手。这样的人，顺天府是抓不到的。”

“母后的意思，儿臣明白。”

“记住要留活口！本宫想知道他们还做过些什么。”

“儿臣这就去办！”

二十四

与此同时，蓟州府，谢宅。

这处宅院，本是一个姓谢的穷秀才的祖产。虽是民宅，却也颇具有规模：四进四出，除了五亩大小的后花园和一间雕梁画栋的祠堂之外，竟还有一间颇为宽敞的禅房和一间五六丈见方的酒窖。这样的宅院，若放在京城怎么说也能值个万把两，即便在蓟州，没个四五千两也休想拿下。

有这样的产业，还算是“穷”秀才？话说此人进胭脂楼之前确实不穷，睡了一个姑娘之后就穷了。

四年前，胭脂楼卖艺不卖身的姑娘本有两个，一个是杏儿，另一个叫娟儿。娟儿大杏儿三岁，那时才刚满十七；论长相可比杏儿更水灵，也更妖媚，绝对是头牌的坯子。也不知道那谢秀才是吃错了什么药，喝得醉醺醺的，非要去听曲儿，便被老鸨子安排给了娟儿，结果听来听去就听到被窝里去了。据说那厮发现娟儿竟还是处子之身的时候，本还以为自己占了天大的便宜，结果早上一睁眼，就欠了三千两银子的账。

那时的唐沐才刚刚出道不久，接到的头一桩大买卖，就是出面替人买一套宅子，时逢这谢秀才正要被胭脂楼的打手五花大绑扭去衙门，便做了个顺水人情捎带手捡了个便宜，以两千两的价格买下了这套宅院，另外的一千两，则是用宅院中的家具物品冲抵的。也就是说，这处宅院自那时起便已是空房，除了床之外，几乎什么家居摆设都没有。

四年时光转瞬即逝，几乎所有人都忘了唐沐的那桩买卖，唯独他自己还记得。带着一群女眷待在无极寺本非长久之计，待徐国公病愈之后，唐沐索性把一众人等带到此处落了脚，条件差是差了点，但也总比睡城隍庙强。

“儿啊，这就是你给自己留的后路？”对于宝贝儿子的安排，湘云公主终于坦然接受了。

“娘您也太小看孩儿了。”唐沐诡异一笑，斟了杯酒端给母亲，“这处宅院，是孩儿出面替一位江湖朋友买来堆私盐的。”

“看来你那位朋友的私盐，卖得可不怎么样……”湘云公主下意识地看了看周遭的杂草，不禁冷冷一笑。

“他早就死了，不光是他，他一家子人也没活几个，最轻的也发配到广南去了……”唐沐一撇嘴，“那时他还只是个私盐贩子，攒了些银两便想干点大买卖，孩儿警告过他别碰兵器，他不听，开了几个黑窑打刀铸剑，还把那些刀剑卖给方子信，结果方子信被朝廷围剿的时候，把他给咬了出来。若是别的事，使点银子或许还能保住性命。若是跟方子信扯上关系，哼哼……”唐沐抿了口酒，一脸的惋惜：“神仙都救不了。”

“方子信是谁？”湘云公主一皱眉。

“反贼呗，还能是谁？”唐沐道，“其实也不是真反，就是个山大王而已，动静闹得有点大了，朝廷想招安，他又嫌给的官小，直接把招安的官儿给宰了；关键是，还舍不得掏银子找孩儿办事儿！这等铁公鸡，不劓他劓谁？”

“儿啊，你干的这些营生，可都是掉脑袋的事。若无今日的官司，你又准备何时收山？”

“孩儿还从未想过收山的事……”唐沐摇了摇头，“不过我也不是没给自己留退路，孩儿早就在广南的银号存了银子，若遇不测，便可从那里直接出海。”唐沐道：“若不是娘您执意要留下，咱们现在怕是已经身在异国了。”

“海外列国，多是大宁的藩邦。到时候一道圣旨发过去，岂不是照样拿你？”

“有一处不是。”

“你指的是那个丫头的老家？芽圣？”

“正是。”唐沐点头，“娘啊，如今有王犨在，船不是问题。孩儿大可直接雇一艘贼船，若是顺风的话，最多半个月即可到达芽圣。”

“你还是只想着逃走？”

“娘，恕孩儿说句不中听的话……”唐沐皱眉道，“那个昏君关了您这么多年，您为何还要管他的事？”

“他可是你舅舅，你就这么说他？”

“我可没有这样的舅舅。”唐沐抿了口酒，言语间满是不屑，“娘，楚离和齐王，现在已经把辽远的围解了。东虏人若是不掺和，那群鞑靼人也闹不出什么花样。咱们走吧，远走高飞！您老也是时候该享享清福了。到时候孩儿娶个漂亮媳妇，给您生个大胖孙子，如何？”

“为娘又何尝不想？”湘云公主无奈一笑，“但是儿啊，这江山社稷，乃是祖宗的基业，为娘怎能眼睁睁地看着落入旁人之手？”

“宣亭固若金汤这可是娘您自己说的，如今辽远已然平定，你还有什么可担心的？”

“为娘担心的，不是边境，而是宫里。”

“那岂不是更没必要？”唐沐皱眉道，“那妖后最多不过是垂帘听政，等小皇上长大成人，难不成她还能废了皇上重新找个崽子来即位不成？”

“你这逆子，亏了你还念过书。那王莽篡汉、武周乱唐的典故，难道你都忘了？”

“几千年来，不过就那么两次而已，孩儿倒是不信了，这么巧也能让咱们赶上一次！”

“唐公子！不好了！”就在母子俩闲聊的时候，杏儿忽然风风火火地跑进了后花园，身后竟然还跟了一个人。

“郑姑娘？”往杏儿身后瞥了一眼，唐沐的脑袋顿时就大了三圈。跟在杏儿身后的不是别人，正是暗恋自己多年的闭月斋女掌柜——巧仙姑郑三娘。

二十五

“三娘？”唐沐站起身，“你怎么来了？你是怎么找到这里的？”

“唐公子，王妈妈差人让我来这里转告你，青衫营的人在找你，她让你速速离开此地，越远越好！”

王妈妈是谁？

楚离叫她肥婆，唐沐叫她老妖精，而郑三娘则叫她“王妈妈”。

没错，所谓王妈妈，正是唐沐嘴里的那个老妖精——胭脂楼的老鸨子。没人知道她到底叫什么，最多也只是知道她姓王。这个女人在宫里待过，年轻时曾与陈公公结为“对食”的夫妻，陈公公发迹之后，便把她从宫里弄了出来，当了胭脂楼的老板娘。

胭脂楼是京城最大的青楼，而闭月斋是京城最大的绸缎庄，胭脂楼里姑娘们的穿戴，大都是闭月斋的手笔，那王妈妈与郑三娘也还有些私交。想当初，唐沐曾向楚离透露，有人带话说这郑三娘非自己不嫁，那带话的人，便是这个王妈妈。

“青衫营？”唐沐一愣，“看来这个新任的监国，还真是有些手段呢……”

当今天下，各类名目的衙门不计其数，但青衫营衙门却绝对是一个特殊的存在；此衙门一贯自成体系，除了掌令太监之外只有皇上能号令，而且只听口谕不看圣旨，也就是说，若想跨过陈公公直接号令青衫营，除非是皇上亲口下令，否则谁也使唤不动他们。在唐沐看来，如今陈方失踪，青衫营倒戈是迟早的事，只是没想到竟然会这么快。

“她还说什么了？”唐沐问道。

“还说……”郑三娘一抿嘴，“还说让我也立即离开京城……”

“你？”唐沐的眉头皱得更厉害了，“为什么？”

“她没说为什么……”郑三娘摇头道，“但我已经把闭月斋的人遣散了……”

“三娘……请恕唐某连累！”唐沐听闻顿时就是一脸的愧疚，拱手一躬到地。

“唐公子，快别这么说……”郑三娘脸一红，甚是羞赧，“闭月斋接过的黑买卖太多，就算没有今日这官司，关张也是迟早的事。”说到这，只闻这郑三娘说话的声音越来越小：“其实我早就想过，只要一出嫁，就将那店铺关了，追随相公去过寻常百姓的日子……”

“过寻常百姓的日子……”唐沐一脸的苦笑，想必这姑娘还不知道自己惹上了多大的官司，“来，三娘，给你介绍一下，这是我娘！”

“原来是老夫人……”郑三娘一脸的羞涩，“小女子郑彩华，给老夫人请安。”

“郑姑娘不必多礼。老身倒是经常听沐儿提起你呢。”湘云公主一笑，“沐儿啊，你可有其他的安身之所？”

“其他的……”唐沐愁容满面，合了折扇在手中拍得啪啪作响，“娘，被青衫营盯上，可不是换个地方那么简单！”

“莫非你又想劝为娘跟你去海外？”

“不不不……且容孩儿想想……”

“对了，还有一件事……”郑三娘似乎想起了什么。

“什么事？”唐沐啪的一声打开了折扇。

“王妈妈让我告诉你，大内的裴大人已经当上了西山京畿卫的什么总兵官。”郑三娘道，“你认识那个裴大人吗？”

“你……说什么？”唐沐的脸当场就白了，何止是唐沐，除了郑三娘之外，所有人的脸都白了。

“唐公子，你怎么了？”

“唉！”唐沐啪的一声将折扇拍在手心，瞬时咬牙切齿，转过头盯着老母亲，满脸的无奈，“娘，我早就说过要将此人除掉！你非要说什么大敌当前，若把他杀了朝廷将无人可用，现在好了，他们有得用了！”

说句实话，什么被青衫营盯上被衙门画影图形缉拿之类的事儿，唐沐还真就没怎么放在心上，出了京城天大地大，大不了再往远处躲躲，熬到朱孝隆带兵回京，就算熬出头了。只是万万没想到裴良会被人找到，更没想到他竟然领了京畿卫的兵权，正所谓一步错步步错，着实是低估了那个名不见经也不传的六皇子了。

二十六

“京畿卫不过只有四万人，你急什么？”湘云公主倒还算沉着。

“娘啊，京畿卫的四万人，是那些穷乡僻壤的四万人能比的吗？”唐沐黑着脸道，“那京畿卫若换作旁人领兵，倒还不足为惧；可那裴良毕竟是战功赫赫的名将，在京城也颇有些威望，况且京城城坚壁厚易守难攻，由他领兵京畿卫，可谓天时地利人和俱在，孩儿不懂兵法，但也知道太子胜算渺茫！”

“太子……”郑三娘似乎也觉得有些不对劲，“唐公子，你前不久做的那桩买卖……究竟是……”

“三娘！”唐沐竟然一把将郑三娘拥入了怀中。

“唐公子……”郑三娘满脸通红，瞬间就忘记自己想问什么了。

“假如有一天，你家相公吃了官司，连累了你，你怕不怕？”

“不……怕……”郑三娘浑身瘫软，半推半就地倚到了唐沐的怀中。

“那就别问了。”唐沐将嘴凑到了郑三娘的耳边喃喃道。

“沐儿！”湘云公主实在是看不下去了，“众目睽睽之下，成何体统！”

“孩儿知错，请母亲大人息怒！”唐沐赶忙借机放开了郑三娘。

“娘……不，不……老夫人息怒……”郑三娘一激动竟然把称呼都叫错了，“不是唐公子的错，都怪小女子多嘴！”

“跟我来！”老太太也是满脸的无奈，一甩袖子径直走向徐国公休养的厢房。

“殿下因何如此匆忙？王辇，快扶我起来……”此时的徐国公还没有完全康复，全天大部分时间是躺在床上静养，见湘云公主风风火火地推门进屋，赶忙命王搀扶自己坐起来。

“公爷不必起身！”湘云公主走到床前，王搀站起身子让出了椅子，“朱孝辰把京畿卫的兵权交给了裴良。”

“什么？”徐国公表情瞬变。

“你手里，还有没有什么能用的人？”湘云公主问道。

“这……”徐国公一脸的愁苦，轻轻摇了摇头。说实话，竹党在朝中式微，加之徐国公年事已高，其中不少重量级人物难免会替自己留出后路，立场自然难以揣测。例如辽远的严龙灿，名义上是竹党的人，但与左党很多高官交往甚密，甚至还曾到首辅周玉绳家求过亲，只不过因为他那宝贝儿子长得太丑最终没了下文而已。

“一个人都没有？”湘云公主眉头紧皱，似乎有点不大相信，“公爷，这么多年……你……”

“也不能说一个都没有……”徐国公叹气道，“那些真正靠得住的人，如今死的死、贬的贬，已经派不上用场了……但凡他们懂得妥协，也不会落得如此下场，怪老夫无能啊……”

“被贬的都有谁？”湘云公主仍不死心。

“廖正江、黄松、段长义、柳冰，呃……还有……张维。”

“廖正江？”老太太若有所思，“可是那个‘三千铁骑定羌贵，神鬼难敌廖家军’的廖正江？”要说这廖正江，可是大宁自开国以来少有的名将，当年羌贵一带六十二家土司王，受外邦蛊惑合兵造反，蓄谋脱离朝廷另起炉灶。因事出紧急，廖正江仅率三千骑兵轻装疾行突击平叛，竟将其中三十家土司的一万多兵马打得落花流水，从此一战成名，诗人袁石公更是为此写下了“三千铁骑定羌贵，神鬼难敌廖家军”的千古绝句。

“正是他！”徐国公一愣，“不过此人现在仅是一个千户，又能帮得上什么忙呢？”

“他现在何处？”

“凤阳府，隶属淮中。”

“淮中有多少兵马？”

“五万。”徐国公道。

“那就给他官复原职，带上那五万人上京勤王！”老太太斩钉截铁，把在场所有人听得一愣。

“给他……官复原职？”徐国公皱眉道，“莫非殿下……想用那枚玉玺？”

“正是！”老太太转过头盯着唐沐，“儿啊，皇上的字迹，你能不能临摹？”

“娘你听我说……”唐沐满脸的官司，甚是苦恼，“写一道圣旨，这个不难，难在让人相信它是真的。给一品大员官复原职，这种圣旨就算没有太监去宣旨，至少也要用官驿才行，而且必须从京城发，才能勉强乱真。这件事放到以往，倒也不是没可能，但如今青衫营正在通缉孩儿，咱们母子俩的画像贴得满街都是，你让孩儿如何去办这件事？”

“你可认识京城的驿官？”老太太问道。

“呵……”唐沐一脸的尴尬，虽然没说话，但表情基本已经能说明一切了。话说唐沐的交际圈清一色的四品往上，驿官干脆就没有品级，又怎能入得唐沐法眼？

“此事若放到以往，你会怎么做？”老太太一皱眉。

“这等小事，孩儿以前都是找顺天府的朋友帮忙……”唐沐摇头道，“但以如今的情势，他们看在往日的交情上不抓我就不错了……”

“我知道一个人可以帮忙！”说话的，竟然是杏儿……

二十七

“谁？”唐沐一愣。

“唐公子莫非忘了，如今的情势，处境最危险的是谁？”

“你是说……顾应檀？”唐沐忍不住一笑，此人竟然敢给裴良的老父亲上夹棍，如今裴良死而复生手握重兵，就凭那顾应檀的兔子胆儿，怕是已经吓得尿裤子了。

“王妈妈。”杏儿抿着嘴，表情有些矛盾，“若太子真是陈公公给救走的，一旦他兵败，妈妈自然脱不开干系，不仅是她，胭脂楼的姐妹们恐怕也会受到牵连。”

“不……不可……”唐沐沉思片刻摇了摇头，“那老妖婆跟青衫营的人走得太近，如今青衫营十有八九怕是已经倒戈了，找她岂非自投罗网？”

“唐公子，你待在胭脂楼的时间怕是不比我短，难道你不了解她的为人？”杏儿此话一出，湘云公主对儿子顿时就是一道怒视。

“就是因为我了解她，所以才不能找她。”唐沐背对着母亲，倒是没发现老太太看自己的眼神已经变了，“往淮中发假圣旨，怂恿武将起兵，这是谋反！就像你所说的，此事一旦败露，倒霉的可不只是她，还会捎上胭脂楼的所有姑娘！如果她丢卒保车向青衫营告密，可就全完了！”说到这，唐沐一回头，正好和母亲对上眼神，周身上下顿时一激灵：“娘，你别听这丫头胡说八道，孩儿基本上就没怎么去过那种地方……”

“唐公子，你把圣旨写出来，杏儿愿意一试！”杏儿似乎很有信心，“衙门到现在尚未通缉我，我可以回京去找她！”

“你一个人？”唐沐满脸的犹豫。

“嗯！”杏儿道，“况且，大家一旦离开此地，等到离儿回来，又要去哪里找咱们？所以我要回京城等他！在这儿找不到咱们，他肯定会去胭脂楼。”

“唐公子，我可以陪吕姑娘一起去！”郑三娘含情脉脉地看着唐沐道。

“郑姐姐，妈妈不是说让你离开京城吗？她轻易不会这么说，很可能是听到了一些风声，你若回去，岂不是比我更危险？”

“我送你到城外，看着你进城！”郑三娘道，“唐公子，王妈妈的为人我信得过，就算她不同意帮忙，至少也不会出卖吕姑娘的！”

“好吧！”唐沐叹了口气，“娘，如果你非要给廖正江升官，现在也只能这么办了……”

“你们说的王妈妈，到底是谁？”湘云公主半信半疑道。

“那日在胭脂楼时你不是见过吗？”唐沐道，“她认识你，还给你请安来着。”

“她就是王妈妈？”湘云公主眉头紧锁若有所思，“姓王……莫非是她？”

“怎么，娘你认得她？”

“若为娘没记错的话，这个女人之前应该在太后的宫里伺候过，叫杜鹃，后来太后薨，时逢祥妃受宠，因为她和陈方的关系好，又被安排到了祥妃的宫里……儿啊，那女人伺候过祥妃，而如今的皇六子又是祥妃所生，你确信她靠得住？”

“不确信。”唐沐摇头，“但事到如今，留给咱们的选择已经不多了。”说罢，唐沐将头转向杏儿：“杏儿，你到了京城，要先将圣旨藏在一个稳妥的地方，然后再去找她。她若同意帮忙，再将圣旨交给她，切不可先给她看圣旨！”

“嗯！”杏儿点头。

“辛苦王大哥跑一趟河间府永平县瑞雪坊。”说话间，唐沐啪的一声合上了手中的折扇，递给王犨，“将这把扇子交给刘掌柜，他知道该怎么做。”

既然是伪造圣旨，当然不能用寻常的纸张，即便是不用木匣卷轴的密诏，也要用宫里御用的贡纸才不会露馅。这种纸对于小张良司徒越、小东坡陆平这类以此为业的伪造高手而言，不过是随身携带的吃饭家伙，但此时身边没有这种人，也只能找地方买了。

瑞雪坊，顾名思义是一家专门卖纸的店，前店后坊，手艺传到如今的这代掌柜已经是第七代了，这里仿制的贡纸质地细腻足以乱真，在江湖上也算小有名气，唐沐手中的折扇，便是瑞雪坊的手笔。

理论上讲，贡纸大都由江南固定的几家老字号纸坊特供御用，一般老百姓私下买卖是要杀头的，一般的店铺就算有这个手艺，轻易也不敢造，更不敢卖。即便像瑞雪坊这种江湖作坊，对待贡纸也是格外谨慎：首先是只做老主顾，其次便是价格不菲、现造现卖且一次只造一张，五十两银子不讲价，还必须是现银。不管你想在上面写什么，一旦手一哆嗦写废了，这五十两也就白花了。

二十八

“杏儿？”王妈妈满脸的惊讶，“你怎么回来了？”

“妈妈，孩儿不孝……”杏儿低着头，一脸的委屈相。

“儿啊！这话是怎么说的？”王妈妈一愣，“莫不是那个姓楚的小兔崽子把你给休了？”

“不！”杏儿抬起头，“孩儿此番回京，是来求妈妈帮一个忙。”

“帮忙？”王妈妈也不是傻子，一把拉起杏儿便进了一间厢房，“先进来再说！”

“儿啊……”反手关上房门，王妈妈不住地摇头，“你不该回来啊！”

“孩儿只想请妈妈帮一个忙。”杏儿扑通一声跪倒在地。

“快起来……”王妈妈赶忙伸手搀扶，“说吧，什么忙，怎么帮？”

“孩儿有一封密信，不知妈妈能否想办法，用官驿把它发出去！”

“官驿？”王妈妈一愣，“儿啊，那姓楚的小子惹的官司已经不小了，你可不能总是由着他胡来啊！”

“这次不是相公的事儿。”杏儿喃喃道。

“那是谁的事儿？唐公子？”

“是……唐公子的母亲。”

“他……母亲？”王妈妈的眼神顿时有些犹疑，“儿啊，那封信在不在你身上？能不能给娘看一眼？”

“事关重大，孩儿并未将信带在身上……”杏儿道，“不过孩儿可以告诉妈妈，那封信是唐公子临摹皇上的笔迹，写下的一道密诏。”

“密诏？”王妈妈的脸色已然变了，“写给谁的？都写了些什么？”

“是写给廖正江的，让他官复原职，带着淮中的兵马上京勤王！”憋了半天，杏儿终于道出了信上的内容。

“儿啊……你知道你在干什么吗？”王妈妈呼吸加速，眼沁血丝，“说句不中听的，娘这把老骨头，死了也就死了，但你不该把你的姐妹们往火坑里推呀！”

“妈妈……”杏儿抬起头，眼中忽然浮现出一丝决绝，“姐妹们，如今已经在火坑里了！”

“此话怎讲？”王妈妈一愣。

“妈妈可知公公的去向？”

王妈妈摇头。

“就是公公将太子救出了京城，并一路护送到岭南的。如今太子领了岭南的兵马，而裴良领了京畿卫的兵权，一旦太子兵败，必是被扣上谋反的罪名，真若如此，公公岂非是同谋？这整座胭脂楼，又怎能脱得开干系？”

“这个天杀的老东西……”王妈妈缓缓地坐在了椅子上，“那封信在哪？”

“妈妈同意帮忙了？”

“我可以去试试。”

“杏儿谢过妈妈！”杏儿再次跪倒叩头。

“起来！”王妈妈扶起杏儿，“那你准备怎么办？”

“我就留在京城，等我相公回来！”

“你确信他还会回来？”王妈妈眉头一皱，表情稍显诡异。

“一定会！”杏儿斩钉截铁，“他答应过我，就一定会回来找我！”

二更天，会同馆。

“谁啊？”驿官张牧被隐隐的叩门声惊醒，但闻叩门之声细小而缓慢，好似鬼敲一样，把个张牧也听得直心虚，挑着灯笼战战兢兢地打开门，先看见的是一张牙牌，盘蛇纹鎏金四角方圆，正中间刻着一个“青”字。再往后看，则是一个半胖不胖的老妇人，身后还停着一乘二人抬的蓝顶小轿。

牙牌和妇人，张牧都认得，但这两样东西凑到一块，却着实让张牧哭笑不得。胭脂楼是陈公公开的没错，但这老鸨子竟然也当上了差官？带鎏金的牙牌，已经有品级了，这青衫营未免也太儿戏了吧？“哎呀，原来是王妈妈！”尽管心里犯嘀咕，但张牧还是毕恭毕敬地施了个礼，“不知妈妈深夜来此，有何贵干？”

“烦劳大人走一份六百里加急，把这个发给淮中凤阳府的知府刘玉锋刘大人！”王妈妈将一个封好的竹筒递给了张牧。

“呃……敢问此信是哪个衙门的公务、谁人所发，下官也好记录在案。”

“这封信，你不用记录，只管发出去便是。”王妈妈双目如电，死死地盯着张牧，跟往日那个万般风情的老鸨子相比简直判若两人，“若是有人刨根问底，你就说有驿卒私自出城！”

“唉……这……”张牧面露难色，“妈妈着实是为难下官了，六百里加急非同小可，即使我不记录，下一驿也会记录；万一被查出来，下官可是要吃不了兜着走啊……”

“你家中可有老小？”王妈妈眉头一皱。

“呃，有啊……”

“半个时辰之内这封信要是发不出去，就没有了。”

“你……”张牧手中的灯笼“啪嗒”一声便掉在了地上，灯中的火烛迅速引燃了灯笼罩。

话说到这份上，哪里还用得了半个时辰？最多一盏茶的工夫，一匹快马自会同馆飞驰而出直奔城南永定门。

“你给我听着，会同馆从未曾发过这封驿件，胆敢记录在案，我就让你连兜着走的机会都没有！懂吗？”亲眼看着驿马远去，王妈妈转头盯着张牧冷冷道。

“可是……此时出城，驿马必遭守城兵丁的盘问，这……这要下官如何隐瞒啊？况且……况且到了年关清驿的时候，这驿数也对不上啊……”张牧都快哭了，真是闭门家中坐、祸从天上来，平白无故竟然冒出这么一个砸饭碗的奶奶，自己到底是得罪了哪路神仙？

“大人贵庚？”

“下官……今年四十有七。”

“都四十七了，还在当驿官，你怎么就不想想为什么？”王妈妈瞥了张牧一眼，斗篷一甩掀帘上轿。

次日一早，城南大街，吴家老店。

有夫之妇，再住青楼就不合适了，所以杏儿在吴家老店租了一间客房，准备住到这里等楚离回来，之所以选在这里，是因为外面的城南大街便是驿卒出城的必经之路。昨夜晚间，杏儿是亲眼看着驿卒向永定门方向疾驰而过之后，才睡的觉。

一大早，杏儿正坐在椅子上梳妆，门外忽然传来敲门声。

“你找谁？”打开房门，杏儿暗道不妙，只见门外站了一个书生打扮的男子，看穿戴不像是寻常百姓，长相与朱孝隆倒是有几分相像，只是眉宇间多了几分阴沉。

“吕杏儿。”来者淡淡道。

“我就是，你是谁？”

“恩人。”来者用折扇轻轻拨开了杏儿的胳膊，迈步进了客房。

二十九

“你到底是谁？”杏儿关上房门转身问道。

“我听说你在等你相公？”来者不答反问。

“是又怎么样？”一听此人打听楚离，杏儿的心立即提到了嗓子眼。

“既然如此，咱们一起等如何？”但见此人自己斟了半杯隔夜的凉茶，端起茶杯放在鼻子底下闻了闻，皱着眉头又放下了茶杯，“实不相瞒，我比你更想见他。”

“多谢抬举，但我觉得他不想见你。”虽然来者未报名号，但杏儿心里却已经猜得八九不离十了，天底下长得像朱孝隆的人，恐怕只有他的弟弟——如今的监国朱孝辰。

“你还不知道我是谁，怎么会觉得他不想见我？”

“难道你不是六殿下？”

“久闻吕姑娘聪慧，今日得见果然名不虚传。”朱孝辰一笑拱手施礼，“小王朱孝辰，这厢有礼。”

“敢问殿下是怎么找到我的？”

“你怎么就不问问，我为什么想见你相公？”朱孝辰啪的一声打开了折扇。

“为什么？”

“因为他有功于社稷，所以我想救他一命。”朱孝辰淡淡道。

“我们不用你救。”杏儿阴着脸，几乎已经做好了最坏的打算。

“老实说，小王万没想到，东虏人会退兵议和。你家相公可是功在社稷。”朱孝辰叹了口气，“吕姑娘，能否容小王冒昧问一句，他为什么要做这些？为了银子，还是为了功名？”

“我们不缺钱，他也不想做官！”杏儿冷眼道。

“这就怪了。”朱孝辰微微皱了皱眉，“总不会是，因为忠君爱国吧？”

“就是因为忠君爱国！”

“有意思……”朱孝辰站起身子踱步到了窗边，一把推开了窗子，一缕阳光顿时将屋中照得明亮，“小王想请吕姑娘到府上小住几日，如何？”

“殿下乃是堂堂的皇子、当朝的亲王，莫非还要强抢民女不成？”杏儿冷冷道。

“你家相公夜闯禁宫，劫走了小王的皇叔，又放火烧了敬合轩，杀了母后最为宠信的宫娥，还盗走了玉玺；定国公徐杰抗旨谋逆，还杀了齐玉忠；那姓唐的小子从孝亲王府劫走了小王的皇姑母；这些事，小王暂不追究，只要小王还是监国，也不会让别人去追究。”朱孝辰啪啪拍了两下巴掌，房门吱呀一声被推开，两个丫鬟走进屋中，一左一右站在了杏儿的两侧，“吕姑娘，这个条件，还算满意吗？”

“你到底是怎么找到我的？”朱孝辰这话把杏儿说得一惊，甚至不敢相信自己的猜测，自己的行踪，以及他说的所有一切，了若指掌的无外乎王妈妈一人，难道真的是她出卖自己？

“带她走。”朱孝辰转过头淡淡一句，两个丫鬟上前架住了杏儿的双臂。

“放开我！我自己会走！”杏儿扭开了丫鬟的手，抬头看了朱孝辰一眼，愤愤地走出了房间。

三十

宣亭边境，两军对峙已半月有余。

朝廷没有动静；一没援兵二没圣旨，就好像什么都没发生一样。

而敌人呢，也一样。

一不攻城，二不骂阵，甚至连斥候都没派过，仅仅是在十几里外扎了一片营寨，每到夜晚，片片灯火便有如鬼火一般闪烁不定。

朝廷那边没动静倒也还好解释，毕竟已经得到消息说是皇上龙体抱恙、太子遭贬出逃，而梁王身为监国却久久拿不定主意。对于久居朝堂的宣亭总督鲁贵山而言，这些都不难理解，毕竟再荒唐十倍的事，朝廷也不是没出过。

但敌人呢？

敌人为什么也没动静？十万大军按兵不动，每天光是粮草就要消耗上千石，他们的目的是什么？恐吓？示威？如果仅仅是为了这些，如此兴师动众，未免也太夸张了点吧？

宣亭总督鲁贵山像雕塑一般站在城头，凝望着远方敌营的灯火，眼角眉梢尽是绝望与恐惧，就好似一个绝望的老人在惋惜被洪水冲毁的庄稼一样。

三天来，他一共只睡了不到五个时辰，勉强吃了两顿饭，整个人神情恍惚意识萎靡，与落难逃荒的饥民没什么两样；连日来的紧张与焦虑，甚至让他一闻到粮食的味道就会不由自主地干呕；早已满布血丝的双眼虽已感同灌沙抹辣，却始终无法入睡，不管是站着坐着还是躺着，只要一闭眼，很快就会从城破被缚的恐惧中惊醒。

敌我两方差距到底有多大？

说实话，不大。

罗刹鞑靼联军号称十万人，而宣亭的守军则是实打实的五万，此外还有一万矿兵和三千盐兵可在一天之内完成集结，虽说不是正规军，但至少站在城楼子上射射箭是没问题的。十万对六万三千，这仗并非没得打，况且对方只是嘴上号称十万，实际人数想必是只少不多，而己方则是实打实的六万三千人，还是坐守坚城壁垒，单就战略而言，至少可以算作势均力敌，但凡指挥得当，几乎没有失守的可能。

那为什么会把鲁贵山吓成这样？

因为他压根就不懂领兵，也从来没打过仗。

此人是兵部尚书许怀的妹夫，本来是个文官，年轻时曾在河东洪州府当过几年的知府，后来赶上河东大旱，朝廷赈灾的钱粮被克来扣去层层盘剥，发到灾民手里已经所剩无几。旱情越来越重，而朝廷的钱粮却越给越少，一来二去便闹起了民变，一个叫张新的猎户扯旗造反自封莽王，领着一群灾民直接把知府衙门给占了，鲁贵山便带着师爷和几个衙役逃到了城外洪州卫的卫所求援。当时洪州卫的指挥使杨赞正在张罗给儿子办喜事，听说反贼只有几百人，也没怎么当回事，找各种借口推三阻四就是不出兵，直到把儿子的喜事办完了，才勉为其难地发兵平叛。没想到那张新的队伍竟然在短短的一天之内，由几百人骤增到了四五千人。

闹灾嘛，要钱没有，要粮自然更没有；唯独走投无路的灾民，那可真是要多少就有多少。

洪州地界不大，就近的洪州卫一共只驻了三千官军，洪州城一役，指挥使杨赞尚未开战便被张新一箭射于马下，而杨赞的副手、指挥同知李真本就是一个子承父业混吃等死的公子哥，既没习过武也没上过战场，见对面反贼人多势众来势汹汹，竟然丢下三千将士自己跑了。他这一跑可不要紧，官军防线顿时崩溃，临阵脱逃者更是不计其数，躲在卫所等着给杨赞庆功的鲁贵山，最后只等来了一千多人的残兵败将。

就在鲁贵山准备带着这一千多人死守卫所等待援兵的时候，师爷王顺想出了一个计谋：古往今来，军师在军队中的作用更甚于主将，而那张新刚刚起事，身边肯定还没有军师，只要鲁贵山答应事成之后给五千两银子的赏钱，自己就愿意假借当军师的名义投奔张新，然后找机会将其毒死，如果能成功的话，就在知府衙门里放一把火，看见城里失火便说明张新已死，官军便可趁机冲进城中擒贼平乱。

就是这么一个不着四六的计谋，竟引得鲁贵山拍案叫绝；更不可思议的是，那个张新竟然真的被王顺给毒死了，就在王顺出发后的第二个晚上，洪州城中便燃起了大火，城中的乱民本就是一群临时凑起来的乌合之众，出头鸟这一死，立即就乱成了一锅粥，待鲁贵山带着一千多的官军冲入城中的时候乱民早已是作鸟兽散。此一战，走了狗屎运的鲁贵山竟然没费一兵一卒，便轻而易举地收复了洪州府。

一千对五千，竟然兵不血刃，消息传回京城可谓是满朝敬仰，加上时任吏部侍郎的许怀趁热打铁，拉上几个酒肉朋党一个劲地上疏保举，皇上便觉得让鲁贵山这样的人才去当知府也确实是可惜，随即降旨将其调到了京城，官升两级至大理寺卿。更重要的是，此人自此之后竟还落了个“文韬武略”的“美名”，尤其在皇上心中，鲁爱卿可谓文武兼备，实乃举世不可多得之奇才也。

再后来，宣亭总督魏勤被左党弹劾，宣亭没人守了，本来皇上想把王友成从广南调到宣亭镇边，毕竟宣亭比广南重要，却遭到了左党的一致反对，理由是王友成只擅岸防不擅守城。但真正的原因，却是王友成就是魏勤之后，左党准备弹劾的下一个靶子，真把他调过去，守不了几天势必又要换人，岂不麻烦？此时兵部尚书周建回乡丁忧，在齐王的保举下，吏部侍郎许怀顶替了周建的位子，上任第一件事便是给妹夫鲁贵山来了个突然袭击，在事先没打招呼的情况下突然上疏保举鲁贵山去守宣亭。看完许怀的奏疏，皇上也是灵机一动，是啊，怎么把文武兼备的鲁爱卿给忘了？

于是乎，大理寺卿鲁贵山升授征西将军，总督宣亭军务粮饷，即刻赴任，不得有误。

大理寺卿，去守宣亭。

倘若太祖皇帝能活过来，或许会被再气死一次。

说实话，虽说当上了封疆大吏，官至一品位极人臣，且作为第一个左党出身的武将，不用担心后院失火被文官弹劾，但鲁贵山本人却一点都不领姐夫的情，何止是不领情，简直是一刀砍死他的心都有。你保举我我谢谢你，但至少提前说一声啊！大理寺虽然算不上肥缺，但也绝不是清水衙门，一年下来随便吃吃喝喝也能捞个万把两银子，钱虽不多，但安全啊，你让我一个文官去镇边，况且还是去镇那个最不太平的边，这不是赶鸭子上架吗？

但是，没办法。

谁让他鲁贵山有文武兼备的名声呢？要怪，就只能怪当初的牛皮吹得太大了，谎撒得也太圆了，甚至连姐夫都相信他真的是一个领兵奇才，有道是：撒出去的谎就是泼出去的水，再想往回收是不可能了，再三推辞未果之后，鲁贵山也只能硬着头皮走马上任，这，便是他站在城头惶惶不可终日的原因：要是对面的敌人也缺一个军师，该有多好。

三十一

“大人，吃点东西吧……”参将宋满端着一碗炒肉丁拌饭来到鲁贵山跟前，“人是铁饭是钢，大人整日茶饭不进，如何抗敌啊？”

“哦……”鲁贵山转过身，双手接过碗筷，凑到嘴边却又停住了。

“大人？”

“呕……呕……”但闻“当啷”一声，饭碗掉在地上摔了个粉碎，鲁贵山单手扶墙，“哇”的一口，竟然吐了一地的水。三天只吃了两顿饭，腹中早已是吐无可吐。

“大人！”宋满赶忙上前单手捶打鲁贵山的后背，“快！快端一碗清水过来，给大人净口！”

“不……”鲁贵山用袖子抹了抹嘴，一把推开了宋满，“酒！给我拿酒来！”

“大人，你腹中空空，如何饮酒啊！”见鲁贵山如此声嘶力竭地找自己要酒，宋满也是一惊，从古至今，只有注定要赴死的人，才会如此决绝地找别人要酒。

“拿酒来！”但见鲁贵山脸色惨白牙关紧咬，似乎每个字都是从牙缝里挤出来的。

“快！快！快拿酒来！”宋满回身大吼，过了一盏茶的工夫，军中的杂役将一壶酒和一盘炸花生仁端上了城头。但见鲁贵山看都没看盘子里的花生，单手拎起酒壶就咕咚咚开灌，结果灌了没几口，便将酒壶扔在地上摔了个粉碎，“这……这算是什么酒！取烈酒来！”

“大人！”

“你想抗命？”鲁贵山一把揪住了宋满的衣领子。

“唉……”宋满冷眼盯着近乎疯狂的鲁贵山，微微摇了摇头，嘴角竟然露出了一丝不易察觉的微笑，“给鲁大人，上烈酒！”宋满回过头，冲身后的杂役使了个眼色。不一会儿的工夫，鲁贵山便如愿以偿地喝上了烈酒，至多是七八口，满满一壶将近二斤的烈酒竟然被灌得一滴不剩。

“哇”，又是一口，刚刚喝下的烈酒被鲁贵山一滴不剩地吐了出来，但见此人“扑通”一声栽倒在地，竟然抽起了羊角风，一缕一缕的白沫顺着嘴角不住地往外淌。

“鲁大人醉倒了，快把他抬下去！”宋满蹲下身子，用护腕蹭了蹭鲁贵山嘴角的白沫，不禁冷冷一笑，只见鲁贵山怒目圆睁恶狠狠地瞪着宋满，下巴微颤，似乎想说些什么，但直到被几个杂役抬进城楼，都没能说出一句话。

鲁贵山前脚被抬走，不远处的大营和粮仓后脚便燃起了熊熊大火，“着火啦！你们都去救火！快去！”宋满指着不远处的火光，很快便把城头的守卫遣下了城头，之后随手拔起一盏火把便扔到了城外，这一扔可不要紧，只见城外霎时间亮起火把无数，杀声四起，炮声隆隆，只一盏茶的工夫，上百架云梯已然架上城头，而此时城头守卫大多已经奔赴火场，留下站岗的不过几十人，片刻不到便被第一批冲上来的鞑靼兵丁杀了个干净。

“鞑子偷城啦！快来人啊！鞑子偷城啦！”几个在城下站岗的守卫就地开喊，听见喊声，救火的人也顾不得火了，举着耙子扫帚便冲向城头，结果没冲出几步便见城门大开，大队骑兵破城而入，冲在最前的兵丁瞬间便被敌军的骑兵杀得血肉横飞。

“怎么了？城门那边到底怎么回事？”此时都指挥使罗弘正在火场指挥救火，见城头大乱不禁一愣。

“报罗大人，鞑子偷城，城门被人从里边打开了！”

“鲁大人呢？他在哪？”

“鲁大人……刚才喝了一壶烈酒，醉倒后被人抬进城楼了！”

“岂有此理！快备马！快！都别救火啦！抄家伙！快！”罗弘由指挥救火改为指挥应战，“快！都去拿兵器！快呀！”

你再快，快得过人家的骑兵吗？

片刻不到，大队骑兵已然冲到了近前，但见罗弘挥舞着救火用的铁锹便与一队骑兵周旋开来，没几个回合后背便中了一箭。

“快！快抄家伙！”罗弘青筋暴露，强忍箭伤，挥起铁锹将一个骑兵戳于马下。

“罗大人！”见罗弘被骑兵围在中央，周围的兵士想上前救援，却始终不能突破半步。

“快去取兵器！都聋了吗！”短短几句话的工夫，罗弘已是身中三箭，手中的铁锹越挥越慢，对眼前的敌人已然没有了威胁。

“快取兵器！救罗大人！”大群的兵士狂奔向不远处的大营，却被对面冲上来的骑兵拦住了去路，“跟他们拼了！杀呀！”此时此刻，不管是城头、火场，还是军营，仓皇应战的兵士已经被蜂拥入城的骑兵分割得七零八落，群龙无首，惨叫声不绝于耳，到处死伤成片，尸体堆积如山，原本势均力敌的对峙早已变成一边倒的屠杀。

厮杀声中，朝阳缓缓升起。往日井井有条的宣亭边关，如今却是另一番惨状。城头的片片血迹之中，有一片血迹显得尤为特殊，血迹之中夹杂着食物的残渣，明显是被人吐在墙上的，这里恰恰就是昨夜鲁贵山饮烈酒的地方。正所谓：千里之堤，以蝼蚁之穴溃。遥想当年，那揭竿而起的莽王张新，带着一群临时凑起来的乌合之众竟然一举击溃洪州卫三千官军，如此人中豪杰，最后不也是栽在了一个力不缚鸡的投诚军师手上？

大宁宣亭边境，在这一夜，经历了开国以来从未曾有过的惨烈一役。守城一战，历时四个半时辰，宣亭卫五万精锐全军覆没，绵延三百里高墙霎时形同虚设，六代帝王近百年的苦心经营一朝化作尘泥。

待到战斗结束，唯一一个站在原地的大宁将官已经被射成了刺猬，靠救火用的铁锹支撑身体方才得以站立而终，没人知道他究竟是谁，因为他的脑袋早已经被敌人砍下，拿去换了赏钱。

三十二

“鞑靼大军趁夜偷城，总兵官鲁贵山临阵醉酒未能指挥应战，亡于乱军之中。宣亭失守，宣亭卫全军覆没。”朱孝辰端坐殿上，大声将写着军情的急件念了一遍，之后缓缓放下信件，静静地盯着下面的大臣。

时间仿佛凝固了一样，足足一炷香的工夫，大殿之上非但没人吭声，甚至连抬头看一眼的人都没有。

“你们不是都挺能说吗？说话呀！”朱孝辰啪的一巴掌拍在龙书案上，惊得下面群臣十有八九都打了个寒战，却仍旧没人说话。

“好……好啊……既然你们都不说，那本王来说。”朱孝辰站起身子，阴着脸走下大殿，“鲁贵山临阵醉酒，延误军机，害麾下将士枉送性命；着即，革除一切官职，去征西将军封号！家产充公，家中亲眷门客，不论老幼，流三千里。宣亭卫将士为国捐躯，阵亡军户免五年徭役税赋，父母尚在的，领双倍抚恤！”说着话，朱孝辰溜达到了兵部尚书许怀的近前：“许大人，本王这么处置，是否妥当？”

“妥当！妥当！”许怀早已是汗如雨下。

“本王听说，这个鲁贵山，是许大人向父皇保举的？”

“这……哎……殿下容……容禀，鲁贵山虽是微臣的妹夫，但他率兵收复洪州乃是战功赫赫，以一千残兵击溃洪州府五千反贼，这……这可是满朝皆知的事儿啊……”许怀微微抬起头，正与朱孝辰对上眼神，周身上下不禁一颤，“微臣……也……也只是上疏提醒皇上，并无保举之意啊……”

“许大人，本王又没说要向你问罪，你紧张什么？”朱孝辰弯下腰，歪着脑袋看了看许怀满是冷汗的脸，不禁冷冷一笑，“你是兵部尚书，如今的情势，你觉得应该怎么办？”

“呃……呃……这个……呃……”许怀一时间竟变成了结巴，“微……微臣以为，应该……呃……立即就近调兵……拱卫京师！”

“调哪儿的兵？”朱孝辰不慌不忙道。

“呃……这……蓟州卫……有五千人，沧州有五千人……真定有五千人，太原有一万人……开封有一万人……凤阳有一万人……再加上京畿卫的兵马，应该……应该足够退敌……”

“开封？凤阳？”朱孝辰眉头紧皱，“这就是你所谓的就近调兵？”

“呃……是啊……”许怀尴尬一笑，“最近的……也就是这些地方了……”

“宣，上直卫指挥同知胡安，上殿！”朱孝辰大袖一甩，又坐回了龙椅。

胡安，裴良的副手，自从裴良被调到京畿卫之后，此人便掌握了上直卫的大部分实权。虽说黄文举是上直卫名义上的一把手，但基本上还处在一个令行不通的境地，什么命令如果胡安不点头，下边人一概是推三阻四敷衍了事。

明明是外敌进犯，这个宝贝殿下宣大内的将领做甚？难不成是准备征用大内的兵马去守城？朱孝辰此令一出，连一旁的卢正都瞪圆了眼睛。

“末将胡安，参见梁王殿下千岁、千岁、千千岁！”

“胡将军，本王升你为山海关总兵，你即刻启程，领兵山海关，以解京城之围！”朱孝辰话音未落，下面已然炸锅，劝谏之声可谓不绝于耳：“殿下！殿下三思啊……山海关的兵马不能动啊！殿下……”

“殿……殿下？”胡安也蒙了，刚刚还准备去吃中午饭的，结果莫名其妙地被宣上了金銮殿，二话不说就官升三级当了山海关总兵，还要即刻启程赴任？素闻这个梁王殿下想法古怪，但这未免也太怪了点吧。

但话又说回来，疑惑归疑惑，作为一个区区的从三品指挥同知，一下子就当上了正二品的总兵官，这胡安的心里还是免不了激动的，毕竟是一步登天。放在以往，由从三品熬到正二品，就算抱对了腿，少说也得熬上十年；况且山海关的三万铁骑乃是大宁一等精锐，火器兵几乎占到一半，自己这辈子还从来没指挥过这么大的阵仗。

“许大人！”朱孝辰根本就不理会下面大臣的哭天喊地，“你随胡将军一并启程！”

“我？”许怀一脸的哭丧，“敢问殿下，微臣前去做甚？”

“替他宣旨，然后……做他的军师！”朱孝辰面无表情道。

“军……军师？”许怀哭笑不得。

“去给你那个妹夫收拾残局、将功赎罪！怎么，你不愿意？”朱孝辰死死地盯着许怀，搭在龙书案上的右手暗暗攥成了拳头，恰恰就是这么个小动作，竟被许怀注意到了，“微臣愿往！”

“胡将军，本王要你带着山海关的铁骑，沿边境绕到宣亭，阻断敌军的退路，务必与京畿卫兵马形成两面夹击之势，将敌兵全歼于关内！”

“阻断敌军的退路？”胡安双目圆睁，甚至不敢相信自己的耳朵，十万敌军虎视京城，这位监国殿下就算冒天下之大不韪，撤山海关的兵马回援，也应该把兵调回京城拱卫京师才对，阻断敌军退路两面夹击？莫非他想用七万人与十万敌军拼个你死我活？“殿下，末将以为，此计不甚稳妥！殿下……殿……”等胡安抬起头，才发现朱孝辰根本没在听自己说话，而是正目不转睛地盯着卢正。

“还愣着干吗？快去拟旨！”朱孝辰冷冷一句，卢正赶忙施礼退下。

“胡将军、许大人，你们去准备一下吧，一个时辰之内启程！兵部诸事暂由兵部侍郎刘亚功打理。”朱孝辰站起身子，再一次缓缓地走下大殿。

“殿下，你不能走啊！胡将军！你不能去啊！山海关的兵马不能动啊！”见朱孝辰貌似又要散朝，下面的大臣已然由焦急转为哀号，更有甚者一把便抱住了胡安的大腿。

“散朝！”朱孝辰抬起脚，直接从跪在自己近前的大臣脑袋顶上一步迈了过去，旁若无人地走出了大殿。

“殿下呀！”朱孝辰前脚出门，金銮殿后脚便爆发出一片颇为凄惨的鬼哭狼嚎，好似灵堂一般，“苍天呐！先帝呀！皇上啊！祖宗啊！这是何等的荒唐啊！江山社稷，岂能亡于我等之手啊……”

出了大殿，朱孝辰直奔坤宁宫，一路上闲庭信步好不从容，等溜达到坤宁宫门口，正撞上卢正带着两个小太监风风火火地从大殿出来。

“殿……殿下……”见朱孝辰也来了坤宁宫，卢正顿时一脸的尴尬。

“烦劳公公拟旨时加上一句，军情紧急，让他们务必在明日午时之前到达山海关，逾期不达者军法处置。”朱孝辰看都没看卢正，径直向宫门走去。

“明日午时？”卢正一愣，“殿下！那可是六百里加急的速度啊！”

“快去拟旨吧！”朱孝辰头都没回。

三十三

“儿臣，给母后请安。”朱孝辰跪倒叩拜。

“封官授爵，调兵遣将，你这监国当得可真是八面威风啊……”陈皇后半冷不冷道，“皇儿啊，本宫虽为皇后，但毕竟只是一介女流，不懂这用兵打仗的事儿，如今可要向你讨教讨教，让大内的将官领兵山海关，还要把山海关的兵马调到宣亭，不知你这是从哪本兵书上学来的战术呢？”

“儿臣就知道母后会这么问……”朱孝辰抬起头，双唇紧咬，似乎十分矛盾，沉思了片刻，竟然从袖筒里取出了一封写好的奏疏呈到了胸前，“不光母后会这么问，满朝文武，恐怕都会这么问。这个监国，儿臣本就没打算做多久，儿臣已经写好了请辞的奏疏，今日呈于母后，倘若文武百官再来逼宫赶我下台，也免得母后为难。”

“你……”陈皇后一愣，接过奏疏打开一看，眉头瞬间就皱了起来：这封奏疏，绝不是那种假意推脱的表面文章，全文洋洋洒洒千余字，可以说是字字铿锵，言辞恳切。首先，朱孝辰在奏疏之中历数了自己担当监国以来的所谓“三大过失”：

一是不批奏疏、惰于朝政：

这一点是毋庸置疑的，从上任以来直到今天，下面大臣的奏疏一封批复的都没有；监国多日，说得最多的两个字就是“散朝”。

二是公私不明、家国不分：

社稷危难之际，竟然大张旗鼓地处理堂弟被反贼挟持的事，对边关军情却始终是不闻不问，漠不关心。

三是擅授要职、守土不利：

按大宁的祖制和律历，监国虽可代天子行权，却不能代天子封官授爵，若遇紧急情况，封个四五品的临时官职还说得过去，可是一下子封了裴良和胡安两个正二品的总兵，怕是已经超越监国之权责。至于最后这条守土不利，倒是有些牵强；宣亭虽然失守，但鲁贵山毕竟是皇上亲封的宣亭总督，就算是替皇上背黑锅，至多也只是失察之责而已。

除此之外，这朱孝辰还在奏疏中罗列了请辞的“三大理由”，分别是“一曝十寒”“心浮气躁”和“优柔寡断”，这三条理由，可谓是条条切中要害。

这封奏疏，与其说是请辞，倒不如说是自己把自己给弹劾了。

“皇儿啊……你……先平身，来人，赐坐！”一时间，陈皇后不禁陷入了沉思，莫非这小子真的对皇位不感兴趣？天底下会有这样的人？

“谢母后……”朱孝辰起身。

“你既然知道擅授官职有违律历，为什么还要三番五次地故意为之呢？”陈皇后皱眉道，“况且你把山海关的兵马调到宣亭又是何用意？这不是逼鞑靼人狗急跳墙吗？更何况山海关兵力空虚，若是东虏人趁机发难，又当如何是好？”

“奏疏上都写明了，儿臣是个公私不明、家国不分的人……”朱孝辰满脸的无奈，“儿臣这么做，一来是为了母后，二来也是为了儿臣的母妃！”

“此话又当从何说起？”朱孝辰一提母妃，陈皇后更纳闷了。

“母后请想，我那皇兄带着岭南的六万大军挥师北上，不日将抵；母后与徐贵妃素来不和，徐国公又突遭抄家赐死，皇兄自己也被父皇降旨圈禁；儿臣担心，他会把这笔账算到母后的头上；真若如此的话，儿臣的母妃自然也难逃干系，所以儿臣要把朝廷最精锐的兵马都交给母后的亲信，以御岭南之兵！”

“嗯……”陈皇后听后不住地点头，这理由确实是无懈可击，“那你又为何要将山海关的兵马调到宣亭，断了鞑靼人的退路？”

“因为必须将他们在关内全歼，一个都不能放跑！”朱孝辰的眼中闪过一丝难以察觉的阴狠，“母后糊涂啊，宣亭卫全军覆没，那里的防务一时半刻是很难恢复的；而皇叔却已经与东虏人议和，山海关之急已解，调山海关的兵马到宣亭，虽有不妥，却无甚大碍，就算议和失败、东虏人反水，也还有林城作为屏障，大队人马有的是时间回防山海关。那些鞑靼人打仗，历来是打得过就打，打不过就跑，若他们发现京城固若金汤打不下来，转头逃出关外的话，一旦朝廷大军与皇兄的人马开战，而后又两败俱伤，他们此时再杀一个回马枪，岂不是坐收渔利？如果儿臣估算得没错，敌军抵京的时候，皇兄差不多也该到了，不妨让他那六万岭南精锐去打头阵。以皇兄的性子，断不会在社稷危难之时不顾外敌而一心内斗！”

“皇儿用心良苦，是母后多虑了……”陈皇后不住地点头，“世子的事，怎么样了？你可将银子都送过去了？”

“儿臣有罪！”一听“世子”两个字，朱孝辰“扑通”一声再次跪倒在地，“儿臣已经按照反贼的要求，差人将银票兑成了金锭给他们送了过去，只是……只是……”

“只是什么？”陈皇后柳眉倒竖杏眼圆翻，“莫非他们还想得寸进尺？”

“不……”朱孝辰摇头，“他们……他们……”

“莫非……他们已经把世子杀了？”

“他们……带着钱和人……跑了！”朱孝辰无奈道，“那些反贼诡计多端，他们担心把人放了的话，朝廷会立即派兵围剿，所以拿到钱之后并没有立即放人，而是说……先让世子陪着他们一起避避风头，等到该放人的时候，自然会放人……”

“这群……这群狗贼！”陈皇后气得呼吸急促，浑身哆嗦。

“母后！”朱孝辰俯身叩头，“请恕儿臣斗胆。有一件事，儿臣必须要提醒母后。”

“说！”

“请母后立即奉行祖制，册立新君！”

“你说什么？”陈皇后站起身，缓缓地走到了朱孝辰身后，“你父皇尚在，你说这话是什么意思？”

“皇兄号称奉父皇密诏即位，率军北上，一路竟畅行无阻，沿途关卡一律开关放行，可见他手中的密诏即便是假的，也足以乱真。一旦他到了京城，要么父皇康复临朝，要么朝廷已经另立新君，否则母后就要束手就擒啊！他已经即位称帝了，若父皇不能出面否定密诏，而朝廷也没有新君的话，母后要以什么理由跟他打呢？”朱孝辰抬起头言辞恳切，“儿臣前不久刚刚探望过父皇，敢问母后，父皇可还有康复的希望？”

“这……”陈皇后顿时哑口无言，沉默了足有半炷香的工夫，才缓缓地坐在了椅子上，“本宫问你，你觉得，立谁合适？”

“此事应由母后决断，儿臣不敢妄言。”

“于情于理，立你为新君，怕是再合适不过了吧？”陈皇后微微一笑。

“母后说笑了……”朱孝辰也是一笑，“过不了多久，乾清宫外，恐怕又要跪得人山人海，那群书呆子想赶我下台已经不是一天两天了。儿臣连这监国的差事，都做得如此尴尬，母后若是立儿臣为新君，又岂不是与整个朝廷为敌？更何况儿臣还是有些自知之明的，不想毁了祖宗的基业，还望母后成全！”

“唉！若世子未曾掳于反贼之手，倒也是个可塑之才……”陈皇后长叹一声，这等于是变相承认了淮南王世子的来京目的：人家本就是来即位的，至于什么叔侄见面，鬼才相信。

“母后，恕儿臣斗胆。反贼固然可恨，但若寄希望于他们释放世子，风险未免太大！”

“你的意思是……”

“母后难道忘了，皇叔膝下有两个儿子，孝杰和孝炎。”朱孝辰道，“皇叔是父皇的同胞兄弟，在朝野上下德高望重，拥立他的儿子即位，上对满朝文武、下对天下百姓，皆是有所交代呀！”

“你皇叔？”陈皇后眉头紧皱，万没想到这朱孝辰会竟然会建议拥立齐王的儿子即位，不过事到如今，又有什么办法呢？

三十四

与此同时，广宁城外，中军大帐。

酒也喝了，道理也讲了，盟也结了，但对于出兵救朝鲜的事，那个大汗如布林泰始终是只字不提。第一天还好，第二天也还好，到了第三天，这齐王已然是沉不住气了，背起手在帐内走来走去一走就是半天，不经意间竟然在地上踩出了一条小径。

朝鲜是大宁的藩邦不假，但区区一个藩邦，真值得他齐王如此牵肠挂肚？

对于此时的大宁与此时的齐王而言，的确值得。

江湖之上，有个约定俗成的习惯：江洋大盗，永远不抢比自己穷的人。这并非是什么道义使然，而是因为穷人没什么油水可榨，抢他还要担风险，不值。

国与国之间，也是如此。

朝鲜是个穷地方，小国寡民、物产不丰，甚至还不如倭国。鞑靼和罗刹联军，为了攻打大宁，两国加在一起才出动了十万人，倭寇断不会仅仅为了吞下朝鲜这么个穷乡僻壤，就征发二十万人漂洋过海。

从古至今，倭国对于大宁的疆土始终垂涎三尺。放眼大宁境内，最让朝廷头疼的外患也并非是鞑靼罗刹或东虏这些接壤的邻国，而是来自千里海外的倭寇。

在大宁，倭患闹得最凶的地方是广南和广北这两个省份。从倭国乘船到广北，就算是一路顺风也要将近两个月的航程，中途还得担着遭遇风暴船毁人亡的危险，即便如此，那些倭寇仍旧乐此不疲。而从朝鲜航行至大宁的话最快只要五天，遭遇风暴的概率微乎其微，且上岸的地方距离京城也仅仅是咫尺之遥。

话说那些袭扰广南广北的倭寇，虽说只是一些散兵游勇，但战斗力却着实不容小觑，往往只有几百上千人上岸，便会将当地几千甚至几万的守军折腾得焦头烂额。可以想象，这样的顽敌若是在朝鲜扎了根，再以此为老巢绕过大金走水路进攻大宁的话，整个中原可就没一天消停日子可过了。

然而对于齐王而言，上面这些，通通都是小事。

国家都永无宁日了，还能有什么大事？

大事就是：齐王与如今被推为监国的皇六子朱孝辰的关系，并不像朝中文武想象的那么好。如今外敌连横，京城已成众矢之的，在极端情况下，例如倭寇已经在朝鲜扎根的话，向南迁都，或许就是大宁保存国体的唯一选择。而先帝临朝时曾经昭告天下，准许齐王留藩京城，在这种情况下，一旦朝廷决定迁都，朱孝辰很可能以先帝明诏的借口逼齐王继续留守京城。

这，才是老头子最担心的事。

而且以他对朱孝辰的了解，那小子若是真有即位的野心，便肯定会这么干。从古至今没有任何一个皇上，愿意留一个随随便便就能煽动满朝文武脱袍交印的亲王在身边。

退一万步讲，即便倭寇打下朝鲜便已心满意足，不打算袭扰大宁，朝廷也不必迁都；光是假传圣旨、私自带兵出境这两条罪，也足够朱孝辰拿来做文章了。按律历，假传圣旨与私调兵马都是连坐的重罪，若是偷偷摸摸地把兵带出来了，朝鲜还没抢回来，即便他朱孝辰碍于叔侄情分网开一面，但夺了世袭藩位的惩处怕也是在所难免。除非能够成功收复朝鲜，捞一个化敌为盟、光复藩邦的功劳，多少还能有个功过相抵的抗辩理由。

所以，朝鲜绝不能丢。

为了朱氏的江山，更为了齐王自己。

“报……”一兵丁冲进大帐，单膝跪倒，“启禀王爷，大金国大汗殿下前来拜见！”

“快请！”听说如布林泰来了，这齐王赶忙正冠束衣，强作镇定地坐在了大帐当中的椅子上，“对了，快去把陈小狗叫过来！呃……还有……楚离，都给我叫过来！”

“陈……陈小狗？”下跪兵丁一脸的不知所以。

“就是你家陈将军！快把他给我叫过来！”

“哦，哦……是！”

三十五

“王爷！”如布林泰撩帘进帐，以中原礼节抱拳拱手，乌卢尔泰紧随其后，再往后是其心腹阿尔哈图，最后一个则很面生，怀抱紫铜三叉盔，身上则穿了一身雪白雪白的油皮甲，看上去眉清目秀，绝不像是个上阵打仗的主儿，发髻也与其他东虏将官有着天壤之别，看走路的姿势更像是个女眷。

“大汗大驾，有失远迎，恕罪恕罪！”齐王起身迎接，“大汗请！”

“王爷请！”如布林泰微笑落座，“这是本汗的姑子扎勒，按你们汉人的称呼，就是侄女，多罗格格喀塔。她听说王爷大驾到我大金，非要跟来见见世面，还望王爷切勿见怪才是啊……喀塔，还不快给王爷行礼？”

“喀塔见过王驾千岁！”没想到这喀塔也能说得一口流利的官话。

“免了免了！甲胄在身，无须行礼！”齐王从头到尾把这个喀塔打量了一遍，竟然破天荒免了礼节，“大汗可不要忘了，前日酒席宴前，你我二人还曾以兄弟相称，大汗的侄女，便也是本王的侄女，来，这块玉，乃是藩邦的贡品，已随本王多年，今日赠予格格，就当是本王的见面礼！”说话间，齐王从身上摸出一块羊脂玉的把件，看水头，随便找个当铺抵出三五千两的现银，绝对不用跟掌柜的废话。

“还不快快谢过王爷？”如布林泰皮笑肉不笑道。

“喀塔谢过王爷！”

“都是自家人，何必如此客套？”齐王也是一脸的假笑，“唉……大汗啊，莫要嫌本王唠叨，这出兵之事，不知大汗考虑得如何了？本王今日刚刚得到战报说，开城如今也失守了，朝鲜王已经退到了西京，再退已然没有大城可守，若是再这么拖下去，恐怕……”

“本汗今次正是为此事而来！”如布林泰捋着胡须道，“近日来，本汗也得到了不少战报，说那倭寇骁勇善战，在朝鲜长驱直入势如破竹，十日之内竟连下两城，若要御此强敌，非兵精粮足之师所不能胜。而我大金虽有十余万精锐，但一来劳师远征未经休整，乃属疲兵；二来嘛……那倭寇泱泱二十万之众，就算咱们把兵全派出去，怕也未必能占到便宜啊！”

“大汗此言差矣！”陈啸天听罢起身抱拳，“大汗的兵马劳师远征，难道那些倭寇就不是吗？有道是：一鼓作气，再而衰，三而竭。他们漂洋过海连日征战，想必早已是外强中干，强弩之末；之所以势如破竹，不过是因为他们一直在打胜仗而已！依我看，只要我等与朝鲜合兵一处，予其迎头痛击，让他们吃上几场败仗，必然能挫其锐气，让那二十万人一溃千里！”

“一溃千里？”乌卢尔泰不屑一笑，下意识地看了看一旁的楚离，“楚大人，那个王友成抗倭的故事，想必没给陈将军讲过吧？”

“王友成？”陈啸天一愣，满脸的茫然。

“草民并无官职，不敢称大人。”楚离抱拳，继续沉默。

“本汗已与众将商议过……以如今的形势，贸然出兵绝非明智之举……”如布林泰目不转睛地盯着齐王，一脸的语重心长，“不过王爷请放心，我大金与朝鲜，既然同属你大宁的藩邦，他家遭难自然也不能坐视不理，本汗愿以上宾之礼迎那朝鲜王来我国境内暂避，并派重兵把守边境，将倭寇挡在长白山以南，待日后时机成熟，再与你大宁合兵收复。不知王爷，意下如何？”

“那大汗以为，何时才算是时机成熟呢？”此时此刻，齐王的脑门上已经见了汗。

“自然是你大宁扫清内忧外患，有精力派重兵抗倭的时候啊。”如布林泰双手摊开，呵呵一笑，“王爷，打仗，可不是赌钱。你带来这几万兵马，在你大宁而言，九牛一毛而已，但我这十几万的兵马，可是我大金的全部家当。人派少了，于事无补，反而枉送将士性命；全派出去，一旦兵败那便是亡国灭种之难。如今，我大金也是你大宁的藩邦，为救朝鲜而亡我大金，这岂不是厚此而薄彼？”

“这……”齐王顿时被问在了当场，下意识地看了看楚离，但见楚离面无表情，丝毫没有要说话的意思。

“除此之外呢，本汗还有一事不明……”如布林泰眉头微微皱起，“不知当讲不当讲……”

“大汗但讲无妨。”

“这边这位楚大人，想必已经听阿尔哈图说过了，我国去年冬天遭逢雪灾，光是马匹，就饿死了上万匹之多；我大金自古兵民不分，若派大军把守边境抵挡倭寇，非但民生要遭荒废，更要倒贴军饷；为此，本汗也是食不甘味、夜不安寝啊！”如布林泰叹了口气道，“记得前日在酒席宴前，王爷曾当着众将官说，只要当了你大宁的藩邦，那便是遭灾有粮、挨打有兵，不知王爷此言，本汗能否当真呢？”

不但不出兵，反过头来还伸手要钱要粮。这一军，将得实在是漂亮。

不认账？

丢人是小，两国好不容易化敌为友结成的联盟，很可能就此一拍两散。

认账？

你认了这个账，朝廷能认吗？纵使你齐王有俩糟钱，但是，仅凭一己之力去赈济一个国家？就算是财神爷本尊下凡，恐怕也架不住这么败吧？

此时此刻，齐王周身上下几近汗透，衣服已经贴在前胸上了，脱下来想必能拧出水。暗地里一个劲地冲着楚离挤眉弄眼，而楚离却好似没看见一样，始终面不改色，仍旧没有要说话的意思。

“王爷？”如布林泰眉头一皱，“莫非……那只是王爷的酒话？”

“你们……”陈啸天早就坐不住了，手摸剑柄腾地一下便站起了身子。他这一起身，乌卢尔泰和阿尔哈图也握着刀柄站了起来，唯有如布林泰端坐不动稳如泰山。

“陈大哥！”楚离也站起了身子，伸出手便捂住了陈啸天的剑柄。如今这个气氛，真要是闹到刀剑出鞘的份上，可就不好收场了。

“放肆！”齐王这才反应过来，站起身冲着陈啸天便是一通嚷嚷，“大胆狂徒，还不快给我滚出去！”

“哼！”陈啸天恶狠狠地瞪了齐王一眼，拂袖而去。

“呃……此人生性鲁莽，还望大汗莫要与他计较！”毕竟是失礼在先，即便是齐王，也只得赔起了笑脸。

“无妨。领兵打仗的，有几个不是性情中人？”如布林泰冲两旁摆了摆手示意乌卢尔泰和阿尔哈图重新落座，“只是王爷你，还没回答本汗的问题，王爷的话，本汗可否当真？”

“这……”齐王再次哽住。

“大汗！”楚离拱手抱拳终于开口，引得齐王当即松了一口气，却也引来了乌卢尔泰的一脸警惕。

“草民倒是有一个折中之策，大汗既不用派兵戍边荒废民生，也不用倒贴军饷，更不用以上宾之礼去养朝鲜人。”

“哦？说来听听！”

“我的计策就是，大汗你什么都不用做，就让那群朝鲜人死在朝鲜好了。”

三十六

楚离此言一出，大帐之内鸦雀无声。连齐王在内，几乎所有人都是一副见了鬼的表情。

“呵呵……哈哈哈哈哈……”许久，如布林泰忽然“扑哧”一笑，继而哈哈大笑。他这一笑，乌卢尔泰和阿尔哈图也跟着笑了起来，“楚大人，你这个计策，可真是高明得很啊！”

“草民没有官职，不是什么大人。”楚离再次拱手，满脸的认真。

“若是本汗没听错的话，你是要放任朝鲜亡国灭种，咱们就坐在这儿隔岸观火？”

“正是。”楚离一本正经，两只眼睛死死地盯着如布林泰，丝毫没有说笑的意思。

“敢问王爷，楚大人究竟是何等官职？竟可替你大宁做出如此决定？”见楚离竟如此认真，如布林泰也感觉不大对劲，顿时收起了笑脸。

“你……你……你这刁民……”此时此刻，齐王已经被气得说不出话了。

“大汗也听见了，王爷叫我刁民。我确实没有官职。而且我只是出谋划策，至于如何去做，全凭大汗决断。”

“王爷，你觉得，本汗应该如何决断？”如布林泰倒是不傻，直接把这块热山芋又扔给了齐王。

“王爷，你还没回答大汗刚才的问题！”楚离转过身面朝齐王拱了拱手，微微点了点头，“大汗想知道，咱们大宁能不能帮忙赈灾？”

“这……”见楚离暗暗点头，齐王心一横，干脆也点了点头，“能！”

“哦？”如布林泰顿时就是一脸的狐疑，下意识地看了看一旁的乌卢尔泰，发现乌卢尔泰也是满脸的疑惑，“王爷切莫说笑，你刚才说的‘能’，指的是……”

“赈灾，没问题！”齐王点了点头，用袖子擦了擦额头的汗水，“本王乃是当朝亲王，岂能信口开河？”

“那朝鲜呢？”如布林泰追问。

“若草民没猜错的话，大汗此行为的只是赈灾，而不是为了朝鲜吧？”楚离微微一笑。

“这……”如布林泰顿时就是一愣，万万没想到楚离会这么问。

“既然如此，就等着收钱收粮便是了，不知大汗还有什么可担忧的？”

“我大金虽不富庶，但养一个朝鲜王还是养得起的，不知楚公子为何要出此下策，弃朝鲜于不顾？”对于楚离的提议，这如布林泰始终觉得不大对劲。

“大汗岂不闻，斩草还须除根的道理？倭寇若要占据朝鲜，就必须将那朝鲜王族赶尽杀绝！否则这江山他们永远坐不踏实。这点道理，难道大汗想不明白？大汗若是收留朝鲜王，势必是给了倭寇一个举兵来犯的理由。难道大汗就不担心，他们打完朝鲜，继续长驱直入打你大金？”

“这么说来，楚公子你是担心我大金的安危，才让本汗袖手旁观？”

“正是。”

“哈哈哈哈哈……”盯着楚离看了片刻，如布林泰忽然哈哈大笑起来，“朝鲜既然是你大宁的藩邦，你们为何不接纳他家王室？莫非你大宁，也害怕倭寇打过去不成？”

“因为即便我们接纳他们，倭寇还是会先打你们。”

“哦？愿听高见！”

“如今咱们两国化敌为盟，已然是天下皆知的事儿了。那群倭寇若是想进兵大宁，走旱路就必须先打你们。若要走水路绕过你们，他们的兵马前脚上船，你大金后脚便可出兵收复朝鲜；万一他们在大宁吃了败仗，岂不是连一条退路都没有了？他们派了二十万人漂洋过海，如此兴师动众不可能仅仅是为了一个朝鲜。若是图谋我大宁的疆土，无论如何都绕不过你们。”楚离与如布林泰对视，反倒把个如布林泰盯得浑身不自在，竟然主动移开了眼神，“以如今的形势，大汗唯有袖手旁观，方可与朝鲜乃至与我大宁撇清关系，赢得缓兵之机呀！”

大帐之中，又是一阵的鸦雀无声。

“如此说来，我大金还真是别无选择呢……”许久，如布林泰终于打破了尴尬，“难得楚公子如此替我大金着想，本汗谢过。”

“大汗客气。”

“那就依楚公子的计谋，本汗可就真的袖手旁观喽？”

“大汗英明。”

“既然如此，本汗就等着你们的钱粮！”说罢，如布林泰站起身整了整衣冠，又冲着齐王抱了抱拳，“告辞！”

“哎……你们……你……这……”齐王已然傻在了当场，两眼直勾勾地看了看楚离又看了看如布林泰，张了半天嘴却没说出一句整话。没想到啊，真是没想到，一直以为这楚离能想出点什么语惊四座的说辞后发制人，没想到这小子语惊四座是不假，却根本就没有什么后发制人。

若真像他说的那样，不但放弃朝鲜，还要给这群东虏人送钱送粮的话，将来班师回朝可就彻底完蛋了。他陈小狗大不了继续扯旗造反，回山里接着去当他的山大王；自己一个亲王，出了京城连北都找不着，跑都没地方跑啊！

“恕不远送。”楚离倒是一脸的泰然。

“慢！”就在此时，始终沉默不语的多罗格格喀塔忽然单膝跪倒，“喀塔恳请昂帮阿玛立即与大宁解盟断交！他们的钱粮，咱们不要也罢！”

又是一个语出惊人的。喀塔此言一出，竟然连如布林泰的额头也见了汗。

“喀塔！你放肆！”如布林泰转过身面沉思似水，“这里哪有你说话的份儿！”

“他一个草民百姓都能在此妖言惑众，我为什么不能说话！”面对如布林泰的斥责，喀塔毫不示弱，转而将头扭向楚离，“你绝不是普通百姓！你到底是谁？！”

“格格多虑了，我真的就是个普通百姓！”楚离抱拳道。

“既然如此，为何连王爷都对你言听计从？你煽动两国背信弃义不顾盟邦，究竟是何居心？”喀塔咬牙切齿道，“昂帮阿玛！朝鲜归藩大宁已有二百余年，尚且如此下场，咱们若当了他们的藩邦，有朝一日岂不是也要遭此背弃？”

“这……”一时间，如布林泰也被问住了。

“难道说你是大宁皇帝派来的探子？这些都是大宁皇帝的意思？”喀塔继续质问楚离道。

“格格真是抬举草民了。我连童生都不是，就是个草民百姓。我这辈子见过的最大的官儿，就是齐王殿下。”

“莫非你是倭寇派来的奸细？”

“格格说笑了。给倭寇当奸细，应该离间两国才是，而我却希望咱们两国化敌为盟，联手抗倭。”楚离指了指乌卢尔泰，“若不是我煞费口舌说服大将军王摒弃前嫌共抗外敌，咱们也不会聚首广宁。格格若是不信，可以问大将军王。”

“那你为何如此背信弃义，置朝鲜存亡于不顾？”

“我何时背信弃义了？”楚离不慌不忙地抬起双臂叉于胸前，“未经朝廷允许而私自调动兵马，这是连坐九族的重罪。现如今，我们征调林城三万精锐开赴广宁，而朝廷事先毫不知情，这种事自我大宁开国以来从未有过。我们押上全家老小的性命去救朝鲜，如果这是背信弃义，那什么是有情有义？”

“那……”喀塔表情一变，似是理屈词穷，“那你又为何要出此下策？”

“我就是想看看……”楚离诡异一笑，“像这样的计策，你大金有没有人站出来反对！”

三十七

“你……”如布林泰愣在原地，继而恼羞成怒，表情瞬变，伸手指着楚离，“你竟敢……戏弄本汗！”

“大汗，我们顶着连坐的罪名，带了三万人和几千车的粮草，不是来戏弄你的！”楚离淡淡道。

“你想让我大金的将士，去给你大宁当替死鬼？”

“大汗，或早或晚，你们与倭寇必有一战，连格格都能看出来，难道你老人家看不出来？”

“他们想打的是你们！”但见如布林泰青筋暴露，眼沁血丝，显然是恼羞成怒至极。

“打完了我们呢？”楚离倒是不生气，“退一万步讲，我大宁也像朝鲜那般举国沦陷，然后呢？”

“那倒是省了我们的事儿！”如布林泰目露凶光，面目狰狞。

“大汗此言，草民听不明白。”楚离冷冷一哼不以为然，“省了你们的什么事？你们想做什么？”

“我们……”说到这，如布林泰忽然哽住，似乎是意识到说错话了，“本汗再问你一遍，你到底是谁？若你真的只是一介草民，又有什么资格与本汗争论这些？”

“他是本王的幕僚！”此时此刻，齐王缓步走到了如布林泰跟前，两人鼻尖相隔一尺不到，“他的话，就是本王的意思；本王的意思，就是我大宁皇帝陛下的意思！大汗，你还没回答楚公子的问题，你们……想干什么？”

“你们怕了？”喀塔站起身子，走到了楚离跟前，声音微微发颤，似乎没想到自己一时鲁莽竟会惹得两边如此剑拔弩张，“你们没能救得了朝鲜，反而要给我大金送钱送粮，你们怕回去没法交差，是不是？”

“格格说的是……我是怕了。”楚离叹气道，“我们这次带兵过来，一没圣旨，二没兵部的调兵公文。若是无功而返还要搭上钱粮，肯定没法交代，像我这样的小喽啰，最轻也是砍头。但我怕的，不是这个。”

“那你怕什么？”喀塔盯着楚离，楚离也盯着喀塔，两人脸对脸，离得比齐王和如布林泰还要近。

“满朝文武，没有比齐王千岁胆子更大的官儿……”楚离缓缓抱拳，“如果我们就这么回去的话，今后便不可能有人还敢自作主张带兵过来，而那时朝鲜怕是早已失陷。我怕的是，真到那时，恐怕你大金就要以一己之力面对倭寇的兵马，从此再无后援、再无救兵、再无退路！”说罢，楚离将头转向了满脸怒气的如布林泰：“大汗，难道为了区区一点钱粮，你就要放弃将倭寇斩草除根的机会吗？你宁肯派举国之兵攻打那个从来没惹过你们的大宁，却不肯派兵抵御打到你家门口的倭寇吗？你大金的将士，到底在当谁的替死鬼？”

“你……”如布林泰伸手指着楚离，冷不丁竟“锵啷”一声抽出了随身佩刀，上前一步便将刀刃架在了楚离的脖子上，“竟敢同本汗如此放肆！不要忘了你们是在谁的地盘上！”

诚然，此地虽是大金的疆土，却更是大宁军队的中军大帐。如布林泰这一拔刀可不要紧，大帐之中的侍卫悉数刀剑出鞘，见此阵势，乌卢尔泰和阿尔哈图也各自拔刀，一左一右挡在了如布林泰两侧。

“昂帮阿玛……”整个大帐，除了齐王和楚离之外，唯独喀塔没有拔刀，非但没拔刀，反而“扑通”一声再次跪在了地上，“求昂帮阿玛息怒！楚公子不是我们的敌人！”

就在这时，陈啸天带人冲进了大帐，见此情景刚要拔剑，却被齐王按住了剑柄，“你下去！都把兵器收了！都收了！”说罢，齐王迈步走到如布林泰跟前，握着如布林泰的手腕小心翼翼地将刀按了下去，“大汗啊，本王说过：遭灾有粮、挨打有兵，这话大汗自管当真！但是大汗你也说过：重为藩邦，永和之盟。不知道此话，本王……又能不能当真呢？”

“喀塔，你起来吧！”愤愤地看了齐王一眼，如布林泰叹了口气，将佩刀插回了刀鞘。

“喀塔鲁莽，险些害两国断交，不敢起身！”

“起来！”齐王俯下身子将喀塔搀了起来，“你家大汗也说过，领兵打仗的，有几个不是性情中人？快起来！”

“王爷，本汗……也没有别的意思……”如布林泰黑着脸道，“王爷的话既然当真，本汗的话，自然也不是戏言。你以为本汗怕打仗吗？王爷你就算不懂兵法，算数总该会吧！他们有二十万人，这是实数，且前线传来战报说，他们的骑兵至少有五万！而我大金，原本是有十二万精锐，但林城一役，前前后后死伤过万！拜楚公子所赐，光是偷营一战就死伤三千多人！现在能上阵的也就十来万人，加上你们的人，不到十四万！朝鲜即便还有残兵，怕也只是败军之师，不堪重用。如今倭寇已拿下朝鲜数座城池，他们是守，我们是攻！以少攻多，岂不是自讨苦吃！所以我才说等待时机成熟再合兵收复，这难道有错吗？”

“等咱们时机成熟了，倭寇的时机，恐怕也成熟了。”楚离冷冷道。

“呵！看来楚公子定有退敌良策！”如布林泰盯着楚离，面带杀气，“既然楚公子能给王爷当幕僚，想必也是运筹帷幄决胜千里之奇才，那就让本汗也长长见识，不知楚公子准备如何用十四万人打二十万人呢？”

“那恐怕要让大汗失望了，草民还不如王爷，不但不懂兵法，连算数也不会。草民只知道，如今朝鲜全境几乎都已失陷，那倭寇纵然有二十万之众，但若分摊到朝鲜的三千里疆土十几座城池之中，怕也只是九牛一毛，杀到开城的倭寇虽是精锐，却也不过三四万人而已。如大汗所说，咱们虽然只有十四万人，却可以合兵一处全线出击，十四万打三四万，难道大汗还没有胜算吗？我们不指望大汗能帮忙光复朝鲜全境，只要大汗能帮忙把开城和汉阳都抢回来，仅仅是两座城而已，剩下的，我们自己去打！”

“哼，说得轻巧。你别忘了，他们是守，我们是攻！你们区区四万人死守林城，我十二万大军尚且久攻不下，那汉阳的城防比林城不差，况且又是国都，意义非同一般，那些倭寇势必会不惜代价固守待援，待到他们的主力集结，你这所谓的‘抢回汉阳’，跟决战又有什么分别？”

“如果草民有办法，让咱们不费吹灰之力就能轻取两城呢？”

三十八

大帐之中，又是一阵鸦雀无声。

“呵……呵呵！”如布林泰缓步走到了楚离跟前，“这里乃是你大宁的中军大帐，你可知道军中无戏言的道理？”

“草民的命虽然不值钱，但还没贱到为了说几句戏言就赌上脑袋的地步。”

“既然如此，那就请楚公子将妙计说来听听吧！”

“此计甚险。大汗若是想听，请先在此立下军——令——状！”楚离一字一顿道，“倘若按我说的做拿不下这两座城，或是死伤惨重苦战无果，草民愿自尽于此，大宁兵马即刻撤出大金疆土，之后立即派人把赈灾钱粮加倍送过来！”

此言一出，齐王的脸色已然跟死人没了区别，心瞬间就提到了嗓子眼儿，想发作却又不好发作，毕竟刚刚说过，楚离的话就是自己的意思，自己的意思就是大宁皇帝的意思。

“你一个草民百姓，有这么大权力？”如布林泰满脸的狐疑，“莫非你果真是大宁太子？”

“若是因为大汗不肯出兵而拿不下这两座城池……”楚离并未理会如布林泰的问题，“你便要套锁戴枷、披发赤脚赴我大宁朝廷请罪，生死存留任凭皇帝陛下发落！”

又是一阵沉默。

“这些条件，于公于私，对大金也没什么坏处吧？”楚离死死地盯着如布林泰，脸上竟然也见了汗，“怎么，大汗不敢？”

“呵呵……哈哈哈哈哈……”如布林泰表情一变，继而哈哈大笑，“你一个草民百姓，有什么资格让本汗跟你立军令状？我怎么知道，若是你输了，你家朝廷是否就真的会给我送钱粮过来？”

“这军令状，本王来立！”如布林泰话音未落，齐王斜眼看了看楚离，昂首挺胸上前一步，惊得陈啸天也是一愣，“若是抢不回汉阳，本王在此自尽！若是朝廷不答应钱粮，本王砸锅卖铁也给你补上！大汗放心否？”

“王爷！”楚离猛地一扭脸，竟然不敢相信自己的耳朵。真是万万没想到啊，这齐王老头子，关键时刻竟也如此有种。

“我朱家的江山，何时轮得到你这个刁民来自裁？”齐王抹了抹脸上的汗，“来人！笔墨伺候！”

陈啸天亲自研墨，齐王亲自执笔。被逼到这份上，如布林泰干脆看都没看，就在军令状上按下了手印，“满意了？楚公子有何良策，现在可以说来听听了吧！”

“如今朝鲜王已经退守西京。大汗可知，那西京本非重镇，城矮墙破不堪一击。倭寇既然连汉阳都能拿下，为何迟迟不打西京呢？”

“这还用问？”如布林泰冷冷道，“他们定是对我大金的立场有所顾忌！”

“错！”楚离道，“那群疯子既然敢打朝鲜，就绝对不会顾忌大宁，他们连大宁都不顾忌，又怎会顾忌你大金？”

“你……”如布林泰强压火气，“那你说说看是为了什么！”

“因为倭寇也是人，再怎么凶悍，也得吃饭睡觉！”楚离不慌不忙道，“他们漂洋过海，又马不停蹄从釜山一路打到开城，已经是强弩之末，就像之前陈将军说的，他们才是实打实的疲兵！”

“那又如何？”如布林泰愤愤道。

“大汗，你大金木材多吗？”

“哈哈哈哈……”如布林泰哈哈大笑，“我大金不趁别的，就趁木头，你想做甚？”

“我师父曾经从一个朋友那里学过几招，只要木头足够，抢回开城，即可兵不血刃！”

三十九

“其实我的计策特别简单……”楚离道，“咱们只需在开城城外十里扎营，然后把所有兵马十几万人全都派去城下骂阵，且只骂不打！大汗放心，他们绝对不会出城应战的，一来他们本就是疲兵，二来盘踞在开城的倭寇不过两三万人，而咱们有十几万人，出来岂不是找死？”

“那他们若是派人回去通风报信怎么办？”

“要的就是让他们报信！”

“此话怎讲？”

“等到了晚上，立即熄灭军营之中所有营火，再派出五万骑兵分为两队，一左一右从开城两边绕过去直奔汉阳！大汗你要做的，就是找五万根木棍，长短跟扁担相仿，用绳子横着绑在将士的肩头，木棍两端各捆一柄火把，之后让士兵再手举一柄火把，这样的话，深更半夜离得远了，一个兵看起来就是三个兵；五万人，看上去就是十五万人！”

“嗯……”听到这，如布林泰微微点了点头，脸上的怒气也消了不少，“你是要调虎离山？”

“正是！”楚离微微一笑，“那些倭寇在深更半夜看到这番景象，定是以为咱们白天骂阵未果，便要绕过开城直取汉阳。就像大汗说的，汉阳是国都，意义非同一般！我要是领兵的将官，宁肯开城不要了，也要保住汉阳！他们势必要连夜回援！”

“等他们回援，咱们就去收复开城？”如布林泰问道。

“正是！等他们前脚一走，咱们立即派大军收复开城，把他们关在外边！那五万人到了汉阳，一不攻城二不骂阵，其中的四万人后队改前队，原路返回开城！”

“把开城的倭寇引到汉阳……那样一来汉阳岂不是更难打了？”如布林泰微微皱眉，“你留一万人在汉阳，能有什么用？”

“呵呵，我要的就是让倭寇聚在汉阳，聚得越多越好！”楚离道，“大汗不是说朝鲜兵都是败军之师，不堪重用吗？留在汉阳那一万人，偏偏必须是朝鲜兵！”

“你想让他们诈降？”如布林泰满脸的疑惑，甚是不解。

“非也，我要他们换上朝鲜百姓的衣装，混入汉阳周边所有村落！”

“混入村落？”如布林泰越听越糊涂。

“敢问大汗，中原有一味药材叫玄明粉，你大金可有产？”楚离问道。

“药材，我大金多得是！”如布林泰道。

“我不要别的药材，只要玄明粉。”楚离一脸的郑重。

“楚公子说的玄明粉，可是指‘朴消’？”喀塔问道，楚离点头。

“喀塔呀，看不出你还懂药材！”如布林泰笑道。

“那朴消乃是一味泻药，药力之凶猛，更甚于大黄，我大金虽有产，却也不多。”喀塔道。

“不多，是多少？”楚离问道。

“楚公子想要多少？”

“至少五千斤。”

“这……”喀塔一皱眉似乎有些为难，“楚公子，实不相瞒，此药并非大金特产，恐怕没有那么多，若必须要用到那么多，则需昂帮阿玛立即下令药商昼夜赶制！”

“那就恳请大汗立即下令赶制！”楚离一抱拳。

“赶制？”如布林泰一愣，“现在还不是采药的季节，山中的积雪都还没化，如何赶制？”

“昂帮阿玛！”喀塔施礼道，“朴消乃是用土石与苦井水熬制而成，并非产自深山；楚公子要得虽多，但若多找几个药商，也无须时日。”

“好吧……准了！”如布林泰点了点头，“有了泻药，然后呢？”

“让这一万朝鲜兵，每人随身带半斤玄明粉，之后混入汉阳周围的村落，把玄明粉掺入朝鲜人的泡菜之中！”

“哈哈哈哈……五千斤的泻药……哈哈哈哈……”如布林泰也让楚离的计谋给逗乐了，刚才的火气已然不见了踪影。

“咱们十几万人收复开城，这么大的阵仗，倭寇势必要调集大队人马驰援汉阳，大汗不是说朝鲜那巴掌大的地方，他们很快就能集结吗？他们集结得越快，粮食就越不够吃，势必会去汉阳周边的村落抢粮。玄明粉的味道是咸的，掺入朝鲜的泡菜之中，根本就吃不出来。整坛的泡菜只要掺入几两的玄明粉，药量便已经远远超出治病所用了，连续吃上三四顿即可伤及脏腑，不死也要躺上十天半月！”

“照你这么说，直接投毒岂不是更有效？”乌卢尔泰皱眉道。

“大将军可知，当初我们夜袭你们大营的时候，为什么要往你们的水井里投玄明粉，而不是直接投毒？”

“这……”真是哪壶不开提哪壶，而且还是自己提自己，乌卢尔泰顿时被问了个大红脸。

“投毒虽说痛快，却太过明显，毒不死几个人便会被察觉，他们也就不吃了。”楚离淡淡道，“但玄明粉可就不一样了，此药起效慢，但后劲甚是凶猛，多吃几顿才会有所察觉，等他们察觉了也晚了！这个药量连吃三四顿，效果跟投毒没有区别！只要倭寇把泡菜都抢走了，咱们就可以拉着大炮和云梯，去攻城了！”

“父汗……”听楚离说完，乌卢尔泰不禁点了点头，“儿臣觉得，此计虽然龌龊，却也不妨一试！”

“好！那就依楚公子的计策，我们帮你们打下汉阳！”

“好！本王这就去写奏疏，让朝廷把赈灾的钱粮给你们送过来！”见如布林泰终于答应发兵了，齐王这一颗心可算放到了肚子里。

“钱粮之事，王爷也不必过于着急，本汗信得过王爷，也信得过大宁的朝廷！”如布林泰站起身，出乎意料地客套起来，“本汗国事繁忙，明日一早便要先行一步返回盛京，今夜欲在城中设宴慰劳众将，不知王爷可否赏光呢？”

“大汗盛情，本王自当前往！”

“还望楚公子也莫要缺席才是，此战能否将倭寇打回老家，可是全凭公子的妙计了！”

“妙计不敢当，草民自当与王爷同往。”楚离抱拳道。

四十

傍晚，广宁城内，如布林泰行营。

这次如布林泰算是长记性了，跟齐王也不提斗酒的事了，翻来覆去就是彼此吹捧和各种客气话，倒是颇有几分睦邻盟邦的氛围。齐王发现如布林泰学聪明了，似乎没机会劝酒，干脆来了个“舌战群儒”，掉转炮口挨着个去敬下面的统领。盟邦的王驾千岁亲自敬酒，岂有不喝之理？于是乎，在场所有人又惊到了，包括阿尔哈图在内的统领，被老人家一口气灌吐了五个；剩下的虽说没吐，但看表情酸水也已经涌到了嗓子眼。

再看齐王，喝舒服了之后，又开始习惯性地大放厥词，要说这老爷子酒量虽大，酒德却不是很好，只要喝到了量，不管当着谁的面，那肯定各种胡说八道，不管是话题还是言辞，都毫无底线可言。尤其是这次，一口气灌倒五个壮汉，扬了大宁的国威，这老头子顿时就找不着北了，也不知是谁嘴欠，问了一句关于汉人娶三妻四妾的事，老爷子竟然开始文不对题借机发挥，大说特说自己当年逛窑子的风流韵事，且描述得绘声绘色形神兼备。

当朝亲王啊！皇上的亲兄弟！

权倾朝野位极人臣！

竟然在大庭广众之下，大肆宣讲当年如何跟青楼里的姑娘上床，一边说还一边演，劝也劝不住拦也拦不住，把个楚离羞得真是钻地缝都嫌躲得不够隐蔽。当初一时高兴，竟答应陪这老不正经的来赴宴，如今可真是悔得肠子都青了，无奈也只好借着小解的名头躲到了行营外面。

“楚公子，可是嫌那屋中太吵，一个人出来找清净了？”楚离正坐在门外石阶上发愁，背后忽然传来乌卢尔泰的声音。

“大将军！”楚离起身抱拳，“我出来透透气而已，里面炉火烧得太旺，烤得人着实是难受。”

“看来王爷千岁，这风流韵事可真是不少啊，哈哈哈……”乌卢尔泰笑道。

“王爷只是酒后失言，让大将军见笑了……”楚离红着脸，甚是尴尬。

“对了，楚公子才思过人，不知成家没有？”乌卢尔泰问道。

“楚某已经成家了。”

“唉！不晓得谁家姑娘有此等福分，能嫁给楚公子！”乌卢尔泰感叹道，“对了，我听说你们中原人，随随便便就能娶个三妻四妾，此事当真？”

“也不是人人都娶的。”楚离笑道，“子曰：唯女子与小人难养也。娶媳妇容易，养起来难啊！”

“哈哈哈哈……楚公子真是风趣！”乌卢尔泰拿起酒壶一仰脖灌了一大口酒。

“难道你们金人不能纳妾？”楚离问道。

“只有大汗才可以，其他人不行。”乌卢尔泰道，“我们金人的姑娘家，那可不是‘贤惠’两个字就能说得尽的，上了床是媳妇，上了马那就是将士！对自家男人那可是言听计从百依百顺，让往东，绝不往西；男人在外面当兵打仗，媳妇一个人就能把家打理得井井有条，上孝爹娘下教儿女。这样的媳妇，娶一房也就够了，有不少人，就算让他们多娶，他们自己还不愿意呢！怎么样？要不要让我乌卢尔泰在大金给你说一房媳妇？包你满意！”

“大将军说笑了，楚某并非好色之人。”楚离道，“敢问大汗娶了几房？”

“仅我额娘一人而已！”乌卢尔泰道，“他老人家半生征战，仗都打不过来，哪有那么多闲暇放在女人身上？”

“大汗乃一国之主，竟也如此重情重义，楚某佩服！”

“对了，楚公子，我素闻齐王殿下在你家朝廷位高权重，他既对你如此器重，怎么就没说替你谋个一官半职？”

“实不相瞒，楚某不想做官。”楚离道，“我跟王爷的渊源，那可真是说来话长，或许打完这一仗，也就分道扬镳了。”

“我看王爷倒未必舍得放你走呢！”乌卢尔泰笑道。

“他不放，是他的事。我走，是我的事。我要真想走，谁也拦不住。”楚离微微一笑，“其实我平生最大的夙愿，就是找一个山清水秀的地方，过无忧无虑的日子。”

“无忧无虑……哦……无忧无虑好啊！”乌卢尔泰一个劲地点头，“不用当兵打仗，不用钩心斗角，正好有闲情可以多睡几个女人！”

“实不相瞒，贱内也贤惠得很，就像大将军说的，一房足矣。”

“哎……话不能这么说。”乌卢尔泰一脸的阴险，“你们的四书五经里不是也有一句‘窈窕淑女，君子好逑’吗？是君子，就要多娶女人！由我乌卢尔泰做媒，再给你说上一房，如何？”

“大将军好意，楚某心领，如今大战在即，在下怎有闲心去想女人的事？”楚离也是纳闷，我睡几个女人关你屁事？拐弯抹角翻来覆去非要帮别人说媒，天底下怎么会有人有如此嗜好？

“既然如此，那我就不强求啦……”乌卢尔泰举起酒壶一饮而尽，“对了，楚公子，我大金有一件镇国之宝，既然你我二人闲来无事，不如随我去见识一下如何？”

“镇国之宝？”楚离一愣，“你家的国宝不在盛京，却放在广宁？”

“此宝物太过珍贵，从来都是由我父汗随身带着！”乌卢尔泰一脸的神秘，“怎么样，一般人就算想见识，只怕是没那个眼福啊！”

“这……”楚离隐隐地感觉这乌卢尔泰阴阳怪气，似乎有点不大对劲，“大将军的盛情在下心领，但王爷还在营中，楚某实在是担心他酒后失态，不敢走远……”

“哼！”一听楚离不愿意去，乌卢尔泰顿时就是一脸的不悦，晃晃悠悠地转过身就要往回走，“莫非你仗着大宁地大物博，就不把我大金的宝物放在眼里不成！咱们两国刚刚结盟修好，你便如此目中无人！我这就去向父汗讨个说法！”

“大将军留步，留步……大将军误会了，我去就是！”楚离也无奈了，莫非这人也喝多了，怎么说翻脸就翻脸呢？天底下哪有逼着别人看自家国宝的？实在找不着人显摆了吗？

“这还差不多……随我来吧！”乌卢尔泰愤愤地回过身，带着楚离向行营深处走去。

四十一

如布林泰的行营并不大，二人没走多远，便来到了后营的一处营房。

“喏，国宝就在里面，楚公子请进去看吧！”乌卢尔泰原地站定大手一挥示意楚离进屋。

“国宝，就放在这里？”楚离一脸的疑惑，环顾四周，一没兵丁把守，二没铜墙铁壁，就是一处毫不起眼的营房，房中烛光昏暗有如闹鬼一般，怎么看也不像是藏宝的地方。

“怎么，我还能骗你不成？”乌卢尔泰一脸的怒气，“你还愣着干吗？莫非还要本大将军王伺候你开门？”

“大将军误会……”楚离一只手暗暗摸到了剑柄上，单手轻轻一推，房门“吱呀”一声便开了一条小缝，一没落锁，二没上闩，“大将军，贵国的治安，草民着实佩服。存放国宝的地方，竟然连门都不锁！”

“你到底进不进去？”乌卢尔泰冷不丁上前一脚，等楚离反应过来已经晚了，但闻“扑通”一声，楚离连人带剑被乌卢尔泰一脚踹进了屋里，一个狗啃屎便趴在了地上。“大将军你……”突遭偷袭，楚离第一反应便是抽出了宝刃“铁砂”，就在这时候，一个黑影忽然出现在近前，“什么人？”楚离反手握剑一个翻身，便用宝刃抵住了来者的脖子。

“楚公子……”烛光虽然昏暗，但看清来者的面貌还是不成问题的。站稳了身子定睛观瞧，楚离也蒙了，此时此刻站在自己对面的，竟是白天那个直爽泼辣的多罗格格喀塔。此时的喀塔，已经换上了金人女儿家的装束，周身上下可谓是衣香鬓影、气质如兰。

“不知格格在此，楚某无意冒犯，望格格恕罪！”楚离赶忙收起短剑躬身施礼，就在这时候，只听身后“吱呀”一声，房门竟被乌卢尔泰从外面带上了。

“大将军！”楚离猛然回头，心中暗道不妙，“敢问格格，这究竟是怎么回事！”

“楚公子受惊了，我那四哥性情鲁莽，若有得罪之处还请见谅……”喀塔躬身施礼。

“格格哪里话？分明是楚某惊扰格格，还望格格莫要怪罪才是。男女授受不亲，格格若没有别的事，请恕楚某失陪！”说着话楚离就要转身拉门，却被喀塔一把拉住了衣袖，“楚公子，喀塔受昂帮阿玛之命，有几句话想找公子问个明白！”

“楚某仅是一介草民，格格若是想问国事，不妨去询问王爷！”楚离抱拳道。

“喀塔要问的，是私事……”但见喀塔粉面通红，甚是羞赧。

“格格要问的事，楚某已经告诉大将军了。”楚离不傻，话说到这份上要是再装糊涂可就假了，怪不得那乌卢尔泰拐弯抹角非要给自己再说一房媳妇，原来是在这里埋伏着。难道自己莫名其妙地，竟然又惹上了一身的桃花债？

“楚公子，还不知道喀塔想问什么……”

“楚某知道的，都已经告诉大将军了；楚某不知道的，格格问了也没用。”

“喀塔……不……是大汗想知道，楚公子是否真的是大宁太子。”

“这……”楚离也无奈了，“格格，这件事楚某已经澄清过很多次了，在下真的仅是一介草民而已，当初假冒太子，仅是计谋使然。”

“如此甚好……”见楚离如此肯定，喀塔反而放松开来。

“甚好……”楚离也是一头雾水，不知道这个多罗格格到底想说什么。

“楚公子若真是大宁太子，喀塔也就不奢望了……”

“格格你……”虽说心里跟明镜一样，楚离却又不得不开始装傻敷衍，“格格你把在下说糊涂了……”

“实不相瞒……昂帮阿玛……有意赐婚于你我，招……招楚公子为……额驸……”喀塔抿着嘴，声若蚊蝇，“若公子真是太子，或是大宁的大官，恐怕就不便赐婚了……”

“格格抬爱，草民受宠若惊……”楚离的心怦怦直跳，一时间竟也没了对策，“只是……只是草民已经成家，还望格格体谅……”

“放屁！你刚才还口口声声说你尚未成家，怎么这么快就变卦了？”门外忽然传来乌卢尔泰的喊声，听得楚离顿时就是一惊，敢情这厮一直都躲在外面偷听，“就是因为听你说尚未成家，我才带你来见我妹妹，你竟如此反复无常，到底是何居心？”

一时间，楚离竟不知该如何回答了。

普天之下，竟然会有这样的无赖！

刚才明明告诉他自己已经成家，不会再娶，这无赖竟然睁着眼说瞎话！

“格格……楚某早已成家，刚才也已经告知了大将军，实不知他为什么要这么说！”正说着话，但闻“哐当”一声，身后房门被人一脚踹开，楚离本能地拔出了短剑，转身摆出了迎敌的姿势，定睛一看又傻了——齐王。

他怎么来了？他不是在喝酒吗？难不成是乌卢尔泰这个无赖，早就设套安排好了？

四十二

“王爷来得正好！”但见一旁的乌卢尔泰双手叉腰，满脸的理直气壮，“楚公子刚才跟我说他尚未成家，想请我做媒，在大金帮他说一房媳妇，我心想我这妹妹尚未出嫁，便向父汗请旨，想招他为额驸，父汗也准了，我这才把他带到这里。没想到此人竟然反复无常，说自己已经成家，不肯娶我妹妹！王爷请评评理，我妹妹贵为格格，岂可受此屈辱！难道做你大宁的藩邦，就要受这等委屈吗？”

“大胆刁民！大将军说的，可是真的？”但见齐王目光涣散身形不稳，应该是被灌多了，纵使他酒量超群，但毕竟那一屋子都是人家的人，几个统领虽被灌倒了，但下面还有十几个下级将领，一人灌一口，神仙也吐了，更何况他一个糟老头子？

“草民早已成家，王爷你是知道的！”楚离一脸无辜，当初在胭脂楼的暗室里，不是早就说过自己有媳妇吗？

“你成家与否，本王知道个屁！”齐王晃晃悠悠道，“深更半夜，你跑到人家格格的闺房，还敢在此狡辩？”

“我跑到格格的闺房？”楚离瞪大了眼珠子，看了看乌卢尔泰又看了看齐王，真是一头撞死的心都有，你这老不死的到底站在哪边？“王爷明鉴！是大将军非要带我来看他大金的国宝！我这才跟他过来的！”

“一派胡言！国宝怎么会放在这种地方！”乌卢尔泰横眉立目道，“王爷圣明！这种鬼话你也信吗？”

“你……你……”楚离伸手指着乌卢尔泰，竟然无言以对了。真是年年打雁，如今却被雁啄了眼；再怎么高深的计谋，再怎么能言善辩，倘若遇到无赖，那便是对牛弹琴屁用没有。

“刁民！你还有何话说！”齐王双目圆睁满眼的血丝，“本王的脸，真是被你丢尽了！”

“‘你’的脸，被‘我’丢尽了？”楚离的眼珠子瞪得溜圆，简直是服了这个老不死的了，堂堂当朝亲王，在盟邦大汗面前绘声绘色地聊逛窑子睡姑娘，竟然还好意思说别人丢脸。“好……好啊！”楚离也没辙了，干脆“锵啷”一声抽出了宝刃“铁砂”，双手呈于胸前，看来想要对付无赖，也只能比无赖更无赖了，“草民误闯格格闺房，坏了格格的清誉，唯有以死谢罪！大将军，你不是说我让格格受辱了吗？来！请用此剑砍了草民的脑袋，还格格一个清白！”

“呃……你……”乌卢尔泰也是一愣，万没想到楚离还有这么一手，一时间还真被将在了当场。

“砍你脑袋？好啊！”齐王冷不丁一把抄起了宝剑，一剑便刺向楚离的前胸，“老子早就想砍了！”

“王爷！”楚离见势不好赶忙闪身，只感觉剑刃几乎是擦着自己的衣服划了过去，脑门上顿时就是一层冷汗，这老不死的到底喝了多少酒，竟然动真格的？“铁砂”可是宝剑，削铁如泥切金断玉，这老头子就算没什么力气，如此力道若是躲闪不及，十有八九也是个透心凉，莫非这死老头子真的只是一时利用自己，暗地里却早已动了杀心？

“王爷使不得，使不得！”见齐王竟然玩真的，乌卢尔泰竟然从身后一把将这老头子抱了个两脚离地。

“你不是想死吗？本王这就成全你！”被乌卢尔泰抱着，齐王仍旧是手舞足蹈。

“你们都住手！”喀塔一声大吼，在场所有人都愣在了当场，甚至连手舞足蹈的齐王也消停了。

“既然楚公子早有家室……我不嫁就是……”喀塔言辞颤抖眼圈泛红，似乎是在强忍眼泪，“你们都走吧！今天的事，不怪楚公子……”

“哎？喀塔！”乌卢尔泰一愣，下意识地放下了齐王，“你……你……怎么能……”

“四哥，你的苦心我明白……”但见喀塔背过了身，似乎实在是忍不住泪水了，“你去回禀昂帮阿玛，就说喀塔乃是堂堂的格格，怎么能招一个草民百姓为额驸呢？门不当户不对，岂不是让他老人家颜面无光？”

“格格！”见喀塔如此委屈，楚离反倒是有些于心不忍，“楚某成家在先，绝非有意冒犯；格格温良贤淑，怎么可能遇不到如意额驸？请恕楚某福薄，不能与格格结为连理……”

“谁说他只是草民百姓？”挣开乌卢尔泰，齐王晃晃悠悠地走到了楚离近前，“格格说得对，若以草民百姓之身招做额驸，确实多有不妥！本王……”

“王爷你要做甚？”楚离眼珠子都立起来了。

“本王现在就收你为义子，这不就门当户对了吗？”齐王伸出手啪的一声将“铁砂”剑拍回给了楚离，“儿啊，你这桩亲事，父王就替你做主了！”

“王爷，你不能再喝了……”楚离接过宝剑怒目圆睁，真恨不得一剑戳过去换一个天下太平。

“恭喜王爷贺喜王爷！”乌卢尔泰赶忙拱手道贺，“王爷今日可真是双喜临门呐！”

“哈哈哈哈哈……同喜同喜……”齐王双眼迷离，丝毫没注意到楚离的表情，转过身对乌卢尔泰也拱了拱手，“不过本王可是有言在先，不是我儿上门给你家格格做额驸，而是你家格格嫁到我大宁，来给本王当儿媳妇！本王这把年纪，可是还指望这宝贝儿子养老送终呐……”

“哈哈哈哈……究竟谁去哪，这都是后话，先定下亲事，王爷才好早日抱上王孙呀！”乌卢尔泰哈哈大笑，“来来来，乌卢尔泰不才，想与王爷一醉方休，如何？”

“哈哈哈哈哈……大将军客气！请！”

“王爷请！”乌卢尔泰架着齐王晃晃悠悠地出了门，临走竟还不忘把门给带上。

楚离，惊了。

简直是哑口无言。

喀塔，更惊。

真乃天下无赖大荟萃——小无赖，老无赖，老老无赖。毕竟姜是老的辣，小无赖最终还是败在了两个老无赖的手里。这“大胆刁民”和“宝贝儿子”之间，不过是几壶酒的距离。

四十三

“楚公子不必担心，王爷提出的条件，昂帮阿玛是不会答应的……”孤男寡女同处一室，两人一言不发大眼瞪小眼，实在是说不出的尴尬，过了足有半炷香的工夫，喀塔才憋出这么一句。

“格格，我……我真想不明白这到底是怎么回事……”楚离本想离开，但细一想还是算了吧，也不能让人家姑娘太下不来台，索性半坐半靠地倚在了桌沿上，“你我二人只见过一面，楚某究竟有何德何能，让格格如此抬爱？”

“其实……这也不全是我的意思……”喀塔羞赧一笑，“我阿玛死得早，是昂帮阿玛一手把我抚养成人的。招你为额驸，也是他的主意。他觉得你大宁朝廷有眼无珠，像你这样的人才，却只能在亲王手下当一个小小的谋士，未免太过屈才，便想将你招做额驸，为我大金朝廷所用……”

“所以说，如果我不能留在大金，赐婚也就没意义了，所以你才说大汗不可能答应王爷的要求？”楚离一笑，既然已经决定留下，倒不如陪这位格格聊聊天，天底下没有哪个男的讨厌漂亮姑娘，眼前这个喀塔虽说算不上倾国倾城，但皓齿朱唇、淡扫蛾眉，也算别有一番韵味，“这么说，你也是被大汗逼婚的？”

“你是我见过的，最有胆识的男人！”喀塔一笑，虽没正面回答楚离的问题，却也变相地否认了逼婚，“其实我去你家大营，并非是想见识那个大名鼎鼎的齐王千岁，而是想看看那个能把四哥耍得团团转的男人，到底是怎样一个三头六臂。你知道吗？直到今天，直到我们从你们的营中出来，四哥仍然在怀疑你就是大宁太子。”

“或许是因为，我装得太像了吧。”楚离无奈一笑，“不过现在他应该不会怀疑了，哪国太子会给亲王当干儿子？”

“也不仅仅是因为你装得像。”喀塔道，“我们都觉得你身上有一股贵气，那是骨子里的东西，装是装不出来的。就算你不是太子，应该也是某个王宫贵胄才对。”

“大概是因为……我师父的缘故吧……”楚离感叹道，“我师父可是个能人，琴棋书画样样精通，还有一身好武艺，可谓文武双全；他教过我整套的官场仪态，说我今后一定用得着。”

“你师父想让你做官？”

“不。”楚离摇了摇头，“他告诉我做什么都可以，唯独不能做官。”

“那他为什么要教你官场的仪态？”

“这不就用上了吗？”楚离一笑，“更何况我本就认识太子，还跟他鬼混过一阵子，他的谈吐举止，我了如指掌。”

“那你还骗我，说你只是寻常百姓……”听楚离这么一说，喀塔嘟起嘴，样子着实可爱，“寻常百姓，又怎么可能和太子鬼混？”

“这事儿可真是一言难尽。”楚离摇头苦笑，“大宁的朝廷，可比你们想象的要乱上十倍，这就是我师父不让我做官的原因。他教我读书写字，却不准我参试赶考。”

“对了，你师父是做什么的？”

“卖茶叶的。”

“卖茶叶？”喀塔一皱眉。

“对呀，就是卖茶叶。”楚离点头，“难道你们金人不喝茶？”

“琴棋书画样样精通，文武双全，还懂得官场仪态，这样的人，为什么要去卖茶叶？”

“这些事我要是一件一件地说完，这一夜的时间恐怕不够用。”

“那……就……多说几夜好了……”喀塔脸一红，低头道，看来还是没死心，“我……我想了解公子，即便你做不了额驸，难道不能做朋友吗？”

“朋友？”楚离一愣，“格格说笑了，男女授受不亲，男女之间，何谈朋友啊？”

“那都是你们汉人的规矩，我们这里，不讲究那些……”喀塔喃喃道，“楚公子有所不知，我阿玛本是统领，早年战死沙场，他只有我这么一个女儿，他手下的将官，如今都是归我来节制呢，我们大金对女人，可没有那么多的条条框框。”

“原来格格竟兼着一旗的统领？楚某失敬！”听喀塔这么一说，楚离也是一惊，怪不得这喀塔白天会穿着铠甲进营帐。在中原，像花木兰、穆桂英这样的巾帼英雄，更多只是草台班子戏本里的狗血故事罢了，两百年来，放眼大宁朝万里河山，还真就没有哪个女人能混上品级，至少自己是不知道。倘若真有这样的女人，恐怕早八辈子就被戏班子编成唱本了。“格格既然在军中效命，楚某有一事不明，不知当不当问？”

“楚公子尽管问。”

“实不相瞒，楚某就是在林城长大的，两国边境上已休战多年，不知为何大汗会突然征举国之兵来犯，可是受了外人的蛊惑？”

“这……”喀塔一皱眉，“实不相瞒，我虽是统领，却接触不到这些，这些事都是昂帮阿玛与我那几个哥哥在商议。对于这件事，我也一直在纳闷，十几万人，是不可能打下大宁的；更何况林城的严大都督每年都会送十万两银子给我们，放在以往，就算打仗抢来的东西比这个更多，却难免会有死伤，如今不用打仗就能坐收银两，细水长流岂不更好，为什么要杀鸡取卵呢？”

“你是说……那个严龙灿每年都会给你们送十万两银子？”楚离闻听一愣。

“是啊……”喀塔点头，“此乃军机，喀塔本不该说的，但既然咱们两国已然结盟修好，严大都督也已经死了，将此事告诉公子倒也无妨。”

“原来如此……”楚离点了点头恍然大悟，每年十万两，差不多就是那三万人的空饷，怪不得严龙灿的家产对不上数，原来是把空饷都送给东虏人了。其实细细想来，严龙灿这么做虽说破财免灾丢了大宁的颜面，却也不得不说是个一举两得的下下策，一来边城百姓可以免遭战祸，边城的将士也可免于伤亡；二来边境太平，那严龙灿的位子便也能坐得更稳。也难怪他千方百计不肯调任，竟不惜向东虏人投诚。给敌人送银子这样的龌龊事，要是传到皇上的耳朵里，那可比单纯的吃空饷要严重得多，他严家的九族，恐怕是一个脑袋都保不住的。

就这样，天南地北，古往今来，二人一直聊到天蒙蒙亮，其中至少一半的内容，要归功于当初楚离与朱孝隆聊过的话题，喀塔也算是长了见识，不时会被楚离添油加醋的描述惊得张目结舌。

“楚公子，你可真是见多识广！”看来这个喀塔穿上甲胄和脱下甲胄完全就是两个人，此时此刻的她，丝毫没有白天两国谈判时那般的冷峻凌厉，倒更像是一个看见什么都新鲜的小丫头。此时虽说天已破晓，二人彻夜未眠，这喀塔却仍旧是兴奋异常，似是没有丝毫的倦意。

“格格过奖，许多事，我也不过是道听途说呢……”

“公子不必谦虚了，你身为一介布衣，竟能让齐王殿下言听计从，竟不惜收你为义子，定是饱学鸿儒的不世之材，喀塔想知道……明天……咱们还能不能……”

“我可不是谦虚……”楚离伸了个懒腰，“格格只知道我是布衣，还不知道我是做什么的吧？”

“楚公子，难道不是……茶商？”

“哈哈哈……”楚离大笑，“卖茶叶的是我师父。我倒是也想跟他学学如何贩茶，但他什么都教我，唯独不肯教我茶叶的事儿。”

“那他都教你什么？”

“这个！”楚离从怀里摸出了一朵由金丝和碧玉编成的花朵递给了喀塔。

“这是……”看着楚离递过来的金花，喀塔觉得眼熟，伸手一摸头顶，不禁大惊失色，插在“旗头”上那朵最大的金丝头花不知何时竟已不翼而飞；头花被摘走而自己却毫无察觉，这已经不是一般市井蟊贼的身手了，“楚公子你……”

“楚某不过是一介飞贼而已……”楚离道，“楚某愿意交格格这个朋友，但若是招在下为额驸，在下实在是自惭形秽，不敢高攀。”

“喀塔……知道了。”喀塔低下头，似乎甚是失落，“其实我……并不在乎楚公子是做什么的……”

“但我在乎……”楚离一脸的认真，“还望格格将此事禀告大汗，堂堂大金国的额驸，绝不可以是一个飞贼。”

“嗯……”喀塔微微点头，眼圈又有些泛红。

“时候不早了，我家王爷一旦喝多了酒，可是什么事儿都做得出来，我得回去看看他老人家又闯下什么祸了……”楚离站起身伸了个懒腰。

“公子这就要回去了吗？”喀塔抬起头，甚是依依不舍。

“格格若想找人闲聊，只需差人去营中通禀一声，在下随时奉陪！”楚离故意背过身，没忍心看喀塔的表情，“楚某暂且告辞，格格也早些休息吧！”

四十四

事实证明，关于齐王酒后闯祸这件事，楚离真的是想多了。

这老头子是被人抬回大营的，乌卢尔泰似乎根本就没给他继续闯祸的机会。

“我是不是……有点过分了？”齐王帐外，楚离席地而坐，不由得想起了喀塔那双委屈而又失望的双眼，“也罢，绝不能给她一丝一毫的希望，因为希望越大，失望就越大。”

“楚兄！”陈啸天气势汹汹地走到楚离跟前，“我听说，你被那个多罗格格相中了？为了跟她门当户对，竟还让王爷收你为义子？你如此见异思迁，怎么对得起吕姑娘？”

跳进黄河，也洗不清了。

“我让他，收我为义子？”陪着喀塔聊了一夜，楚离早已是声音沙哑无力争辩，“这是他自己说的？”

“这是……他的贴身侍卫说的。”见楚离表情异样，陈啸天也是一愣，“怎么，莫非……不是他们说的那样？”

“当然不是那样！”楚离叹了口气，用手比画了一个“靠近”的手势，陈啸天赶忙躬身将耳朵凑到了楚离嘴边，“这件事事关两国交好，他们好不容易答应出兵，不能给他们出尔反尔的理由！知道我为什么坐在这儿吗？”陈啸天摇头。

“我就是想问问昨天晚上他和那个乌卢尔泰都说了些什么！”

“你不是和他一块儿去的吗，怎么会不知道他们说了什么？”陈啸天一脸的疑惑。

“唉！说来话长！”楚离将事情经过粗略地和陈啸天讲了一遍，“格格没有恶意，是她家大汗想招我为驸马，让我去给他大金朝廷效力。昨天那个乌卢尔泰把我和格格留在屋里，把这老药渣子拉走灌酒了，所以我必须知道他们都说了些什么，之后再琢磨对策！如果他灌多了马尿真把我给卖了，那可就怪不得我姓楚的一走了之了！”

“真是岂有此理！这种事岂能强人所难！”陈啸天横眉立目咬牙切齿道，“楚兄放心，你要是走，我陈啸天跟你一起走！”

“别别别……”楚离差点一头栽在地上，“你走了谁打仗？况且你是朝廷命官，你爹还在家里等着你中状元啊！”

“呃……这……说得也是。”一听“状元”二字，陈啸天顿时周身酥软，“还是楚兄想得周到……哦，对了，差点忘了，今日一早从林城送来一封信。”说罢陈啸天从怀里掏出了一封信递给了楚离：“宣亭出事儿了。”

“宣亭？”楚离一愣，宣亭能出什么事？开战了？那老太太不是说宣亭固若金汤吗？结果打开信一看顿时就傻了，写这封信的，是林城知府李继文。因为大军深入外疆并未通驿，所以便派了一个兵士快马加鞭前来送信，信上只写了两件事：

一、接兵部八百里加急军情，宣亭失守，宣亭卫全军覆没。朝廷拟调山海关兵马替守宣亭，责林城卫务必死守边境，谨防东虏有变。

二、梁亲王殿下因过请辞监国，尚未准奏。圣谕加封齐亲王次子兖郡王为兖亲王。

霎时间，楚离双目圆睁，睡意全无。

出事的，何止是宣亭？圣谕又是怎么回事？

这恐怕是开国以来最小的亲王了吧？一个五六岁的娃娃，竟然已经跟他爹一个品级了。

那个半只脚已然踏进阎王殿的宝贝皇上，怎么可能在这个节骨眼儿上还有闲心给侄子升官？不用问，肯定又是那个皇后娘娘在假传圣旨。

难道说这是即位的前奏？莫非当初自己在齐王府上开玩笑，说皇后娘娘会从齐王的两个儿子里挑一个小的去即位，如今真让自己这张乌鸦嘴给说中了？

京城那群疯子到底在搞些什么？不把这大宁朝彻底玩死誓不罢休吗？

“大清早的吵什么吵！”齐王从身后拉开了棉布帘子，披头散发，满脸的怒气。

“王爷，昨天你被乌卢尔泰拉走饮酒，之后又说了些什么？”楚离将信藏于怀中起身问道。

“逆子！”一听楚离张嘴闭嘴还是“王爷”，这老头子顿时一脸的不悦，“为何不称父王？难道本王不够格吗？”

“敢问父王为何拿剑刺我？”楚离双手叉腰，皱起了眉头。

“我？”齐王一脸的惊奇，“刺你？”

“是啊。”楚离指了指前胸被“铁砂”剑割破的口子，“少躲一寸，你儿媳妇就守寡了。”

“不可能！”齐王斩钉截铁，“这不是我弄的。”

“好，这是我自己弄的。你们都说什么了？”楚离继续追问。

“我们……”齐王眉头紧皱，似乎不大愿意说，“哎呀，你打听这么多做甚！反正父王不会让你吃亏就是了！”

“孩儿奉劝父王，今后酒要少喝……”楚离从怀里拿出了林城的密信递了过去。

“这是什么？”齐王接过信看了一眼，顿时就傻在了当场。

四十五

“本王这就派人进城求亲！”但见齐王手忙脚乱地将信揣进了怀中，转身刚要进帐却被楚离一把拉住，“我有媳妇！又娶个东虏格格回去算怎么回事？”

“不是把她娶回去！而是你留在这给她当额驸！”齐王双目圆睁，丝毫没有说笑的意思。

“做梦！”楚离横眉立目，毫不示弱。

“你给我进来！”齐王一把将楚离拉进了帐篷，随手放下了棉帘，“你如今已是本王的义子，也算是半个朱家人，守土抗敌理应身先士卒才对！本王一把年纪，尚且千里迢迢来此督战，让你小子娶个媳妇怎么就那么难？你说，人家格格哪点配不上你？”

“我有媳妇！”

“那就休了啊！”

“你怎么不休？”

“放肆！”齐王气得满脸通红，掏出密信，用手指把信纸点得啪啪作响，“这信你看没看？嗯？看没看？”

“看了。”楚离点了点头。

“那你还推三阻四做甚？”

“这封信，跟我当额驸，有什么关系吗？”

“我实话告诉你，昨夜他家大汗亲口跟我说，只要眼见格格成亲，就立即出兵！”齐王两手一摊少有的认真，“那只老狐狸有多狡诈你不是没见识过！这份军情他们迟早也会知道！万一这老狐狸以招额驸的事为借口不肯出兵，更有甚者，他要是趁火打劫再度举兵南下，咱们带出来的这三万精锐岂不是要白白死在这广宁城下？真到那时，仅以林城所剩的那些老弱病残，又如何抵挡他家的铁骑？你别忘了，你就是林城人，东虏人要是反水，第一个倒霉的，就是你家门口的父老乡亲！”

“你难道没跟他们说，打完仗之后再成亲？”说实话，问出这个问题，楚离也没什么底气。以东虏人的风格，这样的条件提了也是白提。

“你以为本王没提吗？你觉得他们会上当吗？”齐王干脆把信团成团扔进了帐中的火盆，“我告诉你，这门亲事，你认也得认，不认也得认！咱们父子现在可是一条绳儿上的蚂蚱，私自带兵出境，这是死罪中的死罪，万一玩砸了，咱俩谁都别想好过！”

“王爷，你难道不明白皇后为什么会突然给你儿子升官？”

“这还用问吗！今天是加封亲王，明天就是过继给她当儿子！我家炎儿尚且年幼，拥他登基，那贱人才能垂帘听政把持朝政啊！”

“既然如此，你儿子都要当皇上了，你还怕什么？”楚离皱眉道。

“哎呀！朝廷的事儿你不懂！”齐王两手背后，在屋中走来走去，甚是焦急，“就是因为他要当皇上了，那个贱人若想垂帘听政，怎么会容忍皇上有我这么一个亲爹啊！”

“那你当初还跟她串通？”楚离皱眉道。

“那是当初！”齐王无奈道，“如今那贱人竟然派裴良抓我，这分明已经是撕破脸了！如果朝鲜的事出了岔子，那就是给了她天大的把柄！”

“照你这么说，即便咱们把朝鲜打回来，她还是会找别的借口对付你呀！”楚离一摊手。

“唉！有了！”听楚离这么一说，齐王竟然恍然大悟，“真是老糊涂了！儿啊，你先成亲，等仗打完了，再偷偷溜来找我不就完了？”

“先成亲，再偷偷溜回去？”楚离也无奈了，“那格格怎么办？”

“哎呀，你还有闲心管她？”齐王一脸的惊讶。

“这种事，我做不来！”楚离抿着嘴，也陷入了沉思。

“那你就带上她一块儿溜！”齐王怒道，“本王又不是养不起你们！”

“谁说用你养了？”楚离冷冷道，“带她回去，我那原配又算干吗的？”

“那就都娶了啊！”齐王一摊手，“谁做大谁做小，让她们自己去商量！这都是为了江山社稷！若是因为争风吃醋就不顾大局，倒不如趁早休了！”

“你不是说，宣亭的军情，他们迟早会知道吗？”沉思良久，楚离终于开口，“与其让他们从别处知道，不如咱们亲口告诉他们。”

“你……你疯了吗？”

“这么大的事儿，纸里包不住火。”楚离道。

“你又想出什么鬼点子了？”

“我准备去找他家大汗聊聊。”

“聊什么？”

“让他们先出兵，同时放我回京城。”楚离道，“等我摸清楚京城的形势，再回来成亲！”

“你回去做甚？”齐王一愣。

“你有没有想过，皇后既然已经跟你撕破脸了，又为什么要让你的儿子即位？”

“这……说得也是。”齐王闻听也是一愣，“莫非……那贱人想与本王讲和？”

“恐怕没那么简单。”楚离摇头，“用皇位讲和，你不觉得代价有点大吗？”

“依你看……”听楚离这么一说，齐王的脑门上顿时就是一层虚汗。

“恐怕是有人想把你和皇后绑在一块儿，跟太子唱对台！”楚离淡淡道。

“你觉得会是谁？”

“你都不知道，我又怎么会知道？”楚离哼哼冷笑，“所以才要回去看看！”

“肯定就是那贱人自己！”齐王恶狠狠道，“她根本没想到太子有本事逃走，如今太子就要带着大军回去找她算账了，她怕了，想拉上本王给她陪绑！”

“真若如此，我更要回去！”楚离道，“至少要去跟太子解释清楚，这不是你的本意！但你可要想好，如果你支持太子，就要把你儿子从皇位上拉下来！”

“这……”听楚离这么一说，这老头子似乎又犹豫了。

“王爷，你觉得，皇位和命，哪个重要？”

“你是说，那贱人会害我家炎儿？”齐王一愣。

“这可不好说。你不是一直担心她会找你麻烦吗？她找你麻烦的那天，势必要连你儿子一块儿收拾，免得等他翅膀硬了给你报仇。”

“不瞒你说……”许久，齐王长叹一声，“本王昨日已经答应他们，让你留在大金做额驸了……”

“你们这些混朝廷的，是不是从来不拿别人当人？”楚离眉头紧皱，喘起了粗气。

“我有得选吗？”齐王一摊手，“谁让你小子这么爱出风头？”

“我要是不出风头，辽远已经丢了好吗？”楚离也急了。

“你不必去找他家大汗了，本王亲自去。”齐王沉思片刻道，“你现在就启程回京，摸清京城的形势，找到太子把事情解释清楚，力挽狂澜！本王留在这里给他们当人质！”

“王爷决定支持太子了？”

“嗯！”齐王颇为郑重地点了点头，“本王的身家性命，如今在你手上。如果有必要，你能从宫里救出本王，就能从宫里救出炎儿！”

“还没到那份儿上！”楚离一笑，“至少跟太子动武之前，她是不会把你儿子怎么样的。”

四十六

一路快马加鞭，楚离直奔京城，第一站便是蓟州府的谢宅，结果却傻了眼。宅子里很明显刚刚有人住过，此时却空空如也，没有任何留言，更无任何线索。

就像当初杏儿预料的一样，既然谢宅没人，楚离也只好找到了胭脂楼。

“楚公子你果真回来了？”王妈妈一脸的不可思议。

“妈妈可知杏儿的下落？”

“唉……”王妈妈摇头道，“公子莫要动气，杏儿她……”

“她怎么了？”

“她被梁王殿下……请去府上了……”王妈妈摇头道，“我早告诉过她，让她离开京城越远越好，但她不肯啊！非要留在京城等你……”

“梁王是谁？”楚离目露凶光。

“梁王就是当今太子的弟弟，如今的监国，六殿下啊！”王妈妈道，“前不久殿下派人捎话给我，说如果你想见杏儿，不妨过府一叙。”

“他怎么会知道我？”

“我怎么知道他为何会知道你啊！”王妈妈一脸的无辜，“我倒是有心求他放了杏儿，但陈公公不在京城，我一个老太婆，跟他也说不上话啊！”

“堂堂亲王，抓一个女人算什么本事！”楚离咬牙切齿，“他家王府在什么地方？”

“楚公子你暂且息怒……”王妈妈一脸的愁苦，“依我看来，殿下倒是未必有恶意，或许只是想问你一些问题，只要你跟他实话实说，或许也就没事了。”

“问我问题？”楚离的拳头攥得咯咯直响。

“公子有所不知，自从你们把公主殿下救出孝亲王府，此案便一直由顺天府侦办，府尹大人派出了百余名官差不分昼夜地严加查探，并向全国各个州府发公文协办，画影图形举国缉拿，唐公子纵然手眼通天，但若照这样查下去，恐怕也逃不了几天。但殿下前不久将此案由地方衙门交到了青衫营，表面上看，是提升了侦办的等级，但我从青衫营内部得来消息，现在京城衙门只有五个人在侦办此案，而外地的青衫营衙门，几乎就没人去查……”王妈妈压低了声音伸出了五个手指，“或许是殿下顾及他皇姑母的情分吧，这分明就是明擒暗纵啊！”

“明擒暗纵？”楚离眉头紧皱，若有所思。

“说句不中听的，楚公子你身上背着的官司，已经足够害死我家杏儿了！殿下贵为监国，若他真想抓你们，又何必如此拐弯抹角？”王妈妈语重心长道，“依我看，你倒不如去见他一面，有什么话当面说清楚，也免得让我这老太婆一天到晚替那死丫头提心吊胆！”

既然如此，那就去聊聊吧。媳妇在人家手上，自己又背着一屁股的官司，还能怎样呢？

“除了这封信，再附送你两句话吧：一，别掺和宫里的事儿！二，离唐家人远点！”此时此刻，陆平的忠告又回荡在楚离的耳畔，真是后悔当初为什么没听那糟老头子的话，非要去蹚这浑水。

半个时辰后，梁亲王府。

“你就是楚离？”朱孝辰背身问道。

“正是草民。”说实话，如此轻松地见到这个传说中的监国大人，楚离也很是意外。本以为要经历上殿面君一般的繁文缛节，没想到敲过门之后等了一小会儿，便被下人带进了王府，甚至连随身兵器都没下。整个过程与拜访某个乡绅土财主几乎没分别。

“你为什么要做那些事？”朱孝辰回过身，与楚离对上了眼神。

“不知殿下所问的‘那些事’，指的是哪些事？”虽说已经做好了充分的心理准备，但楚离还是被朱孝辰利刃一般的眼神盯得一惊，竟不由得移开了眼神。对于楚离而言，被别人盯得发毛，有生以来还是头一次。眼前这位六殿下，似乎不像自己想象的那么坏，但也绝不似胭脂楼那个老妖婆形容的那么好。

“你是要本王一件一件地说出来吗？”朱孝辰面无表情，仍旧死死地盯着楚离。

“殿下让草民前来，就是为了问这个？”

“回答我。”

“殿下自己知道原因，为何还要问？”

“我知道原因？”朱孝辰微微眯了眯眼睛，“此话怎讲？”

“敢问殿下，既然知道那些事是草民所为，为何不派人抓我？”

“因为还没到抓你的时候。”朱孝辰冷冷道，“你身上的官司，再救回十个林城，都抵偿不了！”

听朱孝辰这么一说，楚离也是一愣，看来这个六殿下，远比他那个撒酒疯的皇叔要难缠百倍，可谓是一点面子都不给。

“你为什么要做那些事？”朱孝辰把问题又问了一遍，从始至终面无表情，完全看不出喜怒哀乐。

“草民想帮太子。”楚离无奈，只好实话实说。这个传说中的六殿下，似乎总能给人一种无形的压抑。

“为什么要帮太子？”

“因为草民觉得，他若当了皇上，会是个好皇上。”

“哪里好？”

“他……”凡事就怕刨根问底。楚离万没想到，自己这辈子会被人问住，而且是这样被问住。

“坐吧。”朱孝辰倒是没继续纠缠这个问题，而是示意楚离落座，但问题是，这里只是一间禅房，除了地上的蒲团，便没有其他可坐的地方了。堂堂监国，难道要盘着腿跟人聊天？

“坐。”朱孝辰自己坐在了蒲团上，继而用折扇指了指旁边的蒲团，楚离也只好盘腿坐在了蒲团上。

四十七

“知道为什么找你来吗？”朱孝辰仍旧死死地盯着楚离。

“莫非不是为了刚才那个问题？”一个是当朝监国，一个是一文不名的小毛贼，两个身份悬殊的人竟然坐在蒲团上盘腿聊天，虽说稍显儿戏，却比一本正经地坐在椅子上要放松许多。

“我要你去太子身边，偷一样东西。”

“草民……恕难从命。”楚离也惊了，没想到这位六殿下竟然如此直来直去，连废话的机会都不给。

“为什么？”朱孝辰似乎并没生气，至少表情上没有任何改变，确切地说，从始至终，他就没有过什么表情。

“因为草民只想做对国家有好处的事。”

“这么说，太子，和你的娘子，你选择前者？”

“草民不觉得殿下会为难我娘子。”一听朱孝辰提起杏儿，楚离的心瞬间就提到了嗓子眼。

“我看起来像是个君子吗？”朱孝辰啪的一声打开了折扇。

“像！”楚离几乎已经压抑不住心中的紧张了，声音已然有些颤抖。

“就好比他看起来，像个好皇帝？”

“你们是亲兄弟！”楚离一只手竟不知不觉地摸到了剑柄上。

“我们若不是兄弟，你就答应？”

“此事关乎国家兴亡，与你们是不是兄弟无关……”楚离一愣，没想到自己这辈子，竟也会被人带到沟里，一时间竟有些许的语无伦次。

“那你又为何要提起此事？”朱孝辰嘴角上翘，似笑非笑。

“你想篡位？”楚离呼吸急促，已然是压抑不住。

“我想做什么，有必要告诉你吗？”

“你连亲兄弟都不在乎，又怎么会在乎天下百姓？”楚离喘着粗气道。

“我为什么要在乎天下百姓？”朱孝辰似乎很是喜欢刨根问底，而问出的每句话，似乎都能让楚离张口结舌。

“你……你……”果然，楚离被问住了，确切地说，是被朱孝辰的反问给惊呆了。

“你知道什么是对国家有好处的事吗？”朱孝辰缓缓地站起身子。

“帮你？”话说到这份上，楚离反倒恢复了冷静。

“让他出局。”朱孝辰淡淡道，“他绝不能即位，否则这个国家撑不到他死。”

“你了解他吗？”楚离问道。

“我了解这个国家就够了。”朱孝辰道，“从古至今，最喜欢对治国侃侃而谈的，无外乎那些想入非非的文人，但又有谁想过，若真的把国家交给他们，又将是怎样一个后果？我能猜到他都对你说过些什么。你去翻翻那些忧国忧民的诗词歌赋，看看他说过的话，有哪一句是那些文人没说过的？”

“你想偷什么？”沉思良久，楚离能选择的似乎也只有妥协。说一千道一万，归根到底：媳妇在人家手上。

“他手上有一道父皇传位的密诏。”

“我觉得我应该得到一个保证。”楚离道。

“事成之后，我放你们夫妻远走高飞。”

“你自己都说自己不是君子，我凭什么信你？”

“就凭你和我是同一类人。”朱孝辰嘴角上扬，终于有了些笑容。

“谢殿下抬举，但草民不敢苟同。”

“千里之堤，溃于蚁穴。他们在想方设法地筑堤，而你和我，都是挖洞的蚂蚁。”朱孝辰背过身，并没理会楚离的否认，“岭南大军已过真定，最多四五天即可到达京城；而鞑靼人打完宣亭，应该也休整得差不多了，应该会与岭南大军同时杀到京城。到那时，我皇兄势必会与京畿卫合兵一处先抗外敌。我已经向母后呈递了请辞监国的奏疏，等到敌军兵败，她便会拥立新帝登基，之后垂帘听政，借皇上的手准了我的奏疏，废了我这个监国。我给你找了几个帮手，如何去做你们自己安排，但最好不要拖到她赶我下台的那天，否则我没法保证你能活着离开国境。”

“帮手？”

“你们不是喜欢去胭脂楼吗？”朱孝辰回过头，竟是少有的笑脸，“今天晚上，记本王的账好了。”

“草民还有一事不明。”

“你已经不需要明白别的事了。”朱孝辰啪啪地拍了两下手，方才引楚离进屋的管家王源推开房门将一个木匣送了进来，打开木匣，里面竟放了一张牙牌。楚离见过牙牌，但这样的牙牌却从未见过：盘蛇纹鎏金四角方圆，中间刻着一个“青”字，一无品级二无姓名。

“太子的大军，能认这个？”楚离看了看木匣中的牙牌，并未伸手去取。

“你不是要一个保证吗？”朱孝辰一笑，“这就算是本王的保证。这是青衫营的牙牌，事成之后只要你跑得够快，绝不会有人挡路。”

“草民恳请殿下，让我们夫妻先见上一面。”楚离拿起牙牌低头拱手。

“记住，如果将来有人想杀你，那个人一定不是我。”朱孝辰死死地盯着楚离，似乎根本就没在听楚离说什么，“送客。”

“楚公子，请吧！”王源贼眉鼠眼地做了个“请”的姿势。

四十八

胭脂楼，二楼雅号。

一群大男人围桌而坐，无一例外都是一副欠了债的表情，大眼瞪小眼一言不发。

当初进宫救齐王偷玉玺的原班人马，除了在皇宫里负责放火的女飞贼——“林中燕”苏景儿并未在场，其余一个不少。

“敢问几位前辈，你们拿了银子为何不走？”互相沉默多时，楚离第一个开口。

“你以为我们不想走吗？”“小张良”司徒越端起酒杯一饮而尽，“我们都是在中途被抓回来的！”

“中途？哪里？”楚离一愣。

“淮北！”“小墨圣”冯大海接过了话茬，“这一路我始终觉得不对劲，想必是一出京，就已经被人盯上了！”

“淮北？”楚离若有所思。

“我怀疑我们早就被青衫营盯上了，但我想不通他们为什么要在淮北动手。”司徒越愤愤道，“楚公子，你不是随齐王去辽远了吗，怎么也会被抓到这里？”

“说来话长，我娘子在他手上。”楚离也端起了一杯酒。

“与其去偷什么圣旨，不如直接去把那个监国宰了！”“丧门星”张东“嘭”的一声将一把匕首插到了桌子上，眼中满是杀气，“堂堂亲王竟然在女人身上做文章，什么东西！”

“张大哥，莫非你娘子也……”楚离一皱眉，原以为苏景儿没来是因为姑娘家不方便来青楼这种地方，此时听张东的意思，貌似也被当作人质了。

“你觉得呢？”张东斜眼盯着楚离，“敢问楚公子，可知唐沐的去向？”

“我来京之前曾去约定的地方找过他，但……”楚离摇了摇头，端起酒杯一饮而尽。

“我就知道是他！”“啪啦”一声，张东直接捏碎了手中的酒杯。

“怎么，张兄怀疑是唐公子跟衙门的人串通一气，把咱们卖了？”始终一言未发的“八面妖狐”梁昆终于开口。

“这还用问吗？”张东愤愤道，“把咱们都抓了，唯独没抓他！我就不信他跑得比我快！”

“依老朽看来，当务之急，是先把这笔买卖做了，至于究竟是不是唐公子坏了规矩，现在下结论还为时过早，或许是他有先见之明，没走南下出海的路呢？”

“做买卖？”张东冷冷一哼，“谁知道做完买卖，那狗王爷会不会跟咱们秋后算账？”

“但这买卖要是不做，这算账的事儿，可就等不到秋后啦……”梁昆伸出一个手指敲了两下桌子。

“晚辈连累几位前辈了……”楚离拱手，满脸的愧疚。

“哎，楚公子你要是这么说，可就见外了。”梁昆微微一笑，“有道是：银子到手，恩怨两清。这次会栽在青衫营的手里，实属我等掉以轻心，又怎么能怪你呢？”

“偷回圣旨，楚某一人即可，几位前辈若有手段，不妨一走了之。”

“楚公子啊，你以为只有你娘子在他手上？”梁昆微微苦笑。

“怎么，”听梁昆这么一说，楚离顿时就是一愣，“你们……”

“我堂兄……”冯大海没精打采道。

“我侄儿……”司徒越也是一脸的无奈。

“老朽倒是无牵无挂，但就凭我这把老骨头，又岂能跑得过青衫营？”梁昆叹了口气，“楚公子你还不明白吗？朝廷，也是江湖；那个六殿下，跟咱们是一路人啊！”

“军营里的买卖，历来是江湖大忌。听楚公子说一个人就能偷圣旨，不知有何妙计？”司徒越问道。

“我认识太子，近他身应该不难。”楚离道。

“不可！”梁昆毫不犹豫地打断了楚离，“楚公子，当今的朝局你可知晓？”

“略知一二。”楚离点头。

“那你觉得，太子要是胜了，怎么办？”梁昆满脸的诡异，“你若是明目张胆地去偷他，就算把东西偷到手了，万一他夺了皇位掌了权，你，我，所有人，又岂非死无葬身之地？”

“那梁老前辈的意思是……”楚离微微点了点头。说句实话，楚离也不想利用朱孝隆对自己的信任出手行窃，倒不是因为担心朱孝隆掌权夺位之后的报复，而是觉得如果自己真的这么做了，将来无法面对的人可就太多了。毕竟只是初出茅庐的新丁，手段有余，只是脸皮不足。

“就当军营的买卖干，决不能让他知道是谁偷了圣旨！”梁昆眯起三角眼，习惯性地用手指敲了敲桌子，“不瞒楚公子你，老朽担心的，其实不是买卖，而是等买卖做完以后，那个梁王是不是真能说话算话，放我等一条生路啊！”

“梁老前辈多虑了，现在还不是为生路发愁的时候。”楚离叹了口气，“若是太子胜了，梁王杀了咱们也没什么意义。若是太子败了，他上面还有个皇后娘娘，他要真想篡位，势必还有用得着咱们的地方。脱身的办法可以慢慢想，至少在他登基之前，是不会把咱们怎么样的。”

“那就借楚公子的吉言吧。”梁昆点了点头。

四十九

一张两尺见方的京城地图，被司徒越缓缓摊开在八仙桌上，但见地图上打了好几个红叉。

“这些红叉是什么意思？”楚离一皱眉。

“实不相瞒，梁王最早找的是我。”司徒越道，“自那天起，我便开始琢磨如何在太子的军营里做这笔买卖。这地图上标的，都是京城附近他有可能驻扎的村镇，咱们需要在其中选出一个地方，提前埋伏。”说着话，司徒越又指了指其中一个最大最重的红叉：“这里是京畿卫的驻地，如今朝廷已将京畿卫兵马调入城内，他们最有可能在这儿扎营！”

“最有可能？”楚离一愣，“万一他选在别处怎么办？”

“那就只能在开战的时候，趁着兵荒马乱混入军中再动手了。”司徒越道。

“混入军中？”梁昆一愣，“两军阵前刀光剑影，就算能混进去，哪还有机会动手？”

“万不得已的话，我还可伪造密诏一道，交予那梁王，先把他糊弄过去，之后再见机行事！”司徒越仍不死心。

“司徒先生可见过皇上的字迹？”楚离一皱眉。

“见过他亲书的赐匾，有些印象。”司徒越点头道。

“不可……”楚离摇头，“他是皇上的亲儿子，对皇上的字迹与玉玺的细节应该是了如指掌，想糊弄他太难了！”

“咱们装成灾民，找太子投军如何？”张东也开始出主意。

“万一人家不收呢？”始终沉默的冯大海一脸的不屑，“你看看你，膀大腰圆，哪有半点灾民的样子？我看啊，八成会被当作奸细一刀宰了！”

“这里！”众人沉默许久，楚离忽然伸出手指点了点地图边缘的三个小字：涿州驿，然而司徒越并没在此处打叉。

朝廷的驿站依据规模大小共分六等，备用的驿马从五匹到八十匹不等，一般距离京城比较近的驿站都属中等规模的驿战。例如楚离所指的涿州驿，此处距离京城八十里，常备驿马四十匹，粮草五千石，按距离算，此处应该是岭南大军最后一次沿途驻扎的地方。

“涿州驿？”司徒越一皱眉。

“对！”楚离点头，“按那个梁王的说法，太子走的应该是经由真定、保定到京城的路线，他们必定会在这里驻扎休整。这是咱们唯一的机会！”

“他们万一只驻一夜，没机会下手怎么办？”司徒越眉头紧皱。

“总比他们开战之后机会多！”楚离道。

“楚公子说得不错，赌他们在哪儿扎营，风险未免太大……”梁昆点了点头，“事不宜迟，咱们现在就动身！”

说动身，就动身。黑夜之中，五匹快马有如鬼魅一般，沿官道由广宁门出城直奔涿州驿。

自从太子称帝起兵的消息传到京城的那天起，开封以北直到京城，安阳到真定一线沿途几乎所有驿站的精壮驿卒、快马以及储备的粮草皆已被朝廷搬空撤尽，涿州驿也不例外，偌大一座驿站，此时只剩了一个老驿官和三个驿卒，马匹也只剩了五四，粮草更是所剩无几，甚至连维持这几个人的口粮都成了问题。这种条件下，加急驿件就不要想了，甚至连平驿都没人愿意跑，再往南一两百里就是太子的大军，这要是迎面撞上，就算没被当场宰了，十有八九也得被拉去冲锋陷阵，就凭驿卒那点吃了上顿愁下顿的饷钱，谁愿意冒这个险？

要说这青衫营的牙牌也着实好用，到了涿州驿亮出牙牌，基本上没用废话，驿站原班人马就被每人十两银子的价码打发回了京城，附带八个字：守口如瓶，否则灭门。

偌大一座驿站，只用了四十两银子，便被几个飞贼、骗子外加刺客给接管了。

五十

再说朱孝隆。

十天前，岭南大军，刚过彰德府。

自出发那天起，朱孝隆便始终是一副欠了债的表情，满脸阴云密布，一天到晚有如雕像一般木讷，年纪轻轻，头顶上竟然见了几缕白发。

“陛下……”徐忠汇似乎有些看不下去，“请恕微臣直言，陛下若有什么心结，不妨说出来，如此闷闷不乐，于军心无益、于龙体无益啊！说句不中听的，你把话都憋在心里，真若憋出病来，大军劳师远征，又何用之有？”

“不瞒舅舅……”朱孝隆眼神空洞，若有所思，“朕担心，万一他们用朕的母妃和外公来要挟朕，又当如何是好……”

“唉！陛下你想得太多啦！”徐忠汇不以为然道，“你来看！”说着话，徐忠汇前后指了指一眼望不到头的行军队伍，“咱们可不是单枪匹马上京，这岭南大军，乃是我大宁一等精锐，微臣苦心经营，为的就是今天！他们若乖乖地开门迎陛下进城，大家还是亲戚，该封官的封官，该赐爵的赐爵，什么都好说！若是等咱们自己打进去，那可就怪不得陛下无情了。这点道理，我想那皇后娘娘，不会想不明白吧？”

“咱们自己打进去……”听徐忠汇这么一说，朱孝隆顿时就是一脸的苦笑，“打来打去，死的还不都是我大宁的子民？”

“哎呀，陛下大可放心，打仗，只是下下策！”徐忠汇胸有成竹道，“咱们有你父皇的传位诏书在手，可谓名正言顺！陛下还有什么可担心的？谁即位谁登基，可不是哪个娘娘或司礼监的阉货说了就能算数的，还要有满朝文武的拥立呀！若是连皇上亲笔的诏书都不认，那还叫什么朝廷？还认不认祖宗了？依我看，这仗啊，打不起来。大不了跟他们谈谈，想要什么条件，只要不过分，陛下准了就是，又何必如此忧心忡忡？”

“报……”就在这时，一兵丁飞马来报，“启禀陛下、督师，有两个人从京城方向赶来，说是陛下的家奴，有要事向陛下禀告！”

“哦？”一听“家奴”两个字，朱孝隆顿时来了精神，“快！带他们过来！”

片刻不到，两个灰头土脸的男子被带到了朱孝隆近前，不出所料：李允、王小六。

“参见殿下、少公爷！”二人跪地叩头，待抬起头，已然热泪盈眶。

“叫陛下！”徐忠汇嘴角上扬，微微一笑。

“陛……陛下！”王小六抹了一把眼泪再叩一头。

“快起来！”朱孝隆赶忙下马搀扶，“交代你们办的事，怎么样了？”

“殿下……不，不，陛下果然料事如神！严龙灿果有投敌之心，险些将辽远沃土拱手相让！他去东虏营帐密谈，被东虏人封了辽王，回城路上便被我二人诛杀！”

“如今辽远的情况如何了？东虏人有什么举动？”朱孝隆追问道。

“陛下放心，东虏虽派了十二万大军进犯辽远，但如今已与我大宁议和，齐王千岁与楚少侠已带领辽远大军远赴广宁，与他家大汗共商合兵抗倭之事！”李允道。

“楚少侠？哪个楚少侠？”朱孝隆一愣。

“就是楚离楚少侠啊！”

“楚离？”朱孝隆两眼放光，“山阴的那个楚离？”

“对！就是他！楚少侠智勇双全，真乃旷世难得之奇才也！”说到这，李允的眼中满是敬佩，“他不但救了我们，还救了辽远、救了大宁江山！另外，楚少侠还让我们转告殿下……不，不，不，是转告陛下，姚姑娘与老公爷，现在正与唐公子和湘云公主在一起，安全得很，让陛下不必担忧！”

“他怎么会在辽远？”听说外公和媳妇都没事，朱孝隆的脸上可算见了点笑容，“外公和俊儿，真的是他救走的？皇姑母不是在孝亲王府吗？他们又怎么会在一起？”

“这……”李允一脸的尴尬，“关于公主殿下的事，小人也曾问过他，但他并未细说；但老公爷和姚姑娘，的确是被他和唐公子救出京城的。”

“快上马，边走边说！”朱孝隆翻身上马，已然是满面春风。

“哈哈哈，我早就说过，陛下吉人自有天相！”一听老爹没事，徐忠汇哈哈大笑，“对了，你们所说的与东虏人合兵抗倭，又是怎么一回事？”

“难道少公爷还不知道？”李允一愣，用了大概半个时辰的时间，把自己和王小六在辽远的经历讲述了一遍，从诛杀严龙灿到刺杀齐王未遂，再到楚离假冒朱孝隆，施连环计夜袭东虏大营智擒乌卢尔泰，直到最后利用二十万倭寇突袭朝鲜的消息、巧舌如簧说服乌卢尔泰议和退兵的事从头到尾讲了一遍，直把朱孝隆和徐忠汇听了个目瞪口呆。

“现在领兵辽远的，竟然是陈小狗？”听李允讲完，徐忠汇若有所思。

“正是！”李允点头，“但他已经改名叫陈啸天，还说自己是新科状元，个中原因，小人不得而知。”

“舅舅有所不知，朕出京时曾遇伏击，幸亏那位陈将军及时救驾！”朱孝隆道，“当时陈公公撕了张条子给他，让他交给主考官，说是要保他出贡！”

“哈哈哈……那父子俩，一天到晚想入非非，大字不识一个，竟要跑去考状元，老子本还等着看他们爷儿俩的笑话呢！”徐忠汇大笑道，“不过那个陈小狗，确有领兵之才，若他真喜欢当状元，将来不妨陪他玩玩，单独给他开个恩科，钦点一个状元给他，将此人收为己用！”

“陈将军救驾有功，就算他真的已经考中了状元，朕将来也会再行封赏。”朱孝隆笑道。

“陛下啊，楚离这个人，你是怎么认识的？靠得住吗？”徐忠汇问道。

“说来惭愧，当初朕一时脑热，带着俊儿私奔离京，就是他把朕从山阴劝回来的……”朱孝隆脸一红，“他与朕年纪相仿，一心只想国泰民安天下太平，拼死救了朕的性命，却又不求回报，或许真的像陈公公所说，他就是上天派给朕的救兵。”

“如今二十万倭寇突袭朝鲜，楚少侠与齐王领了辽远的兵马去了广宁，我相信凭楚少侠的足智多谋，定能说服东虏大汗合兵抗倭，确保辽远平安！”说到这，李允眼中满是信心。

“陛下啊，待你坐稳了位子，务必要将此人纳为己用！”徐忠汇忽然一脸的郑重。

“朕又何尝不想？”朱孝隆无奈道，“当初在山阴之时，朕曾与他谈过，他似乎不大想做官。如今他有功于社稷，若他愿意为国效力，朕当然欢迎；若是他不愿意，朕也绝不会勉强他。”

“不！”徐忠汇摇头，“他必须愿意！”

“舅舅此话怎讲？”朱孝隆一愣。

“陛下啊，在咱们看来，此人的确是不可多得的人才；但那东虏人，又何尝不是这么看？”徐忠汇微微眯起了眼睛，吓得朱孝隆心中不禁一颤，自己是徐忠汇看着长大的，对这个舅舅也算是颇为了解，“眯缝眼”这个举动对于他而言，绝不是什么好兆头，“有道是：非我族类，其心必异。你以为那群东虏人，是真心跟咱们议和吗？若没有倭寇，他们还会退兵吗？”

“可是他……”

“他可以不给朝廷效力！但必须保证他不去给任何人效力！”徐忠汇霎时间原形毕露，很粗鲁地打断了朱孝隆的话，“陛下啊，我这么说，你明白吗？”

大臣打断皇上说话，放在朝堂之上，已经可以拉出去挨廷杖了。

而朱孝隆，却只能装傻：“舅舅……舅舅放心，楚少侠深明大义，朕一定会说服他为国效力的……”

“少……少公爷……”王小六战战兢兢地拱手，说实话，王小六年少轻狂，真心服气的人还真就不多，恰恰这徐忠汇就是其中之一。

“什么事？”徐忠汇一皱眉。

“我等来此，发现沿途的驿站与各个州府的官仓，所有粮草皆已被朝廷下令搬空……”王小六拱手道，“恕小的斗胆，咱们……是不是该换条路走？”

“无妨！大军粮草足够坚持些时日！”徐忠汇摇了摇头，其实关于沿途粮草被撤走的事，徐忠汇也是早有预料，好在行至开封之前便已补足了粮草，“就算咱们绕别的路走，他们一样可以抢在咱们之前搬空粮草。真定涿州一线，乃是去京城最近的路，六万大军，多走一日便要多耗几百石粮草，绕路岂非得不偿失？”

“是小的愚钝了……”王小六抱拳，也只得悻悻地跟在了后面。

五十一

几天的时间转瞬即逝，大军行至涿州驿的时候，天色已晚。

偌大一座驿站，此时早已是人去楼空，马厩里更是连一匹马都没有，粮仓之中也是空空如也，唯独最大的一间驿舍似有昏暗烛光，有如闹鬼一般。

“传令扎营，埋锅造饭！”自开封往北，沿途所有驿站几乎都摆了空城计，徐忠汇也早已是习以为常，“好在他们没把房子也搬走！陛下，此处是抵达京城前的最后一站，微臣觉得，大军长途劳顿，应该在此处多驻几日，养精蓄锐、休整备战！”

“就依舅舅的主意！”朱孝隆点头，翻身下马。

就在这时候，那间亮着灯的驿舍之中，忽然跑出了一个老汉，刚一出门便惊呆在了原地，见屋外满院子的兵马，“扑通”一声便跪在了地上，虽未说话，但周身上下却早已抖如筛糠。

“什么人！拿下！”根本用不着徐忠汇说话，老汉早已被一众兵丁按倒在地。

“大人饶命啊！小的什么都没干啊！”老汉拼命叫喊，半张脸已经被兵士按在了黄土地上。

“带过来！”徐忠汇厉声道。

“大人饶命，小的就是个喂马的！”老汉被两个五大三粗的兵士挎着胳膊架到了徐忠汇近前，一头便扑倒在徐忠汇的脚下。离近一看，朱孝隆不禁一愣，但见这老汉身上穿的虽是驿卒的装束，但周身上下却透着一股说不出的寒酸，前心后背补丁摞补丁，加之蹭了一身的土，乍一看着实与街边叫花子无异。

“喂马的？”徐忠汇横眉立目，有如地府的判官一般，“把头抬起来！”

“哎……”老汉这一抬头不要紧，别说朱孝隆，就是徐忠汇也惊得一哆嗦，但见这老者面容枯槁，脸上满布皴裂与褶皱，就好似刚刚被雷劈过一样，加之刚才被当兵的按在地上蹭了一脸的土，谁要是半夜撞见，一准会被吓出个好歹。

“你一个马夫，在驿舍中鬼鬼祟祟做甚？到底有何企图！”徐忠汇一瞪眼，竟把这老汉吓得连滚带爬往后退了好几尺，“大人饶命！大人饶命，小的再也不敢了！再也不敢了！”

“舅舅……算了吧……”朱孝隆上前打起了圆场，就是个骨瘦如柴的老马夫而已，你一个当朝一品大员，跟他较什么劲啊？“老人家，起来吧……”

“哎……谢……谢大人……”老汉战战兢兢拉住了朱孝隆的胳膊，似是想借力起身。

“大胆！皇上的龙体，是你随便摸的吗？”徐忠汇又是一吼，吓得这老汉“扑通”一声再次跪倒在地，“小的不知是皇上驾到，小的罪该万死！皇上万岁！皇上万岁！小的罪该万死，求皇上饶命、求皇上开恩！”

“恕你无罪，快起来吧……”朱孝隆也无奈了。

“陛下，这一路上，几乎所有驿站都空无一人，却偏偏在这涿州驿碰上了他！其中定有蹊跷！”徐忠汇气势汹汹地走到老汉近前，一把揪住了老汉的脖襟，“说！是谁派你来的？！”

“小的冤枉啊……”老汉被徐忠汇单手拎起，两脚已然离地，裤裆里湿乎乎一片似是尿了，说话已经带了哭腔，“是梁大人让我留在这里的啊……”

“梁大人是谁？”

“此处的驿官！”

“他人呢？”

“跑了……”

“其他人呢？”

“也跑了……”

“那你为什么不跑？”

“小人……小人实在是……无处可去啊……”说到这，这老汉竟然呜呜地哭上了。

“无处可去？”徐忠汇将信将疑，猛然间注意到了脚下，老汉的尿已经顺着小腿滴到了地上，离自己的鞋也就半寸远，赶忙一把将老汉扔了出去，还好后面有几个当兵的一把将其扶住，否则就凭那老汉的一身枯骨，八成就摔散架了。

“舅舅息怒，还是让朕来问吧……”朱孝隆虽说看不过去，却也不大好阻拦，只好趁着这机会把老汉扶了起来，“老人家，你说你无处可去，又当怎么讲？”

“啊……皇上……皇上饶命啊！”老汉“扑通”一声干脆趴在了地上，“小的不是坏人……小的……小的就是个喂马的……求……求皇上开恩……小的这就滚得远远的！”

“那为什么早不滚！”徐忠汇又要上前，却被朱孝隆一把拦住，“舅舅，他什么都没做，有必要这样吗？”

“小的……真的是无处可去啊……”老汉哼哼唧唧地又哭上了。

“老人家，你先平身……”朱孝隆使了个眼色，两边兵丁上前将老汉扶起，“你……没有家吗？”

老汉摇头。

“你的家人呢？”

“死了……”说到这，老汉不禁老泪纵横。

“那你平时住哪儿？”

“那……”老汉指了指不远处一间连窗户都没有的小房子，“皇上恕罪，小的原本也是个驿兵，走了一辈子的驿，还从来没住过驿舍，如今看他们都跑了，就起了歹念，想在驿舍里住一天，小的罪该万死，求皇上开恩……小的这就走，这就走……”

“不必了……”朱孝隆叹了口气，“你今夜……就住在刚才那间驿舍吧。”

“小的不敢啊，皇上……你就放小的走吧！”没等徐忠汇说话，老汉已然再次跪倒，捣蒜一般磕起了响头。

“你们几个，去搜一搜那间屋子！”徐忠汇使了眼色，几个兵丁一路小跑进了驿舍，片刻不到便又跑了出来，“启禀督师，屋中并无异样！”

“陛下，那间驿舍，乃是这驿站之中最大的一间，岂能让给他住？”徐忠汇冲着朱孝隆一拱手，继而转头走到老汉跟前，“你，哪儿来的给我滚回哪儿去！”

“是！是！小的遵命！小的这就滚，这就滚……”老汉又是一通响头，连滚带爬地跑回了那间黑咕隆咚的小屋。

“晚上多派些人巡逻，给我盯紧了那个老头儿！”

“是！”

五十二

老汉想住的那间驿舍，确实是涿州驿最大的一间，既然老汉被赶回了小黑屋，这间驿舍自然就成了朱孝隆的行辕，大件小件的行李随后被兵丁搬进了驿舍之中。

又过了不到半个时辰，几个兵丁将几盘素菜、一大碗清汤和一大碗热饭端进了驿舍。

“你家督师可曾用膳？”朱孝隆象征性地问了一句，说实话，作为一个文人，朱孝隆非常抵触和徐忠汇同桌用膳，徐忠汇离了肉就活不了，且最爱吃那种能把人活活腻死的肥肉膘，一桌饭只要有他在，光看他吃肉就能把旁人看饱。眼下端进来这几个素菜，明显就是专门给朱孝隆一个人开的小灶，话虽如此，但礼节性地问上一句却是免不了的。

“回陛下，督师去外面的营地巡视了，让陛下先用。”

“知道了，你们也辛苦了，快回去吃饭吧。”

“谢陛下！小的告退。”

拿起筷子刚要吃，朱孝隆忽然觉得哪儿不对劲，屋里似乎飘着一股隐隐的馊味儿，其实刚一进屋，朱孝隆就闻到了这股怪味，当时以为是屋中的霉味，并未在意，只是敞开了窗子而已。此时饭菜上桌，窗户也关上了，那股馊味似乎又回来了，且比刚才越发明显。

“什么味儿啊这是……”朱孝隆放下筷子，开始在屋里找，没找几步便发现香案下面放了一个缺了角的粗瓷碗，位置还挺隐蔽，似乎是怕被别人发现，碗里黑漆漆黏糊糊一坨，上面还插着一双筷子，似乎是碗饭，但天底下有这个颜色的饭吗？

端起碗筷放在鼻子底下一闻，朱孝隆险些把隔夜饭呕出来，看来这碗不知道是什么东西的东西，就是馊味的源头。

这玩意真的是给人吃的吗？当了十几年的太子，朱孝隆哪里闻过这个？碗还是温的，明显刚热过不久，莫非这就是刚才那个老马夫的“晚饭”？

“来人！”朱孝隆将碗筷放在了地上，捏着鼻子站起身子。

“陛下有什么吩咐？”两个兵丁推门进屋。

“去，把朕的饭，给刚才那个老马夫送过去！”朱孝隆端起桌上的白饭，又往碗里夹了点菜递给了兵丁。

“哎……陛下，那你吃什么啊？”兵丁一愣。

“朕不饿，吃点菜就行！”朱孝隆脸一沉。

“哎……陛下饶命啊！万一让督师知道小的把陛下的饭送给那个老头儿，小的这小命可就没了……”两个守门的兵丁不约而同跪倒在地，“不如这样，我们去吩咐厨子再做点给他吧。”

“你们……”朱孝隆也无奈了，让厨子再做点给他，十有八九还不如地上那碗猪食，“你们把他给朕带过来，朕有话要问他！”

“哎，这……”兵丁一愣，“陛下……这……”

“你们这是想抗旨吗？”朱孝隆脸一沉，霎时间横眉立目。说实话，朱孝隆也知道自己在军营里说话不好使，但拗不过亲舅舅也便罢了，倘若再连两个守门的小兵都使唤不动，这皇上还当个什么劲儿？

“小的不敢，小的不敢，小的这就去把他带过来……”

片刻不到，老汉被带到了行辕，未等兵丁推门便扑通一声跪在了门口。

“老人家，你先平身……”朱孝隆眉头紧皱，指了指地上那碗，“那副碗筷是你的吗？”

“哎……这个……是小人的。”

“你每天就吃这个？”

“小的也不想啊……”老汉哭丧着脸一个劲地磕头，“但他们把粮食都带走了，不吃这个，小的便没得可吃啊……”

“唉……”盯着老汉那张雷劈一般的脏脸，朱孝隆不免一阵心酸，“来，进来！”

“小的不敢……”

“进来！”

“哎……”老汉小心翼翼地进了屋，“扑通”一声又跪在了地上。

“你吃饭了吗？”

“回皇上，小的吃过了。”

“你知道欺君是什么罪名吗？”

“皇上饶命啊……”老汉伏在地上哼哼唧唧地又哭上了，“小的断粮已经好几天了……”

“起来……”朱孝隆走到老汉跟前，一把将老汉拎了起来，不拎不要紧，这一拎可着实吓了一跳，这老头貌似还没有他身上穿的衣服重。

“皇上你这是……”看见桌上的饭菜，老汉下意识地咽了口唾沫。

“吃吧！”

“皇上你先吃吧，哦……你要是吃不了的话，哦……给小的剩点儿就行……”

“让你吃你就吃！”朱孝隆干脆把自己的筷子递给了老汉，不递还好，这一递，老汉干脆又跪下了，“皇上你这是要折煞小的啊……”

“算了算了，拿上你的筷子，跟朕一块儿吃，行了吧？”朱孝隆也无奈了。

“皇上隆恩，小的……”老汉满脸的委屈，眼神之中尽是左右为难。

“吃吧，朕正好有话要问你。”朱孝隆夹了口菜进嘴。

见朱孝隆开始吃了，老汉这才从地上捡起了自己的筷子，在衣服上蹭了蹭，战战兢兢地坐到了朱孝隆的对面。

“朕不饿，你把这碗饭替朕吃了……”朱孝隆把盛着白米饭的碗推到了老汉跟前。

“皇上……”老汉哼哼唧唧地开哭，霎时间老泪纵横。

五十三

“老人家，我曾听你说，家人都死了，他们是怎么死的？”从头到尾，朱孝隆也只是吃了几口菜喝了一碗清汤。

“皇上容禀，小的姓李，就住在十五里外的李家庄，原本也是个驿兵，膝下有一个儿子，小的没钱供他念书，便让他子承父业也当了驿兵……”老汉说话不耽误吃饭，看来确实是饿坏了，“后来，他接了一份急件，走夜路的时候从马上掉下来摔断了腿，直到第二天中午才被人发现，命虽然保住了，但腿伤拖得太久，就落下了残疾，也就走不了驿啦，只能在家里闲着。驿站的梁大人看小的可怜，就给小的安排了一个喂马的差事，饷钱勉强够我父子糊口。后来，他一时想不开，就想在家里上吊，没承想，把房子给拽塌了，小的也就无处可去了……”说到这，李老汉的眼泪又下来了。

“唉……”朱孝隆听得眼圈发红，不禁叹了口气，“老人家，你放心，有朕在，就饿不着你，我们走的时候也会给你留足口粮。”

“谢皇上隆恩！”李老汉听闻，放下筷子又要下跪，被朱孝隆隔着桌子拦住，“你先吃，有什么话吃饱了再说！”

“哦……皇上，恕小的斗胆，敢问皇上，你们，这是要在这里待多久啊？”

“大军长途劳顿，可能要驻上几日加以休整，这要看督师大人的安排了。”朱孝隆一笑，“老人家，莫非你还是想住这驿舍？”

“小人不敢！”老汉放下碗筷又跪下了，朱孝隆干脆都懒得拦着了，“朕命令你，先踏踏实实地把饭吃了！行不行？”

“小人只是以为陛下带着这些兵马，是去京城增援的，所以就是随便问问，没别的意思，求陛下饶命啊！”朱孝隆话音未落，李老汉已经开始磕头了。

“增援？”朱孝隆一愣，“增什么援？”

“哦？”李老汉也是一愣，“鞑子都打过来了，难道你们不是去增援的？”

“鞑子？什么鞑子？”朱孝隆脑门上顿时就是一层冷汗，“老人家，你把话说清楚，什么叫‘鞑子都打过来了’？”

“怎么，皇上你不知道？”李老汉一脸的惊愕，“宣亭失守啦！宣亭卫五万大军全军覆没！用不了几天，鞑子的十万铁骑就要打到京城啦！这么大的事儿，皇上真的不知道？”

“这是什么时候的事？”朱孝隆的脸已经白了。

“就是前不久啊！”李老汉煞有介事，“哦……听京城来的驿兵说，是因为宣亭总兵鲁大人临阵醉酒，深更半夜被鞑子偷了城，从里边打开了城门，当时呢……哦……宣亭卫的粮仓还起了火，不少人都在救火，鞑子就是趁着这个时候杀进来的，哦……据说啊……监国的六殿下一怒之下，将那个鲁大人满门抄斩，连家中三岁的娃娃都没放过啊……”

“行了。别说了！来人！”朱孝隆啪的一声将筷子拍在了桌上，吓得李老汉又开始磕头：“皇上饶命，小的也只是道听途说啊……”

“陛下有什么吩咐？”守门的兵丁推门进屋。

“快叫你家督师来见朕！快！就说朕有紧急军情要与他商议！快去啊！”

“是！”兵丁转身出屋。

“老人家，你先回去吧，朕有要事与督师大人商议！”

“哎！谢皇上饶命！谢皇上赐饭！皇上万岁万岁万万岁！”李老汉磕了几个头站起身就往外溜，走了没两步又回到了屋里，从地上捡起了那个缺角的粗瓷碗，又从桌上取回了那双曲里拐弯的筷子，之后一溜烟地跑没了影儿。

过了一刻钟多点，但闻屋外马褂銮铃之声，徐忠汇随后推门进屋。

“怎么了？”徐忠汇一脸的阴沉。

“舅舅，大事不好了！”朱孝隆惊魂未定道，“宣亭……宣亭已经失守了！”

“哦……”听朱孝隆说完，徐忠汇似乎并没有想象中那般吃惊，反而是一脸的气定神闲，“孝隆啊，这件事，你是听谁说的？”

“舅舅，你……”见徐忠汇竟如此坦然，朱孝隆也是一惊，“京城朝不保夕，数十万百姓命悬一线，母妃还在宫里，你……你为何……如此无动于衷？”

“嗯……孝隆啊，你先不要大惊小怪，且听我说……”徐忠汇压低了声音，“京城防卫固若金汤，城坚壁厚装备精良，还有京畿卫四万精锐守护，区区十万人，能奈其何？”

“舅舅……你……你怎么知道他们有十万人？”朱孝隆一愣，不禁想起了大军刚到涿州驿时，徐忠汇的建议——在涿州驿多驻几日，养精蓄锐、休整备战，“这个消息……你是不是早就知道？”

“孝隆啊，用兵打仗，绝非儿戏，更不能意气用事，一步走错便是满盘皆输。”徐忠汇面不改色、言语从容，看来的确是早已知晓，不过是在故意瞒着朱孝隆而已。

“莫非舅舅还准备继续在此休整？”对于徐忠汇的态度，朱孝隆已然是瞠目结舌，“京城告急，难道咱们就在这儿看着？”

“我知道你是怎么想的。”徐忠汇面沉似水，“但是你有没有想过，京城百姓的命是命，难道这六万岭南大军的命，就不是命吗？我实话告诉你，来犯的不仅仅是鞑靼人，还有几万罗刹国派来的骑兵，用的都是西人所造之火器，论威力，不逊于我朝的‘三眼神铳’；真要打起来，咱们占不到便宜，即便能胜也是惨胜。若是把兵力都耗在他们身上……傻孩子啊，你还拿什么去跟那妖妇争皇位呢？”

“舅舅此言差矣！”朱孝隆言语间满是不服气，“有道是：天子守国门！朕身为天子，守土安邦理应身先士卒！舅舅自己不是也说过吗？谁当皇上，不是哪个娘娘或司礼监的太监说了就算的，更要有满朝文武的拥立才行！如今京城告急，舅舅，换作是你，你会拥立一个带着大军躲在百里之外当缩头乌龟的皇上吗？天下百姓，又怎么会去拥戴一个弃他们于不顾的天子！”

“孝隆，那些酸书，你看得太多啦……”徐忠汇语重心长道，“现在不是谁拥立谁的问题，而是真刀真枪的打仗！咱们若与鞑靼人开战，你以为那妖妇真的会派京畿卫的兵马出来帮忙吗？她巴不得咱们全军覆没！外面这些兵马不是我的，而是你的；这是你唯一的机会！若把兵力耗费在鞑靼人身上，那便是枉送了这六万人的性命，反而成就了那个妖妇的野心，断送了你老朱家的正统啊！”

“舅舅……我历尽九死一生逃到岭南，并非只是为了一个皇位！”朱孝隆言辞颤抖，甚是激动，“我之所以要当这个皇上，为的就是让天下变好、让百姓富足、让子孙后代不必为了活下去而发愁！可如今呢？仅仅是为了去争一个皇位，就要眼巴巴地看着京城被围困，而自己却躲在百里之外当缩头乌龟，弃百姓于不顾、弃国家于不顾、弃祖宗庄严于不顾！这岂非本末倒置？我朱孝隆，日后又有什么颜面去治理天下？又有什么颜面号令文武百官？又有什么颜面去见列祖列宗？”说到这，但见朱孝隆缓缓地站起了身子，双手慢慢地摘下头顶的乌纱翼善冠，放在了桌子上。

“孝隆！你……你要做甚！”徐忠汇双目圆睁，伸手点指。

“这样的皇上，我不当也罢！”摘下乌纱翼善冠之后，朱孝隆竟然又脱下了身上的龙袍，之后团成团一把扔给了徐忠汇。

“孝隆，你疯了吗？”徐忠汇下意识地接住了龙袍，顿时傻在了当场。

楚离藏在床底下，这甥舅俩的话，他一个字没落听得真真切切，真恨不得窜出去一个大耳刮子把朱孝隆拍醒。看来这小子私奔时那股子浑蛋劲又犯了。于情于理，徐忠汇说的，并没有错；任你有天大的抱负地大的理想，皇位都是根本。手里没有权力，你拿什么让天下变好、百姓富足？若是为了逞一时之勇而带上这六万人去当出头鸟，这跟让位又有什么区别？

床底下？

没错，就是床底下。

驿舍之中的床不是普通的木床，而是北方常见的“火炕”，通体由青砖砌成，待冬日严寒之时，在床下生起柴火，便可取暖；往火炕中添柴的坑道通向屋外，从屋里看，这火炕就是一张密不透风的“砖床”。

刚到涿州驿之时，楚离便将这火炕选作了藏身地点，床头部分的青砖被改成了活的，将活砖取下，正好可供一个人匍匐进出，当然，这些可以取下的“活砖”，从外面是看不出来的。

诚然，涿州驿十五里外确实有一个李家庄，但那李家庄却从来没有在驿站当马夫的李老汉。天底下能把一个孤寡老汉演得如此凄惨的，除了鼎鼎大名的“八面妖狐”——梁昆之外，恐怕就只能找一个真的孤寡老汉来演了。

当然，这场戏可不是白演的，之所以把一个老汉演得如此可怜，为的就是让朱孝隆恻隐之心大动，之后请他吃饭。梁昆用的那双筷子，绝非普通的筷子。筷子头上被钻了一个洞，里面灌了搅成糊状的蒙汗药，之后将洞口用蜡封住，筷子插到热菜之中，蜡封融化，糊状的蒙汗药便可流进菜里。

也就是说，在朱孝隆请“李老汉”吃饭的时候，不知不觉便已经被下过药了。这个缺德主意，毫无悬念是楚离出的；楚离了解朱孝隆，了解他的善良、执拗与大意，并切合时宜地利用了这一点。

自从梁昆进门的那一刻起，楚离躲在床下，可谓是受尽煎熬。整颗心就像被刀割一样。

真的像刀割一样。

他很清楚自己正在做什么：出卖朋友。

同时也在出卖这个国家的未来——至少是自己曾经看好的未来。

还是那句话：毕竟只是个新丁，手段有余，但脸皮不足。不论是出于江湖道义还是圣人礼法，这么做，都无外乎是集合了世间一切卑鄙无耻之大成。

不止一次，他甚至有窜出去的冲动，向朱孝隆讲明实情、坦承一切，然后再想别的办法。

但是不行。

他知道自己不能拿杏儿的命当赌注。而其他人，更不会允许自己用他们的亲人当赌注。

所有人都明白，那个像鬼一样让人捉摸不透的朱孝辰，绝非等闲之辈，绝不是随随便便用一些江湖伎俩就能打发的，想赎回亲人，最稳妥的办法就是真的把密诏偷到手，之后回去交差。

想到朱孝辰，楚离便不禁想起了他对朱孝隆的评价："他绝不能即位，否则这个国家撑不到他死。"

眼下这甥舅二人的对话，似乎正在一点一点地印证朱孝辰对哥哥的评价：朱孝隆是个好人，但好人却不一定就是好皇帝。

既想当好人又想当好皇帝，恐怕就只能去史书里当了。

五十四

"你……"怀抱着被团成一团的龙袍，徐忠汇气得浑身哆嗦却又无可奈何，毕竟站在对面这个不经事的年轻人，已经不再是自己的外甥了，他是先帝诏旨的新君，是当今天下唯一的名正言顺的天子。"孝隆，你外公一世英名，却被诬陷成里通外敌的奸臣，抄家赐死！你娘还在宫中，如同待宰的羔羊！你这么做，可对得起他们？可对得起外面这六万跋山涉水追随你的将士？可对得起你父皇如此用心良苦，竟将密诏藏在匾额之中传位给你！如今京城防卫固若金汤，那群鞑靼人若占不到便宜必定乖乖地退兵。咱们若是留在这里，既能保全实力又能休整备战，可谓一举两得，你又为何非要让将士们前去送死呢！"

"舅舅，你以为我只是逞一时之勇，让将士们白白去送死吗？"朱孝隆反问道，"天底下没有人愿意死，咱们不愿意死，难道鞑靼人就愿意吗？"

“此话怎讲？”徐忠汇一愣。

“岭南六万大军北上，这么大的动静，鞑靼人不可能不知道。如果咱们躲在这里韬光养晦，那就会给他们一种错觉：咱们怕了！”朱孝隆强作镇静道，“舅舅，你有没有想过，如果这个消息传到东虏人的耳朵里，又会是怎样一个结果？”

“嗯……接着说！”听朱孝隆这么一说，徐忠汇表情为之一变，竟出乎预料地点了点头。非但徐忠汇，就连躲在床底下的楚离，心中也是一动，此前始终觉得朱孝隆嚷嚷着要去打头阵，只是年轻气盛，丝毫没想到他会有这种远虑，甚至自己都没想到过这一步，此人似乎也不像他弟弟说的那么不堪啊。

“我不懂兵法，但也知道咱们是守土作战，占尽天时地利；而他们却是孤军深入，如果咱们勇往直前，害怕的便会是他们！只要他们怕了，这场仗根本就不用打！”朱孝隆的语调趋于缓和，似乎心情已经平复了不少，“这支军队不是你的，但也不是我的！而是大宁朝的！列祖列宗的苦心经营，为的不是让他们替谁争皇位，而是让他们保家卫国守土退敌！”

“先把这个穿上！”徐忠汇一把将龙袍扔回给了朱孝隆，“你以为你是六科的言官吗？动不动就脱袍摘帽，成何体统！”

“哼！”朱孝隆接过龙袍抱在怀里，并没有要穿的意思，板着脸转头看着别处，就好似市井之中想买玩具却被父母拒绝的娃娃一般。

“来人！”徐忠汇道。

“在！”两个守门的兵丁推门进屋。

“传令下去，明日五更造饭，卯时三刻启程！”

“是！”

“戴上吧！”徐忠汇缓缓起身，单手拿起桌上的乌纱翼善冠扣在了朱孝隆脑袋上，“早些休息，明日还要赶路！”

“哼！朕一时鲁莽，意气用事，让舅舅见笑了。”见徐忠汇终于同意进兵京城了，朱孝隆这才站起身子，挺不情愿地重新穿好了龙袍扶正了翼善冠，称谓也由“我”改回了“朕”，“舅舅也辛苦了，早些休息吧！”

“臣……遵旨！”徐忠汇故意拉长了“臣”字，瞥了朱孝隆一眼，愤愤地转身出屋。

放在以往，朱孝隆总要坐在书案前，看看书或是写几首酸诗，但今天，不同了。坐在书案前刚拿起笔，脑袋却莫名其妙地晕了起来，上下眼皮不住地打架，两只眼睛就好比被灌了沙子一般。

蒙汗药，起效了。

蒙汗药这东西，关键讲求个用量。吃得够量，那就是不省人事；倘若没吃够量，至多也就睡个囫囵觉而已。当初梁昆虽在菜里给朱孝隆下了药，但朱孝隆却并没吃几口，吃进嘴的药量到不了不省人事的地步，却又多于囫囵觉的用量，虽说没当场晕倒，却很快困到了不行。

“这是怎么了？”朱孝隆放下笔，东倒西歪地走到了床边，本想躺在床上闭目养一会儿神，但这一闭目，便直接见了周公。

又过了不知多久，直到油灯自己熄灭，楚离才小心翼翼地取下活砖爬出了火炕，从怀里掏出干净的布套套在脚上，还没等迈步，便一眼瞧见了摆在书案上的一个檀木盒子，甚至连锁都没上，而此时的朱孝隆，早已睡得鼾声连天。

抱着试一试的心情掀开盒子，楚离惊了。

一卷赭黄色的纸卷，就静静地躺在盒子里，打开一看，就是所谓的密诏。本以为密诏这玩意儿，会藏得多隐蔽，屋里大小箱子堆积如山，怎么说也要翻上一宿。没想到啊没想到，竟然如此轻松就找到了，看来冯大海那边，要白折腾了。

冯大海？

没错，就是楚离师父的老朋友，“小墨圣”——冯大海。

此人也是飞贼，他的任务是藏在驿站第二大驿舍的土炕下面。按楚离的猜测，密诏有可能在朱孝隆身边，但也有可能由徐忠汇保管。冯大海的任务，就是去翻腾徐忠汇的行李。

徐忠汇所住的驿舍不像朱孝隆的行辕那样戒备森严，甚至说门口连站岗的人都没有。在徐忠汇去兵营巡视的时候，也就是朱孝隆请梁昆吃饭之前，冯大海已然将徐忠汇屋里的行李翻腾了一遍，结果当然是一无所获，也只得又乖乖地躲回了火炕下面。

而楚离这边，却是得来全不费工夫。朱孝隆的行辕之外可谓戒备森严，除了门口有两个兵丁彻夜站岗之外，周围更有三十余人分为四队绕着驿舍彻夜巡逻，却没人想得到火炕下面竟然会藏着飞贼。

五十五

将密诏卷成细卷塞进一支空心袖箭之后，楚离将窗户开了一条小缝，趁着兵丁巡逻的间隙，用冯大海发明的“百丈钩”将装着圣旨的袖箭打出了围墙之外。

要说百丈钩这东西，可不仅仅能爬墙用。前面压上挠钩后面挂上绳子，就是登高上墙的利器；但若摘了绳子压上袖箭，就是个小号的手弩。袖箭没有绳子坠着，自然也能打出更远，楚离这一箭，直接飞过驿站围墙与墙外的官道，落在了外面的高粱地里。

落在了高粱地里？

没错，就是高粱地。因为“丧门星”张东和“小张良”司徒越就等在高粱地里。收到楚离射过来的弩箭，司徒越会以最快的速度伪造一份赝品，之后再由张东用弩箭把赝品打回去。

话说张东这一弩可着实不简单。黑灯瞎火还隔着围墙，弩箭必须落进驿舍墙外给火炕添柴的洞口，为了这一弩射得万无一失，张东可是足足练了两天。此外，火炕的洞口之中也早已塞好了稻草和破布，确保弩箭进洞的时候不会发出声响。

过了一刻钟多点，但闻“扑哧”一声闷响，一枚弩箭从围墙之外飞入驿舍的火炕柴道，拆开空心弩，楚离不由得感叹司徒越的造假手艺，单看字迹已然足以乱真，纸张也是专门挑选的旧纸，与真密诏的质感与成色几乎一模一样，若不是因为纸上还留着墨香味，还真以为那老哥俩把密诏原封不动地送回来了。按司徒越的话说，这份赝品唯一的问题就是玉玺没有原物参照，只能按印在纸上的玺章事先仿造，所以心里没底，其余的地方是完全有信心骗过司礼监那些传旨太监的。

将假密诏放入檀木盒子摆回原样，楚离不由得心悸莫名。

这道密诏究竟有多大的作用？会保证朱孝隆兵不血刃坐上皇位吗？

至少，应该有这个可能。

没了传位的密诏，就算朱孝隆最终能抢到皇位，想必也免不了一番血战，成千上万的人命，真的要葬在自己的手上吗？

再者说，到底什么样的皇帝，才是好皇帝？

是那个绑架杏儿的挖洞蚂蚁，还是眼前这个心地善良的酸腐文人？比起对战争的担忧，更让楚离忐忑的，则是自己究竟会帮一个什么样的人爬上皇位。

听着朱孝隆的鼾声，楚离坐在了椅子上，静静地盯着放密诏的檀木盒子，本来，乖乖地钻回火炕，这票买卖就算是结束了，等到明早大军启程，就能从床底下钻出来，带上密诏快马加鞭抄小路回京城交差。

但是，真的就这样一走了之吗？

忽然间，楚离百感交集。如今躺在床上的那个傻蛋，包括他那个凶神恶煞一般的舅舅，似乎根本就没搞清楚所要面对的敌人到底是谁。他们张嘴妖妇闭嘴妖妇，殊不知在那个妖妇的后面，还躲着一个更可怕的角色——挖洞的蚂蚁。

“先把杏儿赎出来，然后再把密诏从朱孝辰手里偷回来还给朱孝隆不就行了吗？”一道念头闪过楚离的脑海，却又很快被否定了。

把密诏从朱孝辰手里偷回来？说得简单。

梁昆、司徒越这些人，好不容易脱了身，还愿意再蹚这潭浑水吗？就算大家为了国家大义愿意冒险再干一票，但所有人都已经暴露了身份，再动手几乎不可能有机会，这就好比老色鬼生前曾三令五申的做贼准则：“一旦有谁记住了你的长相或听过了你的声音，便绝不能再打他的主意，此乃行窃之大忌；被衙门拿住的人，十有八九都是因为这个。”

“不能就这么走……”楚离满心矛盾地站起身子，蹑手蹑脚地走回到了书案之前，打开檀木盒取出了假密诏，一时间却又不知道该做点什么。

此时此刻，老色鬼的声音又阴魂不散地回响在他耳畔：“把密诏放回去！躲回床底下！免得连累所有人！快躲回去！”

鬼使神差地，楚离拿起了桌上的笔，从旁边的书册上撕下了一张三寸长的小纸条，在纸上写了一句：“小心你弟弟，切莫打头阵。”

以朱孝隆的头脑，应该会明白是什么意思。

下笔之前，楚离再三回忆，字迹会不会被朱孝隆认出来，但想来想去，自从师父过世之后，自己几乎就没怎么摸过笔，朱孝隆应该没见过自己的笔迹，况且在动笔写的时候，楚离故意把字写得歪歪扭扭甚是潦草，临摹笔迹咱没那个本事，但把字写难看点谁不会啊。

将纸条卷在假密诏中间，楚离的心几乎快跳出心口。“老色鬼啊，你要真的在天有灵，就保佑朱孝隆不要一大早心血来潮，把这假密诏打开看吧！”

又在床底下忍了几个时辰，外面传来了一阵阵的嘈杂声，过了不久又渐渐趋于平静，又过了不知道多久，火炕的活砖被人从外面取下，梁昆的易容此时还没卸下，一张树皮般的老脸当即把楚离吓了一跳，“楚公子，快出来吧！他们已经走了，此处不宜久留！”

“好！”楚离爬出火炕伸了个懒腰，此时张东和司徒越已经牵着马等在驿站门口了。

说走就走，几匹快马抄田间小路走村串镇向京城疾驰而去。

五十六

此时此刻，鞑靼大军已经在城西北二十五里扎营，京畿卫四万精锐已经全数入城驻扎，外城的七道城门只留了一个东便门还开着，不论官民进出皆要脱衣搜身，好在送密诏进城的是楚离，搜身前，先把密诏藏在了搜身官兵的身上，等搜完身再拿回来。别看只是小把戏，但在众目睽睽之下，换成其他人几乎不可能得手，甚至包括同是飞贼的冯大海在内。

梁亲王府，还是那间禅房。

朱孝辰仍旧是一副事不关己的表情，打开楚离呈上的密诏，也仅仅是哼了一声，不知是悲是喜，“你们，是怎么做到的？”

“我们调包了密诏，在装密诏的盒子里留了一份赝品。”楚离道。

“看来本王着实是小看你们了……”朱孝辰终于笑了，只不过是冷笑。

“殿下过奖。”楚离淡淡道，“东西已经给你偷到了。你给我们的保证，何时兑现？”

“如果本王没猜错的话，你那几个朋友，没跟你一起进城吧？”朱孝辰并没有看楚离，而是目不转睛地盯着香案上供奉的菩萨。

“送一张纸，一人足矣。”楚离道。

“你们，就这么不相信本王？”

“只要殿下兑现当初的保证，我等自然就信了。”

“本王早就兑现过了。”

“殿下此话怎讲？”

“你们刚一出城的时候，本王便已经下令放了所有人，包括你家娘子。”

“什么？”楚离一愣，“放去哪里了？”

“从哪里抓的，就放回哪里。”朱孝辰仍然盯着菩萨像。

“你就不怕我们失手？”楚离眼中闪过一丝警惕，隐隐感觉整件事似乎没那么简单。

“我盼的就是你们失手。”

“什么？”楚离双目圆睁，“你这话是什么意思？”

“在我看来，这道密诏，确实是父皇的亲笔；字迹别无二致，玺印千真万确。但它究竟是不是真的，我一个人说了可不算。母后、司礼监、首辅大臣、礼部尚书，随便谁的话，都比我更有分量。现在整个司礼监乃至整个大内，都是母后的人；而左党那些弹劾过他的书呆子，不可能有谁会盼着他登基，所以说……”说到这，朱孝辰用两根指头夹起了密诏，“这个，就是一道假诏书。除非父皇醒过来，否则不会有人承认它是真的。退一步讲，就算他们承认这道密诏是真的，但这毕竟是十年前的东西了，前不久曾经有一道明诏要废他的太子之位，于公于私，朝廷都会更认可后一道诏书。”

“你是说……这份密诏……对你没用？”楚离眉头紧皱，已经猜到自己不一定上了什么套儿了。

“不仅是对我没用，它对谁都没用！”朱孝辰冷冷一哼，“或许这天底下，也只有我那傻瓜皇兄，还在拿它当宝贝。不管这东西是在他手里，还是在我手里，或是在母后手里，都不会对事情的结局有任何改变。”

“那你……为什么还让我们去偷这东西？”楚离张目结舌道。

“当初皇兄带着皇嫂私奔到山阴，是你救了他的命；胭脂楼被搜查的时候，又是你救了皇嫂；他外公被抄家赐死的时候，调包圣旨、救他外公的还是你。”朱孝辰缓缓地掰开了手中的折扇，“本王左思右想，若想让我那皇兄，像你们不相信我一样不相信你，恐怕也只有出此下策了。”

“你……”楚离脑袋嗡的一声，眼前一黑险些昏倒。原来这朱孝辰如此拐弯抹角，竟然只是为了离间自己和朱孝隆的关系。

“在军营里做买卖，向来是你们江湖中人的大忌；更何况徐忠汇是个粗中有细的人，此人行事谨慎，在竹党是出了名的。我本以为你们会失手，真到那时，以我那皇兄的性子，应该不会杀你，但你之前所做的一切，就白费了。真是没想到啊……”朱孝辰摇着扇子，满脸的惋惜，“大名鼎鼎的岭南总督，竟也有如此疏忽的时候。既然你们把东西偷到手了，那就让本王，继续往下猜一猜好了。”

楚离没说话。

确切地说，是被吓呆了。自己已经顺着朱孝辰设好的套，一步一步地走进了一个永远都爬不上来的深坑。

“如果我是你，或许会想方设法给他提一个醒儿。”朱孝辰终于把眼神从香案上的菩萨像移到了楚离身上，“拆朋友的台，毕竟于心不忍，所以你要提醒他提防我，别把兵力全耗在鞑靼人身上，对不对？”

楚离仍旧沉默着，努力地压制着心中对眼前这只“挖洞的蚂蚁”的恐惧。这个人是诸葛孔明投胎来的吗？自己只见过他两面，似乎已经被他看透了，竟然连自己给朱孝隆留字条的事都能猜到。

“不说话？如此看来，本王猜对了，”朱孝辰歪着脑袋看了看楚离的表情，“二十多年前，京城曾经出过一个‘炭花大盗’，跟你一样，也有偷皇宫的本事。只可惜，这么高明的飞贼，最后还是暴露了身份，原因就是他每次行窃，总会留下一枚木炭雕刻成的花朵。难道你就没从他身上学到点什么？身为飞贼，你难道不明白，行窃的时候故意留记号，会有什么后果？”

“殿下……”楚离抱拳，前胸后背已然汗透，“殿下贵为监国大权在握，若是不想让草民帮助太子，一刀将草民杀了永绝后患，岂不是更稳妥？”

“你觉得当今这天下，是好是坏？”朱孝辰话锋一转，问得楚离一愣，下意识地摇了摇头。

“这，就是我父皇治理的天下。”朱孝辰第二次叹了口气，“乱到这个地步，就是因为有本事的人已经快被他杀干净了。如果本王为了这点事就把你杀了，那我跟他，又有什么分别？”

“殿下认为草民是有本事的人？”楚离冷冷问道。

“你不是想让国家变好吗？那可不是把谁推上皇位那么简单。”忽然间，朱孝辰的眼神中多了一股志在必得的刚毅，“你若肯为国效力，本王可在十年之内重整朝纲、荡平外夷，开万世之太平！”

“请恕草民直言，草民从一开始就不想做官，以前不想，以后更不想。”

“那你想做什么？”

“远走高飞。”楚离道。

“这就是你所说的，对国家有好处的事？”朱孝辰微微皱起了眉头。

“自从见到殿下之后，草民发现想对国家好一点，实在是太难。既然如此，倒不如对自己好一点。”楚离苦笑着摇了摇头，“况且殿下之前已经答应过草民，事成之后会放我们夫妻远走高飞，莫非殿下想食言不成？”

“也罢……”朱孝辰点了点头，“你走吧。”

“谢殿下！”楚离一愣，没想到竟然如此轻松。

“城南大街有一处吴家老店，但本王不保证你娘子现在还会留在那里。”

“草民再谢！”楚离深施一礼，“请恕草民先行告退。”

目送楚离走出禅房消失在外面的花园之中，朱孝辰缓缓地站起了身子，从袖筒里掏出一封早已写好的手令，“来人！”

“殿下！”片刻不到，总管王源应声进门。

“去把这份手令交给东便门守军千户。让他见令立即执行，不得有误！”

“是！”王源接过手令转身出屋。

手令的墨迹与印信早已干透，行文仍然是干净利落的梁王风格，全文只有一句话：

即刻关闭东便门，无本王手令，任何人不得出入京城，有违抗者皆以奸细论处。

五十七

出了梁亲王府，楚离快马加鞭直奔城南大街，找到那处所谓的吴家老店之后，楚离一颗悬着的心可算是放下了。

杏儿，竟然真的还在这里。

“相公！”

“娘子！”

夫妻二人紧紧相拥。

“那浑蛋可曾难为你？”许久，楚离终于松开臂膀，单手抚摸杏儿的脸颊。

“没……”杏儿摇头，“你去哪了？他可曾以我来要挟你？”

“何止是要挟我？”楚离摇头，无奈一叹，“那厮把我逼进死胡同了！”

“怎么了？”杏儿双目圆睁，一脸的担忧。

“说来话长！你知不知道唐沐他们现在在哪？”

“知道！”杏儿点头，“太子登基之前，他们会一直在永平府的紫瑞山庄等咱们会合。”

“快收拾细软，咱们现在就走！”楚离反手关上了房门。

“为什么这么急？”杏儿不禁一愣。

“太子，恐怕登不了基了！”楚离抓耳挠腮好似热锅上的蚂蚁一般，犹豫再三之后，干脆从怀里取出那份偷来的密诏，“我把朱孝隆，和他那个浑蛋弟弟，都得罪了！”

密诏？

没错，就是藏在火炕里，从朱孝隆的行辕之中偷来的密诏。

货真价实，绝非赝品。

那东西不是已经交给朱孝辰了吗？

没错，是交给朱孝辰了，只不过临走时又被楚离给偷回来了。

当初进城被搜身的时候，也是这么玩的。

“此话怎讲？”杏儿眼中满是惊恐，边收拾细软边问。

“这是老皇上留给朱孝隆的传位密诏。那浑蛋抓了你，逼我去朱孝隆那里偷这个！”楚离晃了晃手中的密诏，“我偷了密诏拿给他交差，临走时又把密诏偷回来了！咱们必须趁他还没发觉的时候立即离开这里！”说到这，楚离急得热汗直流：“哎呀，拜托你快点，或许他现在已经发现了！正派人来抓咱们呢！”

说句实话，杏儿收拾行装的速度已经和官兵抄家差不多了，几句话的工夫，包裹皮已然系好，男人收拾东西都没这么快，“离儿，太子可知道是你偷了密诏？”

“按理说应该不知道……”楚离拉起杏儿的手脱门而出。

“什么叫按理说？”杏儿一愣。

“我跟你说实话吧！”出了房间，楚离下意识地压低了声音，将嘴凑到了杏儿的耳边，“我事先藏在了太子的行辕里，他和他舅舅说的话我都能听见。他们张口闭口都是皇后娘娘，根本就不知道这个梁王才是真正的幕后黑手。所以在调包密诏的时候，我在赝品里夹了一张字条，让他提防他弟弟，别把手中的兵力全耗在鞑靼人身上。”

“你给他留了字条？”杏儿大惊失色。

“哎……怪我！一时意气用事！”楚离也是一脸的官司，“不过我的字写得很潦草，就算他见过我的字迹，应该也不会认出来。”

“你……”杏儿无奈摇头。

“哎……娘子你别着急，我这不是把密诏又偷回来了吗……”楚离满脸的纠结，“大不了再偷着把这东西给他放回去！”

说话间，二人已到柜台，楚离干脆都没看掌柜的，直接往柜台上拍了十两银子之后拉着杏儿扬长而去。

走到东便门，二人又傻了。

人家连告示都已经贴出来了：

“时逢外夷进犯，奉监国梁亲王殿下之令，关闭城门，任何人不得进出，违者以奸细论处。”此时此刻，一众守城兵丁站在城头往下泼脏水，借以驱散聚集在城门口意图出城的百姓。

“坏了！”楚离心中一惊，拨马站定，这张告示明显就是冲着自己来的。虽说不知道关城门的原因是不是因为自己偷回了密诏，但有一点是可以肯定的，就是朱孝辰貌似只想暂时把自己困在城里，并不打算真的动手抓人。

“相公！”杏儿坐在楚离身后紧紧地抱着楚离，“怎么办？”

“出城不是什么难事，一定会有办法的！”楚离心乱如麻，一时间竟也乱了阵脚，“对了，娘子，胭脂楼那个老肥婆好像是青衫营的人，她有没有办法帮忙？”

“不能找她！”杏儿斩钉截铁。

“为什么？”楚离一愣。

“我怀疑，她是梁王的人！”杏儿道，“我被梁王抓去的时候，只有她知道我住在吴家老店！”

“她不是陈公公的人吗？”楚离一愣。

“不！她的底细恐怕没咱们想的那么简单。”杏儿抿嘴道，“当初你们进宫救齐王的时候，公主殿下曾经到过胭脂楼，当时她认出了公主，公主却没认出她。我回京城之前，公主殿下曾警告我说：她还是宫女的时候，曾经在祥妃娘娘的宫中伺候过，而祥妃娘娘就是梁王的母妃！”

“怪不得……”听杏儿这么一说，楚离猛然间想起了当初那老肥婆拼命怂恿自己去见梁王的情景，“对了，娘子，你为何要独自一人返回京城？又为何要将行踪告诉她？”

“我是想让她帮忙，用官驿发一封假圣旨给一个叫廖正江的人。”

“圣旨上写的什么？”楚离哭丧着脸回头问道。

“廖正江现在只是个五品小官，那封圣旨要给他恢复一品督师的官职，让他带上兵马上京勤王！”

“你把那假圣旨，给她了？”

“是。”杏儿委屈地点了点头。

“完了！”楚离啪的一巴掌拍在了脑门上，“她发了吗？”

“发了……”杏儿委屈道，“我在客栈，亲眼看见驿马往出城的方向去了。”

“发了？”楚离一愣，如果那个老肥婆真是朱孝辰的人，为什么会发一封帮朱孝隆调兵的假圣旨出去？还是说，她发出去的，根本就不是调兵勤王的假圣旨？

“离儿，你怎么了？”见楚离发呆，杏儿顿时紧张起来。

“没事，先找人帮忙出城，其他的事，到时候再说吧……驾！”楚离拨转马头，催马直奔齐亲王府。

五十八

“草民叩见王妃娘娘！”楚离单膝跪倒，伸手指了指杏儿，“这是贱内吕杏儿！”

“民女吕杏儿，叩见娘娘！”

“楚公子快快请起！”王妃于婉儿伸手搀扶，“吕姑娘也快请起！”

“谢娘娘！”楚离起身拱手，可是比见到齐王要客气得多。

“楚公子，王爷可还安好？”于王妃难掩焦虑之色。

“王爷还在前线督战，一切安好！”楚离道。

“哦……他没事就好……”从始至终，虽然说话的对象是楚离，但这于王妃的目光，却始终在杏儿身上，这么明显的动作，显然逃不过楚离的眼睛，“娘娘，可否借一步说话？”

“哦，好啊……”于王妃一个手势，左右侍女随即退下。

“草民此次回京，是来接我娘子的，但现在各处城门皆已关闭，不知娘娘可有门路送草民出城？”

“这……”于王妃顿时面露难色，“楚公子若有妙计，本宫定当全力相助！”

这话说的，跟没说也差不多。我要是有妙计，还跑来你这儿做甚？

“算了……”楚离叹了口气，“既然娘娘无能为力，草民还有一个不情之请，我想出去查探一下，不知能否让我娘子留在这里等我？”在楚离看来，虽然齐王老爷子不在府上，但这齐亲王府还是比什么胭脂楼之类的地方安全百倍，不是随便谁都敢来这里抓人的。

“当然可以。”于王妃一边点头，一边不住地偷眼看杏儿，似乎很是紧张，竟然显得有些语无伦次，“哦，对了，你们还没吃饭吧？本宫这就吩咐下边做些饭菜来……”

“我就不吃了……”楚离下意识地看了看杏儿，“娘子，你留在这里等我回来。”

“好，离儿你要小心！”

骑上马，楚离沿外城墙绕着京城足足转了一圈，可谓是越转越绝望。京城是否有什么密道暗门能偷偷潜出城，自己是不知道的，眼下唐沐不在，竟然连那个秘密据点闭月斋也关张了，可谓是人生地不熟、两眼一抹黑。如今京畿卫四万大军守城，城墙上下可谓戒备森严滴水不漏，以自己的身手，都未必能趁着夜深人静全身而退，就更别提还要带着一个手无缚鸡之力的媳妇，莫非真要在京城中憋到鞑靼人退兵？

不知不觉间，天已黑透。楚离骑着马没精打采地返回了齐王府，一向信奉兵来将挡水来土掩的他，第一次尝到了前途未卜的滋味。自从回到京城之后，自己一直像孙猴子一样被朱孝辰这尊佛爷握在手心里玩来弄去，连一丝反抗的机会都没有。

实在不行，先答应他那所谓的“为国效命”？

其实关于是否妥协的问题，楚离也不是没想过，人家毕竟是请你去做官，又不是拉你上刑场。但问题是，眼下的朱孝辰，自身还处在一个狗屁不是的状态，任他再怎么会挖洞，也只不过还是只蚂蚁，也就有本事玩弄玩弄江湖草寇而已。就像他自己说的，连一个礼部尚书的话都比他有分量，想把他推上位，势必还有很长的路要走，替他办事的话，能不能活到“为国效命”的那一天都不好说。更何况，那个神鬼莫测的人，一旦过了河，还能留着自己这座桥吗？他会放心让一个有本事进皇宫偷玉玺的人留在身边吗？会安心让一个知道他一屁股篡位黑幕的人继续活在世上吗？

举头仰望满天星斗，楚离不禁叹了口气。比起朱孝辰，那个一天到晚只会嚷嚷诛九族的齐王老爷子，简直就是个憨态可掬的傻老帽。

“楚公子，你可算回来了！”王府总管拎着灯笼一路小跑迎了上来，“娘娘有请，公子且随我来！”

“哦……”楚离将马缰绳交给了一旁的马夫，拖着两条灌铅一般的腿跟在了总管后面，刚一进正堂差点哭出来，但见王妃娘娘正与朱孝辰端坐茶案两旁谈笑风生。

这个人，是想把自己逼疯吗？

“皇婶，这位，就是你说的那个智勇双全的楚公子吧？”朱孝辰起身拱手，“小王朱孝辰，这厢有礼！听说楚公子协助皇叔解围辽远，实乃功在社稷。日后小王定会将此事上奏父皇，让他论功行赏！”

“哦……我……这……”或许是这两天马不停蹄身心疲惫的缘故，楚离竟傻在了当场。

这又是闹哪出？

这还是刚才那个阴晴难测的朱孝辰吗？这个人究竟是刚才让鬼附体了，还是现在让鬼附体了？自己当初假冒朱孝隆，也没演得这么投入啊！

“楚公子，这是本宫的皇侄，如今的监国，梁亲王。今日他来探望本宫，本宫便想替你讨个人情。”于王妃满脸的慈祥，倒不像是装的，“你出城的事，他或许能帮上忙！”

“哦，是小王下令封城的，楚公子若要出城，小王可写一份手令。”朱孝辰面带微笑，“不知楚公子此时出城，可是要返回辽远继续协助皇叔？”

“哦……这个……是啊……”楚离皮笑肉不笑道，“若殿下能放草民出城，草民感激不尽。”

“公子客气！”朱孝辰微微点了点头，“既然公子要去协助皇叔，小王岂有不放之理？只不过，如今京城的情势怕是比辽远更加危急，刚刚听婶婶说，楚公子足智多谋，还望公子能在临走之前帮小王出出主意，如何破这鞑靼大军才是。”

“殿下抬举了，草民只会摆弄些江湖伎俩，不懂兵法。此事关乎社稷安危，草民实在是不敢妄言。”楚离抱拳道。

“哦，婶婶，侄儿有几句话想单独和楚公子说，还望婶婶莫要见怪。”

“辰儿你这是哪里话，”于王妃微笑起身，“正好府上也有些事要安排，你们慢慢聊。”

毕恭毕敬地将王妃娘娘送出了屋，朱孝辰转过身面向楚离，反手关上了房门。待楚离抬起头，心中不禁又是一惊，什么鬼上身的事，真是自己想多了。不过是关个门的工夫，这监国殿下已然又变回来了。

五十九

“楚公子，我觉得你我之间，少了一个‘信’字。”朱孝辰目不转睛地盯着楚离，就好比在禅房时盯着那尊观音像。

“殿下答应放我走，却又下令封城，‘信’从何来？”

“我下令封城的原因你应该知道。”朱孝辰一笑。

“你不是说那份密诏对你没用吗？”楚离一脸的尴尬，毕竟是自己临行前顺走了密诏，理亏在先。

“没用，不代表你可以把它拿走。”

“是草民放肆了，还望殿下高抬贵手！”楚离从怀里掏出了偷回来的密诏，双手呈上。

“你我之间的‘信’字，不在这份诏书上。”朱孝辰缓步走到楚离近前，并未接过密诏，“我知道你在辽远的一举一动，确实精彩。但我并不觉得你是个高明的人。”

“草民本就不怎么高明。”见朱孝辰没接密诏，楚离干脆又将密诏揣回了怀中，“殿下有什么话直说就是了，有必要跟一个草民百姓兜圈子吗？”

“有必要！”朱孝辰猛一抬头，满脸的一本正经，“我有话直说的时候，却亲眼看见你偷走了密诏。若我没猜错的话，你是准备把那东西偷偷给皇兄放回去吧？”

“让殿下见笑了，草民知罪……”楚离尴尬一笑。偷回密诏，自认为神不知鬼不觉，哪曾想，早在作案当场就已经被人家识破了。没派人五花大绑抓你过堂，也只不过是给你留面子而已。

“所以我才说，你我之间，少了一个‘信’字。”朱孝辰莞尔一笑，“你不信我，不是你的错，而是我的疏忽。我把你和其他那些江湖草寇混为一谈了。所以，真正该道歉的是我。”

“殿下此言，置草民于何处？”楚离听闻赶忙躬身施礼，顷刻间一脸的冷汗。还是那句话：毕竟只是个新丁，手段有余而脸皮不足。当朝监国向自己道歉，不论是真是假，且不论出于何种原因，都或多或少地感觉受之不起。

“实不相瞒，本王的手下，搜查过你在山阴的住处。”朱孝辰啪的一声打开了折扇，之后微微摇了摇头。单就这个动作而言，跟他哥哥朱孝隆简直就是一个模子里刻出来的，“你家的祠堂，供奉了三个牌位：你爹孙乙，你师父楚莫，还有一个叫陈昭月的人，应该是吕姑娘的母亲。”说到这，朱孝辰顿了顿，表情陡然一变，似是伤感，却更似同情，看得楚离也是一愣：“楚公子，能否告诉本王，你娘是谁？”

“这……”朱孝辰这一刀，可谓戳中了楚离心里最疼的那个角落。是啊，我娘是谁？鬼知道我娘是谁。

想当初，楚离曾经不止一次向老爹孙乙问起这个问题，结局要么是孔乙默而不答，要么问急了，就是一顿胖揍。“让殿下见笑了……我也不知道我娘是谁。自从我记事儿起，就一直跟着我爹讨生活，但从来没听他提起过我娘的事……”

“所以说，你我，是同一类人。”朱孝辰苦笑，“楚公子，你知道我娘是谁吗？”

听朱孝辰这么一说，楚离猛然间想起了当时在辽远与齐王的对话：

“我告诉你，那小畜生十三岁的时候……刚刚十三岁啊！他就……”

“他十三岁的时候干吗了？”

“反正没干好事！反正不能让他当皇上！他若即位，国家必亡！”

“莫非殿下的母妃，不是祥妃娘娘？”想到这，楚离周身上下竟不由自主地打了个冷战。这个朱孝辰，到底想要告诉自己什么？

“当然不是！”朱孝辰的目光霎时间变得极其诡异，“楚公子，我知道你不求功名。你我之间，差的也只是一个‘信’字！这件事，普天之下只有五个人知道；而现如今，你已经是第六个了。”

“敢问殿下，将此等秘密告诉草民，是何用意？”此时此刻，楚离真不知是该哭还是该笑，知道这件事的六个人里，恐怕最容易被弄死的就是自己吧？莫非这个六殿下，想用同病相怜的身世博同情？说实话，博同情这种可能性，楚离自己都不信。以朱孝辰一贯的霸王硬上弓的风格，绝不会用这么儿戏的手段。

“这就是‘信’。”朱孝辰淡淡道，“我相信你会替我保密，你也要相信我不会杀你灭口。”

楚离没说话。

确切地说，是无话可说。

这个人的逻辑，绝对是前无古人，而且后无来者。

“除此之外，我还可以告诉你，外面那些鞑靼人，是我故意放进来的。”朱孝隆的两只眼睛目不转睛地盯着楚离的一举一动，似乎是在观察楚离的反应。

“你故意放进来的？此话怎讲？”楚离缓缓地抬起头，正好与朱孝辰对上眼神。

“宣亭参将宋满是我的人，他奉了我的密令在粮仓放火，之后用毒酒毒死了鲁贵山，最后打开城门放鞑靼人进关的也是他。”

“你……你这个……魔头……”楚离的声音颤抖而嘶哑，感觉胸口似乎堵了一团棉花，几近让自己窒息，“五万大军全军覆没，五万条人命……你……你的目的是什么？就是为了消耗你哥哥的军队？”

“五万？”朱孝隆冷冷一笑，“你去数过了？”

“你……”楚离万没想到朱孝辰的态度会是如此轻描淡写，一只手竟不由自主地再次摸到了剑柄上。

“战死殉国的，只有一万两千人。其余的，都是逃兵。”朱孝辰冷冷道，“这就是鲁贵山治军的能耐。”

“难道说，死了一万两千人，你就可以心安理得了？”

“总比五万人都死了好点。”

“难道你去数了？”楚离咬牙切齿道。

“是鞑靼人数的。”对于楚离的逼问，朱孝辰似乎并不在意，“他们计功领赏，是要数人脑袋的。只要打听打听他们发了多少赏钱出去，算出阵亡人数并不难。”

“打听？去哪里打听？莫非……你跟鞑靼人也有串通？”只听嘣的一声，楚离的手竟下意识地按下了“铁砂”剑的绷簧，宝刃瞬间弹出剑鞘一寸有余，看着楚离手上的小动作，朱孝辰一不惊慌二不害怕，反而呵呵地笑了起来。

六十

“你笑什么？”楚离喘着粗气问道。

“不管你是不是信我，但我已经信你了。”朱孝辰笑罢微微点了点头，收拢了折扇拍在掌心啪啪作响。

“你信什么了？”楚离眉头一皱。

“我信你真的是因为忠君爱国，才甘愿铤而走险！”

“回答我的问题！”楚离的剑又缓缓地向外拔了两寸，“你是不是串通了鞑靼人？如今外敌连横，是不是你搞的鬼？”

“二十年前，鞑靼人本有两股势力：北边的科尔沁部与东虏人相邻，而南边的察罕部，与我大宁宣亭边境相邻。”对于楚离手中的剑，朱孝辰似乎并不畏惧，而是换了个听起来毫不相干的话题，“父皇即位不久，北边的科尔沁部曾经沿边境南下，绕过察罕部的地盘突袭宣亭边境，边民死伤之惨重，创五十年来之最。父皇震怒，随即决定御驾亲征讨伐鞑靼。没想到，出了关没走多远，便遭遇了察罕部的族人，十五万大宁军队，不分青红皂白便与察罕部开战，察罕部也曾派出使臣解释，犯边之事并非他们所为，但父皇根本就不信！”

“殿下莫不是又在说一些天底下只有五个人知道的秘密吧？”楚离冷冷道。

“此后，察罕部竟派人向整件事的罪魁祸首喀尔沁部求援，他们满口答应派兵支援，却始终按兵不动。察罕部的人马拼尽全力抵挡大宁军队、苦等援兵，直到被大宁切断退路两面夹击的时候，才发现上了科尔沁部的当，但此时，他们已经连逃跑的机会都没了。科尔沁部非但没有出兵救援，反而在察罕部被大宁剿灭之后，抢了他们的地盘，霸占了他们最好的草场，直到现在。”

“这些陈年旧事，跟咱们现在的话题有关吗？”楚离问道。

“察罕部兵败，七万精壮男丁几乎全部战死疆场，余下的残兵败将老弱妇孺，或被逐入大漠，或被押回大宁为奴。公主诺敏换上了侍女的装扮，虽逃过一死，却被抓回了大宁。”

“那是你娘？”楚离不傻，结合着朱孝辰前前后后的话题，已然猜出他想说什么了。

“正是！”朱孝辰点头，“当时陈方手下有一个叫章丹的太监，负责从全国各地选送女子入宫为侍，这可是个肥缺，那些条件合适又不想被抓进宫的女子，只要使足了银两，就能逃过此劫。然而那个章丹贪得无厌，银子收得足了，人却凑不够数了，于是便从抓来的鞑靼女人里买了一批看得过眼又会说汉话的，起了汉名编造了家境，冒充汉人女子送进宫充数。我娘，便在其中。章丹是陈方的人，他收来的银子有一大半都要孝敬给陈方，所以这件事即便有不少人明知蹊跷，却没人敢查。她在宫中改名翡翠，因为诺敏这个名字，本就是翡翠的意思。后来她被分在祥妃的宫中伺候，父皇在宠幸祥妃的时候，也临幸了她。”

“祥妃没怀上孩子，所以你被偷梁换柱了？”

“不。她也怀上了龙种，只可惜是个死胎。”朱孝辰道，“她和我娘同日生产，之后，我便成了祥妃产下的龙子，祥妃由此变成了祥贵妃，而我娘，仍然是侍女。”

“大宁军队剿灭了你娘的族人，所以你就放鞑靼人进关，给她的族人报仇？”楚离怒道。

“我十三岁的时候，我娘偷偷把我带到了她住的地方。”朱孝辰陡然神伤，“楚公子可知，这是我一生之中最不想回忆的往事。”

“十三岁？”楚离也是一惊，不由得又想起了与齐王的对话：

“他十三岁的时候干吗了？”

“反正没干好事！反正不能让他当皇上！他若即位，国家必亡！”

“虽然在名义上，我是祥妃的孩子，但只要我娘还活着，她就会有所顾忌，就不会倾尽全力推我上位。”朱孝辰说话的速度开始变得缓慢，“所以，我娘选择将一切告诉我，然后……死在我面前。”

“啊……”楚离心中猛然一颤，尤其是当朱孝辰说到最后一句时，竟不由自主地发出了一声微微的感叹，握剑的手也不由自主地将抽出的宝刃缓缓送回了剑鞘，“敢问殿下，刚才所说的这些，就是全天下不超过五个人知道的事？”

“不。”朱孝辰摇头，“他们只知道祥妃不是我的生母罢了。而如今知道我娘真实身份的人，只有两个。一个是我，另一个是你。”

“殿下给我的‘信’字，好像太重了点。”

“一个人守这些秘密，岂不是更重？”朱孝辰明显放松了许多，“所有知道这件事的人，都认为是我逼死了我娘，包括祥妃都这么认为。但实际上，是她自己逼死了自己。”

“不知草民何德何能，竟有幸为殿下分担这些？”

“无欲则刚！”朱孝辰一字一顿道，“这世上聪明人很多，忠君爱国的更多。但二者兼备的，我还从来没遇到过。我若想用你，就必须让你知道我的一言一行一举一动，都是为了什么。”

“殿下觉得，忠君爱国的人，都不聪明？”话说到这份上，楚离反倒没什么可担忧的了。反正已经这样了，不论这朱孝辰所谓的一言一行究竟是为了什么，也只能陪他走一步算一步。

“随便你怎么想吧。”朱孝辰微微一笑，似乎不愿把这个话题说得太过露骨，“我所说的聪明，可不是读书人那种小聪明，你应该明白。”

“你刚才还说我并不高明。”

“高明和聪明，是两回事。”

“敢问殿下的目的是什么？”楚离继续追问，“若殿下想让我帮忙，为你娘的族人报仇，打大宁江山的主意，请恕草民无能为力。”

“她从来没要求过我为她报仇。”朱孝辰淡淡道，“剿灭她族人的，是我的父皇。这个仇，你让我怎么报？”

“既然如此，你放鞑靼人入关，害一万两千名将士战死疆场，又是为了什么？”

“我娘在我面前自尽，只为一件事：让祥妃打消顾忌，全力推我即位。她只是个宫女，死，是她能为我做的唯一一件事。”朱孝辰的语气出奇的平和，“或许在她看来，帮我登上皇位，让我来统治仇人的江山，就是对族人最好的慰藉。”

“你见过一万两千人站在一起，是多大一片吗？我见过。”楚离冷眼道，“你不觉得这个皇位，代价太重吗？”

“你是在教训我吗？”朱孝辰冷冷一哼，“如今攻陷宣亭、围困京城的，就是当年惹怒大宁、出卖我娘族人的科尔沁部，那些人贪得无厌野心勃勃，你知道自我大宁开国以来，他们在边境杀了多少个一万两千人吗？”

“你想将他们一网打尽？”楚离皱眉道。

“历代先帝，都想将他们一网打尽。可惜这些人神出鬼没，实在是难缠得很。况且他们自古兵民不分，对粮草辎重需求极低，住的又是帐篷，打起仗来一旦发现不是对手，和尚和庙，可以一块儿跑，我们的军队还追不上。所以说，想钓大鱼，就必须放长线！”

“那一万两千人，就是你的鱼饵？”

“那些人只是鱼线。京城，才是鱼饵。”朱孝辰的眼神越发诡异，看得楚离心中不禁一惊，“难道你还要放他们进城？”

“鞑靼人打仗，是要凭敌人的脑袋换赏钱的。”朱孝辰忽然开始认真起来，“他家的大汗，也未曾想到会如此轻松拿下宣亭。下面的军队一下子杀了这么多人，那可是需要一大笔赏钱，一时半会儿很难凑齐；军队打了胜仗，如果领不到赏钱的话，就会哗变；他家大汗若想保住自己的位子，就必须硬着头皮来打京城，打得下来要打，打不下来也要打；不把赏钱抢出来，他们是不会回去的。那一万两千人绝不会白死，他们用自己的性命，将我大宁边境最大的麻烦，死死地拴在了关内！”

“请恕草民直言。”楚离一笑，“殿下此举，也算是公报私仇吧？”

“你知道吗？我的计划，原本不是这样的。”朱孝辰表情稍显无奈，“如果我那皇兄在山阴就已经死了，那么宣亭的一万两千人便不必再死。就算我是公报私仇，说起来，也有你不少的功劳呢。”

“山阴的刺客也是你派的？”话说到这份上，楚离已然不会再因为任何秘密而感到意外了，“他是你亲哥哥，你竟然下得去手？”

“谁让父皇那么喜欢他。”朱孝辰不屑道。

“你嫉妒他？”

“他应该嫉妒我才对。”朱孝辰似乎也有种隐隐的自负，“父皇那么喜欢他，他却要带着他的小心肝私奔回娘家，这等丑事，若让左党抓住把柄，那排山倒海的弹劾势必要卷土重来，所以父皇封锁了消息，也并未差遣青衫营去寻他，一心以为他想通了就会回来。没承想，那傻小子竟真的雇用了八大虫的贼船准备去南洋。他也不想想，那些海贼都是些什么人？万一他的身份泄露落到敌国手里……楚公子，你好歹也‘当’过一次大宁太子，那些外族蛮邦会利用大宁的太子做些什么，你应该是再清楚不过了吧？”

楚离一愣，竟又无言以对。太子真若落到敌人手里，十有八九会被几万人搬着云梯拉着大炮、用长枪顶着后背押到两军阵前交换城池，这是最有可能发生的事。好在自己是个冒牌货，倘若当时东虏人手里的人质真是朱孝隆，结局可就真不好猜了。

父子之情，与什么兄弟情夫妻情，都是不一样的。如果东虏人绑着齐王去交换城池，皇上绝不会妥协；但若绑着他最喜欢的儿子去做同样的交换，结果可就真不好说了。一旦皇上爱子心切，咬牙答应了，或是变相做出什么别的过分让步，那么接下来的后果便是可想而知的：天下百姓民心失尽，忠臣良将心灰意冷，贪官污吏变本加厉；不管是造反的还是起义的，也都有了名正言顺的借口，天下大乱或许在所难免。真走到那一步，或许这个千疮百孔的国家，就真的完了。

“男人，十有八九都在用下半身思考，看来我那皇兄也没能免俗。”朱孝辰冷冷一哼，满脸的不屑，“身为一国太子，竟然连声招呼都不打就走了。江山社稷、百姓福祉、祖宗托付，在他眼里竟还不如一个女人重要，这就是你眼中的好皇帝？嗯？”

虽说见了朱孝辰没几面，但楚离已然记不清被他问住过多少次了。

“殿下想让我做什么？”许久，楚离无奈地摇了摇头，只得妥协。自己身背各种诛九族的官司，人家非但没派人五花大绑押你过堂，反而如此三顾茅庐礼贤下士，换谁都扛不住。

还是那句话：新丁，手段有余，但脸皮不足。

“你最大的长处是随机应变，其次才是行窃。”朱孝辰道，“我要你去见我皇兄，说服他和朝廷一起出兵，将那群鞑子全歼于城下，就此了结我大宁开国以来最棘手的心腹之患！告诉他们，我随时可以派人和他们谈判！至于那份密诏，倘若你想还给他，就还给他好了。”

“实不相瞒……”楚离拱手，一脸的尴尬，“我在涿州驿曾偷听太子与他舅舅说话，太子本就是力主出兵的，即便我不去见他，他也会力主出兵的，但兵权在他舅舅手里，那个人很聪明，国家大义之类的说辞，恐怕说不通他。”

“所以说我才要让你去。恐怕这天底下，开口劝他们出兵还能保住脑袋的，只有你。”朱孝辰从怀里掏出了一封写好的出城手令递给楚离，“今天晚上你就睡在皇叔府上，明日一早你立即出城去见皇兄。你可以告诉他，大内的事我插不上手，但我已经把黄文举和裴良对调了职位，现在是黄文举在掌管大内；有黄文举在，至少能保证他母妃的平安，这算是我的诚意，希望他们也拿出一点诚意来，否则那一万两千人的血就白流了！”

“草民还有一事求殿下赐告。”楚离拱手。

“说吧。”比起第一次见面，朱孝辰的态度显然客气了很多。

“我在辽远的一举一动，殿下是怎么知道的？殿下的眼线是谁？”

“到了你该知道的时候，自然会知道。”朱孝辰诡异一笑，转过身一把拉开房门扬长而去。

六十一

京畿卫的人马既已撤防京城，坐落于西山的京畿卫营房，便也成了岭南大军的临时驻地。至此，鞑靼人、京城与岭南大军之间，在战略位置上已然形成了一个微妙的三角关系，谁也不好先动手，毕竟是各怀鬼胎。

但在这其中，徐忠汇恐怕是最心急的一个。六万人的人吃马喂，每一天所消耗的粮草都要以百石计，更要命的是，就算能速战速决把鞑靼人收拾了，后面也还有一个装备精良的京畿卫等着。等于说从开封带来的这点粮草，必须扛够两仗才算完事，这是徐忠汇所始料未及的，一是没想到鞑靼人竟然能拿下宣亭边境；，二是没想到朱孝隆竟然铁了心非要当这只出头鸟。

“启禀陛下、督师，有个姓楚的公子说有要事求见！”

“哦？”朱孝隆正在与徐忠汇议事，听闻有“姓楚的公子”求见，腾地一下便站了起来，“快请！”

“慢！”徐忠汇起身阻拦，“他从哪里来？”

“回督师，看那位楚公子乃是轻装而来，随身并无行装，应该是从京城来的。”

“京城？”徐忠汇眼中闪过一丝不易察觉的杀气，“搜他的身，然后带上来！记住搜仔细一点！”

“是！”兵丁抱拳，转身出屋。

“舅舅！”朱孝隆心有不快却又不好发作，“外公的命和朕的命，都是他救的，他是徐家的恩人，你怎么能如此怠慢于他？”

“傻小子，你还看不出来吗？这个人，十有八九已经不是救你命的那个楚公子啦！他这个时候上门，除了给那个妖妇当说客，还能有什么目的？”徐忠汇手捻须髯，一脸的阴狠，“江湖草寇，决不可轻信。正人君子，谁惜得去混什么狗屁江湖？嗯？今天咱们爷儿俩要把丑话说在前边，若他真的是替那妖妇当说客，来劝咱们当出头鸟的话，可莫怪你舅舅我翻脸无情！”

正人君子，谁稀罕去混什么狗屁江湖？

放在以往，敢当着皇上说这句话，最轻也是个革职。是不是正人君子放一边，但开国的太祖高皇帝，真的就是混江湖混出来的。

“舅舅！你……”朱孝隆咬牙切齿却又无可奈何，“好！你要杀他，就把我也一块儿杀了！”

“朕”，又改成“我”了。

按徐忠汇的经验，这是准备撂挑子的前兆。

“你这个傻小子，谁说要杀他了？”徐忠汇脸一沉，“他若真是被那妖妇收买了，也只能怪这世上人心不古！撵走就是了，他救过你外公，我徐忠汇，又岂是恩将仇报之人？”

“草民楚离，叩见陛下！”楚离倒是会来事，进屋第一件事就是下跪磕头。与此同时，负责搜身的官兵将一枚牙牌递给了徐忠汇——大内的牙牌。

“少侠快快请起！”朱孝隆赶忙上前双手搀扶，“李允和小六把事情经过都告诉朕了，外公和俊儿的事多谢你！”

“我这次来，就是为了告诉陛下，老公爷和姚姑娘正在永平府的紫瑞山庄落脚，你可以派人去那里接他们！”

“他们都还好吧？”一听有外公和媳妇的消息，朱孝隆激动得说话声调都变了。

“应该是没什么事……”楚离皱眉道，“另外还有一件事不知当讲不当讲。”

“另外的事，楚公子就不用讲了吧？”徐忠汇冷笑着站起身子，两只手指夹着牙牌不住地冷笑，“楚公子，不妨先说说，这个是哪来的？”

“哦，这是朕的舅舅，岭南总督徐大人。”朱孝隆满脸尴尬道。

“徐大人！”楚离抱拳，“这块牙牌说来话长，几个月前，草民初到京城，便碰到了一伙可疑的人，小人误以为他们是江洋大盗，便偷了他们的随身行李，这枚牙牌，就是从他们的行李之中找到的！”

“哦？偷了江洋大盗的行李？”徐忠汇一步步地靠近楚离，满脸的阴狠，显然是不信。

“说来惭愧，草民曾雇了一个沿街叫卖的商贩去跟踪他们，结果被他们察觉，那商贩也死于那些人之手。”楚离满脸的惋惜，“草民曾与他们其中一人交手，还咬掉了他手上的一块皮肉，后来兵器之声引来了巡夜的官兵，那人便逃之夭夭了。草民对京城地形不熟，想追却没追上。”

“你是说……你咬掉了他手上的皮肉？”朱孝隆顿时就是一愣，“楚少侠，这件事，为什么以前从没听你提起？”

“此事并非楚某有意隐瞒，毕竟是人命官司，虽说人不是我杀的，但无论如何跟我也脱不了干系，所以……”楚离不住地摇头，“如今京城已经封城了，我正发愁如何进出，猛然间想起来还有这么个东西，便称是奉了皇后娘娘的懿旨出城办差，这才唬住了那些守门的兵丁。”

“楚公子，你与那人恶斗那晚，可曾去过胭脂楼？”朱孝隆皱眉道。

“去过啊！”楚离道，“那晚胭脂楼被官兵搜查，若不是杏儿帮我蒙混过关，我或许早就被抓去砍头了。”

“原来是你！”朱孝隆恍然大悟，“那次胭脂楼被查，陈公公勃然大怒，追根问底才知道，人是大内派过去的，大概是他不想和皇后一党起冲突，这件事也便不了了之了。我还一直在纳闷，大内究竟查出了什么惊天动地的大案，竟不惜去招惹陈公公！原来是因为你！他们的行囊里，除了牙牌还有什么？”

“一张广南铜铃府开出来的路引，但我没带在身上。”楚离摇头道，“得知这是大内的牙牌之后，我也一直在纳闷，这东西应该比路引好用百倍，拿着牙牌，他们为何还要开路引？”

“大内很少有远差，在外地亮大内的牌子，很容易惹人猜忌……”朱孝隆皱眉道，“广南……会是什么见不得人的勾当呢？”

“这么说……这东西……不是皇后娘娘给你的？”徐忠汇在一旁已经被晾了半天了，见这俩小年轻你一言我一语说得还挺热闹，似乎也就信了楚离的话。

“皇后娘娘？”楚离一脸的茫然，当即压低了声音，“徐大人，我干的那些事，李允和王小六应该都告诉你们了，我到处拆她的台，你觉得她会有多好心，不但不杀我，还要送我一块牙牌，方便我逃跑？”

“既然你协助齐王平定辽远，那为何忽然跑回京城？”徐忠汇仍是一脸的警惕。

“这就是我刚才说的那件‘另外的事’。”楚离鬼鬼祟祟道，“怎么，总督大人，还是不想听吗？”

“既然如此，那就说来听听吧。”听楚离这么一说，徐忠汇似乎也起了好奇心。

“就这么说？”楚离斜眼看了看一旁的副将侯举与一些下级将官。

“都下去吧。”徐忠汇使了个眼色，一众人等拱手告退。

六十二

“实不相瞒，草民曾受湘云公主之命，进皇宫盗取玉玺。”楚离道，“真正的玉玺，现在在公主殿下与老公爷手上，皇宫大内正在用的那枚，是赝品。”

“这个我知道。”徐忠汇点头。

“贱内受公主殿下之命，送了一道假圣旨进京，想请胭脂楼的鸨妈妈帮忙，用官驿把它发出去。”楚离越发诡异道。

“哦？”徐忠汇一愣，“发给谁？写了些什么？”

“发给淮中的廖正江廖大人，给他官复原职，让他带上淮中的兵马，入京勤王！”楚离压低声音道，“草民本来没想回京城，后来到了与唐公子约定的会合地点，发现他们并没在那里，这才冒险进京，去胭脂楼打听贱内的下落。”

“那假圣旨，发出去了？”徐忠汇一脸的狐疑。

“发出去了。贱内亲眼看见驿兵快马出城。”楚离一本正经。

“唉！真是一群老糊涂……”徐忠汇非但没显现出应有的兴奋，反而是满脸的焦虑，“廖大人官至一品督师，给他官复原职，没有司礼监或兵部的人随行传旨，没有銮驾仪仗，仅凭一道圣旨，即便玉玺是真的，恐怕也难以取信于人啊……万一当地的知府衙门发公文到朝廷核实，岂不是要害死廖大人全家！”

“恕草民直言，草民听说，陛下继位，也是奉诏。可有司礼监或兵部的人随行？”

“当然！”徐忠汇理直气壮道，“就是陈公公一路护送陛下到岭南的！”

“他人呢？”楚离一皱眉。

“这……”徐忠汇叹了口气，“公公虽然死了，但我们手中的传位诏书，乃是皇上亲笔！”

“如果发给廖大人的圣旨，也是皇上亲笔呢？”

“此话怎讲？”徐忠汇一愣，“皇上临朝了？”

“那道圣旨，是唐沐唐公子所书，临摹皇上的字迹。”

“他？”徐忠汇双目圆睁，顿时满脸不屑，“那个混青楼的淫贼？”

“徐大人切莫瞧不起淫贼。”楚离一笑，“唐沐在江湖上，有个外号叫‘两圣公子’，这个外号可不是白来的！敢问徐大人，他曾临摹老公爷的字迹给你发过一封密信，你可曾看出破绽？”

“这……”徐忠汇又是一愣。

唐沐临摹字迹的水平究竟有多高？

没人知道。

他当初模仿徐国公的笔迹，写了一封信给徐忠汇通风报信。身为亲儿子，徐忠汇还真就没看出破绽。

除了不会造假做旧之外，单就临摹字迹而言，唐沐的水平应该在“小张良”司徒越之上，基本上与陆平相当，在整个江湖而言应该算无出其右，但陆平年事已高，不论是眼神，还是手头上的稳准程度，都不如唐沐。若只是写些只言片语，二人或许是半斤八两，但若是写长篇大论的话，陆平十有八九可就要靠边站了，例如圣旨。

“楚公子，你来告诉我们这件事，意欲何为？”沉思片刻，徐忠汇抬头盯着楚离，似乎仍有些许的怀疑。

“意欲何为？”楚离一愣，“这个问题，徐大人是在问我吗？”

“你是不是想说……有了召廖正江上京勤王的假圣旨，我就可以无所顾忌地先发制人，派出主力去打鞑靼人了？”不论用兵还是为人处世，徐忠汇都素来以谨慎著称，所谓的谨慎换个说法，就是多疑，结果这次还真就“疑”在了点子上。

之所以说出发假圣旨给廖正江这件事，楚离的目的就是想让徐忠汇放心出兵，没想到如此拐弯抹角，还是被这个老狐狸给看穿了。

“我想说的是，就算没给廖正江发假圣旨，督师大人也最好派出主力去打鞑靼人！”事到如今，楚离干脆就改变了口风，与其不疼不痒地旁敲侧击，倒不如学着朱孝隆，直接跟他硬碰硬。自从前不久躲在火炕下面偷听的时候，楚离就发现这徐忠汇是个吃硬不吃软的人，更何况此时此刻有朱孝隆在旁边站着，就算起了冲突，也不会没人撑腰。

“你说什么？再说一遍！”徐忠汇的手已经摸到了佩剑上。

“大人以为这是在帮他吗？”楚离伸手点指早已呆若木鸡的朱孝隆，“当皇上，至少要有江山才行。现在江山都快丢了，他还穿着这身龙袍有什么用？”

“大胆！”未等楚离说完，便已经被徐忠汇的佩剑架上了脖子，“说！到底是谁派你来的！”

“舅舅！”朱孝隆似乎终于鼓起了勇气，跨步挡在了楚离的前面，两只手搬着徐忠汇的胳膊，将宝剑缓缓地移到了自己的脖子上。

“你……”徐忠汇两眼通红手臂颤抖，“隆儿，你……你这是要气死我吗？”

“舅舅，楚少侠说的话，也是朕想说的！朕早就说过，你若要杀他，就先杀了朕！”说罢，朱孝隆缓缓地闭上了双眼，竟摆出了一副慷慨就义的表情。

“你……”徐忠汇气得浑身哆嗦，“当啷”一声将宝剑扔在了地上。

“朕与楚公子多日未见，想与他叙叙旧！”朱孝隆喘着粗气，昂首挺胸，拿出了皇帝的派头，“楚公子，朕命你，随朕到行辕一叙！”

“草民……遵旨！”楚离一抱拳，冷冷地看了徐忠汇一眼，随朱孝隆走出了营房，干脆把个徐忠汇晾在了当场。

六十三

“谢陛下救命之恩。”到了朱孝隆的行辕，楚离进屋第一件事便是下跪。

“少侠快快请起！不知你约朕单独相见，所为何事？”朱孝隆双手扶起楚离，之后张开手掌，但见掌心有一张小字条，此时虽说已被折皱，但字条上的三个小字却还能看清：单独聊。这张字条，是楚离刚进门第一次下跪时，趁着朱孝隆上前搀扶自己的机会偷偷塞给他的。

“这……”楚离一时哽住，按原本的计划，自己应该先拐弯抹角地说服徐忠汇出兵，之后随便找朱孝隆聊两句，为的也只是看看有没有机会把当初偷走的密诏放回去。如今非但没说服徐忠汇，反而还把朱孝隆和徐忠汇之间的关系搞僵了，可谓是赔了夫人又折兵。出兵这种事，跟朱孝隆说压根也没什么用啊。

“少侠不必拘谨。”朱孝隆将手伸进了袖筒，取出了另外一张纸条，吓得楚离差点尿了裤子：

“小心你弟弟，切莫打头阵。”

这不就是当初自己留在赝品密诏里揭露朱孝辰的那张纸条吗？莫不是，密诏被调包的事，早就被他发现了？

“楚少侠，你约朕单独见面，可是为了这个？”

“陛下……我……”楚离表情尴尬，满脸的冷汗。

“这个‘莫’字，朕认得。当初在山阴之时，朕去过你家的祠堂，见过你家供奉的牌位。若朕没记错的话，你师父，叫‘楚莫’，那个‘莫’字，和这字条上的‘莫’字，笔锋倒是颇有几分相似。那个牌位，是你自己写的吧？”

这次，楚离是真服了。

尴尬、羞愧，无言以对。

自己着实是低估了这群读书人的眼力。或许这就是朱孝辰所谓的“读书人的小聪明”。这字都快写成篆字了，竟然还是能被他认出来。

“朕不怪你。”见楚离沉默，朱孝隆摇了摇头，苦苦一笑，“这本是我们兄弟间的争斗，却把你卷进来，实在是惭愧。”

“陛下……”楚离急中生智，赶忙掏出了真的密诏双手呈上。进营前的搜身比当初进城的时候更严，众目睽睽只盯一个人，想故技重施把这东西藏在兵丁身上再偷回来是不可能了，也只能是上身被搜的时候藏下身，等官兵搜下身的时候再藏回上身。

“行窃和行刺，仅是一线之隔。”朱孝隆并未伸手去接密诏，“你神不知鬼不觉地偷走密诏，而朕却还能站在这里说话，尤其是你还提醒朕提防老六，朕便已猜到你有难言之隐。其实提醒我这件事的，你是第二个。第一个人是陈方，可惜他已经不在了。”

“陛下已经猜到是我，却没将这件事告诉徐大人，草民再谢！”楚离尴尬拱手。

“这东西，只是舅舅起兵的由头而已，让外面这六万大军能心无旁骛地追随于朕，让沿途关卡开关放行。但满朝文武，尤其是大内，是绝不会承认这道密诏的。”朱孝隆眼神空洞若有所思，“换句话说，大军到了京城，这东西就没用了。朕所想不通的，是老六为什么要派你来偷它，莫非朕能想明白的事，他却想不明白？而且，你又是怎么把它拿回来的？你来见朕的目的，难道只是为了还这个？”

“陛下，你和你弟弟，草民不想开罪谁，也不想讨好谁。”楚离心中一惊，万没想到朱孝隆会这么问，看来此人远没有他弟弟想的那么傻。眼下事情的发展，与自己想象的完全不一样，也只能先试探一下朱孝隆的心思，之后再见机行事了，“你弟弟绑了杏儿，所以我必须偷这个；现在杏儿没事了，我便想将这东西还回来。”

“或许朕当初，真不该听你的话返回京城……”朱孝隆仰天长叹，“如果朕在那时就已远走高飞，朕的外公、母妃，甚至父皇，或许都不会有事。”

“陛下此言差矣。草民是飞贼出身，草民想提醒陛下一句话：不怕贼偷，就怕贼惦记。”楚离道，“不管是谁掌权，只要不是你，那么当初站在你这边的人，迟早有一天会遭殃。”

“那你觉得，他有机会吗？”朱孝隆问道。

“谁？有什么机会？”楚离一愣。

“朕的弟弟，你觉得他有机会即位吗？”

“这……”楚离尴尬一笑，“陛下，京畿卫的四万人，你舅舅的六万人，都跟他没什么关系。他有没有机会，我不敢乱猜，但他的路比你远。”

“他……有提起朕的母妃吗？”

“有。”楚离点头。

“哦？”朱孝隆一愣，“他怎么说？”

“他说后宫的事他插不上手，但已经想办法让黄文举掌管了大内的兵权，这样便可以保证贵妃娘娘的平安。”

“让黄文举掌管大内？”朱孝隆眉头瞬间就皱了起来，似乎不大相信，“他有这么好心？”

“陛下，实不相瞒，徐大人猜得没错，我就是来当说客的。”楚离拱手低头，甚至不敢直视朱孝隆的眼神，“你弟弟说这股鞑靼人自古以来屡犯大宁边境，杀人无数，实为我大宁的心腹大患。此番蛮贼主力深入关内，实乃斩草除根之良机。他希望你能与朝廷一起出兵，先平了外贼，再计较内斗。他随时可以派人谈判。”

“不必谈判了……”朱孝隆淡淡道，“你回去告诉他，明日午时，岭南大军会派出全部精锐攻那蛮贼之左翼。”

“陛下？”楚离心中一动，万没想到朱孝隆竟然说得如此胸有成竹，他真能做他舅舅的主？还是说这个意气用事的宝贝皇上，又想出什么破釜沉舟的绝招了？

“那时如果朝廷不出兵，这岭南大军必将全军覆没。”朱孝隆转过身背对楚离，“你去告诉他，如果他的骨子里流的是我大宁皇族的血，就不要让他的亲哥哥为守国门而孤军奋战！”

“草民谨记！”说实话，朱孝隆的话，把楚离也听了个热血沸腾，此人懂不懂治国放在一边，但至少气魄已经够格当皇上了，“另外草民还捎来了齐王千岁的口信。”

“说。”

“皇后娘娘要拥立齐王次子即位，但这并非王爷的本意，他希望陛下莫要误会。还有，他恳请陛下念惜往日的叔侄情分，若陛下不计前嫌，他愿尽己所能效忠陛下。”

“朕知道了，还有别的事吗？”

“回陛下，没了。”

“你走吧。”朱孝隆始终没有回头。

“草民告退，愿陛下旗开得胜！”楚离跪地叩头，站起身便要出门，却又被朱孝隆叫住了：“等等！”

“陛下还有什么事？”

“他们给了你什么好处？”朱孝隆回过身，用一种怪异的眼神盯着楚离，把个楚离盯得周身上下顿时就是一身冷汗。

朱孝辰的目的，似乎终于达到了。

此时的朱孝隆，眼神中充满了怀疑与无奈，就好比是一个病卧在床的老父亲，正看着不孝的儿子忤逆自己一般，没有愤怒，没有委屈，有的只是深深的悲哀与绝望。

“陛下觉得有什么好处，就有什么好处吧……”楚离紧咬下唇，深施一礼，此时此刻，恐怕再说什么都已经没用了，“草民告退。”

“李允、王小六！”楚离走后不多时，朱孝隆将李允和王小六叫到了行辕。

“陛下有何吩咐？”二人单膝跪地异口同声。

“李允，你即刻起身赶往淮中凤阳府面见廖大人，让他无论如何都不能起兵，以免引火上身，就说这是朕的意思！”

“可是陛下……”李允似乎对朱孝隆的决定有些不解。

“淮中离京城太远，如今大战在即，他就算起兵也赶不过来。况且他若擅自起兵，恐遭八方围剿，非但帮不上忙，反而会招致灭门之祸！”

“小的明白！”李允抱拳，转身出门。

“王小六，你即刻起身赶往永平府紫瑞山庄见我外公，将所有一切告诉他！”

“是！”

“告诉他们，朕若登基，会立即派人接他们回京。若朝廷另立旁人，则让王辇即刻安排去南洋的船只，先行一步前往南洋！”

“陛下……那你……”王小六听闻，满脸的担忧。

“真若如此，朕和舅舅会想办法救出母妃，与你们在南洋会合！”

“是！”

“另外，告诉他们，楚离已经被六弟和皇叔收买……”说到这，朱孝隆不禁顿了顿，长长地叹了口气，“再遇此人，不可轻信。”

“是！”王小六也是一脸的无奈，微微摇了摇头，转身走出了行辕。

六十四

次日，京畿卫西山大营，督师行辕。

被自己的亲外甥拆台，徐忠汇自然是满肚子的不痛快，当晚也没像往常一样去朱孝隆的行辕议事，夜里更是辗转反侧睡不着觉，索性命人端了一坛子酒来，自斟自饮直到天明。

“督师！不好了！督师！”就在天刚大亮，徐忠汇好不容易有点犯困的时候，门口守门的兵丁忽然满头大汗地跑进了行辕。

“怎么了？”徐忠汇眼皮都没抬，继续自斟自饮。

“陛下……陛下他……”

“陛下怎么了？”一听朱孝隆出事了，徐忠汇“哐当”一声将碗蹾在了桌子上，腾地一下站起了身子。

“你快来看一眼吧……”兵丁满脸无奈道。

“哼！这个逆子！”徐忠汇挺不情愿地走出了行辕，顿时被眼前的一幕惊呆了。但见一匹高头大马站在行辕门外不远处，朱孝隆端坐马上，头戴六甲亮金盔，身着金丝山纹甲，单手扶着一杆自制的大旗。旗杆是一棵去了枝丫的树苗，足有腕子粗细，杆头戳在地上，高逾两丈；旗面由当初赶制龙袍时用剩下的锦缎裁成，宽逾三尺长逾六尺，上书五个大字：天子守国门。借着清晨的山风，大旗随风飘摆，虽说制作简陋，却没有一丝一毫的滑稽，反倒是透着一股说不出的庄严。

“这……这身甲胄……是谁拿给陛下的？！”见朱孝隆竟然穿着一身盔甲，徐忠汇的酒顿时就醒了一大半，赶忙向四周下跪的兵丁厉声发问。

“舅舅不用问了，是朕下令让他们去取的！”朱孝隆一脸的决绝。

“隆儿，你又在胡闹些什么？”徐忠汇快步走到朱孝隆跟前，压低了声音。

“朕不是胡闹！朕已经与孝辰相约，今日午时一同出兵，与蛮匪决战，分左右两翼夹击蛮匪！朕是来命你发兵的！”

“你……”徐忠汇的肺简直快被气炸了，“还不快回行辕去！堂堂皇帝，穿成这样成何体统！”

“堂堂皇帝？”朱孝隆苦苦一笑，下意识地晃了晃手中的旗杆，仰头看了看飘舞在空中的大旗，“督师大人，堂堂皇帝想下令出兵御敌，却不得不穿成这样，这才真的是成何体统吧？”

“你……”徐忠汇满脸青筋暴露，两只拳头攥得咯吱吱直响，一时间却又无言以对。

“将士们！”朱孝隆不再理会徐忠汇，而是朝兵丁放声开喊，“现在有十万蛮匪，就在二十里之外！我大宁开国二百余年，威仪四海、八方来朝，何尝受此奇耻大辱？朕身为天子，又有何颜面去见列祖列宗！今日，朕要你们随朕出征，浴血抗敌、保家卫国！尔等若不惜热血，朕又何惜性命！至此大敌当前，朕愿御驾亲征身先士卒，以朕之鲜血，换江山社稷之万世太平！尔等有谁愿与朕共赴沙场？！”

死寂。

除了呼呼的风声与大旗在风中飘摆的噼啪声之外，朱孝隆并未等到预料中的群情激奋与震天呼吼。

“谁愿与朕共赴沙场？！”朱孝隆又喊了一遍，之后环顾四周，但见周围兵丁无一例外满脸茫然，“养兵千日用兵一时，如今国家有难，谁愿与朕共赴沙场？！”

“孝隆，算我求求你，不要再闹了！”徐忠汇面色凝重，眉宇之间尽是怒气，“这么大的事，你为何事先不与我商议？你以为打仗是儿戏吗？数万大军未经整备，如何出战！”

“朕早在涿州驿就与你商议过，否则大军又怎会来此？督师大人，大军驻扎在此已有三天，难道不够整备吗？龟缩在这里，与躲在涿州驿当缩头乌龟，又有什么分别？”朱孝隆眼中已然涌出泪水，没想到啊没想到，身为天子，不过是身上比别人多了一身龙袍而已，眼下几万大军，竟然没一个人肯听自己的，“好，好啊！尔等贪生怕死之徒！就算我大宁朝廷，从来没养过你们这群懦夫！你们不去，朕自己去！”说罢，朱孝隆拎起大旗，拨转马头缓缓走向营门。

“来人，把皇上拦住！”徐忠汇气得浑身哆嗦，脸色青紫。

“请陛下留步！”随着徐忠汇一声令下，周边兵丁呼啦跪倒在地，将朱孝隆挡在了营门口。

“闪开！”朱孝隆大吼，下面人却始终埋头伏地无动于衷。

“朕让你们闪开！”说话间，朱孝隆单手“锵啷”一声拔出了随身佩剑，听见拔剑之声，众兵丁赶忙抬头，但见皇帝陛下已然将宝剑搭在了自己脖子上，“没胆子杀敌，却有胆子拦驾，你们都反了吗？非要逼朕如此吗？”

“哎……这……”众兵丁看看朱孝隆又看看徐忠汇，一时间不知如何是好！

“闪开！闪！”朱孝隆两腿一夹马镫，胯下战马缓缓向前，挡路兵丁被迫移向两边。

“皇上！”情急之下，徐忠汇竟然也抽出佩剑搭上了脖子，“扑通”一声跪倒在地，“你若踏出营门，微臣便自尽于此！”

“哦？”朱孝隆回过头冷冷一笑，“督师大人，你宁肯死在朕的面前，也不愿战死沙场？好啊！就让那群蛮匪，见识见识我大宁的军队有多窝囊！让他们见识见识我大宁的皇帝，是如何单枪匹马去守护国门的！”说罢，朱孝隆握剑的手猛地一抖，一丝鲜血竟顺着脖子流进了脖颈。“都给朕闪开！”

挡在朱孝隆前面的兵丁，说是里三层外三层，其实还真就没几层，让朱孝隆这么一吓唬，赶忙默默地让出了一条通道。

“好啊！好！那就战死沙场！”“当啷”一声，徐忠汇狠狠地把佩剑扔在了地上，“传令三军！披挂整备！即刻随陛下出征！快！还愣着干吗！快去传令！”徐忠汇疯了一般伸手点指身边近侍：“派一队人马跟着陛下护驾！大队人马随后去追你们！快去！”

“是！”近侍抱拳退下，不多时，一队约莫两百名骑兵浩浩荡荡出营，好在朱孝隆骑着马闲庭信步走得并不快，待护驾的人马追上来，也只不过走了不到半里路。

“陛下！陛下请留步！”为首的将官气喘吁吁道。

“哼！”朱孝隆理都不理，继续往前走。

“陛下，督师已经下令整备，大队人马随后就到，此处距离敌营太近，恐有埋伏，求陛下暂且留步，等督师率大军同往！”

“吁！”朱孝隆勒马站定，回头看了看后面的骑兵，又打量了一下为首的将官，“你叫什么名字？现任何职？”

“回陛下，小人叫李河，是岭南卫武州河沿骑军营的百户。”

“百户？朕升你为千户。”

“啊……”李河双目圆睁，甚至不敢相信自己的耳朵，就骑马报了个信，竟然官升三级，不知是朱孝隆对军营的底层官职不甚了解，还是一时脑热，竟然跨过副千户和镇抚两个职位，直接把一个百户提拔成了千户。要知道，在未经战事未立军功的情况下，这三级职位，至少够这个李河再熬十几年，更甚者很有可能一辈子都熬不到，“小……小的……谢主隆恩！吾皇万岁万岁万万岁！”说话间，李河翻身下马，已然跪倒在地磕起了头。

“免了！”朱孝隆一铆劲，将手中的大旗举过马头递给了李河，“朕这面旗，就赐你替朕扛着！”

“这……”李河抬起头，旗杆已然递到了自己近前，“皇上……”接过旗杆，这李河已然是热泪盈眶……

六十五

与此同时，京西，裴府。

儿子去而复返，非但没死还升了官，掌管京畿卫四万大军的兵权，老爷子裴仲的心情那是相当的好，干脆就借着这股子高兴劲，以“后继寥寥”的名义又娶了一房。

后继寥寥，那裴良算干吗的？

寥寥不是没有，只是少的意思。裴良虽是裴家的子嗣，可惜只是独苗，有道是多子多福。为了达成这个夙愿，人家裴老爷子这些年辗转东西厢房，为了老裴家传宗接代的大业可谓鞠躬尽瘁死而后已，不给二十多岁的孙子再生出个二叔来，是坚决不会罢休的。

此时，裴仲正抱着新续的小妾在床上打滚，外面的家丁忽然砸起了门，“太老爷，外面有贵客拜见！”

“什么狗屁贵客！”裴仲怒道，“没看见我正忙着吗！还不快打发走！”

“老爷，是梁王殿下到访！”

“梁王殿下？”裴仲不禁一愣，下面顿时就蔫了。

平日里早有耳闻，皇六子梁亲王是个桀骜不羁的主儿，想法更是莫名其妙，自从当上监国，不管多荒唐的事都干得出来，唯一能管他的皇后娘娘竟然还听之任之；下面文武百官再怎么哭天喊地，他压根看都不看一眼，这种人可是万万得罪不起的。虽说朝中盛传此人很快会下台，但对于这种异类，只要他还在位子上坐着，就绝不能得罪。

无奈，裴仲也只好满脸不情愿地推开小妾，哆哆嗦嗦地穿上了衣服，“真是会挑时候！难道这小兔崽子从来不去早朝吗？”

说句实话，早朝，朱孝辰是去了的，不过是散朝比较快而已。

“哎呀……不知是六殿下驾到，有失远迎，有失远迎，还望殿下恕罪啊……”装模作样地让人搀扶着，裴仲颤颤巍巍地似是要下跪。

“裴老先生不必多礼！”朱孝辰仍旧摆出了那副招牌式的平易近人，“小王冒昧前来，是代母后向你老人家赐匾的。”

“给我……赐匾？”裴仲一愣，“不知老夫何德何能……”

“老人家就不要谦虚啦……来，抬进来！”朱孝辰回身一摆手，六个彪形大汉将一面蒙着赭黄色锦缎的匾额抬进了院子。

“哎……这……老夫谢娘娘圣恩……”裴仲颤颤巍巍又要下跪，再次被朱孝辰拦住，“小王早就说了，老先生不必多礼！”

“啊……敢问殿下，你的手怎么了？”就在朱孝辰伸手搀扶的时候，裴仲忽然发现其右手缠了几层麻布。

“哦，老先生有所不知，昨日小王偶然间得到一柄长剑，把玩之时不小心弄伤了手掌，真是惭愧惭愧。”

“哎呀，殿下以后再摆弄那些东西可要多加小心啊……”

“谢老先生提醒，来呀，把匾额揭开！”朱孝辰一声令下，蒙着匾额的锦缎被抬匾的人取下，但见匾额上书四个大字“教子有方”，“如今蛮敌压境，裴将军守土有功，我与首辅周大人商议之后，便向母后请懿旨赐了这块匾给老先生，以彰老先生为朝廷养育栋梁之功绩！”

“哎呀！真是皇恩浩荡、皇恩浩荡啊！老夫不胜惶恐、不胜惶恐啊！精忠报国乃是我大宁子民的分内事，老夫仅是教他正途而已，又如何受得住这般恩宠啊！”

“老先生过谦了。”朱孝隆一笑，“裴将军劳苦功高乃是有目共睹。臣下不惜热血，皇家又何惜恩赐呢？”

“哎呀，真是老糊涂了，竟让殿下在这站着，殿下快屋里请！来人呀，快给殿下上茶！”

“哦，老先生不必客气，老先生先请！你们几个，把匾挂上。”

“恕老夫斗胆，听说……哦……陛下龙体欠安，不知最近恢复得如何了？”宾主落座，裴仲假惺惺地开始关心皇上。

“唉……”听裴仲这么一问，朱孝辰摇了摇头，“父皇的病情虽未恶化，却也无甚好转，每日都是那样，太医院也束手无策。”

“哦……殿下不必担心，陛下……哦，乃是吉人自有天相，定能逢凶化吉遇难成祥……”裴仲安慰道，“陛下既不能临朝，国家大事，便都要仰仗殿下你呀，每日操劳国事，想必辛苦吧？”

“近日蛮敌围城，裴将军肩上的担子也很重啊，比起他，小王这点辛苦又算得了什么呢？”说到这，朱孝辰似乎恍然大悟，“哎呀，光顾着说话了，差点把大事忘了！”

“哦？莫非殿下，还有国事在身？”

“小王要发一道手令，本应在早朝时就送出去，这一忙，竟然拖到现在……”朱孝辰起身，满脸的焦急，手忙脚乱仿佛热锅上的蚂蚁，“老先生，不知你这里有没有纸笔？”

“哦，有，有，来人，快取纸笔来！”

“啊……”刚拿起笔，朱孝辰却又猛地将笔扔在了地上，捂着受伤的手掌，满脸的痛苦。

“哎呀，殿下！”裴仲赶忙起身，“你没事吧？”

“让老人家见笑了……”朱孝辰满脸的尴尬，“老人家，小王想请你帮一个忙。”

“殿下与老夫客气做什么？”

“小王这只手还不能写字，能否请老先生代笔，替小王写下这封手令？”

“这有何难？”裴仲一笑，“来人，再取支笔来！殿下，你说，我写。”

“监国令：今日午时，派遣京畿卫精锐三万，攻敌军右翼。凡龟缩不出者，斩；临阵退缩者，斩；佯攻怯战者，斩。若不能退敌，则提头来见。”朱孝辰隐隐一笑，斜眼盯着裴仲，但见这裴仲虽摆好了下笔的架势，却始终没写出一个字，“老先生，你怎么了？”

“哎……”裴仲抬起头，早已是汗如雨下，“殿下……恕老夫斗胆，敢问这道手令，要发予何人？”

“当然是裴将军啊……”朱孝辰表情微微一变，“老人家，你不会是舍不得送裴将军上战场吧？”

“哪里……哪里……”裴仲满脸的假笑，拿笔的手已然抖如筛糠。

“唉，算了吧！爱子心切乃是人之常情，是小王强人所难了。”朱孝辰语重心长道，“算了吧，等会儿小王亲自跑一趟，当面向他下令好了。”

“哦……殿下……”裴仲抬起头，满脸的尴尬。

“没事，没事，来，老人家快些落座。”

“哦……既然如此，老夫谢殿下体恤……殿下千万不要误会，老夫绝无袒护小儿之意，只是老夫年事已高，眼歪手抖，字迹甚是丑陋，怕坏了殿下的名声啊……”裴仲心惊胆战地又坐回了椅子。

“老人家不必自责，要怪，也只能怪小王这只手不争气……”朱孝辰盯着自己受伤的手掌不住地摇头，“唉，只怪一时贪玩……”说着话，朱孝辰伸出左手，身后侍从将一柄长剑递给了朱孝辰。但闻“锵啷”一声，朱孝辰手按绷簧将长剑抽出了一半，但见剑刃寒光四射，连外行都能看出来不是一般家伙。

“真是好剑……”裴仲不住地点头，“敢问殿下，这是什么剑？”

“这把剑可是大有来头……”朱孝辰微微一笑，“此剑名曰‘断念’，乃是铸剑宗师杨古云所铸，曾为尚方宝剑。想当年广南督师王友成，私练民团被左党抓住了把柄，父皇要拿他问罪，后来他上京抗辩，半路上被左副都御使吕贤信用这把剑砍了脑袋。后来父皇降旨将此剑收回，供入了太庙。昨日小王去太庙祭拜，一时好奇，便想将此剑借来开开眼界，杨古云铸的剑，随便一把就值五万两银子呢……”朱孝辰转头盯着裴仲诡异一笑。

“尚……尚方宝剑……”但见裴仲脸色已然跟菜摊上的大白菜没了两样。

“是啊，就因为它是尚方宝剑，才让那些奸佞之臣钻了空子，即便是当朝的一品督师，也是说砍就砍，事后那个吕贤信也只不过是被革职而已。”朱孝辰叹了口气甚是惋惜，“但愿今后，此剑不要再冤杀忠良才是！”

“是啊……是啊……”裴仲抬起胳膊不住地擦汗。

“老先生，小王还急着去下令，就不叨扰了……”说到这，朱孝辰宝剑回鞘，起身便要告辞。

“啊……这……殿下请留步！”但见裴仲颤颤巍巍地又把笔拿了起来，“殿下百忙之中来舍下施恩赐匾，老夫无论如何也要摆酒谢恩才是。殿下若不嫌弃，不如在舍下用过午膳再走如何？”

“军情紧急耽搁不得，小王必须得走了，老先生的好意小王心领……”

“唉……这种跑腿儿的事，岂劳殿下亲往？既然殿下手上有伤，那份手令就由老夫来代笔好了……”裴仲一边说，一边写，片刻不到便写好了手令。

“老先生的墨宝，写得可是比小王强多了。”朱孝隆冷冷一笑，从袖筒里掏出了随身印信，鲜红的印章印在手令下面，之后拿起手令递给了身后的侍从，“魏大人，烦劳你跑一趟，将这道手令交给裴将军。”

“卑职明白。”身后侍从拱了拱手，接过手令转身出屋。

“魏……魏大人？”裴仲一愣，这个六殿下是不是真的脑袋瓜不灵光，天底下哪有称下人为“大人”的？

“哦，小王来得匆忙，忘了引荐，刚才那个魏大人，是青衫营京城衙门的掌刑千户，魏亮。”朱孝辰微笑道，“怎么，老先生不认识他？”

“青……青衫营……”裴仲双目圆睁，险些昏厥。

六十六

魏亮怎么会成了朱孝辰的人？

两个人本来的确是没什么交集。

魏亮的儿子魏英，大概在半个月之前刚刚升官，由羌贵三门卫指挥同知升任淮北卫指挥使，到任第一件事便是拿着银票去钱庄兑银子，却被告知银票是假的。

银票是老爹魏亮派人送来的，那可是陈公公身边的红人，青衫营二号人物，他给的银票怎么可能是假的呢？两边争执不下便动起了手，因为魏英穿着便装，又不是本地口音，钱庄不知其来历，便派出一群打手把魏英打了个鼻青脸肿。

事情发展到这个份上，如果这魏英稍微理智一点，到当地知府衙门表明身份说明原委，钱庄铁定认㞞，除了赔一个天价的药钱之外，即便是假银票也能给你加倍兑了。

可惜，魏英是个急性子，堂堂卫指挥使，青衫营京城衙门掌刑千户魏亮的独苗公子，何时吃过这种亏？一怒之下，魏英带了一队兵马直接把钱庄给砸了。之后经过清点，丢了三千多两银子，且钱庄掌柜在混乱中被人打出了内伤，从当地请了个京城来的太医诊脉抓药之后，两服药下肚竟然一命呜呼见了阎王。起初，家眷嚷嚷着把那个太医扭到了衙门，但其开出的药方和熬过的药渣经过别的郎中分析，对于掌柜的症状而言并没有错，这人命的官司也便一并扣到了魏英身上。

最气人的是，事后经过甄别，魏英的银票果真是假的，只不过仿得很像而已，显然是被人调过包。也就是说，整件事的源头，是魏英缺理在先。

按军法，死罪。

就算没出人命，单就擅自调兵打砸商户欺压百姓这一条，依军法必死无疑。

换作以往，把人家丢的银子补上，再向掌柜的遗孀认个错赔足了银两，只要衙门口没人喊冤，一切都是好商量的，毕竟魏英有魏亮这么个老爹在京城坐镇。但这次不一样。一来，这家钱庄是有后台的，钱庄的掌柜，也就是被打死的那位，是工部尚书史飞的远房表弟，平日里也没少给朝中那位表哥上贡；二来，陈公公不在京中且死讯谣言满天飞，魏亮的后台已经不好使了。

案宗很快被送到了刑部。刑部尚书顾应檀，可是泥鳅中的泥鳅、狐狸中的狐狸，一心想把这桩案子拖到新帝登基看看形势再说。如果魏亮继续得势，就找茬轻判，顺便与魏亮冰释前嫌拜把结交当个生死兄弟；如果魏亮失势，那就借着这桩案子把他们爷俩一块儿踩到地底下。

话说回来，史飞在官场混了也不是一天两天，顾应檀这点小算盘又怎会看不出来？见顾应檀借故拖延，这史飞干脆从左党之中纠集了一群僚友，在朝中狠狠地参了魏亮父子一本，除此之外还带着这群人天天去乾清宫外面跪着，阵仗跟逼宫差不多。

虽说朱孝辰从来不批奏疏，但皇后娘娘却被这群人给跪烦了，便把朱孝辰叫到了宫里，让他务必在三天之内解决这件事，听说皇后娘娘为此事召见朱孝辰，顾应檀赶忙上疏建议由监国亲审此案，巴不得赶紧把这块烫手的热山芋扔出去。

于是乎，就轮到魏亮趁半夜三更偷偷跑到梁亲王府痛哭流涕了。

结果到了第二天早朝，朱孝辰无意间发现朝廷近些年似乎有一些亏空，便下令核查工部五年内的账目。

一听要查账，史飞倒是摆出了一副理直气壮的架势，甚至在朝下大放厥词：六殿下不就是想偏袒魏亮吗？本大人不在乎！我姓史的不相信这世上没有“公理”二字，偏要喊冤到底！老子为官三十余年，始终明镜高悬两袖清风，任你翻烂了账本，若能查出一文钱亏空，我史某人宁愿自尽以谢圣恩。

敢白纸黑字往账本上记的账目，出账入账肯定是天衣无缝，按一般的查法是不可能查出毛病的。但朱孝辰却是突发奇想，派人从民间找了一群工匠，先向工匠询问近五年各类材料以及人工的行价并登记造册，之后再比对着那些工匠报出的行价，逐条逐项地核对工部账本上的支出价目。

说实话，要是有一条能对上，工部就不是肥缺了。

比如说木材，同一种船木，工匠给出的行价是上等料每一千斤十两银子，包运送；但这个行情只是少量购买的行情，若买得多，肯定是可以讲价的。以工部每年的购买量而言，讲到八两肯定是不用太多废话，甚至七两乃至六两也不是没得聊，但工部的账目就是铁打的十两，一文钱不少，而且还不包运送。

按工匠给出的行情，仅以最保守的八两银子成交价计算，五年间，仅此一项，差价就将近八十万两，除此之外还多出来了十多万两的“路银”，也就是运送钱。但按工匠的说法，木材商都包运送，没有不包的。即便不包，运个货也用不了那么多钱。这么大的货量，一文钱不便宜还不包运送，这样的木材商开张第二天就得饿死。

刚查到这，乾清宫外面就没人跪了。

紧接着史飞便上了一道奏疏，只字未提自尽的事，只是说自己年老体衰，想告老还乡。

还是那句话：只要衙门口没人喊冤，什么案子都好商量。这下连朝廷上都没人喊冤了。

之后朱孝辰便“秉公执法”亲审了魏英的案子：

一、赔偿钱庄失窃银两。

二、人命官司皆因庸医误诊，并非魏英及其麾下所为。

三、魏英身为朝廷命官，纵兵打砸民商，实属知法犯法，其罪当诛。念其初犯且朝廷正值用人之际，着官降三级，戴罪立功，以观后效。

这就算是结案了：赔了三千两银子，死了的那个掌柜就算是白死了。

消息一出，满朝哗然。

但很快就不哗然了。

对于朱孝辰处理问题的风格，大家伙早就习惯了。这案子判得再怎么荒唐，荒唐得过派山海关的兵马去宣亭吗？但是没办法，这个“祸害”就是当初自己跪在乾清宫门口，哭着喊着求皇后，才把他推上位的，所以说牙掉了也只能往肚子里咽，只能盼着皇后娘娘赶紧把他赶下台册立新君。

至于魏英的案子，既然连原告都想告老还乡了，满朝文武自然不会有人出面继续蹚这潭浑水，否则的话，正在工部查账的人马很有可能会立即转移到自己的衙门。

又是一个月黑风高的杀人夜，魏亮再一次鬼鬼祟祟地摸到了梁亲王府，好一番感恩戴德。而朱孝辰所要求的回报却简单到连魏亮自己都不敢相信：过两天要去裴府赐匾，府上人手少忙不过来，让魏亮从青衫营带上几个人，干点力气活帮忙搬搬东西就可以了。

于是乎，魏亮特意找了几个身强力壮的，把匾额抬到了裴府。

事情似乎就这么过去了。只不过事到如今，从没有人想过：魏英的银票是被谁调包的？为什么是“调包”，而不是直接偷？钱庄掌柜的伤本不应是致命伤，为什么让“京城”来的太医那么一治，反而就给治死了呢？

六十七

京城，西直门，城头。

“报……”此时刚升任京畿卫总兵的裴良正在城头巡视，一个探马忽然跑上城头单膝跪倒，“报大人，西山那边有动静了！”

“哦？”裴良听闻一愣，“什么动静？”

“他们的人马已经开始整备了！小的回来时，已经有一队人马出营，只有一两百人，可能是先锋。”

“哦？”裴良一惊，“往哪边去的？”

“往鞑靼人大营的方向。”

“再探！”

“是！”

“报……”就在这时候，一兵丁跑上城头单膝跪倒，“禀大人，有一位姓魏的大人求见，说带来了监国殿下的手令！”

“姓魏的大人？”裴良把朝中姓魏的人捋了一遍，猛然间想到了魏亮，不禁冷冷一笑，怪不得前不久咱家宝贝六殿下会替魏亮出头，顺带手还把工部尚书给换了，敢情这魏亮病急乱投医，竟抱上了他的大腿，“请上来！”

“是！”兵丁跑下城头，不多时果然将魏亮带上了城头。“裴大人辛苦！”魏亮拱手。

“彼此彼此。”裴良还礼，满脸的假笑，“听说魏大人，是来为六殿下传令的？”说实话，这句话问的，着实是奔着拆台去的，直接把平素里不可一世的魏亮误会成了传令兵或最底层的小太监。

“不是为他传令，而是代他传令。”魏亮也是笑里藏刀。

“有什么不一样吗？”

“殿下本来是想亲自来下令的，只不过令尊执意要留殿下用午膳，他推辞不过，这才让下官代为传令。”说着话，魏亮从怀里掏出了裴仲代笔的手令递给了裴良。

“殿……殿下在我府上？”一听“令尊”俩字，裴良的汗珠子立即就下来了，接过手令一看，果真是父亲的字迹，脸顿时就白了，“他……他……去我府上做什么？”自从上次老爹被顾应檀抓走上夹棍之后，对这种事裴良已经是怕了。

“唉……裴将军想到哪里去了？”魏亮伸手拍了拍裴良的肩膀，“殿下向皇后娘娘请旨，赐了令尊一块‘教子有方’的金匾，去你府上仅是赐匾而已。”

“赐匾？”裴良又看了看手令，满脸的狐疑，“那这午时出战的命令，又是怎么回事？这么大的事，殿下可曾与娘娘商议？”

“下官只负责传令，其他一概不知。”魏亮一抱拳，“还请将军速速集结人马才是，现在距离午时，可是没剩多少工夫了。”

“这道手令为何是我父亲的字迹？你跟在殿下身边，难道也不知道？”裴良可是出了名的孝子，不管什么事只要一沾老爹，十有八九会头脑发热失去理智。当初老爹被顾应檀抓到刑部的时候，他就差点带着大内的禁卫去刑部劫牢。

“怎么，殿下没资格请令尊代笔吗？”魏亮两眼一眯，满脸的阴毒。

“来人！”说话间，裴良“锵啷”一声将佩剑拔出了一半，周围站岗的兵丁见状，随即刀剑出鞘将魏亮围在了中间。

左右瞟了瞟围兵，魏亮冷冷一哼，似笑非笑地伸出手，将裴良的剑又按回了剑鞘，“裴将军，咱们的敌人在那边，不在这。”说着话，魏亮伸手指了指鞑靼人扎营的方向。

“啊……呵呵……这……哎……”让魏亮这么一指，裴良也意识到了自己的失态，只得尴尬一笑，“裴某的老父亲曾在刑部吃过亏，裴某实在是心有余悸……一时鲁莽，冒犯之处，还望魏大人海涵。都下去……都下去……”裴良拱手先是向魏亮赔罪，之后又赶忙遣退了围上来的兵丁。

“久闻裴将军仁孝，今日得见，果然不同一般啊。”魏亮一脸的不怀好意，“其实将军你完全可以把心放在肚子里，梁王千岁乃是堂堂监国，怎么可能在令尊身上做什么文章呢？之所以让令尊代笔，只是因为殿下的手被尚方宝剑划伤了不能写字而已，是将军你多虑啦……”

“尚……尚方宝剑？”这回裴良连假笑都笑不出来了，这哪是把心放在肚子里？明明就是把心顶在脑门上，“什么尚方宝剑？”

“就是当年砍了王友成脑袋的那把尚方宝剑啊……”魏亮笑呵呵道，“殿下也是习武之人，前日去太庙祭拜的时候，一时兴起将此剑借来玩玩而已。”

“这把剑，现在在他身上？”

“那是自然！”魏亮满脸的理所当然，“那可是先帝御赐的国宝，即便是六殿下，最多也就是借个两三天便要还回去，放在府上看家，岂不是白借了？”

“你们……”裴良伸手指着魏亮，一时哽在了当场。

“下官还有公务在身，告辞！”魏亮拱了拱手，转过身闲庭信步地走下了城头。

“李森！”裴良喝道。

李森是谁？

是一个曾经抱错了腿的人。

此人是前任总兵齐玉忠的远房亲戚，之后借着齐玉忠的关系又巴结上了齐王，短短三年时间便从一个小小的提调升到了都指挥使的位子，可以说是京畿卫的三把手，向来不把黄文举这个马夫出身的二把手放在眼里，仗着一把手齐玉忠是自家亲戚，平日里也没少跟黄文举作对。结果齐玉忠一死，黄文举瞬间成了一把手，这个李森就抓瞎了，三天两头觉得黄文举掌了权之后铁定会找机会公报私仇。好在黄文举还没来得及公报私仇，就被调到了大内。而新任的总兵官裴良与自己倒是没什么恩怨，据说还是皇后娘娘的人，也算是条粗腿，于是乎，此人又攀上了裴良。

而裴良呢？毫无征兆地被调到了人生地不熟的京畿卫，也急需一个人头熟说话好使的人给自己当副手，于是乎二人一拍即合各取所需。李森拍胸脯表忠心，官升一级当上了副将；裴良手下则多了一个唯其马首是瞻让往东绝不往西的狗腿子。

其实，稍微聪明点的人，都知道裴良这个总兵是临时的，一旦形势像传言中的那样发展，幼帝登基皇后垂帘听政，人家裴大人无论如何也是封疆大吏位列台阁的前程，真到了那时候，这总兵的位子，可就非李森莫属了。

“大人！”李森拱手。

“你速速进宫，把这个交给皇后娘娘！”裴良将朱孝辰的手令递给了李森，“告诉娘娘，六殿下带着尚方宝剑在我府上，以我父亲为要挟，逼我出兵！让娘娘立即降懿旨救我父亲！”

“是！”

“还有，告诉娘娘，殿下逼我出兵，西山大营也在这个时候突然发兵，这绝不是巧合，殿下与废太子，定是在暗中相互勾结，恐对娘娘不利！”

“明白！”李森飞奔下城催马直奔皇宫，仅仅过了不到半个时辰，但见李森大汗淋漓地又跑回了城头，“禀……禀大人，宫里……宫里……”

“宫里怎么了？”裴良虽说没跑腿，但同样是满脸的汗水。

“宫里进不去啊！”

“怎么回事？”裴良赶忙追问。

“首辅周大人，带着各个衙门十几位大人，正在乾清宫外请愿，黄大人下令封锁大内，任何人不得入宫！”

“请愿？他们又要请什么愿？”对于时下正流行的集体逼宫，裴良也算是见怪不怪了。

“这……”李森一脸的无辜，“卑职军令在身，哪还有心思打听那个啊！”

“废物！你就不会找个公公通禀一声吗？”裴良气急败坏道。

“我找了呀！但我一进宫就被人盯上了，我又不认识大内的人，连找了四五个公公帮忙通禀，都是泥牛入海啊！”

“好一个黄文举！”裴良把后槽牙都快咬碎了，就在这时候，城下又传来一阵喧哗，不多时，一个兵丁又满头大汗地跑上了城头：“大人，有个小厮说有急事要见你。”

“小厮？”裴良青筋暴露，“什么小厮？”

“哦，他说跟大人的父亲有关。”

“快带他上来！”裴良气急败坏道，不一会儿，一个跑堂伙计打扮的年轻人被带上城头。

“哦……哪位是裴大人？”

“我就是！”

“大人借一步说话……”年轻人鬼鬼祟祟地凑到了裴良的跟前，把嘴贴近了裴良的耳朵，“大人，小的是珍味楼的伙计，你家老爷子偷着给了小的十两银子让小的来找你，说是什么梁王殿下非要做东请他吃酒，他不敢推辞，刚才梁王还当着他的面，吩咐掌柜的准备了三坛子烈酒，他怕被灌死，让你快想想办法！”

“这……”裴良的脸顿时就绿了，“竟然要软刀子，真是欺人太甚！”

“哎……大人，别光顾着发脾气。”年轻人嬉皮笑脸地伸出了手，“你家老爷子说，只要把消息带到了，你还得再给我五十两。”

“放肆！本将甲胄在身，怎么可能带银子？”

“哎？大人，这可就是你的不对了，小的可是冒着砸饭碗的风险来给你通风报信，你要是不给，我这就回去把这事儿告诉那个什么梁王。”

“你……”裴良无奈，只得询问周边下属，“你们谁身上有银子？”

七拼八凑，可算凑够了五十两。揣着一大兜子碎银，小伙计乐呵呵地下了城头，一溜烟钻进了胡同。

“传令各营，严加戒备，没我的命令，谁也不许出战！违令者斩！”裴良牙一咬心一横，就老爹那把老骨头，别说是三坛子烈酒，就算喝三坛子凉水没准都能要了他的老命，如今指望皇后娘娘怕是已经来不及了，救老爹也只能亲自上阵了，“来人！”

“有！”

“点兵一百，随我去珍味楼！”

“是！”

六十八

时间已近午时，珍味楼的食客也逐渐多了起来。就在大伙推杯换盏的时候，门外忽然乱作了一团，一队兵马由远而近，二话不说便将这珍味楼围了个水泄不通。

“掌柜何在？”裴良翻身下马气势汹汹地走进饭店。

“哟！这不是裴大人吗？”掌柜的赶忙嬉皮笑脸地迎了上来，指了指屋外的围兵，“敢问大人……这是何故？”

“我父亲可曾来此？”裴良凶神恶煞般问道。

“回大人，裴老爷可是有日子没来过啦……”掌柜道。

“梁王殿下呢？他来过没有？”

“没……”掌柜的继续摇头。

“他没让你准备三坛烈酒？”见掌柜的把脑袋摇得像拨浪鼓，裴良顿时感觉不对劲。

“哎呀，大人明鉴，我这儿的酒都是酒坊灌好了壶再送过来，从来就没用坛子盛过酒啊……”

“报……”就在这时候，又一兵丁飞奔进了珍味楼。

“又怎么了？”裴良的头已然大了。

“报大人，部署在九门的兵马……正在……正在……”

“正在干什么？”

“正在整备集结！”

“荒唐！”裴良抬手“哗啦”一下便掀翻了一张饭桌，“谁下的命令？”

“说是……是……奉了梁王殿下的命令！”

“中计了！”裴良气急败坏，也顾不得围在外面的一百兵马了，只身催马赶赴西直门，刚跑上城头便被一众兵丁按到倒在地。

“放开我！你们都反了吗？！”裴良拼命挣扎，“是谁给你们的胆子？！”

“裴大人……”朱孝辰阴着脸走到了裴良的跟前，“你可知罪？”

“末将何罪之有？”裴良咬牙切齿地抬起头，顿时就是一愣，只见朱孝辰头戴亮金兜鍪盔，身着亮金锁子甲，俨然一副冲锋陷阵的打扮。

“本王的手令你可曾收到？”朱孝隆冷冷道。

“收到了，但出兵一事事关重大，末将必须向皇后娘娘请旨！”

“你擅离职守，是去请旨了？”

“我……”裴良一时语塞，“我去干什么了，殿下心里应该最清楚！”

“这么说，你就不是去请旨了……”朱孝辰冷笑，“敌军兵临城下，你身为主将，抗命不遵且擅离职守，置社稷安危于不顾，让本王又怎能放心将京畿兵马交予你手？裴大人，从今天起，你便不再是京畿卫的总兵官了。本王，革你的职。”

“殿下！你……”裴良死死地盯着朱孝辰，两眼尽是杀气，“你没有这个权力！”

“当初把兵权交给你的时候，你怎么不这么说？”朱孝辰微微眯起了眼，“将此人打入天牢，待退敌之后再行发落。”

“是！”众兵丁一拥而上，将裴良押赴刑部天牢。真可谓冤家路窄，一代英豪裴良，再一次落到了一代贪官顾应檀的手里。

“殿下！你会后悔的！你一定会后悔的……”裴良百般挣扎，但胳膊终究拗不过大腿。这就是“新官上任、兵不识将”的结果，随随便便找一个理由，就能把你拿下，且绝不会有人站出来替你哪怕求一句情。

副将李森，不是裴良新近笼络的心腹吗？他为什么不帮裴良说句话？

因为李森已经不再是裴良的心腹了。

“李将军！”朱孝辰转过身，看都没看裴良一眼。

“卑职在！”李森上前单膝跪倒。

“大军集结得如何了？”朱孝辰问道。

“回殿下，各营兵马已经整备完毕，现在正在集结，最多再有半个时辰即可出战！”

“李将军，本王有一事不明，想向你请教一二。”朱孝辰手搭凉棚，默默地注视着西山大营的方向。

“卑职不敢。”

“裴大人公私不分，恐怕难胜大任。本王想保举一个人顶替他的位子，掌管京城兵马。你是京畿卫的老人，不知道有没有什么合适的人选推荐？”

“这……”李森呼吸稍显急促，“回殿下，卑职不才，愿毛遂自荐！”

“嗯……”朱孝辰点了点头，“裴大人刚给你升过官，本王若再行保举，恐难服众啊，除非你能……立下战功！”

“卑职定当以死报国，以馈殿下知遇之恩！”李森单膝跪倒，眼中满是兴奋。鬼才愿意给别人当附庸，李森的野心也绝不仅仅是一个区区的副将，甚至说总兵也不是他的终极目标。好男儿顶天立地，不混他个封侯拜相是决不罢休的。

虽说时下盛传这个梁王殿下不日即将下台，但是，万一呢？

万一他登基了呢？

常言说得好：富贵险中求。

在李森看来，十拿九稳能当皇上的人，是轮不到自己一个小小的副将去巴结的；反之，越是像六殿下这种能把满朝文武气得鬼哭狼嚎、人人对他怨声载道敬而远之、根本没人肯去支持的皇子，就越是容易攀上关系。有道是：乱世出英雄。眼下这个世道，已经乱得够本了：齐玉忠死了，齐王前途未卜，裴良前途未卜，定国公徐杰更是生死未卜，脑袋里能想到的大腿，皆是泥菩萨过河自身难保；与其继续战战兢兢地四处找大腿，倒不如把握时机自己当大腿；要赌，就赌一把大的，押上身家性命，赌一个仕途前程；赢了就是飞黄腾达，输了就是万劫不复。一句话：不成腿，便成仁！大丈夫顶天立地，岂能给别人当一辈子狗腿？

所以说，乾清宫外，根本就没人逼宫请愿，李森压根就没进宫，只不过骑马在皇宫附近绕了一圈而已。

所谓的尚方宝剑也是假的，在习武的人看来，那只是一柄还算不错的剑而已，骗骗裴仲尚可，换作裴良铁定会露馅。

刚才那个号称珍味楼伙计的小厮，也是假冒的。

楚离，没悬念。

因为普天之下除了他，没人会在假冒伙计诈骗朝廷命官的时候，还有闲心顺手牵羊额外骗走五十两银子。

六十九

大军在距离敌营仅仅一里路的地方站定，抬头望去，罗刹军营黑压压一片，已然是严阵以待。

“陛下，午时已到，何时开战，微臣听你的号令。”徐忠汇抬头望了望太阳，差不多已经午时了。但京城那边却一点动静都没有，也没有探子回来禀报。

“再等等……”朱孝隆的语气似乎有些颤抖，对他而言，这是一次豪赌，赌注不仅是大宁朝廷的颜面，更是自己作为天子一辈子的威严。就算朱孝辰没来，也必须一个人硬着头皮冲上去。否则的话，如此大张旗鼓不惜和舅舅闹翻才把兵带出来，还打出了“天子守国门”的大旗，倘若因为没人帮忙就灰溜溜地打道回府，让对面的敌军瞧不起不说，单就这件事本身，恐怕也会成为千秋万代的笑柄。

“隆儿啊，单凭那姓楚的小子一句话，你就真的相信你弟弟会出兵帮忙？即便他想出兵，那妖妇又岂能轻易答应？”一旁的徐忠汇不住地苦笑，显然早已猜到朱孝隆的突发奇想是楚离的功劳，“你也不小了，岂能如此意气用事？”

“他一定会来的。既然他这么说了，就一定会来！”朱孝隆面色凝重若有所思，“你不了解他。”

“他说午时出兵，现在已过午时，可是京城那边一点动静都没有，他若是一天不来，难道你要在这里等上一天？”徐忠汇似乎有些焦急，“三军将士连饭都没吃，空着肚子站在这里，消磨的可是疆场上的锐气！”

“再等等……”朱孝隆鼻洼鬓角已然见了汗水。

转眼间，又是一刻钟。京城方向虽然没什么动静，罗刹人却派出了两个军官催马跑到了阵前，要求徐忠汇投降，差点让徐忠汇下令砍了。“陛下，你还要等到何时？”撵走罗刹人的军官，徐忠汇似乎有些不耐烦，“你不是总担心这些外蛮把咱们看扁吗？人家看咱们没动静，还以为咱们是带着人马来归降的！”

猛然间，朱孝隆似乎有些后悔，他睁开双眼看了看身边一望无际的人海，心中可谓是百感交集。

回去？

不可能。

就这么回去，铁定一辈子颜面扫地。

前进？

必是横尸遍野血流成河。

难道，在成为一国之君以前，必须要先成为一个刽子手？

难道朱孝辰，自己的亲弟弟，真的会阴险至此，用如此恶毒的谎言骗自己独自出战？

六万人，六万人啊！

背后是无数妻儿老小的祈祷与苦盼，此战过后，那一次次的望眼欲穿，又有几家人能盼来团圆？

也罢！

就算上当，至少是身殉社稷，至少没有辜负父皇的良苦用心；至少没有辜负一个君王的使命！至少能名垂青史流芳千古！想到这，朱孝隆缓缓地睁开了双眼，牙关紧咬，似是下定了决心："舅舅，你下命令吧……"

"侯举！"徐忠汇一摆手，副将侯举催马上前，"卑职在！"

"本将命你率三千兵马，保护好陛下！"

"是！"侯举拱手，"榆林卫，随我退后！"

"将士们！"与副将交代好之后，徐忠汇拔出佩剑催马来到阵前大喊，"誓死报国！"

"誓死报国！"人海中爆发出雷鸣般的怒吼。

"誓死报国！"徐忠汇提高了嗓门，策马在阵前反复奔跑。

"誓死报国！"在场将士无不血脉贲张。

"杀！"但见徐忠汇掉转马头，战马缓步向前，继而小跑，终于狂奔。

徐忠汇身后，两万骑兵分为三排，南北绵延近四五里长，呈扇面状铺天盖地，霎时间尘土飞扬；马蹄声、呐喊声，有如山崩一般震耳欲聋；骑兵之后，是火器兵和长枪兵，托枪呐喊，狂奔向前；六万兵马全军冲锋，这是自大宁开国以来第一次，没有战术，没有阵法，唯有"天子守国门"一扇大旗在排山倒海的呐喊中随风飘扬。

顽敌就在眼前。

他们从何而来、为何而战？

不重要。

重要的是，他们踏上了我们的土地，践踏了我们的尊严。

此时此刻，罗刹人也发出了冲锋的号令，排山倒海的骑兵犹如蜂群一般冲出营地，两军相隔仅仅两里，在狂奔的战马脚下不过是片刻而已。霎时间，彼此前锋已然交汇，大宁前排骑兵端起"三眼神铳"首先开火，鲜血的颜色，顷刻间便成了战场烟尘之外唯一的色彩。

这便是战场，将士们最恐惧却又最渴望的地方，生命在这里仿若风中残烛一般摇摇欲坠；这里没有怜悯、没有慈悲、没有任何侥幸；面对面时的勇气与力量，历经戎马的磨炼与成长，都将融入那致命的一刀或一枪；你杀他，我再杀你，往复循环，直到一方倒下为止。短短半炷香的工夫，大地已被鲜血浸染，万千生灵已被尖刀与火舌送回故乡。

又是一阵呐喊，火铳发射的声音此起彼伏，步军杀到了。生力军的加入，让本就残酷的拼杀多了一抹血腥的味道。

岭南大军，虽是朝廷一等精锐，但火器兵的比例并不高。除了两万骑兵人手一柄三眼神铳之外，步军之中火器兵仅有五千人，不论是步军所使用的鸟铳还是骑兵用的“三眼神铳”，徐忠汇的兴趣都不是很大，因为火器兵尤其是持鸟铳的步军，仅适合防守战，并不适合冲锋。这其中使用“三眼神铳”的骑兵还稍微好些，这种武器本身分量十足，三枪打光之后，武器本身也可以当作“铁锤”来用，借助战马的冲击力也有很强的杀伤。但步军就不一样了，步军火器兵普遍使用鸟铳，这类火器一次只能打一枪，准性一般且装药缓慢，杀敌效率远不及好一点的弓箭，且步军不宜装备过于沉重的武器，所以鸟铳在开完一次火之后，不论是长度还是重量，都不适合当作近战武器使用。有鉴于此，徐忠汇命令工匠对鸟铳进行了一些改造，在铳头加装了一尺长的铁尖，铳托也加长了一尺，即便如此，当近战兵器使用也远不如一般长枪。

随着火铳声的渐渐稀疏，数万人进入了白刃战，而此时，朱孝隆却被三千骑兵团团围在战场之外，“让开！朕命令你们让开！”朱孝辰拨马左转右转，却始终转不出这三千人围成的圈子，人挨人马挨马，根本没有见缝插针的机会。

“侯举！你想抗旨吗？”朱孝辰勒着缰绳大吼道，“朕的将士在拼命，朕岂有袖手旁观之理！快快让开！”

“陛下！你若遭逢不测，大军必定崩溃，请陛下以军心士气为重！”侯举拨马抱拳，“都给我打起精神来！保护陛下！”

就在这时，罗刹营地再次爆发出震天的喊杀之声，暴跳如雷的朱孝隆顿时惊呆在了当场：那是鞑靼人的骑兵。

白热化的战场，最怕的就是生力军的加入。大宁军队所占据的微弱优势很快便被鞑靼人的冲锋所稀释，不知何时，“天子守国门”的大旗早已不见了踪影，取而代之的则是鞑靼铁骑的横冲直撞与肆意杀戮。

“那个刚刚被升官的李河，还活着吗？朕的旗帜，已经被敌人踩在脚下了吗？朱孝辰，这一切，就是你想看到的吗？”朱孝隆下巴微颤眼圈通红，绝望地看着京城方向，不知不觉地，一行热泪悄然划过脸颊。

七十

“听令！”侯举猛然间拔出腰间佩剑，周围兵丁无不举起“三眼神铳”严阵以待。

听令？听什么令？

当然是准备拼命的命令。因为侯举发现一队鞑靼骑兵已经朝这边冲过来了，远远望去黑压压一片，至少五千人。

说实话，鞑靼和罗刹两国联军，嘴上号称十万，但实际上却不到十万。此番挑事的鞑靼察罕部一共才七万人，不可能都派出来，至少要留两万看家，所以差不多有四万人，而凑热闹的罗刹人派得更少，也就三万人多一点。当初偷袭宣亭边境，虽然是摧枯拉朽风卷残云，但也不至于一个人都不死，此时围困京城的还不到七万人，比徐忠汇的军队略多。此时鞑靼骑兵发现战场之外有一队骑兵竟然原地不动看热闹，想都不用想肯定是在保护什么大官，所以便不顾一切地冲了过来。

看着越来越近的敌兵，朱孝隆“锵啷”一声抽出了佩剑：“将士们，尔等为国家而战，定当留名青史！朕命你们随朕一道……”

“王强！”侯举单手高高举起，打断了朱孝隆的豪言壮语。

“大人！”榆林卫指挥使王强拱手。

“带一千人，护送陛下后撤！”

“是！”王强单手高举，“北河子、骆家集、丘家庄人马，随我后撤！”

“其余人，随我御敌，誓死将鞑子拦截在此！”侯举端起了手中的“三眼神铳”。

“什么？”朱孝隆一愣，不由自主地被一众骑兵挤着退向了后方，“尔等胆敢抗旨！”

“箭锋阵！不死不许放人过界！随我冲！”侯举猛地一夹马镫，战马受惊般冲出原地，身后两千人分为三排，前后内外错落有致，犹如一支射出的弓箭般扑向鞑鞑骑兵。

两军尚未交锋，冲在最前面的侯举便已身中两箭。与罗刹人用的火铳不一样，鞑靼人擅长骑射，而且射得远比大宁骑兵的“三眼神铳”打得准。

“是朕一意孤行让你们出战！你们都死了，朕还有什么颜面苟活于世！”被围在不远处，亲眼看着侯举被射于马下，朱孝隆已然热泪盈眶，“将士们，朕下最后一道命令给你们，随朕一道，去救你们的督师，天子守国门，朕不能不战而退，朕不能对不起朕的将士啊！”

“陛下……”四周将士两眼泛红，甚至有的人已然哭出了声音。

“算朕求求你们……不要陷朕于不义！”朱孝隆抬手抹了抹眼泪，“朕若一退再退，只能长蛮贼的锐气！朕要你们与朕同进退！大宁有你们这样的将士，朕死而无憾！”

“末将……遵旨！”王强言语哽咽已然不能自已，抹了把眼泪掉转马头，单手高高举起，“全都听令！箭锋阵！与陛下同进退！杀！”

“杀呀！”朱孝隆一马当先冲在最前，没有排山倒海的气势，没有铺天盖地的烟尘，唯有一颗天子雄心驱动着一介书生的孱弱皮囊，义无反顾地冲向刀山火海般的战场！

“冲！抓活的！”此时此刻，鞑靼人也已突破了侯举的防线，两千人是无论如何也挡不住五千人的。

说实话，两军真若交锋，朱孝隆必死无疑。可就在两军还差不到百步之远的时候，对面的骑兵竟然掉转马头由冲锋变成了逃跑。

见对面的敌军忽然掉头逃跑，朱孝隆也是一愣，难不成，这些鞑子被朕的气势吓到了，还是他们有什么诱敌深入的阴谋诡计？五千人打一千人，还用得着酝酿什么阴谋吗？

“陛下！快看身后！”朱孝隆身后传来王强的喊声，朱孝隆下意识回过头，不禁又惊又喜，但见身后方向不知何时竟然扬起了铺天盖地的尘土，黑压压的骑兵一眼望不到边，正呈扇面状冲向战场。

是京畿卫的兵马杀到了！

老六果然没有食言！

只不过，当初说好了是一左一右，为什么他要绕到自己的身后杀出呢？

“陛下！快看对面！”根本不用别人说，朱孝隆自己也已经注意到了战场对面，似乎也出现了一大片的骑兵，看来朱孝辰把京畿卫的人马拆成了两批，自己来了个兵分两路。这又是为什么呢？

朱孝隆不懂兵法，但也想不通自己那个古怪的弟弟，为什么要把本来人就不多的京畿卫再拆成两路。就在朱孝隆百思不得其解的时候，战场又炸锅了，刚刚冲入战场的鞑靼人开始大批大批地撤出战场往北面逃窜。

直到此时，朱孝隆终于恍然大悟：南边是京城，东西两侧都有大宁的援兵，只有北面可以逃命；鞑靼人打仗，战术本就不多，最常用的战术就是打不过就跑。如此看来，朱孝辰是故意迟到的，为的就是给敌军造成援兵杀到的错觉，势均力敌的战场，最怕的就是铁壁合围的援兵，这种压迫感足以让敌人军心崩溃丢盔弃甲，尤其对于鞑靼人，效果更是明显。

比起援兵，战场更怕的是逃兵。只要有一个人逃跑，立即就能带动一批人逃跑，尤其是这种以金钱为驱动的师出无名的侵略战，入侵者为钱打仗，作战动力远不如守土作战保家卫国的大宁军队。看着身边并肩作战的鞑靼人忽然成群结队地溜之大吉，留在原地苦苦支撑的罗刹军队很快便陷入了崩溃。就像朱孝隆曾经说过的，人，都是怕死的；罗刹人也是人，眼见大势已去，干脆追着鞑靼人开始大批大批地开溜。

什么叫“兵败如山倒”？

说句实话，山就算真倒了，也没这么快。

“别管罗刹鬼！追鞑子！追八十里！”京畿卫的骑兵之中，参将李森一马当先，东西两侧骑兵在战场会师，兵合一处直追鞑靼骑兵。这也是朱孝辰的命令，罗刹人与大宁并无新仇旧恨，只不过是想借机捞一票的投机者而已，但鞑靼人则不同，他们是大宁的心腹大患，必须一次解决永绝后患，否则这一仗打得便没有意义。

此时朱孝隆已经带人冲入了战场，见胜局已定，周围兵丁立即将朱孝隆再次护在了中间，“舅舅！舅舅你在哪？”朱孝隆声嘶力竭，不停地叫喊，但喊声很快便被周围的喊杀声埋没，此时，跟他一起冲上来的兵丁也开始跟着喊：“督师！督师你在哪？”正喊到半截，队伍却被迎面跑来的一队京畿卫骑兵拦住了去路，“停！戒备！”指挥使王强单手高举，大队人马勒马站定，端起“三眼神铳”对准了对面的人马：“对面何人！报上名来！”

“把铳都放下！”朱孝隆驱马走到了队伍最前，静静地看着对面的骑兵，“京畿卫现在是谁在领兵？”

“我。”对面骑兵中也闪出一人——朱孝辰。

“老六？”朱孝隆听闻不由得一愣，但见朱孝辰双腿一夹马镫，战马一路小跑到了朱孝隆近前：“五哥别来无恙？”

“是母后让你出兵的？”两兄弟毫无准备的见面，一时间朱孝隆竟然不知该说些什么。

“后宫不得摄政，是我自己决定出兵的。”朱孝辰淡淡道。

“父皇……父皇怎么样了？朕的母妃……可还安好？”朱孝辰追问道。

“朕？”朱孝辰眉头微微一皱。

“你……你到底想怎么样？”朱孝隆昂起头，双拳紧握。

“定国公徐杰，官复原职，赐丹书铁券。皇五子朱孝隆，封豫亲王，领亲王双俸，赐婚民女姚俊儿，生子可承王爵，世袭罔替……”

“你在跟我讲条件……”朱孝隆咬牙切齿道。

“岭南总督、左都督徐忠汇以身殉国，追封一等护国公、太子太保，赐葬皇陵；妻吴氏封一品诰命，赐銮驾、赐黄金三万两、白银二十万两。”朱孝辰并没有回答朱孝隆的质问，而是一股脑儿地说出了后续的条件。

说实话，朱孝辰给出的条件，若是对于普通大臣而言，已然是无以复加的优厚了。且不说三万两黄金和二十万两白银的天价抚恤，单就赐葬皇陵这一条，便是臣子的无上荣耀，自开国以来，有幸获此殊荣的大臣，几乎都是陪着太祖爷打天下的开国元勋。

可惜朱孝隆不是普通大臣，而是：皇上。

“你……你说什么？”听闻徐忠汇为国捐躯，朱孝隆已然不能自已，“舅舅……舅舅他怎么了？”

“抬上来！”朱孝辰打了个手势，几个兵丁用战旗兜着一具血淋淋的尸体走到了近前。

“舅舅！舅舅你醒醒啊……咱们打了胜仗啊，舅舅！”朱孝隆翻身下马一把扑到了徐忠汇的尸体上号啕大哭。

“这不是我的条件，而是母后的条件。她想拥立的人不是我。”朱孝辰翻身下马，缓步走到哥哥身边蹲下了身子，伸手拍了拍朱孝隆的肩膀，“能用银子解决的事，就不要再死人了。”

“你……”朱孝隆转过头，恶狠狠地盯着弟弟。

“该结束了。”朱孝辰与哥哥对视，微微点了点头，之后站起身子走向战马。

“朱孝辰！”朱孝隆站起身子，竟然从腰间抽出了当初陈啸天送给自己的西洋火绳炮对准了弟弟。他这一动手，两方骑兵瞬间各自端起“三眼神铳”瞄准了对面人马，气氛顿时剑拔弩张。

“你要打死我吗？”朱孝辰缓缓地转过身子，冷冷一笑。

“这一切……这一切都是你的阴谋！”朱孝隆发疯般咆哮，拿着火绳炮的手不住地颤抖。

“你知道你舅舅为什么会死吗？”朱孝辰斜眼看了一眼徐忠汇的尸体，“堂堂一品督师，竟然冲在最前面，他是在求死。”

“你……你胡说！”朱孝隆声嘶力竭，青筋暴露，已然不顾仪态。

“他是你的舅舅，更是你的忠臣。但他说的话，你一句都没听过。”朱孝辰缓缓走近朱孝隆，伸出手按下了朱孝隆手中的火绳炮，“他很绝望，因为他失去了作为忠臣的尊严。”

“你……你胡说……他不会的……他不会去求死的！”“吧嗒”一声，火绳炮掉在了地上，朱孝隆已然两泪如倾，冥冥之中，他似乎又听到了出征前自己与舅舅的对话：

“督师大人，你宁肯死在朕的面前，也不愿战死沙场？好啊！就让那群蛮匪，见识见识我大宁的军队有多窝囊！让他们见识见识我大宁的皇帝，是如何单枪匹马去守护国门的！”

“好啊！好！那就战死沙场！”

“你母妃还在她手上，你准备继续斗下去吗？”朱孝辰冷冷地看着双手抱头跪在地上的朱孝隆，“结束吧，不要再让无辜的人继续流血。”

“你说实话，父皇……是不是你害的？”朱孝隆猛然间咬牙切齿地抬起了头。

“我？”朱孝辰一皱眉，“我说是，你信吗？”

“那父皇为什么会这样？本来好端端的，为何在一夜之间就一病不起？！”朱孝隆继续对着弟弟咆哮。

“我也想知道……”朱孝辰再次缓步走回了哥哥身边，“我向你保证，父皇的事，一定会水落石出。”

七十一

与此同时，大内。

京畿卫大军前脚出城，消息后脚便传到了大内。

“废物！为什么早不来报？！”面对迟来的消息，皇后陈氏气得暴跳如雷。

“娘娘容禀，这件事恐怕是六殿下早就算计好的呀！”太监卢正也是一脸的无奈，“军中、刑部乃至青衫营的关系，怕是早已被他打通，大军集结、裴将军被押到刑部天牢，这么大的动静，大内竟毫无察觉，看来他一开始，就想要先斩后奏啊！”

“你现在就去刑部，先把裴良放出来！”

“娘娘有所不知，老奴已经差人去过了，但那顾应檀，硬是不肯放人啊……”卢正为难道，“他说除非娘娘能发一道懿旨给他，否则跟六殿下没法交代。”

“好啊……”陈皇后牙关紧咬，面露阴狠，“他要懿旨，本宫就给他懿旨！”

“万万不可！娘娘切不可发懿旨给他！”卢正道，“娘娘请想，我朝太祖皇帝早有圣训，后宫不得干政。如若裴大人尚在大内当值，娘娘发懿旨要人，倒还说得过去；但如今裴大人是京畿卫的将领，按律历京畿卫隶属兵部管辖，如果娘娘再发懿旨逼他放人，岂不成了违背祖训干涉朝政之举？顾应檀是齐王的人，如今娘娘大局未成、大权未握，这道懿旨若落到左党手里，岂不是天大的把柄？”

“齐王又怎么样！本宫推他儿子上位，难不成他还想与本宫作对不成？”

“就是因为娘娘要推他儿子上位，才不得不防啊！娘娘请想，他儿子是跟娘娘亲，还是跟他亲呢？”

“你觉得本宫应该怎么办？”听卢正这么一说，陈皇后也陷入了沉思。

“老奴以为，守土抗敌乃是人心所向，六殿下带兵出城，不论是胜是败，皆不能怪罪，相反，还要褒奖！”卢正若有所思道，“他请辞的奏疏不是还在娘娘手里吗？倒不如找个借口准了他的奏疏，打发他快些出京就藩，此人行事怪异让人难以捉摸，留他在京城，恐怕会坏了娘娘的大事啊！至于裴大人，不如先让他在牢里委屈一会儿，等殿下班师回朝，娘娘当面让他下令放人，倒也未尝不可。”

“公公言之有理……”陈皇后点了点头，“宣他进宫见我！”

“是！”卢正施礼，继而放声高喊，“皇后娘娘有旨，宣梁王殿下入宫！”

直等到天色擦黑，朱孝辰才风风火火地跑进坤宁宫，身上战袍甚至都没来得及脱下。

“儿臣参见母后！”朱孝辰单膝跪倒，“启禀母后，我军出城应战，大获全胜！追敌八十余里，生擒鞑靼呼其图汗之子孛日帖赤那，京城之围已解！”

“真是辛苦你了！”陈皇后双手搀起朱孝辰，“快让母后看看，伤着没有？”

“儿臣没事！”朱孝辰满脸真诚，“此番贸然带兵出城，只因事出突然，军情紧急来不及向母后通禀，害母后挂念，儿臣知错……”

“皇儿说的哪里话？军情瞬息万变，你当机立断又何错之有？”陈皇后柳眉轻轻一挑，“只不过……你这所谓的事出突然，又是怎么一回事？”

“母后有所不知，儿臣收到探马线报，说我五哥……不、不，是废太子，他打出了一面大旗带兵出击，这才迫不得已出兵助战的。”

“大旗？”陈皇后一愣，“什么旗？”

“上面写了五个字：天子守国门！”朱孝辰叹气道，“母后请想，此乃邀买人心之计啊！换句话说，只有守国门的，才是天子！这匡扶社稷的功劳美名，岂能让给他呢？如果朝廷龟缩不出，岂不是要颜面扫地？母后若要另立新君，怕也难得人心啊！”

“此话当真？”听朱孝辰这么一说，陈皇后心中的火气竟然莫名其妙地消了一半。

“拿上来！”朱孝辰一声令下，一个小太监将一叠破烂不堪的锦缎端上了殿，“母后请看！幸得儿臣及时出城助战，在乱军之中缴获此物，母后请想，此物若是流到民间，可是要被戏班子编成唱本世代传唱的壮烈之举啊！那废太子竟用如此伎俩笼络人心，儿臣岂能让他得逞？”

“真是难为你了……”用手捻着朱孝隆亲笔写下的战旗，陈皇后竟然眼圈通红泪水涌动，“就算如此，你大可以让裴大人领兵出城，为何要亲自上阵呢？你要是有个三长两短，让本宫如何向你母妃交代？”

“唉！”一听“裴大人”三个字，朱孝辰顿时就是一阵叹气，“城外军情，裴大人事先可曾向母后禀告？”陈皇后摇头。

“哼！我就知道他根本未曾通禀！”朱孝辰愤愤道，“母后有所不知，儿臣得知废太子带兵出击的消息万分着急，曾三番五次派人传令命他出兵，但他却拥兵自重百般拖延，儿臣无奈只得亲往下令，可等儿臣带人到西直门的时候，他竟然擅离职守，带人去珍味楼用午膳了，儿臣站在城头等了他半个时辰！后来在儿臣的逼问下，他竟搬出母后的名义来压儿臣，还在大庭广众之下，谎称已经向母后通禀过，说是母后你不许他出兵！母后请想，若是放任他如此妖言惑众，这缩头乌龟的名声，恐怕就要由母后你来背负啊！万般无奈之下，儿臣革了他的职，将他押入天牢，免得他继续胡说八道败坏母后的名声！事已至此，儿臣也只能亲自带兵出城，同时派人向大内通禀。”

“他真是这么说的？”陈皇后似乎有些不大相信。

“母后若是不信，儿臣愿同他当面对质！”朱孝辰字句铿锵，甚是激动。

“算了，母后信得过你……”陈皇后点了点头，“来人，把东西拿过来……”话音未落，一个宫女抱来一个雕梁画栋的檀木盒子，打开一看，一柄完美无瑕的玉如意躺在赭黄色的锦缎当中，成色美得让人不敢估价。

“母后这是何意？”朱孝辰一愣。

“你带兵杀敌功在社稷，本宫实在没什么可赏你的……你不是与周玉绳家的闺女定了亲吗？这东西，就算作是咱们老朱家的聘礼了。”

“儿臣……谢过母后！”朱孝辰接过木盒，再次跪倒。

七十二

“废太子现在如何了？”赐完玉如意，陈皇后的语气陡然一变。

“回母后，此战徐忠汇战死，他被儿臣暂时安排在他自己的府上了，现由京畿卫的兵马把守。”

“徐忠汇死了？”陈皇后一愣。

“对！”朱孝辰点头，“岭南大军暂驻西山大营，徐家已经没有威胁了。”

“既然如此，那废太子，你准备如何处置？”陈皇后斜眼盯着朱孝辰，但见朱孝辰从怀中掏出了一封奏疏，双手呈上：

儿臣请旨：

皇五子朱孝隆于社稷危难之际领兵退敌，功在社稷，望准加封豫亲王，就藩豫州，领亲王双俸。赐婚民女姚俊儿，其子可承王爵，世袭罔替。

岭南总督徐忠汇杀敌殉国，功居一等。望准追封一等护国公、太子太保，赐葬皇陵；妻吴氏封一品诰命，赐銮驾，赐黄金三万两、白银二十万两。

徐氏门第世代忠良，经儿臣再三查察，定国公徐杰并无把持朝政里通外敌之真凭实据，故请旨为其官复原职，另赐丹书铁券以示安抚，以彰父皇英明。

“这是何意？”陈皇后眉头紧皱，“他们领兵谋反，结果反倒成了忠臣？还要赐丹书铁券？”

“母后此言差矣！”朱孝辰道，“没人看见他们谋反。天下百姓、文武百官，看见的都是他们舅甥二人带兵退敌啊！徐忠汇身为一品督师，这么大的官竟然战死沙场，若再说他们谋反，实在牵强；更何况家丑不可外扬，太子谋反，父皇母后颜面何在？朝廷颜面何在？儿臣以为，与其说他们谋反，倒不如做个顺水人情，就说他们带兵北上，目的就是守土抗敌。封几个虚衔赏赐些银两，上安百官下顺民心，何乐而不为呢？他若受了赐封，便等同于名正言顺地废了他的太子之位，仅仅以亲王之身，还能掀起什么风浪？那徐杰一把年纪，就算不赐丹书铁券，他又能多活几天？”

“皇儿言之有理，只不过……他自己愿意受封？”听着朱孝辰滔滔不绝，陈皇后频频点头。

“事已至此，已经由不得他愿意不愿意了。”

“银两倒是好说，可是这些爵位谁人来封？”陈皇后问道。

“所以儿臣要恳请母后，立即册立新帝登基！如今内忧外患已平，莫等夜长梦多！”

“那你自己……”看着朱孝辰满脸的真诚，陈皇后无论如何也猜不透这个比亲儿子还“孝顺”的皇子到底有什么目的。如此拐弯抹角地催自己另立新帝，就算明知道他居心叵测，却也无论如何都找不到怀疑的理由。

“新帝登基之日，便是儿臣出京就藩之时。”朱孝隆道，“儿臣实在是受够那些书呆子了。不怕母后笑话，儿臣宁肯去战场上冲锋陷阵，都不想再同他们打交道。”

“哈哈哈……”陈皇后不禁一笑，“好好……那便都依了皇儿。只不过……”

“只不过什么？”朱孝辰一愣。

“只不过，陛下尚且病重，在此时册立新君……会不会……”陈皇后面露难色。

“哎……这点小事交给儿臣便是！”朱孝辰一脸的不以为然，“儿臣背的骂名已经不少了，不在乎多背一个。国不可一日无君，儿臣觉得那些书呆子也不会据此发难的。”

“那就委屈皇儿你了。”陈皇后点了点头，“一个月之后，若你父皇龙体未愈，就尊他为太上皇好了。”

“一个月？”朱孝辰一皱眉，伸出两只手指比画了一个“十”的手势，“儿臣忍不了一个月了。明日早朝我便宣布此事，新帝十日后登基，免得夜长梦多。”

“十日？那怎么来得及？”陈皇后无论如何也想不通，推别人当皇上，这朱孝辰为何比自己还着急，他到底想干什么？莫非自己真的多疑了？此人真的对皇位毫无兴趣，一心只想远离朝堂，去当他的闲云野鹤？

“这有什么可来不及的？”朱孝辰一笑，“守城大军可在一个时辰之内整备集结出城作战，给他们十天时间还办不了一场登基大典？”

“此事关乎皇家体面，还是莫要太过仓促才是……”陈皇后淡淡道。

“儿臣自有分寸，请母后放心！”朱孝辰道，“儿臣想去母妃宫中报捷，还望母后恩准儿臣先行告退。”

“快去吧……”看着朱孝辰的背影，陈皇后眉头紧皱，这个人到底在想些什么呢？“来人！叫卢正来见我！”见朱孝辰走远，陈皇后将卢正叫到了宫里。

“老奴见过娘娘。”卢正躬身施礼。

“免了。唉……”陈皇后一声长叹，“这小子……让本宫封废太子为亲王，给他舅舅追爵大葬，给徐杰官复原职，还要赐丹书铁券。”

“嘶……”卢正听罢也是深吸了口气，“禀娘娘，表面上看，六殿下此举并无不妥，一来可以避免祸起萧墙的内耗，二来安抚了人心，可谓是一举两得。只不过……”

“只不过什么？”

“只不过……老奴觉得，这件事恐怕没那么简单呐……”

“此话怎讲？”

“娘娘请想，如果五殿下接受了册封，便是承认了储位被废；他既然已经擅自登基称帝，又怎么可能如此轻易地做出妥协呢？怕只怕，是他们兄弟之间另有密谋啊……”

“别忘了他母妃还在本宫手里。”陈皇后淡淡道，“那小子满身的书生酸腐，自幼便是瞻前顾后委曲求全的性子，如今徐忠汇已死，他背后没了靠山，母妃又在本宫手上，做出此等妥协倒是不足为怪。只不过，老六急不可耐地催促本宫册立新君，倒是让本宫心里多少有些打鼓呢……”

“他催娘娘册立新君？”卢正也是一愣。

“正是，他说要在十日之内办登基大典，之后立即出京就藩。”

“这……”卢正一时间也没了主意，“他可曾向娘娘提什么别的条件？”

“没有……”陈皇后摇头，“只是说受够了和那些书呆子打交道而已。本宫本想找借口废了他监国的位子，没想到他自己比本宫还要着急。”

“老奴以为，娘娘此时应该以退为进，他说要十天，便让他按十天的进度准备大典，待一切准备妥当的时候，娘娘便以黄道吉日为由加以拖延，至少再拖上他十天半月，看看他到底有什么花招！这期间，只要他有任何动作、勾结废太子或与任何朝臣走得太近，娘娘便立即拥新帝登基，废掉他的监国，顺便还能钓出他的党羽！”

“嗯……就依公公说的办！”陈皇后点头，“废太子现在就在他自己的府上，由京畿卫的人把守，我不放心。明日早朝，你去跟他说，就说是私人交情，求他放了裴良，让裴良亲自带人去盯住太子府！”

“私人交情？”卢正一愣，“怎么娘娘你没当面让他放人？”

“他说裴良拥兵自重拒不出战，还在大庭广众之下败坏本宫的名声……”陈皇后犹豫道，“说得信誓旦旦煞有介事，话已至此，本宫也不好再开口让他放人……你先让他放了裴良，然后带裴良来见我，本宫要亲自询问，也正好看看那小子是不是在戏耍本宫。”

七十三

刑部天牢。

抢在卢正之前，朱孝辰连夜赶到了大牢。

“裴大人，感觉如何？”此时的朱孝辰已经换上了便装，摇着折扇甚是悠闲。

“殿下深夜来此有何贵干？”裴良冷冷道。

“报捷而已。”朱孝辰啪的一声打开了折扇，“我军大获全胜，京城之围已解。”

“恭喜殿下立下首功。”裴良皮笑肉不笑道，“殿下屈尊来这大牢，不会只是来取笑裴某的吧？”

“裴大人哪里话，小王此行，是来与大人串供的。”朱孝辰在牢门前站定。

“串供？”裴良一愣。

“对，串供。母后一定会询问大人今日之事。小王只希望，大人能按小王的说辞向母后供述。”

“哈哈哈哈……”裴良哈哈大笑，“你怕了！”

“怕？”朱孝辰一皱眉。

“若我如实供述，你今日瞒着皇后娘娘私自用兵的事，便会真相大白！所以你怕了！”裴良得意道。

“真相大白又如何？我还是在外面，你还是在里面。”朱孝辰不以为然，摇着折扇往后退了两步，两臂一摊，“仗打完了，母后有为难我吗？”

“她没为难你，定是因为你花言巧语在她面前诋毁本将！”裴良不以为然，“否则，你又为何要与本将串供？”

“历代先皇重文抑武，朝廷可用的武将不多。小王不想看着你一身的本领就此埋没，所以要与你串供。”

“哈哈哈哈……”裴良再次大笑，“殿下如此看得起裴某，裴某谢过。只不过，本将对陛下与娘娘忠心可鉴天日，又怎能与殿下串通一气欺君罔上？串供一事，裴某恕难从命。”

“明日母后若问，你就说今日军情复杂，考虑到京城兵力有限，所以决定违背我的命令拒不出兵。之后你听说我亲往城头准备当面下令，为了回避与我见面，这才借口用膳，故意躲去珍味楼的。”

“殿下不必再说了！”裴良斩钉截铁道，“你设计威胁家父，瞒着娘娘先斩后奏强夺兵权，裴某定会向娘娘实话实说！殿下还是多想想要如何向娘娘解释吧！”

“当初你被人囚于一处荒宅之时，可曾记得是小王派人救你？”

“殿下救命之恩，裴某没齿难忘。”裴良昂首挺胸，一脸的郑重，“不过殿下你瞒着娘娘设下圈套，诓骗本将强行用兵，背后定有不可告人的动机，请恕本将不能因为殿下的旧恩，而不顾陛下与娘娘的信重！”

“裴大人误会了，小王并非是想让大人感念什么新恩旧恩……”朱孝辰将身体凑近了牢门，压低了声音，“小王只是想提醒大人，记不记得，你堂堂的上直卫都指挥使，为什么会被人囚禁在那处荒宅呢？”

只见裴良死死地盯着朱孝辰，并未说话。

“那一夜，宫中遭遇刺客，敬合轩被人纵火，先帝遗物付之一炬；皇叔被人硬生生地从宫中劫走，玉玺失窃，害我堂堂大宁朝廷，直到现在都在用假玉玺。那时你是上直卫都指挥使，大内最需要你的时候，你在哪儿？”朱孝辰不紧不慢轻声细语，而裴良的鼻洼鬓角却已经见了汗水，“小王听说，那一夜，令尊被刑部抓了，你擅离职守，是去救你的父亲，对不对？”

“这……”裴良双目圆睁，已然语塞。

“孝心，没有错。但孝而不忠，就是天大的错。”朱孝辰道，“有道是：再一再二，不能再三。上一次，你为了救你的父亲而不顾职守，致使皇宫大内狼狈不堪、父皇母后颜面全无，这次呢？母后对你万般信重，吩咐小王将京城兵权交予你手，可是你却又跑去救你的父亲。父皇母后、京城百姓、社稷安危，这些在你眼里，通通不如你的父亲。裴大人，你觉得母后若是得知真相，是更恨我，还是更恨你？”

“殿下！”听到这，裴良“扑通”一声便跪在了地上。

“裴大人，你文韬武略，是朝廷不可多得的人才。但只要令尊还活着，你就不能一心为朝廷尽忠。”朱孝辰扇着折扇，大有一副事不关己的架势，“你觉得母后若是想通了这个道理，会怎么做？”

“之前得罪之处，还望殿下莫要计较……”裴良双唇颤抖，言语慌张，“裴某愿意按照殿下的意思向娘娘供述！”

“既然如此，还请裴大人暂时在这里委屈一下。若小王预料得没错，明日早朝定会有人替你求情，小王也会立即下令放你出去。只不过……领兵退敌的战功，已经被你的副将抢了。小王觉得，朝廷也应该适当提拔一下新人。京畿卫的兵权，恕小王已经不能还给你了。”

“这……”一听兵权的事，裴良顿时一愣，“还……还请殿下三思……”

“时候不早了，大人也早些休息吧。”待裴良抬起头，看见的已然是朱孝辰的背影。

曾经不可一世的裴大人，独立于左党与竹党之间、自成一派的上直卫都指挥使，一夜之间，竟已狗屁不是。

七十四

大宁赢了。蛮贼跑了。京城解围了。

家家户户张灯结彩，给死水一般的京城增添了几朵血色的涟漪。

“敢问殿下，如今蛮敌已退，为何不解除封城令？”梁亲王府，楚离如约而至。

“下午刚打完仗，就算开城，也要等明天吧？”朱孝辰与楚离对面而坐，二人中间破天荒地设了一张茶桌、一个茶炉、一壶香茶与两个茶盏。

“你好像并没将鞑靼人斩草除根。”楚离问道，“我听说他们跑得很快，罗刹人反倒没少死。”

“你是从什么时候开始关心军情的？”朱孝辰诡异一笑，端起茶盏抿了一口。

“我对军情没兴趣。我只是想知道还要再死多少人。”楚离似乎没心情喝茶。

“再死一个就足够了。”朱孝辰道。

“谁？你哥哥？”楚离心中一惊。

“你想到哪儿去了？”朱孝辰冷冷一笑，“你真以为我是刽子手吗？”

“那又是谁？”

“呼其图汗。”

“呼其图汗？”楚离一愣。

“当年犯边的、见死不救的、害死我娘族人的……就是这个人。”朱孝辰端起茶盏轻闻，脸上泛出一丝陶醉之色，“真是好茶……这是武夷山的贡茶，一年只产三斤。你当真不想尝尝？”

“只死他一个？”楚离似乎有些不解，“怎么死？难道你又派了刺客，就像山阴那样？”

“呼其图有一个儿子和一个侄子，大汗的位子，无外乎是二者选其一。”朱孝辰道，“表面上看，呼其图对这两个孩子很公平，言明大汗之位，能者居之。但他带着儿子来打京城，却把侄子留在草原上看家，明摆着就是想让儿子多拿战功，顺理成章地继承汗位。”

“所以你就买通了他侄子？”楚离问道。

“买通？”朱孝辰皱眉一笑，“这还用买吗？”

“手刃叔父，他下得去手？”楚离似乎有些不大相信。

“别说是鞑靼人。这种事放在中原也不新鲜。”朱孝辰道，“更何况，他堂哥现在在我们手上，如果他不动手，我们就把他堂哥放回去。”

“当年算计你娘，那个呼其图肯定后悔死了。”楚离不禁一笑。

“他侄子叫岱钦，他答应我会怂恿呼其图出兵攻打大宁，如果大宁的军队不能在战场上杀死呼其图，他会亲自动手。只要他拿到汗位，便会率部归降、称臣纳贡。”

“这么做，他们能得到什么好处？”楚离不解。

“太平。”朱孝辰若有所思。

“仅此而已？”楚离似乎不解。

“他们想要的东西，粮食、银子、布匹、瓷器、铁器，以前要用人命换，以后就可以用牛羊来换了。”

“听上去不错。”楚离点头，“我什么时候能带上杏儿远走高飞？”

“你就这么着急走？”

“我看不出以后还能帮上什么忙。”

“我父皇说过一句话：杀人简单，用人难。”朱孝辰指了指自己的脑袋，“忠心是一回事，脑筋又是另一回事。我缺一个你这样的人帮我，因为我的人只会用最笨的办法。”

“卢正、裴良、顾应檀，都已经见过我了。现在朝中能认出我的人越来越多，我那些聪明办法会越来越不好用。”

“至少现在还很好用。”朱孝辰不以为然道，“你不是很在乎人命吗？你知不知道，如果从一开始就有你帮我，会少死多少人？你以为我真的喜欢杀人吗？”

“下一步你想让我做什么？”楚离稍显无奈。

“你从皇宫大内偷过玉玺、救过人。”

“那票买卖不是我一个人做的，你应该知道。让我一个人去，不如直接把我绑到衙门去投案。”一听“皇宫”二字，楚离顿时就是一脑门的官司。

“谁说让你一个人去了？”朱孝辰不慌不忙道。

“其他人早就远走高飞了！”

“如果说有人比他们更合适呢？”

“谁？”楚离一愣。

“我。”朱孝辰拿起楚离面前的茶盏，将盅内早已凉透的茶水倒进了盏托，之后亲自给楚离倒上了新茶。

七十五

“你？”楚离一愣。

“怎么，我不配给你帮忙？”朱孝辰端起茶盏抿了一口。

“这不是配不配的事……”楚离若有所思，“当初我进皇宫，给我搭伙的人主要是生出乱子转移内卫的注意力，给我制造机会。而你是监国，一举一动备受瞩目，如何给我帮忙？莫非你也准备去放火？”

“为什么要转移内卫的注意力？”朱孝辰反问道。

“这……”楚离又被问得没词了，“不转移他们的注意力，难不成要待在原地等他们来抓吗？”

“草寇，有草寇的本事。监国，有监国的能耐。”朱孝辰道，“他们能做的，我也能做；而我能做的，他们做不到。”

“好，好……”楚离一摆手，“就算你什么都能做，然后呢？这次你又想偷什么？”

“不知道。”朱孝辰一本正经地摇了摇头。

“殿下，你不会是想把我留在身边找乐子用吧？”

“你不要误会，我真的不知道要偷什么，但那东西肯定在宫里，而且必须偷出来！”朱孝辰一脸的郑重，丝毫不像是在说笑。

“你觉得会是什么？”楚离的眉头也皱了起来。

“毒药。”朱孝辰道。

“毒药？为什么要去宫里偷毒药？什么毒药非要去宫里偷？”

“太医院的院判李濒湖，是我的人。”朱孝辰淡淡道，“他认为父皇的病，大有蹊跷。”

“你觉得你父皇中毒了？”

“表面上看，父皇的病很像是头风，但李院判曾向我密报说，父皇没有半点头风的脉象。那种症状，如果不是头风，便只有一种可能，就是中毒。”

“他可是名医，是不是中毒，他诊不出来？”

“他说从来没见过这种脉象，医书上也没有记载。”朱孝辰摇头，“如果真是中毒，那便是一种极其罕见的奇毒，一种连李濒湖都没见过的奇毒，一种能够让人求生不得、求死不能的奇毒！”

“你觉得会是谁下毒？皇后娘娘？”

“嗯！”朱孝辰点头，“以当今的局势而言，她的嫌疑最大。”

“她给皇上下毒，事后还会留着罪证？”楚离苦笑问道。

“我告诉你一件事吧，根据太医院的病案记载，我皇爷爷、我大哥，还有我父皇，他们的症状与脉象完全一样。唯一的不同之处，就是我皇爷爷患病仅十天便驾崩了，我大哥更快，而我父皇，却还一直活着。”

“有没有可能，这真的只是种怪病，是你祖上传下来的病根？”楚离皱眉问道。

“病根？”朱孝辰稍显不屑，“自太祖皇帝至今，已经传了十五代皇帝，亲王郡王这些，更是不计其数；除了他们三个，没有其他病例。与其说我朱家有这个病根，我更相信他们都中了同一种奇毒！”

“殿下，你把草民吓到了……”此时此刻，楚离的脸上已经见了汗。

“真若如此的话，事情就有点复杂了……”朱孝辰冷冷一笑，“我皇爷爷是二十年前驾崩的，那时母后不过是个王妃，没有给皇爷爷下毒的机会；而我大哥是母后的亲儿子，一个母亲，不大可能，更没有理由给亲骨肉下毒。唯一的解释就是：有人毒死了皇爷爷，之后又毒死了我大哥，最后，母后又给父皇下了同一种毒。”

“你觉得杀你爷爷和你大哥的人是谁？”楚离问道。

“十有八九是父皇自己干的。”朱孝辰冷冷一哼，“否则，最亲的人死得如此不明不白，以父皇的性子，是不可能如此不了了之的。”

“皇后不可能给亲骨肉下毒，难道你父皇就下得去手？”

“你不了解我父皇。如果理由够充分，他完全狠得下心。”朱孝辰道，“如果他们三个真的是中毒而不是患了什么头风，那么这种奇毒，一定还会留在宫里。”

“何以见得？”楚离不解。

“连李濒湖都诊不出来的奇毒，绝不是随随便便就能弄到手的。此毒可以杀人于无形，不会留下任何蛛丝马迹，甚至连太医都无从怀疑。如果我是凶手，在我想杀的人死干净之前，这么顺手的凶器，我是不会扔的。”

“你觉得皇后还有人要杀？”

“嗯。”朱孝辰点头。

“谁？”

“我堂弟，朱孝炎。”

“这是你猜的，还是你听到了什么风声？”楚离一惊，“她不是要拥立你堂弟登基吗，为什么还要害他？”

“到时候你就知道了。”朱孝辰微微一笑，表情极其诡异，“我皇叔不是收你当义子了吗？如今我那堂弟，便也是你的义弟，想救他的话，最好趁着母后动手之前把毒药偷出来，否则下一个害上‘头风’的，就是他。”

楚离，沉默了。

换句话说，是吓傻了。

如果这种朱孝辰臆想出来的毒药真的存在，那么他的分析就应该也是真的：现任皇上毒死了自己的父亲和儿子，现任皇后又用同一种毒药撂倒了现任皇上。知道这种惊天秘密，恐怕比知道朱孝辰的真实身世更危险。

自己真的能活到带着杏儿远走高飞的那一天吗？

“我催她十天之后推新帝登基，那个女人总是疑神疑鬼，十有八九会觉得我在耍什么把戏，或许会找借口拖延时间。乐观地估计，咱们有半个月的时间。”朱孝辰道。

“半个月之内必须把东西偷到？”楚离一愣，“皇宫那么大，咱们都还不知道她会把东西藏在哪里。”

“半个月只是我猜的。或许只有十天。”朱孝辰道，“东西到底藏在哪里，我会想办法去打探。”

“那我呢？我做什么？”楚离问道。

“你去想一个办法，让我能把你送进宫，还能把你接出来。”朱孝辰再一次倒掉了楚离面前茶盏里的凉茶，“需要任何行头、什么样的人手、需要打通哪个关节，想到就告诉我。”

“具体怎么进宫再怎么出来，要看她会把东西藏在什么地方。去大内的营房简单，但要进乾清宫坤宁宫这些地方，就必须造出一点乱子来才行。”楚离摇了摇头，“你进皇宫都不能来去自如，更别说是我。”

“如果你是母后，会把那种东西藏在哪里？”朱孝辰目不转睛地盯着楚离问道。

“首先，肯定不会藏在自己的宫里。就算罪行败露，只要罪证不是从自己宫里搜出来的，便能装聋作哑、把自己撇干净。”楚离沉思道，“其次，投毒这种事，肯定要亲力亲为。一个妇道人家力不缚鸡，势必要选一个方便拿取且触手可及的地方，一不用登梯爬高，二不必弯腰弓背。最后，应该是除了自己之外，其他人接触不到或想不到，又或者不敢去碰的地方。”

“我从一生下来就住在宫里，直到十三岁才搬出来。”沉思良久，朱孝辰很郑重地摇了摇头。

“殿下此话怎讲？”

“我的意思是，宫里，没有你说的这种地方。”

“如果不是‘地方’，而是‘人’呢？”楚离一笑。

“你是说，她会把毒药藏在别人身上？”朱孝辰沉思片刻，微微点了点头。

“有句俗话叫‘做贼心虚’。”楚离道，“如果她真舍不得把毒药扔了，那么最保险的方法就是把东西藏在某个人的身上，让那人随身带着。而这个人，必须是她的铁杆心腹，也是整件事的知情者甚至是同谋；位高权重、没人敢查，或是不容易被人注意到，而且随叫随到、马首是瞻。不知宫里有没有这样的人？”

“有。”朱孝辰点头道，“卢正，还有我母妃。”

“不可能是卢正。”楚离斩钉截铁道，“我搜过他的身，除了玉玺之外什么都没有。”

“也不可能是我母妃。”朱孝辰道，“如果她手里有母后给父皇下毒的证据，我早就登基了，根本用不着这么麻烦。”

“也许她不够聪明，或是自信过头了。”楚离一笑，“说不定毒药就压在她的枕头底下。”

“不。我觉得你说得有道理。‘地方’是死的，但‘人’是活的。把东西藏在人身上，风险会小很多。”朱孝辰陷入了沉思，“那个女人很多疑，这种事绝不会交给不信任的人来做。”

“皇宫之外，有没有这样的人？例如……那个裴大将军？”楚离皱眉道。

“皇宫之外？”朱孝辰两眼微微眯起。

“你父皇出事前后，有没有看似八竿子打不着的人入宫见她？”

“有。”朱孝辰点头，“平凉郡主。但她每年那个时候都会入宫给母后请安。”

“这个人什么来头？”楚离问道。

“她是前朝倪阁老的孙女，她父亲倪瑞是大理寺少卿，与父皇走得很近，博古通今能言善辩。父皇并非长子，登基的话名不正言不顺，也遭过弹劾，幸亏那个倪瑞四处游说，才得以安稳上位。父皇登基后，提拔此人当了吏部尚书，可惜他没过多久便染疾暴毙了。他有个独生女叫倪晶，事后被母后认作义女，还受封了郡主。”

“暴毙？”楚离微微皱眉。

“对，暴毙。据说是早朝的时候忽然晕倒在地，就再也没醒过来。”朱孝辰道。

“有没有可能是被人害了？”

“他死的时候，我还没出生。”朱孝辰摇了摇头，“怎么，你觉得这个人的死，与今天的事有关？”

“不。我就是随便问问。”楚离道，“她家还有什么人？”

“她娘前几年也过世了，现在只有她自己。”朱孝辰道，“母后曾经想给她找个婆家嫁了，但她自己不想嫁。”

“她住在平凉？”楚离道。

“平凉只是她的封号。”朱孝辰道，“她的郡主府就在城西。怎么，你准备去搜她的身？”

“可以去试试。”楚离点头。

“她和母后的关系，似乎还没到咱们说的那种地步。”

“你父皇不是说过，宁肯错杀一千，不能放过一个吗？”

“这也是你听我皇兄说的？”朱孝辰一笑。

“否则还能是谁？”楚离道，“万一东西就在她身上，也省得进宫去送死。”

“她可是郡主，而且身手了得。你准备如何下手？”朱孝辰问道。

“我有我的办法。”楚离道，“我只想知道，万一真能把东西偷到手，殿下准备如何处置？揭穿她们的罪行？”

“揭穿？”朱孝辰轻轻地吹了吹茶盏中的热茶，“怎么揭？去刑部喊冤？”

“殿下足智多谋定有安排，草民就不瞎打听了。”楚离拱手起身，“我去会会这个平凉郡主，但殿下你也要尽量打探宫里的情况，或许最后，还是免不了要进宫走一趟。”

“你要走吗？”朱孝辰微微皱眉。

“是。”

“我想知道，我在你眼里，是一个什么样的人？”

“什么什么样的人？”楚离一愣，万没想到朱孝辰会这么问。

“没事了。你走吧。”也就是一瞬之间，朱孝辰的表情，似乎又回到了当初二人刚见面时那般冷酷阴郁。

“草民……忽然又不想走了。”楚离又坐回了茶炉前面，“恕草民斗胆，想请殿下一起聊聊天，不知殿下能否赏脸。”

“你想聊什么？”朱孝辰淡淡一笑，又给楚离满上了一杯热茶。

是啊，聊什么呢？若只是闲聊的话，自己就是个闯荡江湖臭溜门撬锁的，跟人家当朝亲王之间，又有什么共同话题呢？

一时间，气氛忽然变得有些尴尬。

说实话，就在刚刚起身的一瞬间，楚离似乎猛然间感觉到，在朱孝辰的心中，似乎有一扇从没向任何人敞开过的门，而这扇门此时此刻，似乎正在破天荒地向自己敞开。或许，这就是朱孝辰所说的那个“信”字。

这个“信”字，似乎不单单局限于那些朝堂上下的阴谋诡计，或者换句话说，这个“信”字，就是一种冥冥之间的友情。

这是一种不需要日积月累，不需要同生共死，不需要焚香叩头，甚至不需要任何形式与言语的友情，却又超越那些推杯换盏的表面文章，甚至可以托付以性命前程。或许这就是传说中的“士为知己者死”的道理吧。

而今日今时，如果自己就这么起身离去，这扇刚刚敞开的门，便很有可能就此紧闭、永不再开。

七十六

“有一件事，草民一直想不通。”端起茶盏，楚离终于抿了一口这所谓一年只产三斤的贡茶，果然不同凡响。当年老色鬼就是开茶叶铺的，今天这一壶茶，想必能换了他那整间店铺吧？

“你也有想不通的事？”朱孝辰神色诡异道。

“你和你哥哥，两个皇子，一不疯二不傻，更没做过什么错事，皇后娘娘为什么就能如此堂而皇之地推一个侄子登基？她一个妇道人家，为什么会有这么大的权力？”楚离眉头微微一皱，“历代先帝，难道就没人为这种事儿立个规矩？”

“扑哧”一声，朱孝辰破天荒地笑了。

不是冷笑、不是嘲笑，更不是苦笑，就是平常人的平常笑：“楚公子，看不出来你会关心这种事。”

“殿下言重了，草民哪有资格关心这个？我就是随便问问而已。”

“规矩当然有。”朱孝辰道，“但规矩是人立的。立规矩的人不在了，规矩也就不在了。需要祖制的时候，自然会有人跳出来用祖制做文章；不需要祖制的时候，提起祖制的人，很快会被送去见祖宗。”

“话是这么说，但是……”楚离仍旧眉头紧皱，“她如此明目张胆地推一个外人即位，难道就不怕文武百官跳出来反对？”

“这种事若放到二十年前，确属无稽之谈。但现在不一样了。”

“有什么不一样？”

“那时没有党争。”朱孝辰道，“比起谁当皇帝，大臣们更关心前程。不单单是自己的前程，还有子孙后代的前程。比起一个书生意气、锋芒毕露的皇帝，他们更想拥立一个圆滑的人。”

“例如你？”楚离一笑。

“你觉得我很圆滑？”

“至少你懂得明哲保身。”楚离道。

“我这可不是什么明哲保身。”朱孝辰道，“我母妃有天大的把柄握在母后手里，足以牵连到我。所以她才会放心地把监国大权交给我，因为我必须远离皇位，即便它非我莫属。”

“天大的把柄，是多大？”

“大到我不想告诉你。”

“大得过她给皇上下毒？”

“下毒只是我猜的。”朱孝辰道。

“如果咱们找不到毒药，你准备怎么办？”

“去就藩。”朱孝辰一笑。

“你难道没给自己留后路？”

“这是一蹴而就的事，哪会有什么后路可走？”

“你把所有的希望，都赌在一厢情愿的猜测上？”楚离似乎有点不大相信。

“不。”朱孝辰摇头，“我把所有希望，都赌在了你身上。”

“殿下你……”楚离双目圆睁，一时间竟不知道该说些什么。

“你有朋友吗？”朱孝辰似乎看出了楚离的尴尬，故意转移了话题。

“殿下觉得，什么样的人能算朋友？”

“肯对你说实话的人。”朱孝辰道。

“殿下对朋友的要求，真是低得可以。”楚离也是一笑。

“你还没回答我的问题。”朱孝辰道，“你有朋友吗？”

“这……应该算有吧……”猛然间，楚离还真就想不出自己认识的人里，有谁符合“说实话”这个看似简单的要求。

“应该？”

“让殿下见笑了。我爹、我师父，都有事瞒着我，到死都没说实话。你哥哥虽然跟我说了实话，但那也是被我逼到迫不得已才说的。岭南的陈啸天陈将军，虽然对我没什么隐瞒，但我跟他接触甚少，说的也都是些无关痛痒的事，不知这算不算数。到现在为止，自始至终都在跟我说实话的人，只有杏儿。但她可不是朋友，而是媳妇。”

“你确定，只有她一个人？”朱孝辰一笑。

“哦！其实……殿下你，也一直在同我讲实话……”楚离恍然大悟。

“你就那么肯定，我跟你讲的都是实话？”朱孝辰的表情再次变得诡异。

“殿下说过，你我之间，少了一个‘信’字。殿下的话是不是实话，殿下自己心里清楚就好了，但草民会当实话来听。”楚离也是无奈一笑，朱孝辰这个人，似乎以让别人看不透自己为乐。

“哈哈哈……”朱孝辰又笑了，还是那种普通人的普通笑，把楚离也是笑了个莫名其妙，“敢问殿下，我的话有那么好笑吗？”

“不，不……我笑的不是你。”朱孝辰叹了口气，“你的话，让我想起了一个人。”

“谁？”

“陈方。”

“为什么会想起他？”这个宝贝殿下听自己说话，竟然会想起一个老太监，楚离心中别提多别扭了。

“你能把毒药给我偷来，我就把这个故事讲给你听。”

“殿下的条件可真是诱人呢。”楚离哈哈一笑，微微摇了摇头。

不知不觉，二人闲聊整夜。

虽说都是皇上的儿子，但朱孝辰的想法与朱孝隆可以说大相径庭。

在朱孝辰看来，世间本无昏君与明君的分别，因为天底下最希望国富民强的人，就是皇帝。纵观古今，再怎么荒淫无道的皇帝，也不会希望自己的国家民不聊生。每个皇帝做的每件事，对也好，错也好，其初衷无外乎是想让国家更富强、朝政更稳定。之所以会有明君与昏君的区分，标准无外乎两点：一是用人，二是用钱。

首先是用人。在朱孝隆看来，如今的文官没有一个是称职的，全都赶回老家种地才好。而朱孝辰的看法则恰恰相反，例如顾应檀、许怀这样连楚离都看不下去的贪官昏官，在朱孝辰眼里却是值得一用的人，理由则更是能戳破楚离的耳朵：因为这些人胆小。像曲由贞那样敢在家里摆棺材的人，才真的应该去种地。他连灭门都不怕，还能有什么敬畏可言？这样的人一心只想沽名钓誉，对于自己的观点不论对错都会誓死坚持，倘若其想法是对的倒还好办，但如果他想出了歪点子馊主意，却还拼命坚持，那便是整个朝廷的噩梦。这样的人，朝廷养那么一两个迎合一下民心倒也无妨，但若像朱孝隆想的那样，把满朝文武全都换成这样的人，后果就不用想了。

除此之外，就是用钱。朱孝辰的想法与哥哥正相反，朱孝隆认为朝廷税重，应该减税；而朱孝辰则认为朝廷常年入不敷出，应该靠大量的加税来扭转局面，且至少增加一倍以上。当然，这些加出来的税，不会从贫苦百姓身上出，而是要从那些善于钻律历的空子、想方设法逃税骗税的达官贵人身上出。

朱孝辰认为，百姓对税收的抵触，并不单单是因为税重。子曰：不患寡而患不均。有钱有势的达官贵人可以千方百计地逃税骗税，而贫苦的底层百姓却只能老老实实地交钱交粮，这种冥冥之中的不公平，才是各地百姓怨声载道的根源所在。

除此之外，这朱孝辰还别出心裁地想出了一种“赌税”的税制：所谓赌税，不是说向赌徒收税，而是让富户用去年的税赌未来的税。如果某个地方遇到了灾荒，按朝廷惯例，至少在当年是可以免税的。所谓“赌税”，就是灾区任何有能力的富户，在朝廷下达免税的政令之后，依然可以选择按去年缴纳的税赋数目交税，并且可以在未来的五年内，任选一年享受免税。如果未来的五年内有丰年，那就算赚到了。这种类似赌博的收税方式，放眼古今可谓闻所未闻。让富户在灾年坚持交税，可以增强灾区的自救能力，从而极大地缓解朝廷的赈灾负担。

朝廷有了充足的税收，才能铺路修渠、建粥棚开医馆，才能用兵御敌巩固边防；只有这样，国家才能真正扫除内忧外患，朝政才会稳定，百姓的生活才会安稳、收入才会增加。如果像朱孝隆那样只知道一味地减税，减到最后无非是个鱼死网破：朝政败落名存实亡，若老百姓连最基本的民生都得不到保障，反而会比之前更加反对你。

“殿下雄才大略，草民心服口服。”此时天色已然渐亮，茶水换了一炉又一炉，这一年只产三斤的贡茶，恐怕让这二人在一夜之间就喝去了一斤半。

“你现在，可是知道我秘密最多的人了。”朱孝辰道。

“难道以前不是？”

“直到刚才还不是。”

“殿下对治国的看法，也算秘密？”

“那可是秘密中的秘密。”朱孝辰一笑，“尤其是税收，那会断掉很多人的财路。其中就包括朝中那些衣冠楚楚的大员。”

“得殿下如此信任，草民受宠若惊。”楚离拱手道。

“我要去早朝了，你也快些回去休息吧。”这次倒是朱孝辰站起了身子，“平凉郡主的事，我等你的消息，但最好别超过三天。”

“三天足够了。”

“真的不用帮忙？”

“你确保今天一定撤销封城令就可以了。”

“你想骗她出城？”朱孝辰眉头一皱，之后半信半疑地点了点头。

七十七

当晚，城西郡主府。

郡主府，实际上就是之前的倪府，与徐国公的宅子相隔不是很远。倪瑞与其妻子相继过世，导致家道中落，一个郡主的俸禄也养不起太多的下人，所以说这郡主府看上去虽大，实际上人丁却着实冷清，甚至说还不如朱孝辰的梁亲王府。

平凉郡主的厢房，就在宅子正中，紧挨着后花园，但见屋中烛光明亮，时不时还有人影晃动，看来这平凉郡主确实就在房中。

蹲在墙头，楚离从怀里取出了郡主府的详图，再三确认了一下郡主厢房的位置，之后取出了射绳钩用的“百丈钩”，瞄准了厢房的窗子，“嗖”的一声将一支捆着字条的弩箭射入了厢房的窗户。

字条上写着两句话：

> 我知道你爹的死因。
>
> 今日三更，城西十里槐树林，一个人来。

字，是事先让杏儿写好的。女人的笔迹，可以减少她的戒心，更能减少那些不必要的猜测。

不出一刻钟，便见一女子周身短衣襟小打扮夺门而出，很快地，三匹高头大马出府直奔西郊。一切都在预料之中，深更半夜，即便这个平凉郡主功夫不错，恐怕也不会贸然独自出城。

人走了，就好办了。

楚离先是把郡主的厢房彻彻底底地翻了一遍，之后又把诸如祠堂、书房这类常适合藏东西的地方扫了一遍，果不其然一无所获。这些地方一没暗格二无空砖，看来这平凉郡主，不过是空挂了一个郡主的名号而已，实际上就是个两袖清风的穷鬼，竟然连一件值得藏得隐蔽些的贵重细软都没有，尤其是厢房里，就连女人家常备的脂粉都少得可怜。按楚离的想法，既然是毒药，必然会放在某个瓶瓶罐罐里，但这闺房里唯一的一个罐子竟然是个酒罐子。

“看来这丫头……平时还喜欢喝两口啊……”拔开木塞提鼻子闻了闻，楚离摇了摇头又把木塞塞了回去，罐子里盛的不仅是酒，而且还是地地道道的烈酒。

将屋里所有物品复原之后，楚离蹑手蹑脚地摸出了屋子，飞身翻出墙外走街串巷直奔齐亲王府。

他去齐王府做什么？

当然是去搂着杏儿造小人。小两口这些日子一直住在齐王府。王妃娘娘还专门派了下人以供使唤，上顿山珍下顿海味，一日三餐离不了大鱼大肉，还都是御厨掌勺，这么好的地方，傻子才不住。

那平凉郡主怎么办？

城西的槐树林并不大，充其量就几百棵树。郡主殿下带着两个手下在树林子里足足转悠了多半宿，才发现一封被钉在树干上的信，信上的字迹与绑在弩箭上的字条别无二致：

明日三更，最后一次机会，记得一个人来。

可不是吗？人家白纸黑字写得明明白白，让你一个人来，你却非要再带上两个跟班，活该白跑一趟。

话说这平凉郡主带来的两个人，都是女眷。连女眷都不许带，或许对方真的只是个不愿露面的女子？会是谁呢？看字迹，写字的人年纪应该不大，不可能是当年的亲历者，莫非她是受了某人的托付？

拿着手中的书信，平凉郡主的心中，竟然对射进厢房的那支弩箭涌起了一股莫名的好奇。因为自己始终感觉父亲的死不是自己知道的那么简单；始终感觉杀父的仇敌还在逍遥法外。幕后的黑手到底是谁？自己有生之年能否为父亲报仇雪恨？这身刻苦练就的武艺，还能不能派上用场？

明日三更，或许一切将见分晓。

此时此刻，这平凉郡主竟然开始后悔自己为什么鬼迷心窍，非要带上随从，更恨不得时间一下子就能跳到明日的三更，找到写字的人把一切问个明白。

一天的时间转瞬即逝。

次日深夜，早在二更天，平凉郡主便只身一人来到了昨天找到书信的树下，可直到将近四更，整片林子却始终不见半个人影。就在这平凉郡主焦急万分的时候，不远处忽然出现了一团火光，约莫巴掌大小，好似鬼火一般。

“谁？！”平凉郡主大吼一声，翻身上马便朝火光的方向奔去，等跑到地方一看不禁一愣，但见一棵老槐树跟前，竟然被人插了一支火把。

翻身下马，平凉公主从背后摘下了佩剑，小心翼翼地向火把走去，就在距离火把仅仅三尺不到的时候，猛然间感觉脚脖子被绳子套住，整个人随即被头朝下吊上了半空，更可恨的是，因为事发突然，手里的佩剑竟然“吧嗒”一声掉在了地上。

这种绳套陷阱，是深山猎户套野兽的惯用手法，名曰“太公绳”，顾名思义就是“姜太公钓鱼愿者上钩”的意思，一不用挖坑二不用撒网，一根结实点的粗麻绳就能搞定，可谓省时省力又实惠。想当年，楚离可是花了足足一两银子请童明、童亮兄弟吃了顿好的，一边灌酒一边拍马屁，才把编绳扣的本事学过来，如今更是第一次用，没想到真是出奇的好使。

当年这一两银子，着实是没白花。

七十八

要说这平凉郡主也不是吃白饭的，第一反应就是一铆劲向前弯起了身子，一伸手便够到了被麻绳紧紧套住的脚脖子，想把绳套解开。说实话，没有十几年的功夫底子，根本不可能练就如此出众的腰力与柔韧；单就这一个动作，便不是一般人能做到的。

只可惜，想把绳子解开，一般人更做不到。

套猎物的绳扣，是一种易紧难松的“囫囵扣”，拉紧很简单，想要松开却如登天，更何况还有身体的重量坠着，只要身体不落地，绳扣就不会泄劲，只会越拉越紧，单凭两只手的力量几乎不可能解得开。

见郡主上钩了，楚离从不远处一棵大树后边绕了出来，闲庭信步地走到了郡主近前，不紧不慢地举起了插在地上的火把。

“谁？！”感觉身子下边有人影晃动，郡主下意识地转过头向下看了一眼，只见一个蒙面男子正举着火把站在下面，目不转睛地盯着自己。

“你到底是谁？！”郡主满面通红，呼吸急促，“活腻了吗？”

比起郡主，呼吸更急促的是楚离。

这个所谓的平凉郡主，不就是当初在仙味楼碰到的那个异香美人吗？

真是恍若隔世啊！当年那个商贩被大汉杀死的场景仍旧历历在目。因为这个女人，一个着急等钱给母亲诊病抓药的商贩死于非命。自己还曾经想过，如果有机会再遇到那个女人，一定要向她问个明白，为什么要纵容手下草菅人命。没想到，问她的机会这么快就来了，而且是以这种方式。

“你到底是谁？！有什么企图？！”郡主气急败坏地冲着楚离喊了起来。

“嘘……”楚离伸出一根手指打了个“嘘”的手势，之后不紧不慢地把郡主的马牵到了跟前，手按马鞍飞身一蹿便站上了马背，从腰里抽出一根细麻绳，三下五除二便将郡主的双手捆了个结实。没错，郡主的功夫确实了得，一开始也是极力反抗，只可惜，吊着的，毕竟打不过站着的，见反抗无望，郡主干脆束手就擒，“你想做什么？要钱的话就放我下来，想要多少说个数就是！”

“嘘……”楚离再次伸出了一根手指示意安静，之后开始由脚到头给郡主搜身。

“住手！别碰我！淫贼！来人啊……”这么一来，郡主可不干了，有道是：男女授受不亲。更何况是尚未出嫁的黄花闺女？好歹也是个郡主，哪里容得你一个陌生男人摸来摸去？

还别说，让她这么一喊，楚离还真就住手了。不是怕她喊，而是搜到东西了。从郡主的腰间，楚离摸出了一个香囊，朱红色的锦帛上绣着金线，镶着珍珠、玛瑙、翡翠和珊瑚，手艺虽然一般，但用料着实考究。

“莫非……这就是她身上那股香气的来源？”把香囊放到鼻子前一闻，楚离不禁眉头紧皱。这香囊不仅没有任何香气，反而有一股淡淡的海腥味，难不成这姑娘喜欢用鱼干当香料？

“还给我！你这个淫贼！”见香囊被拿走，这郡主就好比疯了一样，周身上下拼命地挣扎。

把香囊揣进怀里，楚离顶着公主的挣扎又往“下”摸了一遍，一枚随身印信，一个出城用的牙牌，此外再无其他。

“你会死得很难看！”郡主恶狠狠地盯着楚离，眼中尽是杀气。

楚离则不慌不忙地从怀里掏出了火折子，伸手点燃了麻绳。这麻绳有拇指粗细，其中绳套之外有一段约莫一尺长，事先已经涂了火油，经火折子一点立即便烧了起来。

对着郡主抱了抱拳，楚离骑着郡主的马扬长而去。待到麻绳烧断郡主落地，楚离早已经没了踪影。

商贩的事，为什么没问？

因为没必要。

从头到尾，除了那两声“嘘”之外，楚离始终一声没吭。因为一旦说话，便会暴露自己的声音，对于飞贼而言那可是大忌。此时此刻，完全没必要为了一件既成事实的事，给自己平添一份风险。

除了风险之外，还有一个道义的问题。有道是：好男不同女斗。若要给商贩讨说法，大可以去找那个行凶的大汉。堂堂九尺男儿，跟一个头朝下吊在半空中的女人逞威风，又算什么本事？

骑着马往南走了足足二十里，楚离来到一处荒野，脱下一身的黑衣，浇上火油一把火烧了个干净，之后换上了事先准备好的农家装束，抓了把泥往头发上抹了抹，挑起扁担摇身一变就成了进城卖菜的农户。

以防万一而已。

如果郡主那个鱼干味儿的香囊里装的真是毒倒当今皇上的毒药，那么抢她的香囊无外乎是黑吃黑，她自己也不敢声张。但是万一人家不是皇后的同谋，香囊里装的真的就是鱼干而不是什么毒药，经过这么一折腾肯定是全城盘查。再穿着之前的衣服进城，可就是自投罗网了。

七十九

“你是怎么弄到这个的？”拿着楚离递过来的香囊，朱孝辰的表情有些意外。

“雕虫小技。”楚离一笑，“这个香囊里装的不是香料，所以我有些怀疑。况且她身上只有这个，我就借来了。”

“这个香囊是母后亲手做的，我和平凉都有，唯独没有五哥的份。”朱孝辰冷冷一笑，打开了香囊，发现里面装的是一片类似于石膏的东西，但质地比石膏要硬，桃核大小，白里透黄，用指甲轻刮会有粉末脱落，“这是什么？”

“不知道。”楚离摇头，“或许就是你说的毒药吧，反正我没敢试。不过这东西的味儿跟臭鱼似的，不晓得你家母后为什么用这玩意儿做香囊。”

“母后给我的香囊，放的不是这个。”朱孝辰面露诡异，说得楚离也是一愣。

“你的意思是……”楚离问道。

“这玩意，是后放进去的。”朱孝辰用两根手指夹起了香囊中的“臭鱼”，眼神飘忽，若有所思。

“到底是不是毒药，找个活物试试不就知道了？”楚离问道。

“这件事，你不用插手了。”朱孝辰道，“你义父那边出事儿了，你恐怕要再跑一趟辽远。”

“出事儿？出什么事儿？”楚离一惊。

“东虏人答应出兵了，但朝鲜人不答应。”

“此话怎讲？”

“朝鲜人只允许大宁军队入境抗倭，但不答应东虏大军入境。”朱孝辰摇头道，“所以说，倭寇，要我们自己来打。”

“为什么？”听闻此言，楚离顿时青筋暴露。为了让东虏人出兵，自己不惜假冒太子到敌营单刀赴会，差点把命搭上，没想到那群朝鲜人竟然好心当作驴肝肺，简直就是皇上不急急死太监。

“因为他们不信任东虏人。”朱孝辰淡淡道。

“简直是岂有此理！”楚离已经顾不得失态了，“那就让他们自己去打好了！我为了让东虏人出兵，差点把命搭上，这群王八蛋竟然如此不识好歹！”

“换作是我，也不会让东虏人插手的。”朱孝辰淡淡一句，好似一盆冷水把楚离浇了个透心凉。

“为什么？”楚离不解。

“你与他家大汗也不是没打过交道，你有没有想过，一旦他们出兵抢回了汉阳，会如何讹诈大宁？”

“这……”楚离眉头微微一皱，“王爷已经答应帮他们赈灾了……”

“赈灾？”朱孝辰冷冷一笑，“你以为他们会满足于赈灾那点钱粮？”

“我们立过军令状！”

“军令状？”朱孝辰一笑，“这件事不用再讨论了。你们带了三万精兵出境，我再给你们加一万，四万人，光复朝鲜！”

“四万？”楚离一愣，“倭寇来了二十万，四万人怎么打？”

“怎么打是你们的事。”朱孝辰淡淡道，“只能再派一万，多一个人都不行。”

“为什么？”

“你知道现在国库里还有多少银子吗？”

“那就让朝鲜人自己去打，走投无路的时候，他们自然会答应让东虏人帮忙！”

“说了半天，你怎么还是不明白？”朱孝辰皱眉道，“这件事如果让东虏人插手，朝鲜和大宁，他们两头讹。这与把朝鲜送给倭寇又有什么分别？”

“那就把朝鲜送给倭寇好了！”楚离满脸的不服气。

“那你为什么还要拉拢东虏人去抗倭？”朱孝辰一笑。

“当然是因为倭寇占了朝鲜，我大宁将永无宁日！”

“你既然知道，为什么还这么问？”

“我……”

“多用用你的那些‘雕虫小技’。”朱孝辰叹了口气，“抢回汉阳就行，否则我大宁将无以立威于藩邦，往日那些藩属，势必会寻机依附别国，反过头来找大宁的麻烦。”

“可是……草民不懂兵法，又不会说朝鲜话，恐怕我那些‘雕虫小技’，在朝鲜行不通。”

“听着，四万人打二十万人，这不是一朝一夕的事。你们带到东虏的那点粮草吃不了几天。”朱孝辰道，“我已经下令，从辽远各州府以及关内征调十万石粮草运往朝鲜边境，这些粮草需要过境东虏，我不管你用什么办法，一定要保证这些粮草一斤不差地运到朝鲜境内，无论如何不能让东虏人扣下赈灾！”

“好吧。”沉思良久，楚离终于无奈地点了点头。

“除此之外，还有一件事，需要你去说服皇叔。”朱孝辰道。

“你是他侄子，为什么要我去说服？”

“你觉得他信得过我吗？”

“什么事？”楚离叹了口气。

“抗倭，只派陆上的兵马是不够的，需要水师配合，但朝鲜的水师不行。”

“你想让他出军饷？”

“大内和他，各出一半。”朱孝辰道，“国库无论如何都掏不出这笔银子。朱家必须站出来兜底儿。”

“大概要多少？”

“至少五十万两。”

“他要是不出呢？”楚离眉头紧皱。让那老头子出钱，那可是从他肋叉子上割肉啊。

“或许会吃败仗吧。”朱孝辰倒是一副无甚所谓的样子，“假传圣旨，私自带兵出境，然后大败而归。”

“我尽量。”楚离苦笑着摇了摇头，“不过草民也有几件私事恳请殿下帮忙。”

“说。”

“东虏大汗想招我当上门女婿。”

“我知道。”

“但我自己不想。”

“我也知道。”

“我离京之后，希望殿下立即派信得过的人将杏儿安顿到广南等我。”楚离道，“这件事过后，我和杏儿远走高飞，不论朝鲜成败。”

“可以。”朱孝辰点头。

“你堂弟，不能死。”

“当然。”朱孝辰继续点头。

“另外，草民还有一样东西要交给殿下。”说罢，楚离从怀里取出了一份路引递上。

就是那张，从当初那个杀死商贩的大汉身上偷来的路引。

“路引？”朱孝辰接过路引，一脸的疑惑，“广南铜铃府？这是谁的路引？”

“实不相瞒，草民昨晚，是第二次见到郡主。”楚离道，“早在我刚到京城的时候，就见过她一次，当时她们是四个人，除了郡主之外，还有三个男人。我一时手痒偷了他们的包裹，结果发现了这个。”

“三个男人？”朱孝辰一愣，“她府上都是女眷。”

“那三个男人，应该不是她府上的人。”楚离道，“除了这张路引，包裹里还有大内的牙牌。可惜那块牙牌已经被徐忠汇扣下了。”

“大内的牙牌？”朱孝辰眉头紧皱，“那东西应该带在身上才对。”

“所以说，你不觉得怪吗？”楚离用手指点了点路引，“有大内的牙牌，却还要用路引，我问过你哥哥，他怀疑他们一定是在做什么见不得人的事，害怕亮出大内的牙牌会惹人猜疑。广南铜铃府，那鬼地方我从来没听说过。他们很可能是从那里出发回到京城的。”

“这是什么时候的事？”朱孝辰问道。

“年初。你父皇出事之前。”

“莫非……”朱孝辰又拿起了香囊里的“鱼干”，“是去取这东西？”

“或许吧。”楚离道，“草民知道的，都已经告诉殿下了，不过……因为这件事儿，害死了一个毫不相干的街头商贩，此事一直是草民心中的一道坎。那个商贩曾说他家中还有一个病重的老母亲，不知殿下能不能派人查一查那商贩家在何处，他那老母亲是否还在世。”

“死了一个商贩？”朱孝辰表情一变，“照你这么说，那夜大内派兵搜查胭脂楼，是冲着你去的？”

楚离点头。

“你还记不记得，跟她一起的三个男人，长什么样子？”

“其中有一个身高过丈，留络腮胡子，用鬼头刀，曾与我打斗，手腕被我咬掉一块皮肉。”

“知道了。”朱孝辰点头，“朝鲜军情紧急，你明天就动身，务必快马加鞭。”

“草民明白。”

“我加派的一万人，主将叫段长义，曾在王友成手下当差，对倭寇的战术很熟悉，他会率一万铁骑驰援朝鲜，接替陈啸天统领征倭大军。”说罢，朱孝辰竟然从怀里取出了一张银票递给了楚离。

“殿下这是何意？”接过银票，楚离也是一愣：五千两。

“这不是给你的，而是给段长义的。”朱孝辰道。

“为什么要给他银子？”拿着银票，楚离一脸的不知所以，财神爷齐王就在辽远，天底下有谁比他银子多？如果有什么事需要银子解决，轮得到你朱孝辰这个穷鬼掏钱吗？

“此人领兵打仗是把好手，唯独脾气有点怪。”

“脾气怪，跟银子有什么关系？”楚离越发纳闷，难道收了银子脾气就不怪了？

“等见到他本人，你就明白了。”

“统领征倭大军，也算是一品大员了吧？”楚离仍旧满脑袋的疑惑，“这么大的官，五千两就打发了？”

“你觉得五千两少吗？”朱孝辰诡异一笑，站起身子，“啪”的一声打开了手中的折扇。

“五千两银子就能收买的人，你也敢派？”听朱孝辰这么一说，楚离反而更疑惑了。

“这个人遭贬，并非是受王友成的牵连。”朱孝辰道，“而是他把给他送银子的知县给杀了。”

“那你还让我给他送银子？”

“你要是真有本事，就让他把银子收了。”朱孝辰道。

“殿下此话怎讲？”

“你身上没有功名，又这么年轻，皇叔和那个陈啸天，为什么对你言听计从？”朱孝辰忽然岔开了话题。

“这……这不是一两句话就能说得清的。”楚离道。

“用五千两银子，从段长义那里换一个‘说不清’，你不觉得是桩好买卖吗？”朱孝辰摇着折扇，一脸的事不关己，“记住，别找皇叔要钱，就用这五千两。”

“草民明白了……”嘴上说着明白了，楚离心里却一点都不明白，即便如此却也不想再细问了，跟朱孝辰说话着实心累，干脆决定等到了时候再见机行事，“那个商贩的老母亲呢？”

“我会派人去查。如果没死，我会下令衙门拨银子给她。”

“谢殿下！草民告退！”楚离拱手退到屋门口，转身离去。

“来人！”朱孝辰立即换了一副表情。

“殿下有何吩咐？”管家王源推门进屋。

“派人去太医院，叫李濒湖来见我。”

“是！”

八十

二更天，郡主府。

平凉郡主，已经抱着酒罐子，在屋里喝了足足两天的闷酒。

这个哑巴亏吃得，可谓是让人求生不得求死不能。堂堂郡主，尚未出嫁的黄花闺女，被挂在半空中任由一个大男人摸来摸去不说，更是被抢走了随身的香囊。香囊丢了倒是不要紧，关键是香囊里边的东西，那可是万万丢不起的。

那个鬼一样的淫贼，从头到尾几乎没有留下一丝一毫的线索，报官也不能报，向皇后娘娘喊冤哭诉那更是自寻死路，想私下里找人帮忙破案吧，像青衫营、顺天府这些衙门里又没有什么信得过的朋友，万一人没抓到，反而走漏了风声，岂不是赔了夫人又折兵？

就这样声张也不是、不声张也不是，把个平凉郡主愁得可谓是一筹莫展，关键是，那个设陷阱的淫贼是什么来头？这个人的目的是什么？背后又是受了谁的主使？会不会招来大祸或是被人要挟讹诈一辈子？

一想到这，这平凉郡主就恨不得干脆在厢房里吊死算了。

就在这姑娘端着酒壶一筹莫展的时候，外面忽然传来了几声敲门声，声音清脆而细腻，就好比是鬼敲的一样。

“谁？”

“我。”门外竟然传来了男人的声音。

郡王府，没有男人。

一听门外说话的竟然是个男人，郡主放下酒壶，“锵啷”一声抽出了佩剑，一个箭步窜到了门口，拉开屋门便刺。

但见来者似乎早有防备，一侧身躲过了这致命的一剑，顺势一把攥住了郡主握剑的手，但闻“咔嚓”一声骨头节响，郡主疼得险些叫出来，宝剑瞬间离手，竟无声无息地落在了来者早已伸出的脚面上。

“六……六殿下？”平凉郡主甚至不敢相信自己的眼睛，站在门外的人竟然是当朝监国——梁亲王朱孝辰，从上到下一身漆黑的夜行装束，除了脸上没戴面罩之外，俨然就是一副刺客打扮。

半夜三更，他来做甚？为什么监国到访，竟然没人通禀？为什么堂堂亲王，要穿着一身刺客飞贼才会穿的夜行衣？难道他是翻墙进来的？莫非那晚把自己骗到荒郊野外乱摸的淫贼就是他？

不！

那个淫贼明显比他魁梧，身材对不上。莫非他是整件事的幕后主使？那晚的淫贼是他派的？

比起朱孝辰的不请自到，更让平凉郡主吃惊的便是这位亲王殿下的身手。

他竟然会武功！

放在以往，包括平凉郡主在内，满朝文武都觉得这个梁亲王就是个手无缚鸡之力的文弱书生，跟他哥哥没什么分别，没想到此人的身手竟然远在自己之上！

“不知是殿下驾到，平凉失礼，还请殿下勿要怪罪。”平凉郡主跪倒行礼，顺便收起了佩剑，毕竟只是皇后娘娘的义女，身份同真正的皇子还是比不了的，更何况人家现在不但是亲王，更是监国。

“起来吧。”朱孝辰缓步进屋，反手关上了房门。

“不知殿下深夜来此，有何贵干？”

“为什么给父皇下毒？”朱孝辰面沉似水道。

“殿下何出此言？”郡主的脸一下就白了，“扑通”一声再次跪倒。

“父皇待你不薄。”朱孝辰缓缓地拿出香囊，“为什么？”

“平凉，听不懂殿下在说些什么！”

“是不是我把这个交给青衫营，你就能听懂了？”

“别……”平凉郡主猛地抬起头。

“那就告诉我，为什么！”朱孝辰蹲下身子，两只眼睛死死地盯着平凉郡主，吓得郡主赶忙低下了头。

“别说你不知道这香囊里的东西是什么。”朱孝辰将香囊扔在了地上、郡主的面前。

“殿下……我……”见朱孝辰将香囊扔在自己面前，平凉郡主猛地伸手将香囊捡起一把扯开，不容分说便将香囊里的东西塞进了嘴里，结果刚一进嘴便感觉不对劲，噗的一口又吐了出来。

那仅仅是一块炖肉用的桂皮。

“既然听不懂我说的话，你慌什么？”朱孝辰冷冷地盯着平凉郡主的一举一动，“是谁主使你？是不是母后？”

“既然殿下已经拿到了证据，就请赐平凉一死吧！”

“我可没那个权力。”朱孝辰不慌不忙地蹲下了身子，“想死可以，但现在不行。因为你爹还在九泉之下等着你给他报仇。”

“他的仇已经报了！”

“哦？”朱孝辰一皱眉，“仇人是谁？是不是一个推车叫卖的商贩？”

“你……”平凉郡主满脸的惊慌，嘴唇微颤欲言又止。

“广南铜铃府，你去那干什么了？”朱孝辰不慌不忙地从怀里掏出了楚离给的路引和一张大内的牙牌。当然，大内的牙牌只为虚张声势，并不是当初楚离偷来的那张，“还有，大内的牙牌又是谁的？跟你一起的三个人是谁，是不是母后派的？”

“是陛下害死了我父亲！”平凉郡主牙关紧咬，犹豫再三终于开口。

“是谁告诉你的？”朱孝辰双眼微微眯起，“母后？”

“是。”

“你信吗？”

“我……”平凉郡主又被问住了。

是啊，对于这个说法，自己信吗？

当然相信！否则为什么要顶着灭门的危险下毒害皇上？

既然相信，又为什么会相信那封射进厢房的箭书？为什么一听说父亲的死因另有蹊跷，便鬼使神差地独自出城赴约，以至于中了圈套落得如今这个地步？

她自己也说不清。

这个消息是皇后说的，她没理由不信，毕竟她是离皇上最近的人，大内的机密，除了皇上，她知道得应该最多。

但皇上害死父亲的动机是什么呢？她却始终想不通。

皇后娘娘说是因为皇上担心他功高盖主，但这个说法，即便在平凉郡主看来，也有些站不住脚。想当初，父亲倪瑞不过是个文官，在皇上即位的过程中所充当的角色，也只不过是个说客，手中也没有兵权，对皇上根本构不成任何威胁；况且皇上登基后，把吏部尚书这个肥差给了父亲，也算是有所报答了，这所谓的功高盖主，又当从何说起呢？

既然如此，为何还要相信皇后的话？

因为没有选择。

除了自己和皇后娘娘之外，似乎没人在乎这件事的真相，也便没有其他的消息来源。

“不说话？那就是不信？”朱孝辰缓缓地站起身子，“我已经调阅了太医院的病案，当年倪大人死于心脉瘀阻，不治身亡。”

“殿下的意思是，我父亲真的是自己病死的？”平凉郡主呼吸略显急促。

“君要臣死，臣不得不死。父皇的手段，你应该有耳闻，他若真想杀你父亲，你觉得你还能留在京城当郡主吗？”对于倪瑞的死因，朱孝辰似乎不想多说，反而提出了一个平凉郡主自己也在思考的问题。

“我爹一直在帮他，他害怕如果公开治我爹的罪，会人心失尽。”平凉郡主的这个答案，也是皇后娘娘当初告诉她的理由。

“你觉得父皇，在乎过人心吗？”

“这……我……”平凉郡主一时语塞。

“这也是母后告诉你的？”

“是……不，不……这是我自己想的……”

“你父亲在早朝时晕倒，父皇急命太医上殿，药也是在宫里拿的。当年给他诊脉的人叫丁尚。这个人，是院判丁广卫的孙子。”朱孝辰并没理会郡主的想法来源问题，“御药房的掌药太监叫王良，典药太监叫刘见。你父亲死后还不到一年，这些人里除了丁尚早早辞官躲过一劫之外，院判丁广卫忽然病毙，就在一夜之间，王良和刘见也莫名失踪了，直到现在活不见人死不见尸。这件事，恐怕你不知道吧？”

“殿下此话当真？”平凉郡主猛地抬起了头，“这么说，是他们合谋害死了我父亲？”

“我可没这么说。”朱孝辰道，“倪大人死后不久，丁尚便以云游济世之名辞官了，从此再无音讯。太医院的李院判告诉我，他当年给你爹开出的方子，并没有错。”

“那他为什么辞官？”

“鬼知道。”朱孝辰冷冷一哼，“其实，我倒也很想把他找回来问个明白呢。”

“你能找到他？你确定他还活着？”

“不试一下怎么知道？”

“敢问殿下，为何关心我父亲的事？”

“我关心的不是你父亲，而是我父亲。”朱孝辰从怀中取出了之前香囊里装的真正的“鱼干”，“我帮你找回丁尚，查清真相，还你父亲一个公道。你告诉我这东西是从哪儿弄来的，你究竟受了谁的指使？是不是母后？”

八十一

“这东西叫鸡心膏，产于芽圣……”按平凉郡主的说法，香囊里装着的“鱼干”，是一种叫“鸡心膏”的奇毒。

在南洋沿海的温暖海域，有一种名叫“鸡心螺”的小海螺，之所以叫这个名字，顾名思义，这种小海螺不论大小还是形状，都与鸡心相仿。鸡心螺的体内生有毒囊，所谓的“鸡心膏”，就是用鸡心螺的毒囊熬制的。熬制方法便是将毒囊从海螺体内单独剔出，之后加水熬至膏状并过滤之后，就得到了鸡心膏。为了便于保存和携带，人们往往将鸡心膏烘干保存，用的时候再加水调制。整套过程听起来简单，但做起来却着实复杂，每只鸡心螺的毒囊仅米粒大小，想熬制出香囊里那块桃核大小的鸡心膏，至少也要十几斤的鸡心螺才行。此毒见血封喉且无药可解，相比起鹤顶红、孔雀胆这些烈性毒药，鸡心膏最大的特点就是绝不会出现诸如口吐白沫、七窍流血这类激烈的中毒症状，中毒者往往会出现麻痹、抽搐、昏厥等较为温和的症状，表面上也没什么痛苦，最后在混沌中死去，一切特征像极了严重的头风。

原本，曾有不少的猎户喜欢用这种毒药狩猎，原因是此毒起效快，被伤到的猎物不会跑很远。但也正因为其毒性过大，以至于被毒杀的猎物，必须要放干鲜血并用清水浸泡一天之后再烹食，才不至把吃它的人一并毒死，所以在近几十年来，用的人越来越少，熬制方法也几乎失传。

“你去了芽圣？”朱孝辰问道。

“八个月前，皇后宣我入宫，向我透露了一个秘密……”一行泪水顺着平凉郡主的脸颊潸然落下，“她告诉我，我爹是被陛下害死的。我追问她原因，她说是陛下担心我爹功高盖主祸乱朝纲，还举了王友成、廖正江这些功臣的例子给我听，说陛下心胸狭窄猜忌成性，对功臣总是心存芥蒂，稍有越格便会被治罪甚至杀头抄家。想当年我父亲十八岁便进了翰林院，而立之年便已位列台阁，可谓是少年得志；我心想他年轻气盛，或许是真的说过什么让陛下起疑的话吧，一时便没有怀疑。后来，她让我去芽圣弄到这种毒药，还让我随时随地都要将这东西带在身上。”

“她有没有告诉你，准备给谁下毒？”

“这还用她告诉吗？”平凉郡主声音微颤，稍显绝望。

“难道你就没问问她，为什么那么好心，顶着灭族掘坟的风险去替你报仇？”

“她告诉我，陛下用同样的毒药，杀了她的孩子。”平凉郡主用决死一般的眼神盯着朱孝辰，“她不是替我报仇，她是在替她自己报仇。”

全都猜对了。

皇长子朱孝铭，果然是被自己的亲生父亲所毒杀。

“她有没有告诉你，父皇为什么要杀亲骨肉？”朱孝辰不禁苦笑，“莫非我大哥也功高盖主？”

“我没问。”平凉郡主摇头。

“也罢……”朱孝辰点了点头，从地上捡起了香囊，将鸡心膏放了回去，之后将香囊递回给了平凉郡主，“拿着。”

“殿下这是何意？”平凉郡主有些不知所以。

“记住，什么都没发生过。你没丢过香囊，我也没来找过你。”

“殿下想让我怎么做？”平凉郡主接过香囊，一脸的莫名其妙。

“你什么都不用做。母后若是找你要这个，就乖乖地给她。”

“那我父亲的事……”

“这桩案子我会交给青衫营暗中查办，不论那个丁尚是死是活，哪怕把我大宁疆土翻一个遍，也会把他找出来。查明真相，为倪大人申冤。”

“平凉代父亲，叩谢殿下。”平凉郡主俯身叩头，“平凉还有一事不明。”

“说。”

“殿下是如何怀疑到我的？”

“怀疑到你的人不是我。”

“那又是谁？”说到这，平凉郡主的眼中忽然多了一抹杀气。

“就是骗你出城的人。”朱孝辰一笑，似乎已经看出了平凉郡主的想法，“怎么，你想找他算账？”

“不瞒殿下，平凉自知罪孽深重，不敢谋图报复。但此人曾轻薄于我，此乃私怨。此仇不报，平凉死不瞑目！恕平凉斗胆，恳请殿下赐告，此人姓甚名谁！”

“哦……”朱孝辰点了点头，不禁扑哧一笑，“按我说的做，或许我会考虑告诉你。”

八十二

次日，早朝。

“有本出班早奏，无本卷帘退朝！”卢正像往常一样高声吆喝，下面文武群臣也像往常一样，大眼瞪小眼相互看了看，又全都低下了头。

“老臣有本上奏！”首辅周玉绳迈步出列，双手平托奏疏举过头顶，说实在的，这些日子多亏了周玉绳有事没事就奏上一本，早朝才不至于太过尴尬。毕竟是未来的老岳丈，无论如何也不能眼巴巴地看着女婿下不来台。

翻开奏疏，朱孝辰不禁眉头紧皱，但见这奏疏里面是写的是关于皇宫失火之后修缮重建的事，通篇是歌功颂德的废话，十个字就能说明白的事，竟然黑压压地写了一大片，少说一千字不止。

“吕源！”朱孝辰将奏疏放在了龙书案上。

“微臣在。”户部尚书吕源躬身出列。

“国库还有多少银子？”

“哦……这……前不久，微臣不是刚刚向殿下报过数吗？”吕源一脸的尴尬。

“前不久是前不久。我问的是现在。”

“哦……出兵打鞑靼人之前是……一百五十七万两。”

“现在！”朱孝辰身体前倾，死死地盯着吕源。

“哦……启禀殿下，城下一战，药费与伤亡将士的抚恤，一共花去二十五万两；岭南大军的回程粮饷，又花去十五万两；按礼部报上来的数，又拨了十万两以作登基大典之用；此外，奉殿下之命调铁骑一万驰援朝鲜，饷银是十万两；此外，从各州府征调抗倭的军粮，又用去了七万两，现在还有……哦……九十万两。”

此数一出，满朝哗然。

此时还不到年中，堂堂大宁朝廷的国库，竟只剩了九十万两银子。

九十万两银子是什么概念？

满朝文武官员与京城各个衙门所有差役每个月的俸禄，京畿卫与上直卫也就是大内将士每个月的粮饷，这两样加在一起是每月十二万两，此时距离年关还有七个多月，暂以七个月算，光是这两项雷打不动的支出，就需要八十四万两。

如果朝廷在下半年没有别的收入的话，国库的银子只够给文武百官发俸禄。这还是在下半年没有任何突发事件的前提下。如果再有哪个外邦兴兵挑衅的话，更是无论如何都派不起兵的。

也就是说，即便下半年天下太平、全国各地没灾没祸，国库也只有六万两的剩余。

就这点钱，还想修皇宫？

首先，失火的宫殿，要全部拆除，之后在原址上重挖地基再建殿阁，且必须是上好的金丝楠木或檀木外加一流的工匠，其中光木料一项，没个二十几万两银子都免谈。真若准了周玉绳的奏疏把皇宫都修了，这朝廷也就可以吹灯拔蜡了。

也就是说，以目前的国库存银而言，若想保证文武百官的俸禄和军饷准时发放，那么修皇宫和登基大典这两件事，只能二选一。

“王贤！”听过吕源报上来的数字，朱孝辰的眉头也皱了起来。

“微臣在！”礼部尚书王贤拱手出列。

“办个大典，用得了十万两吗？”

“殿下只给了微臣十天时间，工匠和裁缝都必须彻夜赶工，要价自然就高啊！”

“要是不用他们赶工呢？”

“回殿下，如果能宽限到一个月的话，五万两足矣！”

“那就五万！这么大的事，让钦天监甄选一个黄道吉日还是很有必要的。你让他们先别赶工了。”

“是。”王贤无奈地叹了口气，在场大臣更是一个个撇嘴摇头。堂堂天朝上国，竟然开始为了几万两银子斤斤计较，真是天大的讽刺啊。

“马越！”朱孝辰看了看一旁的工部侍郎马越。

“臣在。”马越拱手出列。

“尚书的位子你先兼着，给你十万两，皇宫先慢慢修。”

“是。”

“散朝吧！”朱孝辰伸手扯起周玉绳的奏疏，旁若无人地走下大殿，“王大人，大典的事慢慢干，不着急。照着最便宜的工期给我压价！”“哎……请殿下放心。”王贤尴尬一笑，一个劲地点头。

人人心里都有把算盘，别看只省下了五万两，但解决的可是大问题。仗能打，皇宫修缮也能开工；大典能办，文武百官的俸禄也没耽误。只不过，堂堂朝廷为了省五万两银子，连皇上登基这种事都能推迟，也算是古往今来独一份了。

出了大殿，朱孝辰直奔坤宁宫。

“什么？延期？”一听朱孝辰说要将登基大典延期，陈皇后顿时一脸狐疑，“皇儿啊，大典的事儿，当初急不可耐的是你，如今要延期的又是你，是为何故？”

“母后有所不知，国库……唉！”朱孝辰满脸尴尬，把国库的收支数目报了一遍，又呈上了周玉绳的奏疏，“当初怪儿臣鲁莽了，没考虑钱的问题。如今国库空虚，实在是省无可省。儿臣以为，军饷乃是军心之本，绝不能省；也只有大典的银子可以省一省，同样的工、同样的料，只要晚几天收货，就能省下几万两银子，何乐而不为呢？况且皇宫失火，还需重新修缮，以后用钱的地方太多了，儿臣这也是不得已而为之啊……”

“你的意思是，那些酒囊饭袋的俸禄不能省，帮那个千里之外的朝鲜打仗不能省，后宫那几间破房子不能省，唯独皇上登基可以省？”听朱孝辰说完，陈皇后顿时面露不悦，“是不是这样？”

“母后实在是误会儿臣了！”朱孝辰一脸的为难，“母后请想，为了皇上登基而克扣文武百官的俸禄，如此一来，人心何在？大臣们欠俸的怨气会撒在谁身上？朝鲜的军情更非儿戏，一旦朝鲜被倭寇霸占，我大宁势必要南北两边抗倭，朝廷可就没有一天安稳日子过了！真到那时，儿臣出京就藩一走了之，留下一个烂摊子谁来收拾？还有这皇宫，断壁残垣坏了皇城的风水不说，更有损大内的体面。儿臣早就问过工部，十万两银子远不够修缮之用，也只能先行开工，慢慢干着免得尴尬罢了！堂堂皇宫大内没钱修房子，传扬出去岂不是要遭天下人耻笑？”

“唉……真是难为皇儿你了……”陈皇后满不在乎地叹了口气，“说一千道一万，到底还缺多少？”

“若要保证登基大典，差五万两。若还想保证皇宫的工期，至少还差二十五万，一共是三十万两！”朱孝辰摇了摇头，无奈地伸出了三个手指，“三十万两啊，母后！”

“大典不得推迟，银子的事，你不用管了。”陈皇后淡淡道。

“可是母后，这么大的亏空……”

“行了，行了……皇儿啊，你好歹也是个亲王，别动不动就大惊小怪行不行？”陈皇后满脸的不屑，“还有一件事，本宫想同你念叨念叨。”

“母后请讲。”

“本宫听说，你把京畿卫的兵权，交给了一个叫李森的？”

“是。”

“那裴大人呢？你准备如何安排呀？”陈皇后冷冷道，“他这么多年恪尽职守，没有功劳也有苦劳。因为这么一点点小事儿就丢了乌纱，未免太过苛刻吧？”

“这……母后想如何安排，就如何安排好了。”

“这些日子以来，本宫照你说的，倒是没少赏赐黄文举，但他给本宫的感觉，就是一匹喂不熟的狼啊。现在想想，还是当初裴大人当值的时候，更让人放心些。”

“母后的意思，儿臣明白。”

“既然明白，就去办吧。”

“让裴大人重回大内当差，不过是一道旨意的事。”朱孝辰笑道，“母后若打定主意，儿臣明日早朝就会颁旨。不过……儿臣觉得，等堂弟登基之后，把这道旨意留给他来下，更稳妥些。”

“说得也是……那就先这样吧。”听朱孝辰这么一说，陈皇后点了点头，历代先帝这么办的倒是不在少数：临死前把信得过的大臣削职为民或问罪下狱，等新帝即位时再为其官复原职委以重任，那些文臣武将历经如此大起大落，必定对新帝感恩戴德，不失为拉拢人心的好办法。

朱孝辰前脚出宫，卢正后脚便被陈皇后叫到了宫里。

“那小子忽然要推迟大典，不知他是不是要耍什么花招……”陈皇后满面狐疑道。

“早朝的事儿，老奴都看见了。这次倒不像是他有意拖延……”卢正躬身道，“国库空虚此乃千真万确，若不推迟大典，恐怕连文武百官的俸禄都成问题啊……”

“哼……上次世子被劫，差了三十万两，他尚且从容自若，还假惺惺地去银号抵押王府宅院；这次也是差了三十万两，他就要推迟大典，皇上登基甚至要给修皇宫这种破事儿让路，你不觉得蹊跷吗？”

“娘娘的意思是……”听陈皇后这么一说，卢正的眉头也皱了起来。

“他越是着急，本宫就越不能急。但他若想借故拖延，本宫也绝不能让他得逞。十日之后登基大典，一天都不能拖！”陈皇后目露凶光，似是下定了决心，“传本宫懿旨，从大内拨三十万两银子给他！看他还有什么理由拖延！”

“哎……这……”卢正面露难色，“娘娘三思啊！不论是登基大典还是修缮皇宫，按律历，这钱都应该由国库支出！若是事事都由大内掏钱，皇上的日子还过不过了？此例万不能开啊！”

“我不管！皇宫要修，大典也要办！”陈皇后斩钉截铁，似乎已经打定了主意，“如今裴良就住在太子府里，我看那小子是实在找不到机会与废太子密谋了，才会千方百计拖延时间，本宫又岂能让他得逞？你即刻拟懿旨，把银子拨给户部！”

“是！”卢正无奈，只得悻悻退下。

八十三

五六天的时间，一眨眼的事。

有了足够的银子，登基大典的所有准备事宜竟然提前就绪，果真是有了钱鬼都能推磨，就更别提一群靠着手艺混饭吃的匠人和裁缝了。

在这几天之中，最累的并不是彻夜赶工的一众裁缝和工匠，而是司礼监的秉笔太监卢正。自从陈方的死讯正式公布之后，卢正便名正言顺地统揽了司礼监的大事小情，而前往文武百官府上游说的差事，自然也就落到了卢正身上。

游说？

没错，就是游说。

按礼制，新帝登基之前，够得上级别的大臣必须要全体到储君的住处上书请愿，哭天喊地地叩求储君看在天下苍生的分上即位登基，美其名曰“上表劝进”。这么直白的马屁，谦虚惯了的储君肯定会拒绝，之后文武百官就会像逼宫一样长跪不起，跪上一时半刻之后，菩萨心肠的储君一定会心疼诸位爱卿的身体，最后也只能勉为其难地接受当皇上的悲惨现实。此礼是登基大典的首礼，也是历朝历代绝大多数新君登基所必须经历的必要礼制。

放在以往，这不过是个过场而已。但此次却着实不一样：齐王的幼子朱孝炎，并不是名正言顺的储君，而仅仅是一个前不久刚刚突击加封并过继给皇后娘娘的亲王。所以说“上表劝进”这件事，虽然听起来只是个过场，但做起来却着实有点难度：皇上的两个亲儿子不死不残，凭什么要拥立他的侄子登基？

对于这个问题，像周玉绳这种万年老油条，或顾应檀这类墙头草倒还好说，但若想让诸如吏部尚书苏夏这类一根筋认死理的书呆子也心甘情愿地前去请愿下跪，恐怕就要多费一番口舌了。说句实话，这件事别说是卢正出面，哪怕是陈方从坟里爬出来，没个一年半载的死磨硬泡也未必能说通。

好在，朱孝辰竟然出乎预料地加入了游说大军。

太子失德，欺君在先；本王虽然没失德，却时常意气用事，实在不是当皇上的料。兖亲王朱孝炎，虽说不是皇上的亲儿子，但按古往今来的规矩，亲侄子和亲儿子没区别呀。更何况此子自幼饱读诗书，聪明伶俐知书达理，实乃一代明君的坯子；更何况他爹齐亲王，还是你们左党的主心骨，立他儿子即位，满朝文武一家亲，岂不是皆大欢喜？立侄子即位，连我这个亲儿子都认同，你一个八竿子打不着的大臣，跟着瞎较什么劲呢？

就像这样，晓之以理动之以情，游说的差事进行得也还算顺利，甚至连陈皇后对朱孝辰的态度也颇感意外，一度怀疑自己之前真的是多疑了，人家孝辰一直就是真心实意地替自己办事。你抢了人家的皇位，人家反而替你去当说客，即便是亲儿子，恐怕也没这么孝顺吧？意外之余，这陈氏一高兴，干脆吩咐卢正又从大内拨了十万两银子给朱孝辰以作大婚之用。

十万两银子的大婚。

打一仗，也就这个数，只要行军别太远。皇上登基，也才花了十万两，还得是工匠赶工要价高。不赶工的话，娶这一次媳妇，够皇上登两次基。

终于到了登基大典的日子。对于儿子登基的事，天底下最难受的恐怕就是齐王妃于氏了。

儿子做了皇上，母亲为什么会难受？因为她的心里比谁都清楚，皇帝虽然富有四海，却也是天底下最危险的行当。

这些年天下勉强算是太平，但上一任、上上任，接连两个皇帝却没一个善终。尤其是当今的皇上，比齐王还要小几岁，齐王一把年纪尚能千里迢迢去辽远督战，而他那个昔日也曾意气风发御驾亲征的弟弟，如今却已经病得连面都不能见了。退一步讲，即便他真的是病了，正常吗？作为皇帝，他每天吃的都是山珍海味，稍微有点头疼脑热，便会有一群医术高明的太医排着队给他诊脉，随便咳嗽两声，那就得一条一尺多长的高丽参。即便如此，他还是在一夜之间就病成了这样，这一切真的正常吗？

“儿啊，父王和母妃，不能再照顾你了。从今往后，你要学会自己照顾自己。”半蹲着身子亲手给儿子穿好了袍服，于王妃强忍着泪水，像往常一样抚摸着孩子的脸庞。

就在几天前，圣旨已经送到齐王府，兖亲王朱孝炎已经被正式过继给了皇后陈氏，于王妃几番苦苦央求，陈皇后才勉强同意让这个奉旨过继的新儿子在王府度过他作为“亲王”的最后几天。从明天起，他便不再是齐王的孩子，更是再也不能说见就见了。王府和皇宫虽然不远，但对于这对母子而言却无异于远隔天边，身为母亲，又怎能不落泪？

“我能把父王和母妃接到宫里陪我吗？”

“不可以。”于王妃摇头道。

“母妃不是说，皇上的话所有人都要听吗？”

“但皇上也要听别人的话。”

“谁？皇姑母吗？”

“不。今后你是皇上，皇上就要按祖宗定下的规矩做事。你要听祖宗的话。”泪水已然在于王妃眼中打转，“以后不准再叫她皇姑母，从今往后要叫‘母后’。”

“那我能回来找父王和母妃吗？”

“不可以。”听到儿子问这句话，于王妃再也忍不住泪水，“还有，今后不要再说‘我’，要说‘朕’。”

“母妃，我不想当皇上了。”见母亲流泪，朱孝炎的泪水也夺眶而出，一头扎进了母亲怀里。他的两个堂哥，都曾说过不想当皇上，但只有他的话是真的。作为一个不更事的孩子，他无法想象没有父母的生活会是什么样子。

说话间，文武百官“上表劝进”的队伍已然在王府门外聚集。对于这些左党的文官而言，这齐王府放到以往也算是踏破门槛。就在一个月前，在场的人还未曾想到，自己将会在这里迎接这个国家的新主人。

“炎儿，乖……皇上是不能哭的。母妃相信你一定能照顾好自己！”于王妃拭净泪水，双手扶着儿子的肩膀，“你一定要成为一个好皇帝，要让百姓吃得饱、穿得暖；你要任用那些清正廉明的臣子为国效力、为民谋福，听从他们的建议，你要用你的权力保护那些忠于国家和朝廷的人，你要让父王和母妃，为你骄傲！”

“炎儿……记下了。”抬胳膊抹了一把眼泪，朱孝炎坚定地点了点头，虽然他还不知道什么样的大臣算是清正廉明，也不知道自己即将拥有什么样的权力。

此时此刻，大臣们的《劝进表》已经由下人呈上。

这道《劝进表》是由首辅周玉绳书起草，并经由翰林院、礼部、大内司礼监三司共同斟酌后成文的奏表，可谓集满朝鸿儒才思之大成。通篇八百余字可谓字字珠巩，只为突出一个主题就是歌功颂德：一个五六岁的娃娃，俨然成了神仙派下凡的人间救星，他要是不当皇上，那下一步就是天崩地裂江河断流，上至文武百官下至草民百姓，日子铁定是过不下去的。

朱孝炎双手平托《劝进表》，昂首阔步走出厅堂，毕恭毕敬地将奏表交还到了首辅大臣周玉绳的手中："小王德寡，不胜大任。"说罢转过身又走了回去。虽说这都是事先教好的，但在场的每个人都没想到，这孩子竟然做得如此有板有眼，倒还真有几分皇帝的威严。

"陛下大德，无幽不烛！微臣恳请陛下心怀苍生，以社稷为务！"周玉绳已经将称呼由"殿下"变成了"陛下"。

"臣等，恳请陛下心怀苍生，以社稷为务！"文武百官齐声叩拜，长跪不起。

举目此情此景，周玉绳不禁老泪纵横。

不是因为自己的女婿最终没能上位，而是眼前这一幕仿若梦回二十年前。先皇登基时那些历历在目的过往，实在是触景伤情。想当年举国上下百废待兴，先帝抱负不凡，文武百官意气风发，自己也曾心潮澎湃，一心只想倾尽所能为国尽瘁。谁承想，浑浑噩噩二十余年物是人非；朝政每况愈下，先帝重病在床；同朝老臣更是死的死、贬的贬，唯独留下自己这风烛残年，在一场又一场的腥风血雨中如履薄冰；当年的抱负与理想早已灰飞烟灭，剩下的仅是永无休止的左右逢源和谨小慎微。堂堂的当朝首辅、大宁的一品阁臣，看似一人之下万人之上，但这其中的辛酸与无奈，又有谁能理解呢？

八十四

登基大典一切照例，祭过祖宗拜过太庙、文武百官行过三叩五拜大礼之后，在司礼监的安排下，朱孝炎身着龙袍单独赴乾清宫，拜先帝朱佑哲为太上皇，之后太上皇移驾永安宫，而皇后陈氏则被尊为孝淳皇太后继续留在了坤宁宫，因为皇上尚且年幼，所以暂时不用考虑给皇后腾房子的事。

初登大宝，幼子朱孝炎端坐金銮，庄严地颁布了自己皇帝生涯的第一道圣旨：大赦天下；依祖训非十恶[3]者一律赦罪返乡。

文武群臣高呼圣明之后，朱孝炎又颁布了第二道圣旨：准梁王请辞监国，赐婚周玉绳之女周莹；择日完婚、就藩梁州。

满朝文武再次高呼圣明。

这次，是真的圣明。

倘若再任由那小子一天到晚玩散朝，这朝廷恐怕就真该散伙了。

面对朝臣同僚的一片恭喜道贺之声，周玉绳感慨万千。好在老头子心里早有准备：闺女若侥幸能当上皇后，那当然再好不过，但即便只当上了王妃，也不算亏。正所谓有失必有得，比起随时可能卷进朝堂纷争的皇后，王妃反倒更安全。有道是：伴君如伴虎。对一个在老虎身边提心吊胆挨了几十年的老油条而言，这倒也未必是个坏结果。

傍晚时分，坤宁宫。

“启禀太后，六殿下求见。”

“宣。”陈太后仍旧沉浸在胜利的喜悦中，此刻忽听太监来报说朱孝辰求见，倒也没怎么多想。

“儿臣，参见母后！”朱孝辰进殿叩拜。

“孝辰啊，皇上登基诸事顺利，倒是多亏了你统筹有方呢。”自从朱孝辰帮着卢正游说百官的那天起，陈氏对朱孝辰的态度可谓是天壤之变，甚至比其母妃祥贵妃更加和善，“本宫已经决定了，待你成亲之后，便册封你母妃为太皇贵妃，也不负她这么多年对本宫忠心耿耿。”

“哦！儿臣代母妃，叩谢皇上隆恩、太后天恩！吾皇万岁、万岁、万万岁，太后娘娘千岁、千岁、千千岁！”朱孝辰听闻满脸的兴奋，俯身再拜。

“皇儿啊，你怎么还跟本宫如此见外？”陈太后赶忙伸手搀扶，“来人，赐座。”

“谢母后！”朱孝辰起身坐落，“儿臣有一事不明，特来询问母后。”

---

[3] 十恶：即谋反、谋大逆、谋叛、恶逆、不道、大不敬、不孝、不睦、不义和内乱。成语“十恶不赦”即源于此。

“什么事儿？说吧。”

“当初母后答应儿臣，为徐国公昭雪官复原职、封我五哥为亲王那些事儿，今日为何不见昭旨？”

“你急什么？”陈太后面露不悦，“徐杰是竹党的头目，皇上刚一登基就为他昭雪，让下面的文武百官做何感想？”

“恕儿臣直言，通缉徐国公的告示现在还在各地衙门口贴着，陛下一日不降旨给他平反，他便要多过一日东躲西藏的日子，就凭他那一把年纪……”

“这件事你不用插手了，本宫心里有数！”陈太后已然很不耐烦了，“你此番前来，就为了这个？”

“不，不……孩儿还有一件事。”说着话，朱孝辰从怀里拿出了一张五万两的银票双手呈上，“母后别怪儿臣见外，当初儿臣帮卢公公去拜访朝臣，实乃是儿臣分内之事。母后竟赐给儿臣十万两银子，这钱，儿臣拿得实在是不踏实。皇上登基也只用了十万两，儿臣不过是娶个媳妇，万万不敢花费如此之多。”

“你这傻孩子！”见朱孝辰呈上银票，陈太后佯装不悦，“本宫早就告诉过你，你好歹也是个亲王，怎能如此不顾体面？那梁州穷山恶水，就算你自己过惯了清贫日子，难不成还要带着妻儿一起受穷不成？”

“母后的好意，儿臣心里明白。”朱孝辰一脸的犹豫，“只不过……”

“只不过什么？”

“儿臣心想……当初皇叔为了解救世子，先后给了反贼二十万两，怕是把家底儿都掏空了，如今世子已经被救回来了，总不能让他回去受穷吧？儿臣恳请母后，把这五万两银子，赐给世子压惊可好？”

“你说什么？”陈太后脸色顿时就变了。

“哦，母后还不知道吧？青衫营金陵衙门的掌刑千户陆泰，奉旨戴罪立功，已经查明了反贼关押世子的地方，把世子救回来了……这是今天下午刚刚送到儿臣手上的。”说着话，朱孝辰从怀里掏出了一份驿件双手呈上，驿件上未粘羽毛，应该是一份平驿。

接过驿件，陈太后的双手已然开始哆嗦。驿件是淮南王朱佑贤亲笔所写，说是青衫营的陆大人已经把世子平安救回了王府，除去受了些惊吓之外，身体并无大碍。

“为什么不用八百里加急？！”陈太后心中的愤怒已然溢于言表，对于她而言，当然更希望拥立自己的亲外甥上台，只要这封信能赶在登基大典之前送到，那么一切都还来得及，但现在却说什么都晚了，生米已然煮成了熟饭。这封平驿在路上足足走了十天，如果换作作八百里加急的话，是绝对能赶在登基大典之前送到的。

“母后说笑了，儿臣刚才已经说了，我那皇叔早就债台高筑了，哪还舍得用八百里加急？”

“人没事儿就好……”陈太后故作镇静道，“本宫有点累了，这些日子你也辛苦了，快回去歇息吧。”

“那儿臣就不打扰母后了……”朱孝辰起身撩衣再次跪倒在地，“儿臣代母妃再谢！”

当夜，这陈氏辗转反侧，难以入眠。拥立朱孝炎登基，本就心有不甘，如今外甥更是在这个节骨眼被救，心里更像是吃了只苍蝇一样别扭。

首先，朱孝炎的亲生父亲是齐王，此人与左党的一众文官盘根错节，可谓权倾朝野；更何况自己当初让裴良把他抓到了大内软禁，已然是撕破了脸皮。有朝一日等这朱孝炎翅膀硬了，父子二人一唱一和，哪还有自己的事？自己不过是一个女人，除了这太后的名头，手里又有什么筹码去跟他们争？一直以来如此大费周章，岂非给他们父子做了嫁衣？

再者，自己与这个朱孝炎可以说从始至终就没什么情分可言，之所以走到现在这一步，不过是因为自己的儿子被他亲爹毒死了，作为母亲想为儿子报仇，抢回本该属于儿子的江山。若为此故，把亲外甥拉上位尚且说得过去，但朱孝炎与自己除了名分上的婶侄关系之外，可谓一点亲都不沾，如此大费周章，却把这么一个八竿子打不着的人送上了皇位，岂不是吃饱了撑的？

躺在床上，陈太后越想越气，一是恨那个不长眼的陆泰，早不救人晚不救人，偏偏赶在皇上登基这几天救人，摆明了就是故意给自己找别扭，再就是恨那个穷疯了的淮南王，花点钱发个八百里加急能把你穷死吗？你儿子要是当了皇上，那点驿银又算得了什么呢？

眼看天色泛青，陈太后终于昏昏睡去，这不睡还好，一合眼反而睡出了事。冥冥之中，陈太后做了个梦，梦的内容再简单不过：朱孝炎已经长大成人，与他的亲生父亲齐王一起站在龙书案后面，对着自己哈哈大笑；自己猛然回头，却发现被自己下毒的皇上正流着口水如同傻子一般站在自己身后，两只眼睛瞪得像核桃一样直勾勾地盯着自己，嘴里不住地呻吟。

常言道：梦是心头想。

就是这么个算不上噩梦的噩梦，一不血腥二不暴虐，却着实把太后娘娘吓得不轻。

她直挺挺坐起，周身汗透。

八十五

次日，早朝。

还是小皇上端坐金銮，却并未颁布任何新的旨意，只是让太监将文武百官的奏疏收了上去，之后便宣布散朝了，除了龙椅上的人年纪小些，整套早朝的过程跟当初朱孝辰当监国的时候可是一模一样的，文武百官想象中的所谓“垂帘听政”在这一天并未发生。

如此一来，朝野上下不禁议论纷纷，猜什么的都有，有的人猜测是太后不敢冒祖宗之大不韪干涉政务，这是等着文武百官上疏求她摄政呢，还有的猜测她是在等齐王回京谈条件，更有甚者竟然猜测太后娘娘这是要隔空摄政，就是找几个心腹太监充当传话筒，玩当年穆宗那一套。

散朝后，文武百官排成两列走出大殿，但见一人正孤零零站在殿外——朱孝辰。

就在前几天，这个任性的监国还坐在如今皇上的位子上发号施令，而如今却只能一个人站在殿外，远远望去确实有几分凄凉。而那些刚刚散朝的官员，更是旁若无人地与他擦肩而过，好似避之不及一样，除了周玉绳上前行礼稍作寒暄之外，十之七八甚至连声招呼都不打。

这便是世态炎凉的完美写照：人还没走，茶就凉了。

按律历，亲王是没有具体事权的，在京的亲王可以上殿听政，也可以不去。

见朱孝辰身着王服打扮得一本正经进宫，却没去听政，而仅仅是站在殿外等着散朝，领着朱孝炎最后走出金銮殿的卢正不禁疑心大起：“敢问殿下，为何在这站着啊……”

“小王有些话想同皇上说。”朱孝辰一笑。

“孝辰哥哥！”朱孝炎一把甩开了卢正的手，“孝辰哥哥，咱们去玩吧！”

“好啊！”朱孝辰一脸的兴致盎然，“卢公公，烦劳转告母后，小王要奉旨陪皇上玩一会儿，就在后面御花园，绝不走远。”

“哎……这……”卢正一脸的尴尬，“殿下，你这是难为老奴啊，你……”

“走！看咱俩谁先到！”朱孝辰根本就没理卢正，拉起朱孝炎蹦蹦跳跳地便向御花园的方向跑去。

“殿下请留步！等等老奴啊……殿下！”卢正赶忙追了上去，只可惜没跑出几步便已经快把肺喘炸了。理论上讲，跑步应该是太监的强项；伺候人的行当嘛，身子骨不过关岂不是自毁前程？只可惜，这卢正已经太久没干过伺候人的事儿了。

想当初他的顶头上司陈方，那可是佩剑太监出身，年轻时已然是打遍大内无敌手，即便发迹后大权在握，却仍然坚持习武锻炼，以至于朱孝隆遇刺的时候，一把年纪还能拔剑跟着砍两下；而卢正可就没那么勤快了，进宫之后干过的唯一一件力气活就是年轻时在御马监喂过几年的马，自从进了司礼监，拿过最沉的东西就是外人贿赂来的银子。

见卢正体力不支，两旁小太监赶忙上前搀扶，却被卢正一把推开：“别管我！快去追皇上！皇上磕破点皮我剐了你们！”

“哎……是！”两旁小太监赶忙快步跟了上去。

只要不是卢正，就好应付了。

堂兄弟二人若想说点什么悄悄话，卢正在旁边肯定不方便。但对于这两个小太监，只需朱孝辰一个眼神瞟过去，他们马上会吓得退后十几丈，也只能眼巴巴地看着朱孝辰蹲下身子跟小皇上各种语重心长，却一个字都听不清。

最多一刻钟的工夫，太后的懿旨也追到了御花园：着司礼监即刻护送陛下回宫，梁亲王若无明诏，不得觐见。

堵得可真是够严的，就算皇上主动想见他，也必须发明诏，口谕都不行。一个五六岁的孩子，空顶着一个皇上的名头，甚至连去哪玩都不能自己决定，怎么可能会有什么“明诏”？

“我说的，你都记下了吗？”临分别，朱孝辰最后问了一句。

“嗯！”朱孝炎点头，“孝辰哥哥，你明天还会来陪朕玩吗？”

“我尽量。”朱孝辰站起身，目送堂弟被太监领着渐行渐远。

一刻钟后，坤宁宫，陈太后正面沉似水地等在宫中：“堂堂皇帝，竟然如此贪玩，成何体统！”

“皇儿知错，母后息怒。”朱孝炎低下头，满脸委屈道。

“我问你，你孝辰哥哥都跟你说什么了？”

“他说朝廷快没钱了，让皇儿向父王借钱。”

“父王？”陈太后的眼睛瞬间瞪了起来，“再说一遍！”

“皇儿说错话了，是让皇儿向齐王借钱。”朱孝炎满脸的委屈，泪水已然在眼眶里打转。不能称自己的父亲为父亲，这滋味的确不是一个孩子应该承受的。

“他真这么说？”陈太后皱起了眉头，“还有别的吗？就这些？”

“嗯……”

“你知不知道齐王有多少钱？”

“不知道……”朱孝炎委屈道，“他总说府上特别穷，朕要是不听话，就把朕带到街上卖掉。”

“哼！”朱孝炎要不说还好，这么一说反而惹得这太后娘娘双目圆睁青筋暴露，不禁妒火中烧：好一对其乐融融的父子！“从今往后，没本宫的懿旨，不许你再与梁王见面！”

“嗯……”朱孝炎点了点头，泪水已经顺着鼻梁流到了嘴唇上。

“卢公公，带皇上去御书房吧。”按照司礼监的安排，每日早朝之后是皇上念书识字的时间，直到午膳。

看着朱孝炎的背影，陈太后猛然间想起了朱孝辰的话，不禁陷入了沉思：

“如今国库空虚，实在是省无可省……以后用钱的地方太多了，儿臣这也是不得已而为之啊……”

的确，国库入不敷出，已经不是一天两天的事儿了。对于陈太后而言，以前在后宫当皇后，倒是从来没为这种事儿操过心，但如今既然想垂帘听政，这就是不得不去面对的问题。

大内拨出去的银子仅能救急，却不是长远之计，就像卢正所说的，如果朝廷的事都让大内掏钱，那皇上的日子还过不过了？退一步讲，就算皇上可以节衣缩食，后宫也可以吃糠咽菜，把大内的钱一文不剩全都拨给国库，也不过是九牛一毛，几百万两银子，不过是随便什么地方闹个灾荒的开销。

怎么才能弄到钱呢？加税？

一来，远水解不了近渴。

二来，当今天下民变起义遍地开花，再加税岂不是逼着老百姓造反？

“齐王……”陈太后在宫中踱来踱去，不禁越想越明白：朱孝辰为什么会让朱孝炎找他借钱？难道他很有钱？

一定是。

坊间传闻，此人仗着是皇上的亲兄弟，在朝中一向是横着走的。多大的礼都敢收，多高的官职都敢卖，他弟弟当了二十年的皇帝，他就收了二十年的礼。这么多年的日积月累，一定没少捞吧？他到底有多少钱？一百万两？二百万两？三百万两？四百万两？比皇上还富也说不定呢。

细细想来，根本不用四百万；只要有三百万两，就足够朝廷高枕无忧一两年。当初抄徐国公的家，不过抄出了三十多万两银子，如果把齐王府抄了，又能抄出多少呢？

自从决定为儿子报仇的那一刻起，这陈太后就没少在暗地里观察皇上的手段，这么多年以来得出的唯一一个结论就是：想整谁，一旦下定决心就必须干净利索，出手越快越好，处理越果断越好，绝不能留给对方周旋的时间。正所谓夜长梦多，一旦时间拖得久了，尤其是对付诸如徐国公这类位高权重的人，一旦让对方提前察觉到动静，或是给对方留了事后周旋联络的时间，逼出政变都不是没可能。徐忠汇就是一个很好的例子，就是因为一时心慈手软没在第一时间彻底结果了朱孝隆，便闹出了六万岭南大军北上勤王的乱子，若没有鞑靼人围困京城，结局还不定如何呢。

这次也是一样：齐王，一个和徐国公一样位高权重的人，本来已经被裴良借故软禁到大内了，不过是因为一时心慈手软，竟被人从眼皮子底下救走，这种错误，是绝不能犯第二次的！此人把持着左党的文官，他儿子还当了皇帝，就像昨夜那个噩梦中的场景一样，这对父子迟早是个祸患，若不趁着他督战辽远不在京城的机会先下手为强的话，等他从辽远回来可就不好办了。

想了多时，陈太后终于下定了决心：“来人！”

“小的在呢。”一个小太监嬉皮笑脸地上前。

“宣平凉郡主进宫见我！越快越好！”

“是。”小太监一溜烟没了影。

小太监前脚离去，后脚陈氏也没闲着，亲书了一道圣旨，印玺之后派人执八百里加急送到淮南，再宣淮南王世子朱孝成上京觐见，责淮南卫派精兵五百沿途护送。

不多时，司礼监两匹传令的快马前后脚离开大内，其中一匹直奔平凉郡主府，一匹直奔会同馆。

八十六

念了一天的书，终于熬到了晚膳时间。

朱孝炎不喜欢吃饭，即便之前在齐王府，也经常是吃几口菜就想溜，以至于一天到晚不得不被母妃硬逼着吃饭。而如今进了宫，吃饭却着实成了一种解脱，吃饭的滋味再难熬，也是好过念那些不知所云的酸书的。

翰林院派来的老师前脚出屋，太后陈氏后脚便出现在了御书房门口，手上竟还破天荒地端了一碗鱼翅羹：“皇上念了这么久的书，想必也是累了。这是本宫亲手熬制的鱼翅羹，趁热吃了吧！”

说得好听是亲手，堂堂太后娘娘，想必在朱孝炎没生下来之前就再也没碰过锅碗瓢盆了。所谓的亲手熬制，也不过是亲手端过来而已。

鱼翅羹端到近前，但见朱孝辰看了看瓷碗又看了看陈太后，小嘴一抿竟望向了别处。

“你这孩子……”陈太后少有的和蔼，“念了这么久的书，必定是饿了，快把这碗鱼翅羹吃了……”

“朕不饿。”朱孝炎斜眼看着这个新认的母后，满脸的敌意。

“哎呀，陛下……”一旁的卢正赶忙上前圆场，“这可是太后娘娘亲手熬制的羹汤，陛下就是不饿也得吃啊……快吃了，别惹她不高兴啊……”

“朕就是不饿嘛！”朱孝炎倔强道，“卢公公，这碗鱼翅羹朕赐给你了，你替朕吃！”

“放肆！”陈太后面露不悦，“这岂是你能随便赐的？”

“哎呀，陛下，太后给你做的鱼翅羹，怎么能随随便便就赐给别人呢？”卢正“扑通”一声跪倒在地，满脸愁苦一个劲地央求，“别惹娘娘生气，你还是快吃了吧……”

“不吃！这碗里有毒！吃了就死了！”朱孝炎愤愤地盯着陈太后道。

“大胆！”听朱孝炎这么一说，陈太后的脸色顿时就变了，“这是谁告诉你的？”

“没……”朱孝炎满脸惊恐地摇着头，身体缓缓后退，“没人告诉我……”

“都给我退下！退下！刚才皇上的话，有谁胆敢走漏一个字，你们谁都别想活！”陈太后如同疯了一般，瞪着两只满是血丝的眼睛怒视四周，吓得周遭太监宫娥一瞬间便退了个没影。

“你！把这碗鱼翅羹，伺候陛下吃了！”陈太后转头死死地盯着卢正，把个卢正吓得瞬间抖如筛糠。

“不吃！”没等卢正说话，朱孝炎仰脸看着陈太后，缓缓后退，继而转身就跑。

“你给我站住！”陈太后双目圆睁好似鬼差一般，上前两步一把便拽住了朱孝炎的胳膊。

“本宫倒要看看，到底是你嘴硬，还是本宫的手硬！”说着话，这陈太后强行将朱孝炎拉回到了龙书案边上，单手捏住了朱孝炎的两腮，硬是将其按在了龙书案上，端起鱼翅羹硬往朱孝炎嘴里灌，但见朱孝炎双唇紧闭，鱼翅羹灌了半碗竟然一滴都没灌进嘴里。

“娘娘啊……”原本跪在地上的卢正见状，赶忙起身阻拦，“娘娘息怒啊！皇上还小啊，你不能这样啊！老奴替皇上谢罪！他还小，童言无忌，娘娘切勿见怪啊！皇上啊，你就服个软吧！别惹娘娘生气啦……”

“好你个卢正！你如此献媚于皇上，是何居心？”陈太后怒视卢正，把个卢正吓得两膝一软，顿时就跪在地上磕起了响头，连帽子都磕掉了，“老奴不敢！老

奴不敢！老奴只是顾及后宫和气呀！娘娘你就饶了陛下这次吧！”一边说，卢正一边跪着走到了陈太后脚下，一把抱住了陈太后的大腿，“娘娘，看在老奴伺候你多年的分上，你饶了陛下这次，老奴当牛做马，万死不辞，娘娘息怒，老奴代陛下赔罪！”

“滚开！”陈太后如同疯了一样，反手一巴掌打在卢正脸上，见卢正仍不松手，顺手抄起龙书案上的烛台照着卢正的脑袋便砸了过去，只见这卢正吭都没吭一声便被砸晕了过去。

“喝！”陈太后端起碗继续灌，你不是不张嘴吗？那干脆就往鼻子里灌，这一灌可不要紧，朱孝炎手舞足蹈狂咳不止，但扭了没几下，挣扎的力道却渐渐弱了下来，继而周身一颤，竟然不动了，就连陈太后也是一愣，赶忙松开了手，把盛鱼翅的碗放在了龙书案上想看个端详。趁这工夫，只见朱孝炎猛地一睁眼，没等陈太后反应过来，便跳下龙书案跑向御书房的大门。

原来是装死。

“你给我回来！”陈太后刚要追上去，忽闻屋外一阵大乱，继而房门竟然被人一把推开，但见上直卫指挥使黄文举周身披挂整齐站在门外，身后的内卫竟然端着火铳瞄准屋里，俨然一副上阵打仗的架势。

“大胆！是谁让你们进来的！你们这是要造反吗？”陈太后歇斯底里道。

“包围御书房！任何人不得进出！”黄文举冷眼看着陈太后，单手举起高声下令。

“黄文举！你……你好大的胆子！竟敢纵兵擅闯御书房，犯上作乱！本宫诛你九族！”陈太后怒不可遏，单手点指。

“母后，你未免也太心急了吧？”这声音犹如一道晴空霹雳，惊得陈太后不禁后退了几步。

朱孝辰，毫无悬念。

但见朱孝辰不知从何处闪了出来，背着手迈步走进御书房，朱孝炎见状赶忙躲到了朱孝辰身后。

“皇上刚刚登基，你就敢给他下毒，难道你就不怕惹人怀疑？”朱孝辰缓步走到了陈太后近前。

“原来真的是你……哈哈……哈哈哈哈哈……”陈太后先是冷冷一笑，继而哈哈大笑，“皇上年幼，不懂宫里的规矩，本宫调教于他，这也要你来管吗？你区区一个亲王，竟敢伙同内卫擅闯御书房意图谋反，还如此诬陷本宫，我看你是放着舒坦日子不过，想去那孝亲王府跟你哥哥做伴呢！”说罢，陈太后伸手点指黄文举身后的兵丁：“还有你们！身为内卫，竟然追随反贼犯上作乱，本宫要诛你们的九族，你们一个都别想跑！来人！快来人！”

来人？

来什么人？

御书房已然被内卫团团包围，在场都是黄文举的手下，就一个卢正是她的人，却被她自己给砸晕了，哪里还有人可来？

“儿臣万不敢诬陷母后……”朱孝辰闲庭信步般走到龙书案前，伸手端起了剩下的小半碗鱼翅羹，“今天当着侯爷的面，母后若敢喝下这碗鱼翅羹，儿臣愿领一切罪责。”

“娘娘若真是清白，本侯愿领惊驾之罪自裁于此，亲眷门客任由娘娘发落！”朱孝辰说完，黄文举也是一抱拳。

“好啊，那本宫就成全你们……”听此二人这么一说，陈太后冷冷一笑点了点头，从朱孝辰手中接过瓷碗一饮而尽，之后“啪”的一声将瓷碗扔在了地上摔了个粉碎，“辰儿啊，本宫待你不薄，你不感恩也便罢了，却非要自寻死路，你们母子那点见不得人的事，本宫顾及皇家颜面这才替你们隐瞒，难道非要让本宫把那些丑事大白于天下，你才安心吗？”

八十七

就在这时候，又出事儿了。

躲在人群中的小皇上朱孝炎，“扑通”一声竟然跪在了地上，张大了嘴大口地喘着粗气，上下嘴唇已然紫了。

“皇上！你怎么了？”朱孝辰见状赶忙回身，上前一把将朱孝炎抱在了怀里。

"孝辰哥哥……我……我喘不过气……"朱孝炎面色已然变得紫青，"哥哥，我……是不是……中毒了？"

"你把那碗里的东西咽下去了？"朱孝辰双目圆睁，下唇颤抖，"我是怎么说的？你为什么不听！"

"我……我不是……故意的……"朱孝炎的眼泪顺着眼角滑落眼眶，抬起胳膊指着陈太后，"她……她……她把鱼翅羹往我鼻子里灌，我就呛了一口，孝辰哥哥……我真不是故意咽下去的……"

"太医！"朱孝辰双目湿润，声嘶力竭。

"孝辰哥哥，我……我会死吗？"朱孝炎泪水如注，满脸的委屈。

"不会！你不会死！快传太医！"朱孝辰也没闲着，单膝跪地两腿一高一低，让朱孝炎大头朝下，开始抠他的喉咙，但见朱孝炎"哇"的一声，竟然吐了朱孝辰一身。

此时此刻，陈太后也感觉不对劲。

五脏六腑翻江倒海，渐渐有如油烹般难受。

那碗鱼翅羹，竟然真的有毒！

这怎么可能！

一开始，她的确有这种想法：用鸡心膏毒死朱孝炎，之后随便找个什么理由，下一道圣旨抄了齐王府，然后立外甥朱孝成即位。

然而等到平凉郡主进宫见驾的时候，她左思右想还是打消了念头。两个皇上一老一幼一前一后患上同一种病，确实容易招人怀疑；再者说，那齐王督战在外，后院失火肯定不会善罢甘休。此人虽然没什么正经能耐，却着实是个拉帮结派收买人心的好手，万一他拉拢了领兵的主将，一不做二不休，像徐忠汇那样带着林城的精锐杀回京城，山海关的兵被派到宣亭一时半刻还赶不回去，这一切又当如何收场？就算临时把京畿卫的兵权交回给裴良，咬牙扛住了林城的精锐，东虏人趁机打过来怎么办？

代价之沉重，不是江山社稷所能承受的。

就算想推外甥上位，也不妨等上个一年半载，等手里的权力攥稳了，内忧外患也平定得差不多了，朝中军中一切亲信也都安插好了，再找机会下手也不算迟。

所以说，那就是一碗普普通通的鱼翅羹。

至少陈太后自己，并没将传说中的鸡心膏加在里面。

“是你……是你……”陈太后点指朱孝辰，似乎一切都明白了，继而不顾一切地跑到黄文举面前，双手揪住了黄文举的铠甲，不顾一切地歇斯底里，“是他！下毒的是他！他要害死皇上！他和他母妃勾结，害靖妃生产时母子双亡！都是他们母子干的！他四哥中毒变成痴呆，是他的母妃下的毒手！他二哥跟嫔妃通奸，就是他亲自下的春药！这些证据都在坤宁宫，就在本宫的床下的暗格之中！你去查！你去查呀！”

黄文举无动于衷。

他铁塔般矗立原地，冷冰冰地看着鲜血从陈太后的眼角、鼻子、耳朵和嘴角缓缓淌下。

“是他下毒！你去坤宁宫查呀！你为什么不去！为什么！黄文举！本宫到底哪里对不住你？你竟如此陷害本宫！”陈太后挣扎着捶打着黄文举的身体，这次真是跳进黄河也洗不清了，就算能洗清，也没机会洗了。那碗鱼翅羹，混了五步蛇的蛇毒外加钩吻[4]之毒，中毒之初是呼吸麻痹，之后便是七孔出血，这是两种剧毒混合在一起的症状。

碗里的毒，真不是陈太后下的。逼朱孝炎吃鱼翅羹，也只不过是为了置气而已。真正往碗里下毒的人叫丁兰，卢正手下一个毫不起眼的小太监，平时也只能做一些诸如传话跑腿之类的力气活儿。其实所谓的“小太监”，不过是指职位低而已，真论起年龄，这丁兰可是比朱孝辰要年长不少。经过这次风波，卢正铁定是活不了的，但司礼监掌印太监这个位子，总得有人来干不是？

还是那句话：富贵险中求。

司礼监掌印太监，不是一般的官职，那可是太监人生的至高巅峰。身为太监，能坐到这个位子上，便是对割掉裤裆里那套家伙的最大慰藉。

所以说，谁胆儿大谁上。

“越是高高在上的人，就越是活得肆无忌惮。他们总会想方设法地安排一万只眼睛盯着他们所能想到的一切敌人，所以他们永远都不会死在真正的敌人手里。”

这绝不是老色鬼楚莫的酒后胡言，而是他用前程与命运交换来的天地间恒久不

[4]钩吻：又名断肠草，中毒症状为呼吸麻痹。

变的真理。

“启禀侯爷，坤宁宫……失火啦！”一内卫风风火火地前来禀告。

“那就快去救火！”黄文举面无表情道。

“是！” 内卫拱手告退，此时陈太后已然是手脚抽搐，瘫软在地，“你们……你们……你们两个……串通一气……本宫就是做鬼，也绝不会放过你们……不会放过你们……”

“娘娘，你以为你不放过我们，难道陛下就会放过你吗？”黄文举终于缓缓地蹲下了身子冷冷一笑，“你以为，赐公爷丹书铁券那些条件，真的只是六殿下的意思吗？”

八十八

“启禀殿下……太医说，皇上应该没有性命之忧，但会不会坐下病根，他们不能确定……”太监丁兰满脸漆黑，一路小跑进了御书房，看样子像是刚从火场回来，但他究竟是去救火了，还是去放火了，就不得而知了。按丁兰的说法，在太医看来，朱孝炎喝下去的毒药并不多，况且还吐出了一部分，应该不至于丢掉性命，但是否会留下什么病根却不好确定，一切只能看这孩子的造化。

“知道了。”朱孝辰冷冷地盯着躺在地上不断抽搐的陈太后，轻轻摇了摇头，“你代卢公公拟一道诏书交到礼部吧，就说皇上龙体抱恙，太后担忧过度以致急火攻心，薨。”

“小的记下了……”一听要代卢正拟旨，丁兰顿时满脸的献媚，毕恭毕敬地退出了门，转身一溜烟便没了踪影。

“你们先下去！”黄文举转头遣退了屋里的内卫，继而拱手施礼，“殿下，卑职有一事相求，不知殿下能否看在陛下的份上答应卑职。”

“说吧。”

“恕卑职斗胆，恳请殿下同意徐贵妃和你哥哥见上一面。”

“不可以。”朱孝辰想都没想直接拒绝，“他们母子可以见面，但不是现在。”

“殿下！”黄文举摘下帽盔，单膝跪倒，“这些日子徐贵妃念子心切，已然百病缠身，若不让他们尽快相见，恐怕就见不到了！母子连心乃是人之常情，求殿下成全！”

“这不是母子连心那么简单的事。等到这次的风波过去之后，本王自会安排他们母子见面，但现在不行。”

“陛下！”黄文举干脆改了称呼，将帽盔放到一旁，两腿膝盖都跪在了地上，双手举过头顶，继而伏倒在地山呼万岁，这可是见了皇上才行的正式跪礼，“吾皇万岁、万岁、万万岁！”

有血性的黄文举，这么轻易就认了？

当然要认。这叫识时务者为俊杰，不然还能怎样？

一来，京畿卫的兵权如今由李森代掌，而李森又是朱孝辰的人；如今徐忠汇已死，给徐国公官复原职的诏书甚至还没草拟，等于说徐国公仍处在被衙门画影图形举国缉拿的境地，更何况几乎所有左党的文官都上疏弹劾过朱孝隆，拥立朱孝隆的话，想取得文官的支持更是势如登天。如今朱孝隆已经没有任何筹码，不向朱孝辰低头的话，还能选谁呢？

二来，对于黄文举而言，即便是从未打过交道的朱孝辰上位，也总比朱孝炎强。首先，朱孝炎年幼，太后势必垂帘听政，真若如此，徐贵妃就死到临头了，很快会被那个妖妇借故折腾死。况且她冒祖宗之大不韪立旁支为帝，今后很可能会想方设法除掉皇上的正脉子嗣以绝后患，真若如此，朱孝隆自然是在劫难逃，老徐家可就断了根了。

黄文举虽然不姓徐，却始终视徐国公为父亲一般，当初自己仅仅是个死了娘却没钱办丧事的马夫，若不是人家老公爷一路提拔自己，哪有今日这般封侯拜相的风光？以如今的形势而言，想帮朱孝隆翻盘肯定不现实，但想办法保全徐家人的性命，还是可以试一试的。在黄文举看来，向朱孝辰投诚，就是保全徐家人的唯一选择。而那些封侯、赐葬、重金抚恤的优厚待遇，其实并非是朱孝辰的本意，而是黄文举提出的投诚条件，这些条件已然是黄文举所能争取到的，同时也是朱孝辰有能力应允的最高限度。

听黄文举山呼万岁，朱孝辰冷冷地哼了一声：“侯爷，你这是想陷本王于逆谋吗？”

“微臣没有别的意思！”黄文举言辞恳切，“微臣以为，此番废嫡立旁，本就违逆祖制，加之太后已薨，皇上年幼却已无人摄政，今后又何谈治国？如今天下，能掌大局者唯陛下是也！黄文举不才，愿追随陛下效犬马之劳，粉身碎骨万死不辞！”

“条件呢？就是让他们母子见上一面？”朱孝辰冷冷地盯着黄文举问道。

“微臣，绝不敢同陛下讲条件！只求陛下念在骨肉亲情的分上网开一面！不过是母子团聚而已，又有何妨呢？微臣愿亲自在外把守，用项上人头担保万无一失！”黄文举情真意切，甚是动容，“请陛下设身处地替你哥哥，也替徐贵妃想一想，母子近在眼前却不能相见，何其悲哉啊！”

谁能想到，前面那些山呼万岁的马屁，朱孝辰丝毫未曾放在心上。唯独最后这句话，却戳中了朱孝辰心底的痛处：

“母子近在眼前却不能相见，何其悲哉啊！”

楚离，估计是这世上知晓朱孝辰秘密最多的人。但在朱孝辰心里，却有一个即便对楚离也未曾透露过的秘密：平素里，他总是喜欢独自一人坐在府上的禅房里，看着一尊观音像发呆。没人知道，甚至连他的养母祥贵妃都不知道，那其实根本就不是什么观音像，而是他的生母——鞑靼察罕部诺敏公主，也就是后来的宫女翡翠的塑像。

他不能挂母亲的画像，也不能供奉母亲的牌位，只能暗地里照着母亲的相貌塑一尊观音像供奉在禅房之中掩人耳目，真要说“母子近在眼前却不能相见”的痛苦，谁又能比他体会得更深呢？

“皇兄离京的时候，就让他母妃站在城头，目送他吧。”犹豫了片刻，朱孝辰终于点了点头。

“哎……这……”黄文举似乎不大满足于这个结果，却也不准备再继续讨价还价了，自己可是没少经历朱孝辰主持的朝会，知道这小子决定的事似乎没有讨价还价的余地，能答应“目送”，已然是给足面子了，也只得叩拜谢恩，“微臣代徐贵妃，谢陛下隆恩！”

八十九

说来也巧，苟延残喘几个月之久的皇上，在这一夜也咽了气。虽然活着的时候这夫妻俩已然到了貌合神离钩心斗角的地步，但死后却还是要老老实实地躺在一块儿。这样也好，省得服两次丧，两口子的丧事合一块儿办了，倒也能替国库省点银子。

朱孝辰身着丧服，独自一人在大殿之中为父皇和太后守灵，伸手抚摸父皇的灵柩，眼泪竟悄无声息地滑落脸庞。

他的确想说些什么的，真的想说，即便早已没有任何意义。

他始终一声未吭，只是用手轻轻地抚摸着灵柩上的雕文，目不转睛地盯着这两副精雕细琢的棺材，若有所思，却又不知该思些什么。

“殿下，注意身子骨啊……”丁兰恰逢时宜地送上一件披风，“殿下要是倦了，小的这就吩咐人拿一把躺椅上来。”

“不必了。”朱孝辰摇了摇头，“你是哪里人？”

“回殿下，小的是豫州人，但七八岁就入宫了，之后就再也没回去过。”

“你会唱曲儿吗？”

“倒是会哼哼几句。”

“唱几句我听听。”

“哎……这……”丁兰一脸的为难，“殿下恕罪，眼下举国大丧，小的怎么敢在太上皇的灵前唱曲儿啊？若传扬出去，是要掉脑袋的啊……”

“父皇生前挺喜欢听曲儿的，你就当是给他唱吧。”

“不知太上皇爱听哪段？”

“你会唱哪段？”

“哦……”丁兰眼珠滴溜溜乱转，似是冥思苦想了一番，“小的给太上皇唱一段《琵琶记》如何？”

“《琵琶记》？唱吧。”朱孝辰点了点头，心想这丁兰果真是个人精中的人精，这样一个马屁奇才，竟然没被卢正发掘出来，倒也真是怪了。

《琵琶记》，脱胎自前宋的唱本《赵贞女蔡二郎》。最初的情节大致是书生蔡二郎上京赶考中了状元，之后便开始贪恋荣华富贵，抛弃妻子和爹娘，给宰相当了上门女婿。其妻赵贞女恪守妇道赡养公婆，并最终为二老送终，之后身背琵琶上京寻夫。而蔡二郎为了隐瞒真相，不惜纵容手下放马将结发的妻子活活踩死，从而招致苍天震怒，用天雷劈死了蔡二郎。

唱本传至本朝之后，一些民间艺人将《赵贞女蔡二郎》的情节进行了颠覆性的改写，便有了如今的《琵琶记》，其中赵贞女的忠贞并没有变，而蔡二郎却由一个见利忘义遭雷劈的无情逆子，摇身一变成了忠孝难全的悲壮忠良。

在被改写后的《琵琶记》中，蔡二郎本没有赶考做官的心思，一心只想留在家中照料年迈的父母，但其父蔡翁为了光宗耀祖，非逼着儿子去赶考，蔡二郎难违父命这才硬着头皮进京，一举高中状元做起了官。此后不久，蔡二郎的家乡遭了天灾，其父母双双死于灾荒，此时的蔡二郎已成朝廷栋梁，得知父母死讯悲痛欲绝，想辞官返乡替父母守孝，但国家正是用人之时，蔡二郎才华横溢颇得皇上器重，以至于皇上亲自出马苦心挽留。最终为了国家大义，蔡二郎不得不放弃了辞官守孝的念头，成了一个“忠孝两难全”的悲情忠臣，落得一个“可惜二亲饥寒死，换得孩儿名利归”的无奈结局。

在这个节骨眼儿能想起唱《琵琶记》，可见这个丁兰，远不止胆儿大那么简单。

国丧的日子里，最忙的不是礼部，而是首辅周玉绳。

这次真的轮到他登场了，几十年来的韬光养晦、久居朝堂的左右逢源，今朝终于如山洪一般摧枯拉朽爆发开来。心机算尽好话说绝疲于奔命，只为一个赤裸裸的目的：趁着上次登基大典的行头还没落灰，加点钱赶紧再办一次，把女婿推上位，让闺女过一把母仪天下的娘娘瘾。

大臣们十有八九虽说也是不情不愿，却又没得选：

首先，朱孝炎必须下台。

就算朱孝炎能病愈如初，没坐下任何病根，但若让他继续留在皇位上的话，今后没了太后娘娘的制衡，大权势必会落在齐王一人手里，而左党一众贪官几乎所有的把柄他都知道，那岂不是想弄谁就弄谁？欲加之罪可就再也不愁无辞了。别看之前同流合污可以，如今要是换一个角色把江山社稷交到他们父子手里，可就要另当别论了，风险之大足以让人吃不下饭。

其次，是朱孝隆。

这个干脆就不用考虑了，肯定不行。弹劾的事暂且不提，书生意气暂且不论，单就前不久的“京郊抛尸案”便已足够让左党朝臣心惊肉跳了。

所有大臣都不知道当初那件“京郊抛尸案”是朱孝隆自己谋划的障眼法，所有人都觉得这是齐王或是左党某个狠货暗中安排、用以栽赃嫁祸的惨案。老丈人全家老小都惨死在左党手里，这个人要是当了皇上，恐怕谁都别想有安稳日子。

然后，就只剩下朱孝辰了。

此人行事虽然荒唐，却跟谁都没仇；更何况前不久京城一战，还曾策马扬鞭驰骋沙场，最终大获全胜解京城之围，也算是横刀立威了一把，让人多多少少有些刮目相看。

三害相权取其轻，选朱孝辰，至少能保证自己的安全。

只可惜朱孝炎，连登基那天都算上，也只当了三天的皇上，年号更是只用了两天，莫名其妙被免了不说，还中了一肚子的毒。

正所谓木秀于林风必摧之，塔尖虽然最高，却也最脆弱。金銮殿上那把椅子，真心不是谁都能坐得稳的。

九十

朱孝隆虽然没能给父亲守灵，但在老夫妻入之葬后，朱孝辰却出乎预料地允许他去皇陵祭拜。伏在父皇坟前，朱孝隆号啕大哭，但哭又有什么用呢？不论他活着还是死了，哭，都解决不了任何问题。

江山社稷，不是哭出来的。

登基后第一件事，朱孝辰便颁布了明诏为徐国公平反昭雪，同时给徐忠汇封了爵赐了葬，又从大内拨出银两对徐忠汇的遗孀重金抚恤，同时把平时那个毫不起眼的小太监丁兰提拔成了司礼监秉笔太监，也就是一直以来卢正的职位。虽说远不如当初陈方那般一手遮天，但比起之前那个传话跑腿的职位，已然是一步登天了。

那掌印太监谁来干呢？

暂时空缺。

按朝廷惯例，青衫营的头头，往往是由司礼监的掌印太监兼任的，因为青衫营不受任何衙门的直接统辖，大事小情都要亲自向皇上禀告，若遇紧急要务，半夜三更进宫请旨也在所难免，这也是历代先帝总喜欢找太监来担当这个位子的重要原因之一，上溯三代都是如此。

所以说，没有掌印太监，青衫营便是群龙无首。

于是乎，金陵衙门的掌刑千户陆泰，因搭救淮南王世子有功，奉旨调职入京，暂任青衫营的都指挥使，这个职位之前没有，是朱孝辰新设的：当朝正二品，与六部尚书同级，受皇上亲自统辖，与各衙门无隶属。

对于这个决定，下面文武百官可谓颇有微词，上疏理论者更是不在少数。只可惜，朱孝辰这个人，这辈子什么都怕，就是不怕别人有“微词”，上疏就更不用说了，正经奏疏都不看，就更别提这种牵强附会胡搅蛮缠的东西了。

上直卫都指挥使、武威侯黄文举，升授左都督，接替徐忠汇总督岭南军务粮饷。宣亭卫参将宋满，虽是败军之将，但念其事后戴罪立功，随京畿卫出战，率部活捉鞑靼呼其图汗之子孛日帖赤那，功居一等；着即：免败军之罪，升授征西将军，总督宣亭军务粮饷，奉旨重整宣亭防务。京畿卫副将李森，率部退敌功居一等，着即：升授龙虎将军，晋西山京畿卫提督总兵官。

一群名不见经也不怎么传的二把手甚至龙套，可谓在一夜之间就钻到了朝政的最中枢；要么是封疆大吏，要么身居要职；即便没有要职可当，也要生造出一个要职出来给他们当，例如陆泰。

这并非是“一朝天子一朝臣”那么简单。朝局发展至此，稍微明眼一点的人，便只剩下找个没人的地方去偷偷地五体投地了。正所谓明枪好躲、暗箭难防，这个看似谦逊、矜持、清贫的六殿下，想必早就用小到几乎可以忽略的微薄代价，笼络了朝中几乎所有用得上的“暗箭”；一张敌明我暗的铺天大网，早就注定了朝局的走向。

正所谓“千里之堤，以蝼蚁之穴溃”。

谁控制了蝼蚁，谁才是千里长堤的真正主人。

傍晚，长春宫。

“娘娘，恕文举无能，只能做到如此！”黄文举在皇贵妃徐氏近前长跪不起，言辞哽咽，“公爷蒙冤、殿下遭劫，文举却不能力挽狂澜，望娘娘莫要怪罪文举！”

“你快起来！”此时此刻，皇贵妃徐氏已然眼泪如倾，“我父得以昭雪、隆儿的性命得以保全，全凭你从中周旋，你是我徐家的恩人，本宫又岂能受你的礼？”

“娘娘，你与殿下团聚之事，我已经费尽口舌，可惜陛下不答应，只允许娘娘在城头目送殿下出京……”黄文举伏倒在地抽泣不止，“是文举无能，笨嘴拙舌，连这么点事都做不来……”

“能看见隆儿一眼，本宫已然是心满意足了！”徐贵妃哭中有笑，无奈地摇了摇头，“不知这件事，隆儿知道不知道？”

“此事文举万不敢告知殿下！”黄文举拱手，“陛下只允许娘娘一个人知晓，孝亲王府戒备森严，文举无法告知殿下。”

“罢了……”徐贵妃无奈，“那……隆儿何时离京？”

“就在明日！”黄文举道，“文举已向陛下保证万无一失，明日城头，将由文举亲自领兵把守！”

次日，广宁门城头。

皇五子朱孝隆受封豫亲王，由广宁门出京就藩。听上去好生威武，但实际却不过十几个随从、三四车的行李而已，阵仗仅比当初私奔稍强。想当初威风凛凛的太子，却换作如今的老马旧车，远远望去，确有一股说不出的悲凉。

站在城头，徐贵妃默默目送儿子的车队缓缓驶离京城，渐行渐远，霎时间百感交集：哥哥，没有了；父亲，生死未卜；儿子，如今却又以这样的结局离自己而去，很可能这一走便是永别。

一个死了男人的寡妇，今后的命运要任凭别人的摆布，就连与儿子见面的机会，都必须遮遮掩掩，如此苟活于世，又有什么意义呢？

没了希望，人生便不再是人生，而是折磨。

“文举……”徐贵妃转头悲凉一声，黄文举应声跪倒：“娘娘有何吩咐？”

“本宫有些话，想单独同你讲。”

“哦……这……”黄文举眉头紧皱，但很快便下定了决心，回身遣退了四周守卫的兵丁，“都下去！都给我下去！”

“你一定要将我的话转告孝隆……”

“娘娘请说！”

“让他……抢回他的江山！”

“娘娘……你……”闻听此言，黄文举猛然抬头，发现徐贵妃多半个身子已然探出了城墙，“孝隆！”半个身子探出城墙，徐贵妃似是倾尽全力发出声嘶力竭的呼喊。

此时此刻，朱孝隆乘坐的马车已然驶出城门将近一里，理论上讲，就这个距离而言，是不可能听到城头有人喊叫的。

但朱孝隆真的听到了。

不但听到，而且痛彻心扉。

或许，那些母子连心的说法，并非是怪力乱神的讹传吧。

“母妃？”朱孝隆不顾一切地冲出车驾，举目望向城头，顿时愣在了当场。话说回来，愣的不仅仅是朱孝隆，还有黄文举：但见徐贵妃从城头一跃而下，大头朝下重重地摔在了官道的青石板上，霎时间脑浆迸裂死于非命。所有这一切，来得太突然了，守在一旁的黄文举，几乎来不及反应。

所有人都傻了。黄文举、朱孝隆、往来的百姓，以及值守的兵丁。

消息像闪电一样传入大内，下一个愣住的，是朱孝辰。

一向波澜不惊的朱孝辰，听到这个消息顿时惊坐而起，继而又缓缓地坐回了龙椅，眉宇间似乎充满了惊恐与悲哀——母亲死在儿子面前，这一切，简直太熟悉了。

他自己比任何人都清楚，这样的情形，会造就出一个什么样的敌人。

徐贵妃啊，徐贵妃！你真的爱你的儿子吗？

如果你真的爱他，又为何要留给他这种危险的启示？

这是一场本该归于平静的风波。

你又为什么要在故事的最后，掀起另一场本不该有的惊涛骇浪呢？